W0191036

Im Knaur Verlag sind bereits folgende
Weihnachtskrimi-Anthologien erschienen:
Maria, Mord und Mandelplätzchen
Glöckchen, Gift und Gänsebraten
Süßer die Schreie nie klingen
Stollen, Schnee und Sensenmann
Türchen, Tod und Tannenbaum
Plätzchen, Punsch und Psychokiller
Kerzen, Killer, Krippenspiel
Makronen, Mistel, Meuchelmord
Lametta, Lichter, Leichenschmaus
Rentier, Raubmord, Rauschgoldengel

Über die Herausgeberin:
Paula Telge, aufgewachsen in Mülheim an der Ruhr, absolvierte eine
Ausbildung zur Medienkauffrau Digital und Print und studierte Germanistik an der Ludwig-Maximilians-Universität in München. Sie arbeitet
in der Verlagsbranche.

Paula Telge (Hrsg.)

Winter, Weihrauch,
Wasserleiche

24 Weihnachtskrimis
von Amrum bis Hallstatt

Besuchen Sie uns im Internet:
www.knaur.de

Aus Verantwortung für die Umwelt hat sich die Verlagsgruppe
Droemer Knaur zu einer nachhaltigen Buchproduktion verpflichtet.
Der bewusste Umgang mit unseren Ressourcen, der Schutz unseres Klimas
und der Natur gehören zu unseren obersten Unternehmenszielen.
Gemeinsam mit unseren Partnern und Lieferanten setzen wir uns für
eine klimaneutrale Buchproduktion ein, die den Erwerb von Klima-
zertifikaten zur Kompensation des CO_2-Ausstoßes einschließt.
Weitere Informationen finden Sie unter: www.klimaneutralerverlag.de

Originalausgabe Oktober 2021
Knaur Taschenbuch
© Knaur Verlag
Ein Imprint der Verlagsgruppe
Droemer Knaur GmbH & Co. KG, München
Alle Rechte vorbehalten. Das Werk darf – auch teilweise –
nur mit Genehmigung des Verlags wiedergegeben werden.
Redaktion: Paula Telge
Covergestaltung: ZERO Werbeagentur, München
Coverabbildung: Kreation eines Nikolausstiefels
unter Verwendung von Elementen einer Vektorgrafik
von John David Bigl III / shutterstock.com
Abbildung im Innenteil: ZERO Werbeagentur, München unter
Verwendung von John David Bigl III / shutterstock.com
Satz: Adobe InDesign im Verlag
Druck und Bindung: GGP Media GmbH, Pößneck
ISBN 978-3-426-52797-9

2   4   5   3

Inhalt

Die Tatorte

N

100 km

Amrum

Neu-
harlingersiel

Wilhelms-
haven

Buchholz
in der Nordheide

Berlin

Frankfurt
(Oder)

Ratingen

Köln

Würzburg

Speyer

Dachselkofen

Fahlenberg

Stuttgart

München

Freising

Wien

Münchner Umland

Grillenberg

Kempten

Hallstatt

Mols

Engelberg

Alle Jahre wieder
Kommt die Grausamkeit
Auf die Erde nieder,
Und bringt uns allen Leid;
Kehrt mit ihrem Schauer
Ein in jedes Haus,
Geht auf allen Wegen
Mit uns ein und aus;
Ist auch mir zur Seite
Still und unerkannt,
Dass sie treu mich leite
An der bösen Hand.

Andreas Eschbach

Die Engel vom Stuttgarter Hauptbahnhof

Stuttgart

 *Über den Autor:*

Andreas Eschbach, Jahrgang 1959, schreibt seit seinem 12. Lebensjahr. Er studierte Luft- und Raumfahrttechnik und arbeitete zunächst als Softwareentwickler. Bis 1996 Geschäftsführer einer IT-Beratungsfirma, lebt er seit 2003 als freier Schriftsteller in der Bretagne. Er ist verheiratet und hat einen Sohn. Zu seinen bekanntesten Romanen zählen *Das Jesus-Video, Die Haarteppichknüpfer, Eine Billion Dollar, Ausgebrannt, Herr aller Dinge* und *NSA*.

Die tote Frau lag im Gästezimmer, direkt unter einer Radierung, die den Stuttgarter Fernsehturm zeigte. Das weißblonde Haar war am Hinterkopf verklebt von getrocknetem Blut. Auf dem Nachttisch stand ein Adventskranz mit elektrischen Kerzen.

»Er hat sie mit dem Schürhaken erschlagen«, fasste Bäumle die Ergebnisse der bisherigen Ermittlungen zusammen. »Nicht hier, unten im Wohnzimmer. Das Blut verschwindet optisch im Teppichmuster, aber wenn man genauer hinschaut, sieht man es noch deutlich. Wir haben seine Fingerabdrücke auf dem Schürhaken, und die hintere Tür ist aufgebrochen. Fußtritt von außen.«

»Verstehe.« Der Kommissar nickte sinnend, sah sich um. Die Tür des Gästezimmers war verschlossen gewesen, der Schlüssel verschwunden; man hatte sie aufbrechen müssen.

»Der Name des Opfers ist Regula Walz. Die Mutter von Frau Astenberg. Einundsiebzig Jahre alt, seit neun Jahren verwitwet, war über Weihnachten zu Gast.«

Und *kalt* war es hier drinnen! Beide Fenster standen weit offen, ließen die Dunkelheit des Gartens herein und die winterliche Nachtluft.

»Ergibt ein ziemlich eindeutiges Bild«, fuhr Bäumle eifrig fort. »Ein obdachloser Mann will auch mal Weihnachten feiern wie andere Leute. Er wartet, bis die Astenbergs das Haus verlassen, um zur Kirche zu gehen, dann dringt er ein. Bedient sich in der Küche und verzieht sich anschließend mit der Weinflasche ins Wohnzimmer. Von all dem Lärm wacht die Schwiegermutter auf, von deren Anwesenheit er nichts weiß. Ihr war nicht wohl, sie hat sich früh hingelegt, kommt aber nun herunter und überrascht ihn. Er erschlägt sie, räumt sie weg, lässt sich jedoch nicht weiter stören. Er duscht, kleidet sich aus dem Kleiderschrank des Hausherrn neu ein und macht es sich dann seelenruhig vor dem Kamin gemütlich.«

»Wie heißt der Mann eigentlich?«, fragte der Kommissar.

Bäumle konsultierte sein Notizbuch. »Bode, Eberhard Bode. Ist auch aktenkundig, aber an die Details komme ich heute erst, wenn wir zurück im Büro sind.«

»Ja, Heiligabend haben wir uns wohl alle anders vorgestellt«, meinte der Kommissar und spähte in den Flur hinaus. Außer dem Gästezimmer gab es hier oben nur zwei Arbeitszimmer; beide Astenbergs waren Gymnasiallehrer.

Schon beeindruckend, was man sich leisten konnte mit zwei Einkommen ohne Kinder: ein Haus am Killesberg, und nicht eins von den kleinsten.

»Aber was hatte er vor, wenn die Astenbergs aus der Kirche zurückkommen? Ich meine, das muss ihm doch klar gewesen sein, dass die jetzt nicht tagelang wegbleiben. Wollte er die auch umbringen?«

Bäumle lächelte dünn. »Was das anbelangt, hat er eine echt tolle Geschichte zu erzählen.«

Im Flur und die Treppe hinab hingen noch mehr Radierungen, alle teuer gerahmt. Sie stammten offenbar aus der gleichen Serie, alles Stuttgarter Motive: Der Bonatzbau des alten Hauptbahnhofs, die Jubiläumssäule auf dem Schlossplatz, die Stiftskirche, die Solitude und so weiter.

In der Tür zum Wohnzimmer lehnte der Neuzugang im Kommissariat, Alexandra Hofer. Und mal wieder über ihr Handy gebeugt, selbstvergessen am Scrollen. Diese jungen Leute, immer mit dem halben Kopf im Internet! Normalerweise hätte er ihr jetzt einen Vortrag gehalten darüber, wie wichtig Aufmerksamkeit und Beobachtung in ihrem Beruf waren. Aber es war Weihnachten, und sie erlebte, soweit er wusste, heute ihren ersten Mordfall: In Ordnung, da ein bisschen weggetreten zu sein.

Er nickte ihr also nur zu, ging an ihr vorbei und ließ das Ambiente des weitläufigen Wohnzimmers auf sich wirken. Stuckdecke. Goldener Kronleuchter. Ein ovaler Esstisch aus edlem Holz. Ein Buffetschrank voll teuren Geschirrs. Weiter vorne die Fensterfront zum Garten, eine opulente Sitzgruppe, viele Bücherregale, ein prächtig geschmückter Weihnachtsbaum. Davor der offene Kamin; das Feuer darin ging gerade aus, man roch es noch.

Und auf dem Läufer vor dem Kamin standen noch die Nummern, die die Blutflecken markierten, für den Fotografen.

Der Mann saß in einem der Sessel und hatte etwas Verwahrlostes an sich, obwohl er frisch geduscht und neu eingekleidet war: die Haare, dachte der Kommissar. Völlig ausgewachsen und formlos, genau wie der zottelige Bart.

Der Kommissar nickte den beiden Polizisten zu, die den Mann bewachten, und sagte dann: »Herr Bode?«

Der Mann sah auf, mit flackerndem Blick. Ganz nüchtern war er auch nicht mehr. »Ja?«

»Kriminalhauptkommissar Friedrich. Ich leite die Ermittlungen in diesem Fall.« Er setzte sich auf das Sofa. »Also, erzählen Sie mir, was passiert ist.«

»Das hab ich aber alles schon Ihrem Kollegen ... ich meine ... ich *war* das nicht! Ich versteh nicht, was das soll! Ich bring doch niemanden um!«

Der Kommissar unterdrückte ein Seufzen. »Gehen wir der Reihe nach vor. Wieso haben Sie sich ausgerechnet dieses Haus ausgesucht, um einzubrechen?«

Bode schüttelte heftig den Kopf. »Ich bin nicht *eingebrochen!*«

»Wie kommt's dann, dass Sie hier sind?«

»Na, die haben mich doch *eingeladen!*«

Einen Moment lang verschlug es dem Kommissar die Sprache. »Eingeladen?«

»Ja!«

»Und wie das?« Er beugte sich vor, stützte sich mit den Unterarmen auf den Knien ab. »Erzählen Sie.«

Der Blick des Mannes schweifte umher, gleichzeitig rieb er mit den Händen an der Hose auf und ab. Suchte er nach Worten, oder suchte er nach einer Geschichte, die ihm wie eine glaubwürdige Ausrede vorkam? Schwer zu sagen.

»Also … also das war so«, begann er schließlich. »Ich war am Bahnhof. Am Hauptbahnhof. Da, wo noch die Baustelle ist. Da hatte ich einen guten Platz gefunden, einen richtig guten Platz. Da kam warme Luft raus, verstehen Sie? Von den Arbeiten im Tunnel. Unten. Und warme Luft, herrlich, sag ich Ihnen. Ich hab mir gesagt, Ebbi, das ist ja wie Weihnachten. Und das ist witzig, weil, es ist ja Weihnachten, nicht wahr?« Er lachte unnatürlich laut, wie jemand, der unbedingt will, dass alle mitlachen.

Der Kommissar lachte nicht. Er warf einen Blick auf den prächtig geschmückten Tannenbaum in der Ecke vor dem Fenster zum Garten, ein Traum in Rot und Silber, und fragte: »Und weiter?«

Bode sank wieder in sich zusammen. »Ja. Also … ich hatt's mir gerade gemütlich gemacht, da kam plötzlich diese Frau an. Frau Astenberg. Pelzmantel und 'ne helle Pelzmütze und so, total schick. Ja, und dann sagt sie zu mir, sie wollen mich einladen. Zum Essen, zum Übernachten, und ein Geschenk wollten sie mir auch geben. Weil Weihnachten ist und sie keine Kinder haben und sie jemandem was Gutes tun wollen, der es brauchen kann.« Er nickte, mit glänzenden Augen, wie jemand, der tagträumte. »Ja, so war das. Ich hab's erst nicht geglaubt, aber sie hat nicht lockergelassen, und schließlich bin ich mit. Ihr Mann hat gewartet, wir haben meine Sachen in den Kofferraum gelegt, und dann, also ehrlich, ich in 'nem Mercedes! Das war wie ein Traum, sag ich Ihnen. Eine Weile hab ich gedacht, vielleicht bin ich ja gestorben und hab's gar nicht gemerkt, und die beiden sind die Engel, die mich abholen und in den Himmel bringen. Aber dann haben sie mich hierhergebracht.«

Der Kommissar musterte den Mann und versuchte, sich darüber klar zu werden, was er davon halten sollte. Er kannte das. Manche Obdachlose waren begnadete Geschichtenerzähler, nicht zuletzt, weil sie das, was ihnen eine wirre Fantasie eingab, allen Ernstes selber glaubten.

Eberhard Bode mochte Anfang vierzig sein, war hager, aber stabil gebaut. Einst musste er recht gut ausgesehen haben, doch mit seinem vernarbten Gesicht und seiner mehrfach gebrochenen Nase war er deutlich »vom Leben gezeichnet«, von dem harten Leben auf der Straße.

Weihnachten auf einem Abluftschacht? Obwohl es hinter dem Hauptbahnhof, nur ein paar Straßen weiter, ein großes Männerwohnheim gab? Stuttgart tat für Obdachlose mehr als die meisten Städte, und das wusste Bode unter Garantie auch.

»Ja, dann sind wir hier reingekommen«, fuhr der Mann fort, mit verträumter Stimme. »Der Duft ... himmlisch, sag ich Ihnen. Der Tisch war schon gedeckt, im Kamin hat ein Feuer gebrannt ... Ich hätt fast geheult. Ehrlich. Dass es so gute Menschen gibt, hab ich gedacht. So gute Menschen.«

»Und dann?«

»Dann haben wir gegessen.«

Der Kommissar furchte die Augenbrauen. »Aber doch sicher nicht gleich?«

»Doch, doch. Sie hatten's ja eilig, weil sie so lange nach jemandem suchen mussten, der mit ihnen geht. Und sie wollten noch in die Kirche, in die Weihnachtsmesse.«

»Aber Sie haben doch bestimmt nicht besonders, hmm … *frisch* gerochen?«

Bode nickte. »Schon, ja. Hab ich nicht. Aber Frau Astenberg hat gemeint, es reicht, wenn ich mir schnell die Hände wasche, und ich soll nach dem Essen in aller Ruhe duschen, der Geruch stört sie nicht. Weil das … wie hat sie's gesagt? Das sei menschlich. Ja, genau. Menschlich.«

Der Kommissar holte tief Luft. »Verstehe. Also – Sie haben gegessen. Was gab es?«

»Oh!« Der Mann schloss die Augen, leckte sich die Lippen. »Es war wunderbar. Erst gab es Suppe. Dann … Ich weiß nicht, ein großer, gebratener Vogel, eine Gans vielleicht? So gut! Dazu Kartoffelbrei und Erbsen mit Möhren … und Rotwein, ein guter, kann ich Ihnen sagen! Und hinterher einen Nachtisch, so einen weißen Schaum, süß … herrlich.«

Es hielt den Kommissar nicht länger auf der Couch. Er sprang auf, ging umher, studierte die Regale. Viele Gesamtausgaben. Hegel natürlich, in Leder gebunden gar. Die Werke von Thaddäus Troll. Gedichte von Eduard Mörike. Eine Vitrine mit Golfpokalen und Fotos, die einen jüngeren Julius Astenberg mit Stuttgarter Prominenten zeigten – mit dem Altbürgermeister Manfred Rommel, mit dem Fußballer Jürgen Klinsmann, mit dem Sternekoch Vincent Klink …

Der Vorhang vor der Fensterfront zum Garten stand offen, des Weihnachtsbaums wegen. Der Blick ging bis zur Straße, weil die Hecke, die einen im Sommer vor neugierigen Blicken schützte, jetzt im Winter nur dürres Gestrüpp war. Man sah die Straße und dahinter den Stuttgarter Talkessel.

»Und nach dem Essen? Da sind Herr und Frau Astenberg einfach gegangen? Und haben Ihnen das Haus überlassen?«

»Ja.« Der Mann nickte energisch. »Genau so war's. Sie haben mir gezeigt, wo alles ist, das Bad und Seife und Handtücher und so weiter, und sie haben gesagt, ich soll mir aus dem Kleiderschrank nehmen, was mir passt, nur die Anzüge nicht. Und dann sind sie los. Sie hat das Gesangbuch mitgenommen, und er hat noch den Müll mit rausgenommen, in einem schwarzen Sack. Sie haben gesagt, es wird vielleicht zwei Stunden dauern, dann kommen sie zurück und es gibt Bescherung, und ich soll nicht vorher spionieren und die Überraschung verderben. Hab ich auch nicht gemacht, ehrlich nicht. Ich hab geduscht und was angezogen, wie sie's gesagt haben. Dann hab ich das Feuer geschürt, weil Herr Astenberg mich gebeten hat, es nicht ausgehen zu lassen. Dann hab ich die Weinflasche aufgemacht, die er mir hingestellt hat.«

Die Flasche stand immer noch auf dem Tischchen neben dem Ohrensessel vor dem Kamin. Ein trockener Lemberger aus Heilbronn, der wenigstens vierzig Euro pro Flasche kostete.

»Und dann? Kam auf einmal die Mutter von Frau Astenberg die Treppe herunter, hat Sie zur Rede gestellt, und Sie haben sie erschlagen?«

»Nein!«, schrie Bode auf. »*Niemand* ist gekommen! Ich hab da gesessen, Wein getrunken und ins Feuer geschaut … bis plötzlich die Polizei hereingestürmt ist! Ich hab niemanden erschlagen! Und ich bin auch nicht eingebrochen. Die haben mich *eingeladen,* Herr Kommissar, *eingeladen!* Weil sie gute Menschen sind!«

Der Kommissar seufzte. »Ich würde Ihnen gern glauben. Bloß ist die Sache die, dass in der Spülmaschine nur *zwei* schmutzige Teller stehen. *Zwei* Suppenteller. *Zwei* Dessertschalen. *Zwei* Messer, *zwei* Gabeln, *zwei* Löffel. *Zwei* Gläser. Wenn Sie tatsächlich mit den Astenbergs zu Abend gegessen hätten, müssten es aber jeweils drei sein, nicht wahr?«

»Na, zu viel versprochen?«, fragte Bäumle, als sie sich hinterher im Flur berieten. Hier lagen die Sachen des Mannes: ein versiffter, zusammengerollter Schlafsack, zwei Plastiktüten, deren Inhalt zu untersuchen sie noch vor sich herschoben, und die abgelegten Kleidungsstücke.

»Sie hatten recht«, meinte der Kommissar. »Abenteuerliche Story.«

»Die ihm niemand glaubt«, warf der Kollege Demir ein, während er seine beschlagene Brille trocken rieb. Er war draußen in der Kälte gewesen, hatte die Nachbarn befragt, soweit welche anzutreffen waren.

Murat Demir war an Heiligabend eine Konstante im Kommissariat. Als Muslim feierte er Weihnachten nicht, sondern meldete sich jedes Jahr freiwillig zum Dienst an den Feiertagen. Und freute sich über die Sonderzulage.

Der Kommissar nickte ihm auffordernd zu, worauf er erzählte: »Niemand hat irgendwas gesehen oder gehört. Aber alle Nachbarn, mit denen ich gesprochen habe, sind sich einig, dass die Astenbergs so etwas nie tun würden. Das seien Leute, die in der Kirche zwei Euro in den Klingelbeutel werfen, für beide zusammen. Nie im Leben würden die einen Penner von der Straße holen an Weihnachten.« Demir hob die Hände. »Sagen die Nachbarn. Einstimmig.«

»Und, wie gesagt, auf dem Schürhaken sind seine Fingerabdrücke«, ergänzte Bäumle.

Dr. Schiller, die Notärztin, kam die Treppe herunter und dünstete schlechte Laune aus. »Der Tod«, brummte sie, »kann eine Stunde her sein, aber auch vier. Irgendwas dazwischen.«

»Franziska!«, bat der Kommissar. »Geht's nicht genauer?«

»Wir sind hier nicht im Fernsehen. Das Zimmer da oben war eiskalt, so was verfälscht.«

»Aber sie ist jedenfalls im Verlauf des Abends umgebracht worden?«

»Ja«, sagte die Ärztin, während sie ihren Overall abstreifte. »Definitiv. Genauso definitiv, wie ich jetzt wieder nach Hause fahre zu Mann und Familie, wenn's recht ist.«

Das Ehepaar Astenberg saß in der Küche. Eine Polizistin hatte ein Auge auf die beiden: Die Frau kauerte verheult auf ihrem Stuhl, der Mann brodelte vor Wut. Auf dem Küchenbord standen die Reste des Abendessens. Einst sorgsam abgedeckt, damit sie abkühlten, ehe man sie in den Kühlschrank packte, lag nun alles achtlos aufgerissen da. Ein gebrauchtes Messer steckte in der halben Gans, Löffel im Kartoffelbrei, im Gemüse und in der Schale mit der Vanillecreme.

Der Kommissar setzte sich mit dem Rücken zu diesem Anblick. Aus dieser Perspektive sah die Küche aus wie aus einem Werbeprospekt: Über dem auf Hochglanz polierten Gasherd hing ein edles Gewürzbord, im Regal standen elegant beschriftete Porzellandosen für Zucker, Mehl, Grieß und anderes, der Messerblock war eindrucksvoll bestückt. Ganz automatisch zählte er die Messer durch, aber es fehlte tatsächlich nur das eine, das jemand in die Gans gespießt hatte.

»Ich nehme an, Sie wissen, was der Mann behauptet«, sagte der Kommissar, nachdem er sich vorgestellt hatte. »Dass er hier ist, weil Sie ihn eingeladen hätten, Heiligabend mit Ihnen zu verbringen.«

»Ja, eine Unverschämtheit«, brach es aus Julius Astenberg heraus. »Bricht bei uns ein, verwüstet alles … bringt meine Schwiegermutter um! Und dann … Mir fehlen die Worte.«

»Sie haben ihn also nicht eingeladen? Auch nicht aus, sagen wir, christlicher Nächstenliebe?«

»Nein! Natürlich nicht!« Der Mann lief rötlich an. »Wie kämen wir dazu? Wir zahlen wahrhaftig genug Steuern, damit sich der Staat um solche Probleme kümmert.«

»Und man sieht ja, wie gefährlich so was ist«, fügte die Frau hinzu, am ganzen Leib bebend.

Der Kommissar räusperte sich. »Gut. Dann erzählen Sie mir doch bitte auch noch einmal, was passiert ist.«

Sie erzählten. Seit dem Tod des Schwiegervaters war es Tradition, dass die Schwiegermutter sie an Heiligabend besuchte. Normalerweise ging sie mit in die Kirche, nur an diesem Abend war ihr nicht wohl gewesen; sie hatte nicht einmal etwas essen wollen, sondern sich früh hingelegt.

»Wir haben alleine gegessen und sind dann in die Messe gegangen«, berichtete der Mann mit tonloser Stimme. »Und als wir zurückkommen, sehen wir noch von der Straße aus, dass ein Mann in unserem Wohnzimmer ist! Ein fremder Mann! Also habe ich die Polizei gerufen.«

»Wir dachten, es ist ein Einbrecher«, hauchte die Frau. »Was ja schlimm genug gewesen wäre. Aber dass er meine *Mutter* erschlägt ... mein Gott. Und das, wo sie bald wieder heiraten wollte!« Ein Schluchzen erschütterte sie. »Ich weiß noch gar nicht, wie ich Frederick das sagen soll ...«

»Frederick ist ...?«

»Der Freund meiner Mutter«, erklärte sie. »Frederick Ozust. Die beiden kannten sich seit einem halben Jahr ... o mein Gott!« Sie brach in Tränen aus, sichtlich nicht zum ersten Mal an diesem Abend.

»War Ihnen«, fragte der Kommissar behutsam, »nicht der Gedanke gekommen, dass es sich bei dem Mann in Ihrem Wohnzimmer um den Freund Ihrer Mutter handeln könnte? Um einen Überraschungsbesuch?«

Astenberg schüttelte den Kopf. »Der ist gerade in Dubai. Hat heute gegen Mittag angerufen.«

Der Kommissar betrachtete die beiden. Sie befanden sich gerade in einem seelischen Ausnahmezustand, er kannte das. Nach dieser Nacht würde ihr Leben nie mehr so sein wie vorher, und das spürten die Leute.

»Eine Frage noch«, bat er. »Die Weinflasche, die der Mann vor dem Kamin geleert hat – woher kam die?«

»Die habe ich aus dem Weinkühlschrank im Keller geholt, bevor wir in die Kirche sind. Damit sie Raumtemperatur annimmt. Wir wollten sie später am Abend trinken.« Astenberg legte die Hände an die Schläfen. »Bringen Sie den Mann bitte endlich weg, Herr Kommissar! Und wir … ich glaube, wir können hier auch nicht bleiben. Ich muss sehen, dass ich ein Hotel für uns finde.«

»Also?«, fragte Bäumle. »Einpacken, mitnehmen?«

»Moment noch«, sagte der Kommissar.

Er spürte, wie ungeduldig sie alle auf seine Anweisung warteten, die Tote in die Gerichtsmedizin zu bringen und den Mann in Gewahrsam zu nehmen. Endlich Schluss zu machen für heute, damit sie nach Hause kamen, wo Familien, Geschenke und Weihnachtsbraten ihrer harrten.

Aber irgendetwas ließ ihn zögern. Irgendetwas war noch nicht stimmig.

Oder lag es daran, dass er selber es nicht eilig hatte? Bei ihm zu Hause herrschte dicke Luft, wie immer an Heiligabend, wenn alle seine Kinder zu Besuch waren. Mit ihren Ansichten repräsentierten sie das gesamte im Landtag vertretene politische Spektrum, und wahrscheinlich waren sie einander inzwischen schon an die Gurgel gegangen.

Bäumles Telefon summte. Er ging ran, lauschte, bedankte sich. »Hab doch ein paar Infos zu unserem Tatverdächtigen aufgetrieben«, erklärte er dann, und der Kommissar konnte sich nur wieder wundern, wie er das immer hinbekam. Man denke, an Heiligabend! »Eberhard Bode hatte in jungen Jahren 'ne Firma, hat Betrügereien im großen Stil betrieben. Verurteilung wegen Hochstapelei und, man höre und staune, Heiratsschwindel! Mehrere Jahre Gefängnis. Später etliche Verfahren wegen Körperverletzung. Seither ging's nur noch bergab.«

»Mit anderen Worten, er ist ein begabter Lügner.«

»Und gewaltbereit«, ergänzte Bäumle.

»Verstehe«, sagte der Kommissar. Dann ließ er sie alle stehen und begann einen weiteren Rundgang durchs Erdgeschoss. Die einzige Person, die ihn nicht erwartungsvoll anstarrte, war Alexandra: Die hatte, hinter dem Vorhang ihrer dunklen Haare verborgen, nur Augen für ihr Smartphone.

Irgendetwas nagte an ihm, ließ ihm keine Ruhe. Irgendetwas hatte seine Aufmerksamkeit erregt, einen Gedanken angestoßen, der noch nicht zu Ende gedacht war.

Er betrachtete noch einmal die vielen Gesamtausgaben in den Regalen. Fuhr mit der Hand über den edlen Esstisch, der Platz für zehn Personen bot. Studierte einmal mehr den Geschirrschrank, in dem insgesamt drei Services standen: eines in Blautönen, eines in Gelb-Rot, beide komplett, jeweils nicht sechs, sondern zwölf Teile. Und ein ganz weißes mit Goldrand, von dem nur noch neun Teller und so weiter dastanden. Das Geschirr, das sie heute Abend benutzt hatten.

Er musterte den goldenen Kronleuchter. Regula Walz – der Name sagte ihm etwas. Das Ehepaar Walz hatte zur Stuttgarter Prominenz gehört, zu denen, die man auf den Empfängen des Oberbürgermeisters antraf. Reiche Leute. Geld, ja, das war die Assoziation.

Was wohl hieß, dass sich der opulente Lebensstil der Astenbergs doch nicht nur aus den Bezügen zweier Gymnasiallehrer speiste. Irgendwie beruhigend, fand er.

Trotzdem. Der Kommissar kratzte sich am Kinn. Irgendwas stimmte hier nicht ... aber was?

Plötzlich stand Alexandra neben ihm, räusperte sich. »Herr Friedrich ...?«

»Ja?«

»Ich hab da was gefunden, ich weiß nicht, ob es was zu bedeuten hat ...« Sie hielt ihm ihr Handy hin und zeigte ihm, was sie gefunden hatte.

Und auf einen Schlag fügten sich die Teile des Puzzles zu einem Bild.

»Wir sind für heute fertig mit den Ermittlungen«, erklärte er dem Ehepaar Astenberg, das immer noch in der Küche saß. »Wir müssen ein paar Gegenstände mitnehmen, die wir als Beweismaterial brauchen – den Teppich mit dem Blut darauf, den Schürhaken und so weiter. Der Kollege erstellt gerade eine Liste, die Sie dann als Quittung bekommen.«

»Gut«, sagte Julius Astenberg. Er klang erleichtert. »Ja, selbstverständlich. Kein Problem.«

Der Kommissar holte tief Luft. »Aber wissen Sie, was mich wundert? In Ihrem Haus spürt man überall einen, wie soll ich sagen? Einen Willen zu vollständigen Sammlungen. Sie haben den kompletten Hegel im Regal stehen. Sie haben nicht nur *einen* Gedichtband von Mörike, sondern *alle*. Sie haben eine ganze Serie von Bildern mit Stuttgarter Motiven ... aber Sie haben nur noch neun Teller Ihres besten Geschirrs im Schrank.«

Die beiden sahen ihn verständnislos an. »Wie bitte?«, fragte Julius Astenberg.

»Ihre beiden anderen Services sind komplett, von jedem Teil sind zwölf Stück da«, erklärte der Kommissar. »Doch von Ihrem weißen Service stehen zwei Teller schmutzig in der Spülmaschine und neun sauber im Schrank – macht zusammen elf. Dasselbe gilt für die Suppenteller, für die Dessertschalen ... und sogar von Ihren guten Weingläsern und den Wassergläsern fehlt je eines.«

»Ab und zu geht halt was kaputt«, erwiderte der Mann grimmig. »Deswegen kauft man ja auf Vorrat. Was soll die Bemerkung?«

»Ach, wissen Sie, so sind wir Kriminalbeamten nun mal. Wir versuchen immer, alles von allen Seiten zu betrachten. Also überlege ich, angenommen, seine Version stimmt *doch* und Sie haben ihn *tatsächlich* eingeladen ...«

»So ein Unsinn! Warum hätten wir das tun sollen?«

»Ihre Schwiegermutter«, erklärte der Kommissar, »war reich. Und Ihre Frau ist die einzige Erbin. Beziehungsweise, sie *war* es bislang. Das hätte sich alles geändert, wenn Ihre Schwiegermutter erneut geheiratet hätte. Was sie, wie Sie selber gesagt haben, vorhatte.« Er sah in der Küche umher. Die Kaffeemaschine, die Kupfertöpfe – alles vom Feinsten. »Ich werde mir einen richterlichen Beschluss besorgen und Ihre Unterlagen durchsuchen lassen. Ich bin überzeugt, wir werden feststellen, dass Sie auf viel zu großem Fuß gelebt haben – in Erwartung eines Erbes, das Sie plötzlich gefährdet sahen.«

»Das ist unverschämt«, brauste der Mann auf. »Ich sage nichts mehr. Hilde«, wandte er sich an seine Frau, »wir sagen nichts mehr, ehe Dr. Riedenberg da ist. Unser Anwalt«, fügte er hinzu.

»Ich stelle mir vor, dass Ihre Schwiegermutter Ihnen erst vor Kurzem von ihren Heiratsplänen erzählt hat, vielleicht sogar erst heute«, fuhr der Kommissar fort. »Es kam zum Streit, und da haben Sie sie erschlagen, mit dem Schürhaken. Sie sind Golfer, das heißt, Sie können mit länglichen Schlaggeräten gut umgehen. Doch was nun? Da lag die tote Frau, und selbst einem halb blinden Arzt wäre klar gewesen, dass sie nicht an einem Herzinfarkt gestorben ist. Also haben Sie sich einen perfiden Plan ausgedacht. Lass uns irgendeinen Obdachlosen auflesen, haben Sie sich gesagt, unter dem Vorwand, an Weihnachten eine gute Tat an ihm vollbringen zu wollen. Wir geben ihm zu essen und zu trinken, vor allem zu trinken, lullen ihn ein, lassen ihn vertrauensselig und nichts ahnend alleine, gehen in die Kirche – und wenn wir zurückkommen, wissen wir von nichts. Wir rufen die Polizei, behaupten, er sei eingebrochen – natürlich haben Sie die Tür zum hinteren Garten selber aufgebrochen, ehe Sie zum Hauptbahnhof gefahren sind –, und dann *entdecken* Sie, dass er Ihre geliebte Schwiegermutter erschlagen hat!«

Die beiden saßen wie erstarrt. »So muss ich nicht mit mir reden lassen«, zischte Julius Astenberg.

»Sie hatten nur ein kleines Problem«, setzte der Kommissar seine Erklärungen fort. »Damit Ihre Geschichte glaubwürdig aussieht, mussten Sie das Geschirr, von dem Ihr ahnungsloser Gast gegessen hat, verschwinden lassen. In der Spülmaschine durften nur zwei Sets stehen. Aber die Zeit, sie noch zu spülen und zurückzustellen, hatten Sie nicht; außerdem hätte ihm das seltsam vorkommen können. Also haben Sie sein Geschirr in den Müll getan und den Müllbeutel mitgenommen, um ihn irgendwo unterwegs zu entsorgen.«

»Absurd!«, platzte Julius Astenberg heraus. »Vollkommen absurd. Nur weil ein paar Teller fehlen …? Purer Zufall, dass die fehlenden Stücke gerade ein Set ergeben. Im Übrigen hat das Geschirr zehn Jahre Nachkaufgarantie; wir sind nur noch nicht dazu gekommen, es wieder zu ergänzen.« Er schüttelte die Hand seiner Frau ab, die ihn daran hindern wollte, weiterzureden. »Und selbstverständlich haben wir diesen Mann *nicht* eingeladen. Wir haben ihn im Gegenteil noch nie im Leben gesehen. Sie haben nichts, *nichts*, um Ihre hanebüchenen Unterstellungen zu beweisen!«

»Oh, die Beweise werden wir uns schon beschaffen«, erklärte

der Kommissar. »Wir werden noch heute Nacht jede Mülltonne auf dem Weg bis zur Kirche durchsuchen. Wir werden die Teller und Gläser finden und DNA-Spuren daran, die beweisen werden, dass der Mann in Ihrem Wohnzimmer davon gegessen und getrunken hat.«

Julius Astenberg schnaubte nur verächtlich.

»Außerdem wird den Richter ein Posting interessieren, das meine junge Kollegin, Frau Hofer, vorhin im Internet entdeckt hat.« Der Kommissar holte Alexandras Smartphone aus der Tasche, weckte es auf, startete das Video und hielt es den Astenbergs hin.

Das Video, das an diesem Abend gerade durch sämtliche soziale Medien ging, zeigte eine Frau in einem Pelzmantel und mit einer hellen Pelzmütze auf dem Kopf, die am Rand des Baustellenbereichs auf einen Penner einredete. Selbst mit den schwachen Lautsprechern des kleinen Geräts hörte man Satzfetzen wie »weil doch Heiligabend ist« und »Ihnen etwas Gutes tun«, und schließlich sah man, wie der Mann sich erhob, seine Sachen zusammenkramte und mit ihr ging. Man sah einen wartenden Mercedes, in den er einstieg, sah sogar, dass der Rücksitz mit Plastikfolie abgedeckt war …

»Die Folie haben Sie ihm sicher irgendwie erklärt«, meinte der Kommissar. »Falls er sie überhaupt bemerkt hat. Ich schätze, die finden wir auch im Müll.«

Zum Schluss zoomte das Video auf das Nummernschild des Wagens, dann war es zu Ende.

Überschrieben war das Posting mit »*Die Engel vom Stuttgarter Hauptbahnhof*«, und die Kommentare priesen die Frau im Pelzmantel als ein leuchtendes Beispiel für wahrhafte Nächstenliebe.

»Sie können stolz sein«, sagte der Kommissar und reichte das Handy an Alexandra zurück, »das Video hat schon mehr als vierhunderttausend Likes.« Er lächelte dünn. »Und Ihre Sorge, wo Sie diese Nacht bleiben sollen, hat sich damit auch erledigt.«

Florian Schwiecker

Ein fast perfektes Verbrechen

Berlin

Über den Autor:

Florian Schwiecker ist 1972 in Kiel geboren und hat viele Jahre in Berlin als Strafverteidiger gearbeitet. Während seiner Tätigkeit für ein internationales Wirtschaftsunternehmen in den USA entstand die Idee zu seinem ersten Thriller *Verraten*. 2021 hat er dann gemeinsam mit Deutschlands bekanntestem Rechtsmediziner Michael Tsokos den Justizkrimi *Die 7. Zeugin* als Start der Reihe um das Ermittler-Duo Rocco Eberhardt und Doktor Justus Jarmer veröffentlicht. Außerdem empfiehlt Florian Schwiecker regelmäßig Krimis in seiner Thriller-Kolumne auf freundin. de.

Eine Rocco-Eberhardt-Kurzgeschichte

1.

Berlin-Charlottenburg, Fasanenstraße 72,
Kanzlei Eberhardt: Mittwoch, 23. Dezember, 19.13 Uhr

»Ein Löffel? Die ganze Sache ist wegen eines Löffels aufgeflogen?«
Ungläubig sah Klara Schubert mich an.

»Ja, wegen eines Löffels«, erwiderte ich und konnte mir ein Lächeln nicht verkneifen. Zu verrückt war die Auflösung des wohl spektakulärsten Juwelendiebstahls, den die Hauptstadt in den vergangenen Jahren gesehen hatte. »Und der Löffel war noch nicht einmal besonders schön!«, fügte ich trocken hinzu und trank mit einem großen Schluck den schon lauwarmen Rest des Glühweins leer.

Demonstrativ und um das Ende des Abends einzuläuten, stellte ich meinen Becher auf dem gläsernen Besprechungstisch ab und griff nach dem großen, braunen Umschlag. Schluss für heute, es war spät und Weihnachten stand vor der Tür. Zeit, für dieses Jahr die Türen der Kanzlei zu schließen. Doch gerade als ich aufstehen wollte, hob Klara Schubert ihren Zeigefinger und sah mich streng an. Ganz offensichtlich hatte sie andere Pläne.

»Das kann doch jetzt nicht wahr sein, Chef!«, protestierte sie aufgebracht. »Sie können mir doch nicht ein paar Brocken hinwerfen und allen Ernstes erwarten, dass ich nicht die ganze Geschichte hören will!«

Ich musste lachen. Eigentlich hätte mir von vornherein klar sein müssen, dass ich mich nicht so leicht aus der Affäre ziehen konnte. Wenn Klara sich etwas in den Kopf gesetzt hatte, dann zog sie es durch. Das war auch der Grund, warum ich sie vor nunmehr fünfzehn Jahren gebeten hatte, als Bürochefin in meine Kanzlei zu kommen. Ohne zu zögern hatte sie seinerzeit sofort zugesagt und seitdem Ordnung und Struktur in unser Büro gebracht. Und um ehrlich zu sein, mindestens genauso oft obendrein in mein Leben. Klara Schubert war jetzt Ende fünfzig, knapp zwanzig Jahre älter als ich und hielt den Betrieb vor Ort am Laufen, während ich den Großteil meiner Zeit bei Mandanten im Gefängnis oder in Verhandlungen vor Gericht verbrachte. Und da sie die meisten Fälle ebenso gut kannte wie ich und unsere Mandanten manchmal sogar besser, wollte sie natürlich wissen, wie diese Geschichte zu Ende ging.

Tatsächlich war ihr das nicht zu verdenken, denn der aktuelle Fall gehörte ohne Frage zu den ungewöhnlichsten meiner Karriere. Das lag allerdings nicht nur daran, dass der Einbruch bei dem Juwelier *Hefterer* so raffiniert und ausgeklügelt durchgeführt worden war, dass er einem Hollywoodfilm alle Ehre gemacht hätte, sondern vor allem daran, dass ich dieses Mal auf der anderen Seite stand.

Mit einem breiten Lächeln blickte ich erst Klara direkt in die Augen und dann auf meinen leeren Becher. Sie hatte verstanden. Der Preis für die Geschichte war ein weiterer Glühwein.

2.

Erleichtert schlug ich die dicke blaue Akte vor mir zu und schob sie auf die rechte Seite meines Schreibtisches. Noch drei Tage bis Heiligabend und ich hatte alle wichtigen Mandate bearbeitet.

Mit einem zufriedenen Seufzer ließ ich mich in meinen schweren Schreibtischsessel fallen und griff zu der aktuellen Ausgabe des *Berliner Tagesspiegels*. Ich war gerade in ein sehr spannendes Interview mit dem Gründer des Berliner Unternehmens »effektiv-spenden.jetzt« vertieft, als mein Telefon klingelte.

»Eberhardt«, meldete ich mich und lauschte.

»Rocco Eberhardt, der Strafverteidiger?«, fragte eine aufgeregt klingende Stimme am anderen Ende der Leitung.

»Kommt darauf an, mit wem ich spreche.«

»Oh, bitte entschuldigen Sie. Natürlich. Also, ähm, mein Name ist Hefterer, Karl-Georg Hefterer.«

Irgendwie kam mir der Name bekannt vor, aber ich brauchte einen Moment, ehe ich ihn einordnen konnte. Der Juwelier. Natürlich. Hefterer gehörte zu dem kleinen Kreis Berliner Prominenter, die regelmäßig die Schlagzeilen der Boulevardpresse beherrschten. Der renommierte Geschäftsmann war allerdings weniger durch aufsehenerregende Skandale als vielmehr durch die zahlreichen Wohltätigkeitsveranstaltungen, die er immer wieder zugunsten der Armen und Bedürftigen organisierte, bekannt geworden. Entsprechend positiv stand ich ihm gegenüber, ohne ihn allerdings wirklich zu kennen. Doch meine Neugier war geweckt.

»Herr Hefterer, kein Problem. Und ja, ich bin's persönlich. Wie kann ich Ihnen denn helfen?«

»Bei mir ist eingebrochen worden. Die meisten Stücke aus meinem Tresorraum haben sie entwendet. Und dann auch noch den Safe mit dem wertvollsten Schmuck.« Ich hörte, wie er am anderen Ende der Leitung tief durchatmete, ganz so, als müsse er sich zusammenreißen, überhaupt weitersprechen zu können.

»Das Ganze ist ein absoluter Albtraum. Drei Tage vor Weihnachten. Da mache ich doch den Großteil meines Umsatzes.«

»Waren die Stücke denn nicht versichert?«, fragte ich ihn.

»Natürlich waren sie das, aber einige davon sind unbezahlbar und gar nicht bewertbar. Absolute Einzelstücke, deren Wert man nicht mit Geld aufwiegen kann.« Ich hörte, wie er am anderen Ende der Leitung schluchzte.

Unbezahlbare Einzelstücke, hatte er gesagt. Vermutlich unterversichert, dachte ich und mein Mitleid hielt sich in Grenzen. Wahrscheinlich an der falschen Stelle gespart. Und gerade als ich ihn dazu befragen wollte, schoss mir eine andere Frage durch den Kopf. Warum um alles in der Welt rief Hefterer mich an? Gut, ich hatte in den letzten Jahren eine gewisse Bekanntheit in Berlin erlangt und aufgrund einiger größerer Verfahren in den letzten Monaten auch jede Menge Presse bekommen. Aber mein ganzer Ruf beruhte ja gerade darauf, die bösen Jungs zu verteidigen, die bei Juwelieren einbrachen, nicht aber die Juweliere selbst. Ich war Strafverteidiger und kein Polizist. Was also wollte Hefterer von mir?

»Vermutlich fragen Sie sich jetzt, warum ich gerade Sie anrufe«, kam er mir zuvor, und ich brummte zustimmend. Der Mann gefiel mir immer besser.

»Nun, die Sache ist ganz einfach. Die Polizei ist seit einer guten Stunde in meinen Geschäftsräumen, und die Spurensicherung nimmt alles genau auf. Aber irgendwie habe ich das Gefühl, dass ich einen eigenen Beistand brauche. Also kurzum: Vertreten Sie auch Geschädigte in Strafsachen?«

Selten, dachte ich. Äußerst selten. Und eigentlich immer nur diejenigen, die sich selbst nicht zu helfen wussten und trotz ihrer Rolle als Opfer oder Zeugen zwischen die Mühlen einer übereifrigen Justiz zu geraten drohen. Tatsächlich hatte ich erst vor einem Monat in einem großen Drogenfall die minderjährige Tochter eines der mutmaßlichen Täter betreut, die der übereifrige Staatsanwalt zu seiner Hauptzeugin machen wollte. Lächerlich. Die Kleine war gerade mal dreizehn Jahre alt und vollkommen traumatisiert. Ihr Vater saß in Untersuchungshaft, und es war nicht abzusehen, ob und wann er da jemals wieder rauskam. Eine Mutter und andere Verwandte gab es nicht, oder sie wollten sich nicht um die Kleine kümmern. Am Ende konnte ich sie gemeinsam mit dem Jugendamt bei einer Pflegefamilie unterbringen, wo sie das erste Mal in ihrem Leben in geordneten Verhältnissen wohnte. Aber das war eine andere Geschichte.

Einen Juwelier hatte ich tatsächlich noch nie vertreten. Juwelendiebe schon. Wäre ja mal was Neues, dachte ich. Und am Geld sollte es bei Hefterer auch nicht mangeln. Warum also ein lukratives Mandat, das mir so unverhofft in den Schoß fiel, ablehnen? Noch dazu, wenn die Polizei für mich arbeiten würde.

Einzig ein Blick auf den *Tagesspiegel* ließ mich kurz zweifeln. Ich hatte mich so auf einen entspannten Tag gefreut, an dem ich endlich einmal in aller Ruhe die Zeitung lesen konnte. Für einen kurzen Moment rang ich mit mir, doch eigentlich war mir längst klar, wie ich mich entscheiden würde. Ich war von Natur aus viel zu neugierig, um die Sache auf sich beruhen zu lassen. Was soll's, dachte ich, mal gucken, wo das hinführt.

Um mir ein klares Bild zu verschaffen, versuchte ich in den nächsten fünf Minuten, so viele Informationen wie möglich aus Hefterer herauszubringen. Allerdings vergeblich. Der Gute war so aufgeregt, dass er keinen klaren Satz zustande brachte, sondern sich ständig in Gedanken verhaspelte. Kurzerhand beschloss ich, mich selbst direkt zum Tatort zu begeben. Das war auch nicht weiter aufwendig, denn der Juwelier war keinen Kilometer von meiner Kanzlei entfernt: den Ku'damm in Richtung Halensee, bis kurz vor der Bleibtreustraße. Allerdings wollte ich da nicht alleine hin. Dieser Fall verlangte nach einem Partner, der wie kein anderer geeignet war, mir in dieser Angelegenheit zur Seite zu stehen. Außerdem hatte ich keine Lust, heute etwas alleine zu machen. Irgendwie war mir nach Gesellschaft. Schließlich stand Weihnachten vor der Tür. Während ich mit der linken Hand meinen Mantel griff, entsperrte ich mit dem Daumen der rechten mein iPhone und scrollte durch meine Anrufliste bis zu einer Nummer, die ich nahezu jeden Tag wenigstens einmal wählte. Tobias Baumann.

Tobi war nicht nur mein bester und ältester Freund, sondern nach einer kurzen Karriere bei der Polizei auch der beste Privatdetektiv, den ich kannte. Tatsächlich war er auch der Einzige, mit dem ich regelmäßig zu tun hatte. Bevor ich seine Nummer wählte, sah ich kurz auf meine Uhr. Ich konnte mir ein Lächeln nicht verkneifen. Um diese Zeit würde Tobi noch tief und fest schlafen. Und warum auch immer, ich hatte große Lust, ihn aufzuwecken. Wozu waren Freunde da?

3.

Berlin-Charlottenburg, Kurfürstendamm 45,
Juwelier Hefterer: Montag, 21. Dezember, 08.47 Uhr

Wie jedes Jahr um diese Zeit war der Ku'Damm festlich geschmückt. Strahlend helle Lichterketten zierten die Bäume, die Berlins wohl bekanntesten Boulevard auf beiden Seiten des vierspurigen Fahrdamms säumten. Auf dem Mittelstreifen waren, nur durch Parkhäfen unterbrochen, weihnachtliche Skulpturen aufgestellt. Beseelt blickte ich mich um und war für einen kurzen Moment ganz von dem Zauber des nahenden Festes gefangen. Bis eine aufgeregte Stimme mich mit einem Ruck in die Realität zurückholte.

»Ein Glück, dass Sie so schnell kommen konnten!«, begrüßte mich Karl-Georg Hefterer, und tiefe Erleichterung zeichnete sich auf seinem Gesicht ab. Mit großen Schritten kam er auf mich zu und streckte mir seine Hand zur Begrüßung entgegen. Seine sonst so akkurat zurückgekämmten silbergrauen Haare waren völlig durcheinander, und die bordeauxrote Krawatte, die er unter seinem braunen Tweedsakko trug, hing ihm schief um den Hals. Anstelle des souveränen Geschäftsmanns, der auf den Bildern der Illustrierten an einen vornehmen britischen Lord erinnerte, kam er mir jetzt eher wie der verrückte Professor aus einer englischen Primetime-Serie vor.

»Ein Desaster, ein absolutes Desaster«, überschlug er sich, und ich legte ihm beruhigend meine Hand auf die Schulter. Zuversichtlich sah ich ihn an. »Das ist es, lieber Herr Hefterer, das ist es, aber das kriegen wir schon in den Griff«, erwiderte ich, ohne allerdings zu wissen, ob und wie ich dieses Versprechen jemals einhalten sollte.

Meine Worte machten dennoch einen gewissen Eindruck auf den Juwelier, und er atmete erst einmal tief durch. Das gab mir die Zeit, mich in Ruhe vor dem Geschäft umzusehen. Nicht weniger als vier Streifenwagen säumten die Szene. Ihr Blaulicht hatte zahlreiche Schaulustige angezogen, die hinter den provisorischen Absperrungen aus »Flatterband« Stellung bezogen hatten. Unter ihnen tummelten sich, wie nicht anders zu erwarten, auch die Kriminalreporter der einschlägigen Hauptstadtblätter. Einige davon erkannte ich sofort, wir hatten uns öfter im Gerichtssaal gesehen. Ich widerstand nur schwer dem spontanen Drang, zu diesem

Zeitpunkt eine Stellungnahme abzugeben. Ich hatte ja gar keine Ahnung, worum es hier eigentlich ging. Mit einem jovialen Lächeln in Richtung der Reporter wandte ich mich wieder dem Juweliergeschäft zu.

Von außen waren keine offensichtlichen Einbruchspuren zu sehen. Auffällig war allerdings die Baustelle, die unmittelbar vor dem Juwelier von Beamten der Spurensicherung unter die Lupe genommen wurde.

»Dort sind sie reingekommen«, sagte Hefterer, der meinem Blick gefolgt war. »Unterirdisch, durch einen Tunnel.«

Nicht schlecht, dachte ich und musste den Einbrechern einen gewissen Tribut zollen. Das gab es schon lange nicht mehr. Die meisten Überfälle der letzten Jahre waren sogenannte »Hit-and-Run-Taten«, bei denen die Täter meistens tagsüber in wenigen Minuten unter einer Vielzahl von Passanten und Kunden Geschäfte überfielen, blitzschnell ihre Beute zusammenrafften, nur um dann kurze Zeit später in das wartende Fluchtfahrzeug zu springen und sich aus dem Staub zu machen. Das ging schnell und erforderte weder große Vorbereitung noch Intelligenz. »Ganze fünf Tage ist die Baustelle schon da. Rohrarbeiten. Dachte ich zumindest«, fuhr Hefterer fort. »Tag und Nacht haben die gearbeitet. Trotz der Kälte. Sogar Kaffee haben die von mir gekriegt, und dann so was ...«

Der Juwelier schüttelte den Kopf, ganz offensichtlich persönlich enttäuscht von der Unverschämtheit der Einbrecher. Erst seinen Kaffee nehmen, dann seine Edelsteine. Ich musste allerdings gestehen, dass mein Respekt vor den Jungs von Minute zu Minute wuchs. Wirklich schlau ausgedacht. Ich riss mich aber zusammen und erinnerte mich daran, dass ich dieses Mal ja auf der anderen Seite stand. Hefterer war mein Mandant, nicht die Einbrecher. Ein kurzes Bedauern darüber wischte ich beiseite, als ich hörte, wie jemand meinen Namen rief.

»Eberhardt! Na, auf Sie habe ich gerade noch gewartet. Was machen Sie denn hier?«

Ich drehte mich um und blickte direkt in das von zu viel Arbeit und zu wenig Schlaf gezeichnete Gesicht von Kriminalhauptkommissar Lüning, der mich abschätzig von oben bis unten musterte, so als hätte er mich gerade in flagranti mit der Beute erwischt.

»Meinem Mandanten zur Seite stehen«, erwiderte ich nur knapp und zeigte auf Hefterer, der nervös von einem Bein auf das andere trippelte.

»Soso«, sagte Lüning und sah den Juwelier fragend an. »Wozu brauchen Sie denn einen Verteidiger? Haben Sie sich am Ende gar selbst beraubt?« Schallend lachte er als Einziger über seinen schlechten Witz und kriegte sich nur schwer wieder ein. Als er sich beruhigt hatte, sah er mich misstrauisch an, denn so ganz konnte er sich meine Anwesenheit nicht erklären. Damit waren wir schon zu zweit. Weil aber in seiner Welt nicht sein konnte, was nicht sein durfte, schien er kurz nachzudenken. Und das in der ihm eigenen Geschwindigkeit. Man konnte förmlich sehen, wie sich die Räder in seinem Gehirn langsam zu drehen begannen. Abwechselnd blickte er dabei von Hefterer zu mir und wieder zurück. Dann erhellte sich sein Gesicht. »Ach so, es geht um den Schaden gegenüber der Versicherung. Dafür brauchen Sie den feinen Herrn Anwalt. Na dann. Wir sind hier eh gerade fertig, und Ihr Laden gehört Ihnen jetzt wieder ganz alleine.« Er griff in seine Manteltasche und zog eine leicht zerknitterte Visitenkarte hervor. »Wenn Ihnen irgendetwas einfällt, was für den Fall wichtig sein könnte, melden Sie sich bitte.«

Sein Blick glitt wieder zu mir, und gerade als er den Mund öffnen wollte, vermutlich um seine Meinung über mich, meinen Berufsstand und Verbrechen im Allgemeinen zu teilen, besann er sich offensichtlich eines Besseren. Er schüttelte nur kurz den Kopf, drehte sich dann auf dem Absatz um und verschwand. Ich konnte es ihm nicht verübeln. Strafverteidiger und Polizisten standen einfach nicht auf der gleichen Seite. Ob er mit seiner Einschätzung bezüglich meiner Beauftragung richtiggelegen hatte, war mir selber nicht klar. So oder so war ich ganz froh, ihn los zu sein. Jetzt konnte ich mich wenigstens in Ruhe umsehen und mit Hefterer unterhalten.

Im selben Moment merkte ich, wie jemand von hinten seine Hand auf meine Schulter legte. Ich drehte mich um und konnte es nicht fassen, meinen besten Freund Tobi zu sehen. Wie war der denn so schnell hergekommen. Aus dem Bett gefallen? Seiner Kleidung nach zu urteilen, war das nicht auszuschließen. Jogginganzug und Basecap. Na klar, Alessia, meine kleine Schwester, wohnte gleich um die Ecke. Die beiden waren seit einiger Zeit ein Paar. Ganz offensichtlich hatte er bei ihr geschlafen.

»Hey Alter, hier ist ja ganz schön was los«, begrüßte er mich in allerbester Laune und zeigte mit einer ausladenden Geste von den Schaulustigen und Journalisten zu den Beamten, die gerade dabei waren, ihr Equipment zusammenzupacken.

»Das ist es, mein Lieber, das ist es. Und danke, dass du so schnell gekommen bist.«

Zufrieden, dass wir jetzt zu zweit waren, stellte ich Tobias und Hefterer einander vor und bat den Juwelier, uns zu berichten, was denn eigentlich genau passiert war.

»Natürlich, aber kommen Sie doch bitte rein, hier draußen wird es jetzt wirklich etwas ungemütlich.« Hefterer deutete zum Himmel, wo sich die dunklen Wolken bedrohlich zusammenzogen. Ich nickte, und Tobias und ich folgten ihm in seine Geschäftsräume.

4.

Der im Keller seines Ladens gelegene Tresorraum glich dem Bild einer Kriegsruine, wie man sie aus den Nachrichten kannte. Ein wahres Trümmerfeld. Auf der einen Seite, zur Straße hin, war ein Loch von etwa einem Meter Durchmesser in die Stahlbetonwand gebrochen. Darüber hinaus waren die Fächer der edlen Holzschränke, die sämtliche Wände säumten, allesamt herausgerissen und lagen leer auf dem Boden verstreut. In der einen Wand war zudem eine rechteckige Lücke im Beton zu sehen, an der zuvor der Safe verankert gewesen sein musste. Die Einbrecher waren brutal und zugleich präzise vorgegangen.

»Profis«, sagte Tobias, und ich musste ihm zustimmen. Nachdem wir den Tatort oberflächlich in Augenschein genommen hatten, bat Hefterer uns in die weihnachtlich geschmückte Küche. Wir nahmen an dem kleinen Tisch gegenüber der Einbauzeile Platz, und Tobias griff sich einen mit Schokolade überzogenen Keks von dem großen bunten Teller.

Während Hefterer uns einen Kaffee zubereitete, begann er zu erzählen.

»Gestern war ja verkaufsoffener Adventssonntag, da war es natürlich sehr voll bei uns. Wir hatten bis achtzehn Uhr geöffnet, und es muss so gegen kurz nach halb sieben gewesen sein, als alle Angestellten das Geschäft verlassen hatten. Ich selbst hatte noch ein paar Unterlagen zu bearbeiten und bin dann gemeinsam mit der Putzfrau um genau zehn nach sieben aus dem Laden gegangen. Das weiß ich so genau, weil sich das aus den Log-Daten der Alarmanlage ergibt.«

In der folgenden halben Stunde berichtete uns Hefterer

haarklein, wie er dann heute Morgen in sein Geschäft gekommen war und vom Schlag getroffen wurde, als er den Einbruch bemerkte. Auf meine Frage, wie viele Schmuckstücke und Uhren denn entwendet worden waren, stiegen ihm Tränen in die Augen. Das Ganze hatte ihn offenbar sehr getroffen, und es fiel ihm sichtlich schwer, sich zu konzentrieren.

»Ich, äh, also«, begann er stotternd, und mit einem Mal kam er mir vor wie ein kleiner Junge, der etwas Schlimmes ausgefressen hatte und sich nicht so recht traute, es seiner Mutter zu sagen.

Ha, da gab es also doch einen Grund, warum er mich angeheuert hatte und von dem ich bisher nichts wusste. Ich schaute zu Tobi, und sein Blick sagte mir, dass er den gleichen Gedanken wie ich hatte.

»Herr Hefterer«, begann ich deshalb und versuchte, so beruhigend wie möglich zu wirken. »Ich bin Ihr Anwalt. Alles, was Sie mir sagen, bleibt zwischen uns, und ich werde es nicht weitererzählen. Dazu bin ich durch das Mandantengeheimnis verpflichtet. Und diese Verpflichtung erstreckt sich jetzt auch auf meinen Mitarbeiter, Herrn Baumann.« Ich blickte streng zu Tobi, der zustimmend nickte. »Selbst wenn Sie da mit drinstecken«, fuhr ich fort, »dürfen wir das nicht der Polizei melden.«

Ich schaute Hefterer an, und anstatt der Erleichterung, die ich erwartet hatte, meinte ich jetzt so etwas wie Entrüstung in seinem Blick zu sehen.

»Sie wollen doch nicht etwa behaupten, dass ich mit denen unter einer Decke stecke?«, fragte er jetzt mit schroffem Ton, und ich beeilte mich, ihn zu beruhigen.

»Aber nein, natürlich nicht. Ich hatte nur das Gefühl, dass Sie uns, sagen wir mal, etwas beichten wollen, etwas, das Ihnen ein gewisses Unwohlsein bereitet«, versuchte ich ihn zu besänftigen.

Hefterer nickte und blickte jetzt wieder betreten zu Boden. Von einem Moment auf den andern war seine Entrüstung in sich zusammengefallen.

»Na, dann erzählen Sie mal«, fügte ich in einem zweiten Anlauf hinzu und hoffte, jetzt endlich die wahre Geschichte von Berlins bekanntestem Schmuckhändler zu erfahren. Was er dann allerdings berichtete, war beinahe zu verrückt, um wahr zu sein.

Hefterer hatte vor zwei Jahren sprichwörtlich eine Tüte voll Schmuck aus dem Nachlass einer verstorbenen Kundin erworben. Die Tochter der Kundin, die ihn ganz überraschend aufgesucht hatte, war aus dem Ausland nach Berlin gereist, um sich um alle Formalitäten und die Überführung der Leiche ihrer Mutter zu kümmern. In diesem Zusammenhang hatte sie Hefterer auch den Schmuck angeboten. In einer Edeka-Tüte. Die meisten der Ketten und Ringe stammten aus den Siebzigerjahren. Es war eine bunte Mischung aus Modeschmuck, Halbedelsteinen, geschmacklosen Broschen und einigen wenigen echten Edelsteinen. Hefterer hatte alles zusammen zu einem geringen Preis erworben, mehr um der Tochter seiner Kundin einen Gefallen zu tun, als dass er die bunte Sammlung wirklich hätte haben wollen. Da die verstorbene Dame aber über die Jahre ein halbes Vermögen bei ihm gelassen hatte, hielt er das für anständig und machte den Deal.

Kurz danach hatte er sich dann doch geärgert und befürchtet, einige Tausend Euro aus dem Fenster geworfen zu haben. Um nicht weiter darüber nachzudenken, hatte er die »Sammlung« in einer Kiste in seinem Tresorraum verstaut und mit der Zeit vergessen. Erst vor einigen Wochen war er zufällig wieder darüber gestolpert und hatte sich vorgenommen, die wenigen Steine von Wert nach und nach umzuarbeiten, um sie dann in modernen Fassungen zumindest mit einem geringen Gewinn verkaufen zu können. Dabei war ihm das erste Mal eine Kette mit zugehörigen Ohrringen aufgefallen, die er vorher nicht beachtet hatte, weil sie in einem kleinen, abgenutzten Papieretui gesteckt hatten. Das Ensemble unterschied sich gleich auf den ersten Blick von dem übrigen Schmuck, und Hefterer hatte eine Vermutung, worum es sich dabei handeln könnte. Um sicherzugehen, zog er einen mit ihm befreundeten Fachmann für spätbarocken Schmuck hinzu. Und tatsächlich stellte sich heraus, dass das Ensemble aus der Zeit der Romanoffs stammte und von ganz erheblichem Wert war. Hefterer, den ein schlechtes Gewissen überkam, versuchte, die Tochter seiner verstorbenen Kundin zu erreichen, doch diese war partout nicht aufzufinden. Erst dann und auf Zureden seines Freundes entschloss er sich, die Stücke zu behalten. Er kontaktierte als Nächstes seinen Versicherungsmakler, den er aber nicht persönlich erreichte, und hinterließ auf dessen Mailbox eine Nachricht, um Kette und Ohrringe entsprechend absichern zu lassen. Am nächsten Tag meldete sich eine junge Dame, die sich als Kathrin Dupont ausgab. Sie behauptete, sie würde im Auftrag der Versicherung die Alarmvorrichtung des Juweliers überprüfen müssen, da für die Erhöhung der Versicherungssumme eine entsprechende Absicherung als Grundlage des Schutzes benötigt würde. Hefterer erschien das logisch, und so stellte er der jungen Dame alle Pläne für die Alarmanlage und die Konstruktion seines Tresorraums zur Verfügung.

Langsam dämmerte mir, was hier passiert war.

»Mit wem, außer der jungen Frau Dupont, haben Sie denn von der Versicherung gesprochen?«, fragte ich und hatte zwischenzeitlich Mitleid mit Hefterer. Während seines Berichts war er immer weiter auf seinem Stuhl zusammengesunken.

»Nur mit ihr«, antwortete er. »Sie hatte ja alle Informationen parat, und so hatte ich gar nicht daran gedacht, jemand anderen zu kontaktieren.«

»Und haben Sie diese Geschichte auch der Polizei erzählt?«, fragte ich, obwohl ich die Antwort schon kannte.

Betreten schweigend schüttelte Hefterer den Kopf.

»Was soll ich denn jetzt bloß machen?«, fragte er. »Den Schaden ersetzt mir die Versicherung doch nie, bei der Dummheit, die
ich begangen habe.«

Er schaute mich direkt an. »Und das bedeutet, dass ich pleite
bin. Erledigt.«

»Warum das?«, fragte ich.

»Weil ein Großteil des Schmucks, den ich in den nächsten Tagen verkaufen wollte, noch nicht bezahlt war. Ich habe die Stücke
sozusagen auf Kommission erhalten.«

Schlagartig wurde mir Hefterers Dilemma klar. Wenn er mit
der Wahrheit herausrückte, würde die Versicherung für diesen
Schaden niemals haften.

»Über wie viel Geld reden wir denn?«, wollte ich wissen.

»Viel. Sehr viel«, erwiderte Hefterer. »Die genaue Aufstellung
habe ich in meinem Büro. Bitte kommen Sie doch mit, dann kann
ich sie Ihnen zeigen.«

Ich nickte nur und schaute zu Tobi, der ebenso wie ich kaum
fassen konnte, welch ein persönliches Schicksal sich hier gerade
vor unseren Augen abspielte.

Hefterer griff nach den inzwischen leeren Kaffeetassen, um diese in die Spülmaschine einzuräumen. Warum er das genau jetzt
tat, wusste ich nicht. Und auch nicht, welche Wendung das in diesem tragischen Fall bringen würde.

»Entschuldigung«, sagte er zu Tobi, der mit seinem Stuhl so vor
der Klappe der Spülmaschine saß, dass Hefterer diese nicht ganz
öffnen konnte.

»Oh, natürlich«, erwiderte dieser und rückte zur Seite. Und gerade als Hefterer die Tassen einräumen wollte, stieß Tobias einen
spitzen Schrei aus.

5.

»Stopp!«, rief er in einer Lautstärke, dass Hefterer erschrocken zu-
sammenzuckte und die Tassen fallen ließ. Klirrend zersprangen
sie in unzählige Scherben auf dem Boden. Entsetzt blickten wir
Tobias an. Doch noch bevor ich ihn fragen konnte, was denn
los sei, schob er Hefterer beiseite und kniete sich vor die Spülmaschine.

Mit einem triumphierenden Lächeln drehte er sich dann zu
dem Juwelier um und sah ihn herausfordernd an.

»Ich vermute mal«, sagte er, »dass Ihre Putzfrau gestern die
Spülmaschine ausgeräumt hat, oder?«

»Natürlich«, erwiderte Hefterer, der immer noch ganz entgeis-
tert neben Tobias stand und abwechselnd von ihm zu den Scherben der teuren KPM-Tassen blickte.

»Und wie erklären Sie sich dann diesen Löffel?«, fragte er.

»Welchen Löffel«, wollte Hefterer wissen.

Tobias trat einen Schritt zur Seite und gab den Blick auf die
Spülmaschine frei. Tatsächlich. Im Besteckkorb war ein einzelner
Löffel zu sehen.

»Keine Ahnung«, sagte Hefterer, »den muss da jemand reinge-
tan haben.«

»Wer und wann kann das gewesen sein?«, hakte Tobias weiter
nach.

Hefterer grübelte nach. »Keine Ahnung. Also gestern kann das
nicht gewesen sein. Dann vielleicht heute Morgen einer von den
Polizisten?« Stirnrunzelnd sah er uns an.

»Hatten Sie denen denn einen Löffel gegeben?«, fragte Tobias
weiter.

»Nein, hatte ich nicht. Im Eifer des Gefechts hatte ich denen nicht einmal Kaffee angeboten.« Er zuckte mit den Schultern. »Aber sie hatten ja auch nicht danach gefragt.«

»Na dann«, sagte Tobias, und im selben Augenblick schoss es mir durch den Kopf. Wenn die Putzfrau gestern Abend die Spülmaschine leer geräumt hatte und weder Hefterer noch die Polizei den Löffel eingeräumt hatten, dann musste er von den Einbrechern stammen.

»Und, Groschen gefallen?«, fragte Tobias. Ich nickte und blickte ihn voller Bewunderung an.

Tobias Baumann war ohne Frage einer der besten Ermittler, die ich kannte. Er sah Dinge, die anderen verborgen blieben, und zog Schlussfolgerungen in einer Geschwindigkeit, die mich immer wieder beeindruckte.

Als Nächstes ging er zu dem Mülleimer, öffnete den Deckel und sagte: »Habe ich es mir doch gedacht!«

Auch Hefterer und ich sahen in den Eimer, an dessen Boden in der gelben Mülltüte ein einzelner Joghurtbecher lag.

Mit einem Mal zählte auch ich eins und eins zusammen. Und schlagartig wurde mir klar, dass wir es hier ganz offensichtlich mit Berlins dümmsten Verbrechern zu tun hatten.

Da Hefterer immer noch auf dem Schlauch zu stehen schien, erklärte ich ihm mit dem nötigen Ernst, der mir bei dieser absurden Lage noch blieb, was hier geschehen war.

»Gestern Abend ist offensichtlich eine Gruppe von Einbrechern, die einem zuvor präzise ausgearbeiteten Plan gefolgt war, durch eine Öffnung in den Tresorraum Ihres Geschäftes gelangt. Da sie von Ihnen die Pläne hatten, wussten sie auch genau, wie und wo sie das am besten schaffen konnten, ohne den Alarm auszulösen. Dort haben sie nicht nur sämtliche Wertsachen, die in den Schränken verstaut waren, sondern auch noch den Tresor erbeutet. Rausgeschafft haben sie das alles über die Baustelle, sodass eventuell vorbeikommenden Passanten auch nichts auffallen würde.«

Hefterer nickte, immer noch ratlos, wohin das Ganze führen sollte.

»Im Anschluss oder während der Tat scheint dann zumindest einer der Einbrecher die oberen Räume inspiziert zu haben, vermutlich auf der Suche nach weiterer Beute.«

»Womit er allerdings keinen Erfolg haben konnte«, fiel mir der Juwelier mit einem gewissen Stolz ins Wort. »Denn sämtliche Schmuckstücke mit einem Wert über einhundert Euro werden zum Geschäftsschluss in den Tresorraum im Keller gebracht.«

»Stimmt«, erwiderte ich und verkniff mir jede weitere Bemerkung über die Sinnlosigkeit dieser Vorsichtsmaßnahme im Hinblick auf das Aushändigen der Alarmanlagen- und Baupläne. »Das muss unser Täter dann auch festgestellt haben, ehe er von einem spontanen Hunger überfallen wurde und sich offensichtlich einen Joghurt aus Ihrer Küche genehmigt hatte.«

Jetzt musste auch Tobias Baumann sich auf die Lippe beißen, um nicht in Lachen auszubrechen. Hefterer hingegen schaute mich weiter fragend an.

»Zum Glück hat der Einbrecher eine so gute Kinderstube, dass er Becher und Löffel ordnungsgemäß entsorgt beziehungsweise weggeräumt hat.«

»Womit er«, fuhr Tobias jetzt fort, »vermutlich den Preis als dümmster Verbrecher in diesem Jahr gewinnen wird.«

»Genauso ist es«, schloss ich ab und sah Hefterer an. »Denn mit dem Löffel haben wir auch seine DNA, und mit etwas Glück kann die Polizei ihn dann überführen.«

Erst jetzt begriff auch Hefterer die Zusammenhänge zwischen Löffel, Joghurtbecher und der Lösung dieses Falls. Und von einem Moment auf den anderen überzog sein eben noch so bedrücktes Gesicht ein strahlendes Lächeln.

»Sie meinen, wir können damit die Täter überführen?«

Ich nickte nur, griff nach der Visitenkarte des Kommissars, die Hefterer auf dem Küchentisch abgelegt hatte, und wählte dessen Nummer.

6.

»Und, haben sie ihn gekriegt?«, fragte Klara Schubert und schüttelte ungläubig lächelnd ihren Kopf.

»Haben sie«, erwiderte ich. »Die Beamten konnten die DNA-Probe des Joghurtlöffels eindeutig einem bekannten Täter aus ihrer Datenbank zuordnen. Sie haben ihm einen Besuch abgestattet, und er hat sich sofort und ohne Probleme festnehmen lassen. Tatsächlich war er keiner der ›Brains‹, die diesen ansonsten so genialen Plan ausgeheckt hatten, sondern nur als Träger engagiert. Warum er auf die Idee gekommen ist, nach abgeschlossenem Bruch noch einen Joghurt zu essen und Löffel und Becher dann sorgfältig wegzuräumen, wird wohl sein ewiges Geheimnis bleiben.«

»Und die Beute?«, fragte Klara weiter.

»Haben sie alles gefunden. Der Mann hat gesungen wie ein Papagei, nachdem ihm der Staatsanwalt in Aussicht gestellt hat, dass die Strafe erheblich gemildert werden könnte, wenn er zur Aufklärung der Tat beitragen würde.«

Klara Schubert schüttelte den Kopf. »Unglaublich!«

»Ja, unglaublich, aber wahr. Jetzt muss ich aber los, meine Liebe, denn ich habe noch etwas abzugeben«, sagte ich und hielt den dicken, braunen Umschlag in die Höhe.

Mit hochgezogenen Augenbrauen sah Klara mich an. »Und was genau ist das?«

»Das ist mein Honorar und die Prämie, die Tobias und ich für die Aufklärung des Falles von Hefterer erhalten haben.«

»Und was machen Sie damit, Chef?«

»Die werde ich *effektiv spenden*«, erwiderte ich und zwinkerte ihr dabei zu. »Schließlich ist Weihnachten, und der Fall ist mir so unerwartet in den Schoß gefallen, dass Tobias und ich beschlossen haben, mit dem Geld etwas Anständiges zu tun. Und als wir Hefterer davon erzählt haben, hat er den Betrag sogar verdoppelt.«

Ich stand auf, griff mir meinen Mantel und nahm Klara Schubert noch einmal in den Arm, bevor wir uns für die Feiertage voneinander verabschiedeten. Sie drückte mich fest an sich, blickte auf den braunen Umschlag und dann mir mit einem Lächeln in die Augen. »Frohe Weihnachten, Chef, frohe Weihnachten!«

3

Sonja Rüther

Dingdingeling

Buchholz in der Nordheide

Über die Autorin:

Sonja Rüther, 1975 in Hamburg geboren, schreibt Spannung, Romantik und Fantastik. 2011 eröffnete sie den Ideenreich-Kreativhof in Reindorf, wo sie regelmäßig zusammen mit anderen Autorinnen und Autoren Workshops und Kurse für professionelles Schreiben anbietet. Sonja Rüther lebt mit ihrer Familie in der Nähe von Hamburg.

Im Reihenhaus der alten Muriel Sengenwalder war es brütend warm, Weihrauch und Tannenduft hingen drückend in der Luft, und die kleinen Lichter blinkten in bunten Farben auf der Fensterbank. Festliche Dekorationen vom Nussknacker über Räuchermännchen bis hin zum Engel an der Fensterscheibe verbreiteten Weihnachtsstimmung. Mal alt und abgenutzt, mal neu glänzend. Die Greisin, die hier wohnte, ließ sich das ganze Jahr über alles liefern. Wenn sie dann die Pakete annahm, redete und redete sie, vollkommen ignorierend, dass die Boten langsam rückwärtsgingen, weil sie es eilig hatten. Sie sprach über die teuren Dinge, die sie für ihre undankbare Familie bestellt habe, die sie mit Geldumschlägen dekorieren wolle, damit sich die bucklige Verwandtschaft bis März ab und an mal sehen ließe. Oder sie erzählte, wie sehr alle darauf hofften, sie würde endlich ins Altenheim direkt gegenüber ziehen. Oder wie wichtig es sei, Heiligabend in die Kirche zu gehen. Das sei der einzige Grund, einmal im Jahr das Haus zu verlassen.

Helge musste so viele Päckchen an ihre Tür schleppen und sich so viele Belanglosigkeiten anhören – es war das reinste Schmerzensgeld, das unter dem Tannenbaum auf ihn und seine Komplizin wartete.

»Hast du sie auch echt weggehen sehen?«, fragte Tina, die dicht hinter ihm durch den Flur schlich. Sie konnte Schlösser knacken, nur deswegen hatte er sie mitgenommen, aber ihre ständigen Fragen nervten.

»Ja, doch. Ich bin ihr sogar vom Radeland bis zum Radegang hinterhergelaufen. Die hockt die nächste Stunde in der Messe.« Bis zur St.-Paulus-Kirche war es kein weiter Weg, aber so langsam, wie die Alte ging, hatten sie mehr als genug Zeit, das Haus auf den Kopf zu stellen.

Tina ging an ihm vorbei ins Wohnzimmer und stieß einen leisen Pfiff aus. »Das nenne ich mal Weihnachten.«

In der Stube stand ein großer, geschmückter Baum, dessen grüne Zweige wie ein Dach über den Geschenken ausgebreitet waren. Alles war liebevoll eingepackt. Große und kleine Rechtecke, die darauf warteten, aufgerissen zu werden. Tina zog ihren schwarzen Pferdeschwanz fester und rieb sich die Hände, als wartete sie nur auf den Gong, um das Schlachtfest zu beginnen. Auf dem größten von allen Paketen stand ein kleiner Teller mit Vanillekipferln, die mit ihrem Aroma die Feststimmung komplettierten.

»So eine liebe Oma«, plauderte Tina, ging dichter an die Geschenke und stibitzte sich einen Keks. »Wie ist deine so?«

Kauend ging sie in die Hocke und schüttelte ein paar kleinere Päckchen an ihrem Ohr.

»Na, wie Omas so sind: alt, redet zu viel, dabei aber zu wenig Interessantes, und macht mir ständig ein schlechtes Gewissen, weil ich sie nie besuche.«

Tina streckte sich und fischte einen Umschlag unter dem gekräuselten Geschenkband eines anderen Paketes heraus. »Wohnt die auch hier in Buchholz?«

Helge kniete sich auf die andere Seite und zupfte ebenfalls die Umschläge ab. »Nee, in Jesteburg im Stubbenhof. Ist ganz nett da. Sind so kleine Fachwerkhäuser direkt an der Seeve.«

»Also besuchst du sie doch?« Tina grinste ihn über die Geschenke hinweg an.

»Ich hab beim Einzug geholfen. Ist schon etwas her. So drei Jahre.« Er öffnete den Umschlag und fand zweihundert Euro darin. »Wow, wenn die Alte bei allen so viel reingelegt hat, können wir die Pakete stehen lassen. Es wird eh schwierig, die unauffällig rauszuschaffen.«

Tina begann ebenfalls, die Umschläge zu öffnen. »Wäre schade, ich würde dich zu gern im Weihnachtsmannkostüm sehen. Dafür haben wir es doch extra mitgeschleppt.« Kichernd zog sie die Nase kraus. »Dicker Mann mit prallem Sack. Ich steh auf das Fest der Liebe.«

Helge verdrehte die Augen. »Für dieses Niveau haben wir noch nicht genug getrunken.«

»Das können wir nachher ja ändern. Hab mich schon gefragt, ob du mich endlich nach einem Date fragst. Vielleicht eines, bei dem ich keine Schlösser knacken soll?«

Ihrem Augenaufschlag nach liefe mehr an diesem Abend, wenn er es wollte. Das Problem war, dass sie nicht seinem Typ entsprach. Das Kumpelhafte war eine gute Basis für gemeinsame Drinks in Kneipen und den Einbruch bei dieser alten Schachtel, aber nichts, was ihn anmachte. Seit sie vor drei Wochen das erste Mal in den Heidekrug gekommen war, signalisierte sie ihm ihr Interesse. Im Brausebrand hatte sie ihm seine kriminelle Vergangenheit entlockt und immer wieder davon angefangen, dass sie mitmachen wolle.

Ein Geräusch im Flur ließ die beiden jäh herumfahren. Es war ein Schleifen und dann ein Tock. Sie sahen einander erschrocken an. Weder war die Tür zu hören gewesen, noch sollte jemand hier bei Frau Sengenwalder wohnen. Helge legte einen Finger an die Lippen und stand langsam auf. Wieder war ein Schleifen zu hören, dann ein Tock – und es kam näher.

Gerade als er zur Tür schleichen wollte, trat eine alte, gebeugte Frau ins Sichtfeld, stützte sich so schwer auf den Gehstock, dass ihr Blick auf ihre Füße gerichtet war. »Oh, der Besuch ist schon da«, stellte sie mit krächzender Stimme fest. »Wie schön.«

Sie hob den Kopf und betrachtete die verdatterten Einbrecher. »Aber ihr habt ja noch eure Mäntel an.«

Tina stellte sich neben ihn und drückte ihm die Umschläge in die Hand. »Die muss uns für die Enkelkinder der Alten halten, was tun wir jetzt?«, flüsterte sie ihm zu.

»Spiel einfach mit.« Er steckte sich das Geld hinten in die Hosentasche und breitete die Arme aus. »Ja, äh, wir wollten Oma überraschen, aber wir haben die Geschenke im Auto vergessen. Wir sind gleich wieder da.«

Da sie den Durchgang verstellte, konnten sich Helge und Tina nicht einfach an ihr vorbeidrängen. »Nun setzt euch«, befahl die Greisin. »Macht es euch gemütlich, wir trinken erst mal einen Likör.«

»Ich sagte, wir haben was vergessen«, wiederholte er lauter, da sie offensichtlich kaum hören konnte. »Wir müssen noch mal ZUM AUTO GEHEN!«

»Jaja, es ist auch schön, euch zu sehen.«

»Mensch, Elsa, du musst deine Hörgeräte lauter stellen«, erklang eine andere kratzige Stimme aus dem Flur, dann trat ein dünner, ebenso alter Mann neben sie. Sein Gesicht war ähnlich grau wie der Anzug, den er trug, zudem noch schlecht rasiert, wie einige borstige Stellen zeigten. »Am besten trinkt ihr erst einen Likör mit ihr, bevor ihr zum Auto geht. Wir haben ja Zeit.«

Er deutete auf das Sofa, und Helge und Tina warfen einander vielsagende Blicke zu. Die Alte allein war noch kein Problem gewesen, wahrscheinlich waren ihre Augen genauso schlecht wie ihre Ohren, doch der Mann sah wesentlich fitter aus. Er würde der Polizei astreine Beschreibungen liefern können, sobald der Diebstahl auffiel. »Ist gut, einen Likör, aber dann holen wir die Geschenke«, stimmte Helge zu und gab Tina ein Zeichen, sich zu setzen. Als er neben ihr in das alte Sofa sank und mit seinem Gesäß die Spiralfedern ganz nach unten drückte, beugte sie sich zu ihm, als gäbe sie ihm einen Kuss auf die Wange. »Scheiß auf das Geld«, flüsterte sie ihm ins Ohr. »Wenn wir gleich aufstehen, lässt du die Umschläge unauffällig bei den Geschenken fallen. Dann kommen wir unbeschadet raus aus der Nummer.«

Helge schüttelte den Kopf. »Bist du irre? Wenn in jedem Umschlag das Gleiche drin ist, dann ist das so viel Kohle, wie ich im Monat mit meinem Scheißjob verdiene. Warum bringen wir die beiden nicht dazu, ein paar Liköre mehr zu trinken? Wenn die Alten blau sind, glaubt denen eh keiner.«

Unerträglich langsam schlurfte die Greisin zum Sessel und ließ sich ächzend darin nieder, während der Mann Gläser aus der Vitrine nahm, auf den Tisch stellte und anschließend eine Karaffe mit einer dunklen Flüssigkeit vom Beistelltisch holte. »Muriel hat den Likör extra für euch angesetzt«, sagte er und goss den dickflüssigen, nach Wacholder und Lakritze riechenden Alkohol in zwei der vier Gläser. Anschließend öffnete er eine Flasche *Buchholzer Heidegeist* und schenkte davon etwas in die anderen beiden.

Schon der Anblick der klaren Flüssigkeit stimmte Helge zuversichtlich für seinen Plan. Das letzte Mal, als er sich bei einem Scheunenfest in Dibbersen damit hatte volllaufen lassen, ist es ein extrem kurzer Abend mit Totalausfall gewesen. Bei dem Geruch kehrte sogar die Übelkeit zurück, die ihn selbst heute noch bereuen ließ, das Zeug überhaupt angefasst zu haben. »Na dann, frohe Weihnachten«, sagte Helge und prostete in die Runde.

Wie aus einem tiefen Bergstollen kam sein Bewusstsein wieder in den Wachzustand gekrochen, japste nach Klarheit und ließ Helge geblendet blinzeln. Der Geschmack in seinem Mund war widerlich. Als habe ihm etwas Totes auf die Zunge gespuckt. Mit bleiernen Gliedern erhob er sich in eine aufrechtere Position, sah an sich hinab und dann durch den menschenleeren Raum. Irgendwas war bei dem Plan schiefgelaufen. Draußen war es bereits finster, im Wohnzimmer brannten Kerzen und die weißen Lichtlein einer LED-Kette im Baum. Ein Räuchermännchen stand vor ihm auf dem Tisch und schwängerte die dicke Luft mit weiterem Tannenduft. Jemand hatte Helge Mantel und Schuhe ausgezogen. Wenn der Gedanke nicht so schräg gewesen wäre, hätte er sogar behauptet, dass ihm die Fingernägel geschnitten worden waren. Bei dem Versuch, aufzustehen, bemerkte er Schellen an seinen Füßen, die so fest irgendwo unter dem Sofa angekettet waren, dass er die Füße kaum mehr als eine Handbreit bewegen konnte. »Was zur …«

»Oh, du bist wach«, sagte Frau Sengenwalder und trug ein Tablett mit kleinen Tellern herein. Unterschiedliche Kekse, Pralinen und kandierte Früchte waren darauf angerichtet. »Elsa und Gerd haben dir wohl etwas zu viel eingeschenkt.«

Sein Blick schweifte zur Karaffe mit dem dunklen Alkohol. »Was geht hier vor?«

Bei ihrem Lächeln breiteten sich unzählige dünne Fältchen auf ihrem Gesicht aus. »Na, was wohl? Wir feiern Weihnachten!« Seelenruhig stellte sie die Tellerchen in die Tischmitte und klemmte sich anschließend das Tablett unter den Arm. Ihre Musterung fühlte sich an, als säße er bei seiner Bewährungshelferin. »Wir haben dich etwas angemessener zurechtgemacht. Ein Friseurbesuch wäre das Mindeste gewesen, findest du nicht?«

Irritiert fasste er sich an den Kopf und ertastete einen viel kürzeren Schnitt. Dann fuhr er sich über die Wangen, die bei der Berührung leicht brannten. »Sie haben mich rasiert?«

»Gerd ist Coiffeur. Er hatte in der *Breiten Straße* einen Salon, aber das ist wohl vor deiner Zeit gewesen.«

»Machen Sie mich los!« Je wacher er sich fühlte, desto dünner wurde sein Geduldsfaden. »Sofort, oder ich schrei die ganze Nachbarschaft zusammen.«

Ihr Ausdruck bekam etwas Mildtätiges, ganz so, als habe er etwas schrecklich Albernes gesagt, was sie mit mütterlicher Geduld beantwortete. »Wie lange trägst du hier schon Pakete aus, mein Junge?«

Ihm war nicht klar, worauf sie hinauswollte. »Sieben oder acht Monate.«

»Nicht länger?« Sie legte das Tablett auf die Anrichte und nahm die langen Streichhölzer zur Hand, dann zündete sie nach und nach die Kerzen am Tannenbaum an. »Die Häuser hier sind alle in den Sechzigern erbaut worden. Wir mochten damals den Straßennamen *An der Koppel,* als wir frisch eingezogen sind. Das klang so friedlich. Mein seliger Mann hat jedes Zimmer tapeziert, die Teppiche verlegt und die Holzvertäfelung im Flur angebracht.« Als alle Kerzen brannten, trat sie einen Schritt zurück und pustete das Streichholz aus, das zu drei Vierteln verkokelt war und sich fragil verdreht hatte. »Ist dir mal aufgefallen, dass alle in dieser Nachbarschaft ungefähr so alt sind wie ich?«

Jetzt, da sie es sagte, schon. Alt, redselig und bestellfreudig.

»Wir alle haben etwas gemeinsam«, plauderte sie weiter, nahm ein Glöckchen und läutete es. »Niemand besucht uns an Heiligabend. Niemand hat uns zu sich eingeladen.« Bei diesen Worten kamen nach und nach alte Menschen in festlicher Kleidung ins Wohnzimmer und setzten sich an den Esstisch, der schräg hinter dem Tannenbaum vor der Terrassentür stand. Teller und Schüsseln wurden durch die Durchreiche der Küche geschoben und von den Gästen an den Plätzen verteilt. Helge zählte zehn alte Menschen, die er alle schon mal gesehen hatte. Immer wieder schauten sie verstohlen zu ihm hin.

»Wo ist Tina?«, wollte er wissen.

»Tina, Schätzchen, du kannst jetzt auftischen«, rief Frau Sengenwalder Richtung Küche und blieb in der Stube stehen, als sei sie die Zeremonienmeisterin.

Schritte erklangen im Flur, dann kam Tina in einem eng geschnürten, blutroten Kleid und mit einer großen Terrine in den Händen ins Wohnzimmer. Ihre Haare hatte der Coiffeur in Wellen gelegt und hochgesteckt, sie war geschminkt und sah aus wie ein Püppchen aus den Fünfzigern.

»Stell die Terrine auf den Esstisch. Unser Junge hier bekommt das andere.«

Zu seiner Überraschung tat sie, was die Alte sagte. Sie füllte den Gästen sogar Suppe auf, schenkte Wein in die Gläser. Sie schrie den alten Lüstling nicht an, der ihr dabei über den Po strich. Aus Helges Verwirrung und dem wachsenden Unbehagen wurde mit jedem weiteren Herzschlag Angst. Wenn er bis eben noch den Verdacht gehabt hatte, diese Menschen würden ihnen wegen der kriminellen Absichten eine Lektion erteilen, beschlich ihn nun das Gefühl, dass die Alten irre waren.

Tina eilte wieder in die Küche und kam mit einer großen Platte zurück, auf der eine zerlegte Gans mit Kartoffelklößen, Rotkohl und einer vor Fettaugen im Kerzenschein glänzenden Soße angerichtet war. Sie stellte die Platte vor Helge, als wäre die große Portion nur für ihn allein. Tinas Miene war wie versteinert und verriet nicht, ob sie Angst hatte oder über einen Fluchtplan nachdachte.

»Iss, mein Junge«, sagte Frau Sengenwalder.

»Was soll das?« Helge hatte nicht vor, in diesem Haus auch nur irgendwas zu sich zu nehmen.

»Wir feiern Weihnachten. Nun sei nicht unhöflich.«

Alle starrten ihn an. Sie blinzelten nicht mal mehr.

»Nein«, rief er aus und schob das Essen von sich. »Unsere Eltern werden uns bereits vermissen und die Polizei alarmieren. Freunde von uns wissen, wo wir sind. Wenn Sie uns nicht sofort losmachen, werden Sie es sein, die Ärger bekommen!«

Das Lächeln verlor sich auf Frau Sengenwalders Gesicht. »Meine Lieben«, sagte sie in die Runde, ohne Helge aus den Augen zu lassen. »Wie oft ist in den letzten zehn Jahren die Polizei gekommen, weil die Ganoven, die wir zu Gast hatten, vermisst wurden?«

Ein kalter Schauer lief über seinen Rücken.

»Genau. Nicht ein einziges Mal. Du wohnst gegenüber von Woolworth, hast keine Haustiere, dafür erschreckend viele Silberfischchen im Bad. Der Unordnung nach, bist du mental nicht ganz so auf der Höhe, was auch deine Suizidabsichten erklärt. Der Abschiedsbrief liegt noch im Drucker.«

Helge glaubte, sich verhört zu haben. »Das ist doch krank. Sie können nicht …«

»Wir können machen, was wir wollen«, fuhr Frau Sengenwalder ihm über den Mund. »Wir sind alt. Die Vergessenen der Gesellschaft. Jene, an die man, wenn überhaupt, mit einem schlechten Gewissen denkt, bei denen man froh ist, sobald sich andere kümmern müssen.«

Im Hintergrund fingen die Alten an, schlürfend die Brühe von den Löffeln zu saugen.

»Niemanden interessiert es, wenn Kerle wie du verschwinden.« Frau Sengenwalder sah sich zu ihren Gästen um. »Wie schmeckt dieser Frank?«

Die Alten gaben mit Handzeichen zu verstehen, es habe schon bessere Suppen gegeben.

»Na ja, der war ja auch vom Pflegedienst. Gutes Muskelfleisch, aber kaputte Knochen. Mit Paketboten haben wir bessere Erfahrungen gemacht, weil sie einfach mehr Bewegung haben. Ich sag's mal so: Solltest du nicht alles aufessen, landest du auf jeden Fall in der Kühltruhe. Solange du kaust, überlege ich es mir.«

»Sie verarschen mich doch, oder?«

Gerd trat an ihre Seite und wog einen Hammer in seiner Rechten.

»Jetzt iss endlich«, drängte Tina.

»Oh nein, ihr hättet mich fast gehabt, aber diese Hänsel-und-Gretel-Scheiße kauf ich euch nicht ab!« Er legte seine Hände links und rechts neben die Platte und reckte das Kinn.

»Das ist echt nicht lustig, Tina. Lass mich raten, Finn lädt das auf seinem YouTube-Kanal hoch und kassiert die ganzen Klicks auf meine Kosten. Ha, ha, der dumme Helge hat das voll geglaubt ...«

Ihr entsetztes Kopfschütteln sah echt aus.

Gerd schlug so schnell zu, dass Helge es nicht mal kommen sah. Ein grauenhafter Schmerz explodierte in seiner linken Hand. Der Hammerkopf steckte mit einer Hälfte im Handrücken und hatte ein Loch in den Tisch gerammt. »Du sollst essen!«, schrie Gerd ihn an.

Tina wich zurück und stieß gegen den Tannenbaum. Ihr Kleid fing Feuer, weswegen sie genauso laut schrie wie Helge. Dann traf ihn ein Schlag gegen den Kopf.

Als Helge das nächste Mal erwachte, vernichteten der Brandgeruch und der mörderische Schmerz in seiner Hand und in seinem Nacken jegliche Hoffnung, alles sei nur ein böser Traum gewesen. Die Gäste waren fort, neue Kerzen brannten. Frau Sengenwalder saß ihm im Sessel gegenüber und sah ihn starr an. Noch mehr Essen türmte sich auf dem Tisch. Karamellisierte Birnen, mit Preiselbeeren gefüllte Pfirsichhälften, hart gekochte Eier mit Kaviar, Pasteten, Apfelkuchen, Pudding, Zimtsterne, streng riechender Käse und die angerichtete Gans.

»Noch mal: Solange du kaust, werde ich es mir überlegen«, wiederholte Frau Sengenwalder und deutete auf die Speisen. »Tina scheint dich sehr zu mögen. Sie hat mich angefleht, dich gehen zu lassen. Was findet sie nur an dir?«

Helge streckte eine zitternde Hand aus, nahm sich etwas von der Gänsebrust und biss ab. »Wo ist Tina?«, fragte er mit vollem Mund.

Vorsichtig sah er zur Seite, wo Brandspuren die Wand, den Teppich und die Geschenke zeichneten.

»Sie musste sich umziehen. Ich denke nicht, dass Gerd ihre Frisur noch retten konnte.« Sie schürzte die faltigen Lippen und kniff die Augen zusammen. »Bereust du, hier eingebrochen zu sein?«

Was für eine dämliche Frage. »Es tut mir leid. So unendlich leid. Bitte, lassen Sie uns gehen. Wir sagen zu niemandem ein Wort, das schwöre ich bei meinem Leben.«

Sie hob die Hände aus dem Schoß und deutete mit dem Hammer auf das Essen. An dem matten Metall klebte immer noch Helges Blut.

Gehorsam steckte er sich das nächste Stück in den Mund und kaute.

»Das ist das Problem. Die Reue kommt meist erst, wenn man den Tod vor Augen hat. Das geht uns allen so. Jede Person, die du hier gesehen hast, empfindet den tiefen Wunsch, etwas rückgängig machen zu können. Aber Zeit bewegt sich nur in eine Richtung. Du kannst den Einbruch nicht ungeschehen machen. Ich kann die Morde nicht ungeschehen machen.« Sie änderte etwas ihre Sitzposition und sah ihm versonnen dabei zu, wie er sich einen Bissen nach dem anderen in den Mund steckte. Als äße Helge die Sekunden, mit denen er seine Lebenszeit verlängern konnte.

»Der Erste ist ein Unfall gewesen«, offenbarte sie, und ein Lächeln umspielte ihre Lippen. »Kurt ist ein Heizungsbauer gewesen. Mein Mann war ein Jahr zuvor gestorben, und die Handwerker dachten ständig, sie könnten mir unnötige, teure Reparaturen aufquatschen. Eine Witwe kann man prima über den Tisch ziehen, nicht wahr?«

Sie legte den Hammer auf den Tisch und strich über das glatte Holz bis zum Metall. »Da habe ich rotgesehen. Ich wusste erst, was ich tat, als er schon längst tot vor mir lag. Na ja, und da habe ich ihn kurzerhand in die Kühltruhe gesteckt. Es ist Elsas Idee gewesen, ihn zu kochen, um die Spuren zu beseitigen. Wir haben Pasteten aus ihm gemacht, die wir beim Straßenfest mit aufs Büfett gestellt haben. Und die Nachbarn konnten gar nicht genug davon bekommen. Kurt wurde komplett verputzt, und alle wollten das Rezept haben.« Ein leises Seufzen kam über ihre Lippen, als wäre jene Erinnerung besonders schön. Es klang wie bei anderen, die von der Geburt ihres ersten Kindes erzählten oder an die Liebe ihres Lebens dachten.

Helge wechselte zum Apfelkuchen, weil ihm der Appetit auf Fleisch gänzlich vergangen war, aber essen musste er. »Wurde er nicht vermisst?«

Frau Sengenwalder sah ihn zufrieden an. »Erst später, als wütende Kunden und unbezahlte Lieferanten ihn angezeigt haben. Bis heute hält sich das Gerücht, er sei mit seinem schwarz verdienten Vermögen abgehauen.« Nun zog sie die Schultern an und grinste verschmitzt. »Du weißt sicher, wie das ist, wenn man etwas Verbotenes tut und damit durchkommt, oder? Ich meine, dies wird ja nicht dein erster Bruch gewesen sein.«

Wie konnte die Alte Mord mit Diebstahl vergleichen? Ja, er hatte schon viele Menschen beklaut, aber er würde niemals jemandem wehtun ... oder ihn gar essen!

»Wie dem auch sei. Die Menschen, die in meinem Keller landen, vermisst niemand. Es sind wertlose Kröten wie du. Willst du wissen, wann wir dich ausgewählt haben?«

Langsam schnürte sich ihm der Hals zu. Er kaute langsamer, nahm immer kleinere Bissen und schluckte mühsam. »Als wir hier eingebrochen sind?«

Ihre Augen blitzten vor diebischer Freude. »Oh nein, viel früher schon, mein Junge. Du musst schon mitdenken. Wie hätten wir all das über dich herausfinden und deinen Freitod inszenieren sollen, wenn wir nicht wochenlang recherchiert hätten?«

Sie tat so, als wäre dieser Einbruch keine spontane Aktion gewesen. Dabei war ihm die Idee erst vor einer Woche im Heidekrug gekommen. Zippel hatte ihm ein frisches Bier hingestellt, Tina hatte einen Pasch gewürfelt und sich über ihren Schnaps gefreut, und Ingo wollte mal wieder mit großen Reden die Politik revolutionieren. In jenem Moment hatte Helge mit schwerer Zunge gesagt: »Das ist so ungerecht. Wir arbeiten für unser Geld, aber wir haben nichts davon. Sollen immer blechen, damit wir im Alter unsere beschissene Rente kriegen. Fuck, Mann, wir brauchen die Kohle jetzt. Ich will nicht wie die Säcke dahinten enden, die gar nicht wissen, wohin mit ihrem Geld, weil sie zu alt sind, um was Cooles damit zu machen, und sowieso schon alles haben. Wahrscheinlich bekommen die nicht mal mit, wenn wir in deren Häuser spazieren und uns ein paar Scheine abzwacken, weil sie zu viel davon haben.«

Und Tina war mit eingestiegen. »Du meinst, wir gehen da rüber und holen uns die Flocken?«

Resigniert ließ er den Blick über die Speisen wandern, um irgendwas zu finden, das er noch runterbekäme, aber alles war fettig, kalorienreich oder grauenhaft süß. Als er bemerkte, wie er von der Alten fixiert wurde, nahm er sich einen Lebkuchen und knabberte an der Ecke.

»Du wurdest beobachtet, wie du ein iPhone aus einem Karton geklaut hast. Wer ist so dämlich, das direkt auf dem Fahrersitz statt hinten im Lieferwagen zu machen? Dann hast du bei Diana geklingelt und behauptet, das Paket sei bereits beschädigt gewesen. Dadurch fiel uns auf, dass alle paar Wochen Pakete beschädigt gewesen sind. Somit hast du die mobile Fußpflegerin um drei Punkte überholt. Die hat immer nur Bargeld mitgehen lassen.« Sie wackelte mit dem Kopf und stemmte sich aus dem Sessel. »Wobei du gleichauf mit einem anderen gewesen bist ...« Versonnen sah sie zu den Brandstellen, als stünde dort sein Mitstreiter. »Den hätten Elsa und ich viel lieber gehabt, aber dann bist du gekommen.«

Der Hammer lag inzwischen von ihr unbeachtet auf dem Tisch. Helge versuchte, nicht hinzusehen, damit die Alte ihren Fehler nicht bemerkte, stattdessen stopfte er sich einen halben Kloß in den Mund.

»Wir sollten für heute Schluss machen«, sagte Frau Sengenwalder und pustete nach und nach die Kerzen aus. »Besser, du isst bis morgen noch einiges, sonst zweifle ich an deinem guten Willen.«

»Haben Sie je jemanden gehen lassen?«, fragte er undeutlich und schob den Kartoffelkloßbrei von einer Wange in die andere.

Nur noch eine kleine Lampe neben der Tür brannte. »Du könntest der Erste sein.« Sie ließ sie eingeschaltet und schleppte sich die Treppe hoch. Helge stand auf und musste sich strecken, um an den Hammer zu kommen. Schnell umfasste er ihn und ließ sich zurück ins Polster fallen. Dann beugte er sich unter den Tisch, um die Schlösser seiner Fußfesseln genauer zu betrachten. Einhändig würde es schwer werden, darauf einzuschlagen, ohne die Knöchel zu treffen. Wenn er nicht effektiv vorging, käme die Alte zurück, bevor er auch nur einen Kratzer am Metall verursacht hätte.

Ein Geräusch ließ ihn hochfahren. Er stieß sich den Kopf an der Tischplatte, und der Hammer fiel neben seine Füße.

»Was machst du da?« Tina kam zu ihm gelaufen. Sie schien nicht schwer verletzt zu sein. Ihre Haare waren nun kurz geschnitten. Das Kleid, das sie jetzt trug, war eher schlicht. Wie ein schwarzer Kittel, der ihr viel zu groß war.

»Ich habe einen Hammer. Schnell, hilf mir, damit wir verschwinden können.«

Tina sah sich zur Treppe um und schob dann den Tisch beiseite.

»Ich mach dich los, dann hauen wir ab und halten die Füße still, ja? Wir können gemeinsam untertauchen.«

Helge sah sie irritiert an. »Die essen hier Menschen. Wir müssen die Polizei rufen.«

Als Gegenstück holte sie einen Marmorwürfel, in dessen Mitte ein nahezu antikes Feuerzeug steckte. Sie benutzte den Würfel als Amboss.

»Du denkst, sie glauben einem Vorbestraften mehr als den alten Leuten? Die essen nur Verbrecher, lass uns einfach verschwinden.«

Wenn sie zur Polizei gingen, müssten sie erklären, wie sie ins Haus gekommen waren. Helge war vor zwei Jahren bei einem ähnlichen Vergehen erwischt worden. Selbst wenn die Beamten ihm zuhörten, würden sie ihm anlasten, gegen seine Bewährungsauflagen verstoßen zu haben. Seit seine Eltern das Haus verloren hatten und sie alle damit zurechtkommen mussten, dass sein Vater nach einem Unfall im Rollstuhl saß, glaubte Helge nicht mehr an Recht und Ordnung. *Hilf dir selbst, sonst hilft dir niemand.* »Scheiß drauf. Dann verschwinden wir eben.«

Drei Schläge, und das Schloss war offen. Im Haus blieb es totenstill. »Lauf!«

Neben der Tür lagen die angesengten Geldumschläge zu einem kleinen Stapel aufgetürmt. Helge konnte nicht anders. Es war Schmerzensgeld. Sein Schmerzensgeld. Kurz entschlossen griff er zu und rannte weiter zur Haustür. »Es ist abgeschlossen, du musst sie öffnen.«

Statt sich um das Schloss zu kümmern, nahm Tina ihn in den Arm. »Du hättest nur dran vorbeigehen müssen, um deinen guten Willen zu zeigen. Ich habe mich so für dich eingesetzt, weil ich dich echt gernhabe. Die anderen sind mir alle egal gewesen, aber ich habe Oma gesagt, dass du dich ändern kannst. Es tut mir so leid, ich muss das tun.« Es pikste in seinem Nacken, und ihm wurde plötzlich schwarz vor Augen.

»Guten Tag, Frau Sengenwalder. Andreas Frick ist mein Name. Ich bin der Gutachter Ihrer Versicherung, der den Brandschaden beurteilen soll.«

Die alte Frau trat zur Seite und bat ihn herein. Dass es hier ein Feuer gegeben hatte, hing unverkennbar in der Luft. Der Geruch konnte von den anderen Düften nicht überdeckt werden.

»Ich bin froh, dass Sie da sind. Während der Feiertage hat man mich bestohlen, ich brauche das Geld der Versicherung wirklich dringend, um das Wohnzimmer renovieren zu lassen.«

Andreas brachte einen mitfühlenden Gesichtsausdruck zustande, aber diese rührselige Geschichte hielte ihn sicher nicht davon ab, die Schadensregulierung abzuwenden. Alte Frauen wie sie sollten kein offenes Feuer mehr entzünden. Schon gar nicht in dieser viel zu überheizten Bude, in der alles knochentrocken war. Ein Wunder, dass nicht gleich das ganze Haus in Flammen gestanden hatte.

Als er das Wohnzimmer betrat, sah er neben den Brandstellen an den Wänden und dem Teppich rund um den beschädigten Tannenbaum zehn Leute am Esstisch sitzen und Gulasch essen.

»Oh, ich störe wohl gerade?«

Die Alten lachten ihn freundlich an, redeten durcheinander, wie schön es sei, den ersten Gast im neuen Jahr zu begrüßen, und aßen weiter.

»Setzen Sie sich, ich hole Ihnen auch eine Portion.« Frau Sengenwalder eilte los, bevor er ablehnen konnte. Also trat er dichter an die Tanne heran, besah sich schon mal die Brandursache und ging seine Optionen zur Ablehnung durch. Was den Versicherungskunden vorenthalten wurde, steigerte seinen Bonus am Jahresende. Niemand im Unternehmen verdiente so viel wie er.

»Kennen Sie mich noch? Elsa Winkler, der Wasserschaden in der Hausnummer 19.«

Andreas sah zu der Greisin. »Richtig, das defekte Fallrohr. Ich hoffe, der Schaden ließ sich gut beheben?«

Eigentlich ist das Wasser damals durchs Kellerfenster eingedrungen, das hätte die Versicherung bezahlen müssen, aber beim

Fallrohr lag die Verantwortung komplett bei der Kundschaft. Die Alte hatte so schlechte Augen, den Unterschied hätte sie eh nicht gesehen.

»Hier, bitte sehr.« Frau Sengenwalder stellte ihm einen gut gefüllten Teller hin.

Im Grunde fiel dieser Termin sowieso in seine Mittagspause, also setzte er sich und fing an zu essen. »Meine Güte, das schmeckt sensationell.«

»Oh, wenn es Ihnen so gut schmeckt, dürfen Sie an den Feiertagen gern öfter dabei sein. Ich friere besonders gutes Fleisch extra ein. Was ist nun mit dem Schaden?«, fragte sie und sah ihm beim Essen zu.

»Oh, ich fürchte, das wird nichts. Ich sehe eindeutige Hinweise auf ein schuldhaftes Verhalten, in den AGB steht ...« Er stockte, als er ihr Lächeln bemerkte. In der Regel wurden die Leute wütend oder hatten Tränen in den Augen, aber Frau Sengenwalder sah ihn an, als habe er sich ein Lob verdient.

»Tina, Schatz«, rief sie zur Tür. »Ich denke, Helge kann jetzt gehen. Sag dem Kleinen, er muss sich an die Regeln halten, wenn er der Erste sein will. Erinnere ihn daran, dass wir alle ihn besuchen werden, sollte er rückfällig werden.«

Im Türrahmen erschien eine hübsche, junge Frau mit kurzen Haaren. »Sicher«, bestätigte sie und zwinkerte Andreas zu. »Helge wird sich riesig freuen, dass er gehen darf.«

»Er ist der Verlobte meiner Enkelin«, sagte sie erklärend. »Er hat eine schwierige Zeit hinter sich. So ein Entzug ist hart, aber ich denke, er ist übern Berg, und Tinchen wird ihm sicher nie wieder von der Seite weichen.«

Was für freundliche Menschen. Es tat Andreas ein bisschen leid, ihnen das Geld zu verwehren, aber Nächstenliebe und Erfolg passten nicht zusammen. Er aß genüsslich weiter und zerdrückte die letzte Kartoffel im Rest Soße, um nichts übrig zu lassen. So ein fantastisches Gulasch hatte er in seinem Leben noch nicht gegessen. Ein etwas verwahrloster, junger Mann kam aus dem Keller und ging kauend an der offenen Tür vorbei. In der Hand hielt er eine Keule, von der er schon einiges abgebissen hatte. Er sah zu Andreas, und sein Gesichtsausdruck änderte sich, als erkannte er ihn. Andreas war so gut wie jedem in Buchholz und Umgebung schon mal begegnet, weil er viele Jahre die Versicherungen verkauft hatte, für die er nun als Gutachter arbeitete. Der junge Mann blieb stehen und fixierte ihn, wodurch jeder im Raum die Luft anzuhalten schien. »Sie sind doch der von der Unfallversicherung, oder?«, fragte er mit vollem Mund.

Langsam dämmerte es Andreas. Familie Langenscheidt. Der Vater war in einen Autounfall verwickelt gewesen und seitdem querschnittsgelähmt. Andreas hatte der Versicherung ein Vermögen gespart, durch die Ablehnung der Kostenübernahme. Er erwiderte lieber nichts.

Der junge Mann trat einen Schritt vor, sah von ihm zu den Alten und dann zu Frau Sengenwalder. »Sie haben mein Leben verändert, ich verspreche, dass ich mich an alles halten werde. Danke, dass Sie Ihre Meinung geändert haben. Ihnen allen, vielen Dank!«

Die Alte drehte sich zu ihm. »Wir haben es für Tina getan, vergiss das nicht. Besser du enttäuschst sie nicht und hältst dich an deine Versprechen! Du verdankst ihrer Liebe dein Leben.«

Einmal Junkie, immer Junkie. Genervt sah Andreas auf seine Armbanduhr. Dann gähnte er satt und zufrieden. Die Wärme und das gute Essen machten ihn müde. Der junge Mann verließ das Haus, und aller Aufmerksamkeit kehrte wieder zu ihm zurück. »Nun, ich muss dann auch wieder. Sie erhalten in den nächsten Tagen eine Kopie von meinem Bericht, ich mache nur noch schnell ein paar Fotos.«

»Nach so einem schweren Essen braucht man was Starkes,

nicht wahr?« Frau Sengenwalder stand auf, holte ein kleines Glas aus der Vitrine und eine Karaffe mit einem dunklen, dickflüssigen Likör. Beim Einschenken roch es nach Wacholder und Lakritze.

Was soll's, einer geht immer, und dann nichts wie raus hier.

Hilde Artmeier & Wolfgang Burger

Agatha Christie und die Weihnachtsmänner

Freising

Über das Autorenpaar:

Wolfgang Burger promovierte an der Universität Karlsruhe (TH) zum Dr.-Ing. und arbeitete dort 35 Jahre lang als Wissenschaftler in leitenden Positionen. Seit 1995 ist er schriftstellerisch tätig. Die Gesamtauflage seiner Romane beträgt weit über 700.000 Exemplare. Zahlreiche seiner Romane standen auf der Spiegel-Bestsellerliste.

Hilde Artmeier studierte Biologie an der Universität Regensburg und arbeitete lange u. a. in der Pharmaindustrie und als selbstständige Übersetzerin. Heute ist die Mutter zweier erwachsener Kinder als freie Schriftstellerin tätig. 2004 erschien ihr Debütroman, neun weitere Kriminalromane folgten.

Das Autoren(ehe-)paar lebt und schreibt in Regensburg und Karlsruhe. 2021 erschien bei Knaur mit *Schmutziges Gift* der zweite Band ihrer Thrillerreihe um Marc van Heese und Linda Wanzl.

www.burger-artmeier.com

Linda Wanzl:

»Warum bist du eigentlich so sauer?« Pfeifend legt Marc seine langen Beine auf die Ablage unter dem riesigen Monitor, auf den wir seit ich weiß nicht wie vielen Stunden starren.

»Ich bin überhaupt nicht sauer«, behaupte ich und kuschle mich in die karierte Wolldecke, die ich vor unserer Abreise zum Glück noch eingepackt habe. »Mir ist kalt, was übrigens kein Wunder ist, weil die Standheizung schon wieder nicht funktioniert. Warum hast du nicht die größere eingebaut, die mit mehr Power?«

»Weil dann für die beiden Lautsprecher kein Platz mehr gewesen wäre, und ...«

»Wenn du nicht«, falle ich ihm unwirsch ins Wort, »diese doofen Megaboxen gekauft hättest, die kein Mensch braucht, wäre hier genug Platz für eine anständige Heizung.«

»... und, meine liebe Linda«, spricht Marc unbeirrt weiter, »für das Camping-Klo auch nicht.«

»Das schon nach zwei Tagen kaputt ist.«

»Ich hab ja gleich gesagt, dass dieser Billigschrott, den du unbedingt haben wolltest, nichts taugt.«

»Hm«, sage ich nur, da er sich den Zusatz »wie immer« netterweise verkneift und zudem leider recht hat. »Außerdem habe ich Hunger wie eine Grizzlybären-Großfamilie.«

Meine Abendessen-Tüte ist längst leer, und von den heißen Maroni, die Marc von seinem Rundgang über den Freisinger Christkindlmarkt mitgebracht hat, ist auch nichts mehr übrig. Er seufzt gottergeben und reicht mir seine Tüte. Halbwegs besänftigt verspeise ich den letzten Rest seines Schinken-Camembert-Baguettes und beobachte, wie auf dem 25-Zoll-Monitor wieder einmal Klara Bergmeisters Nachbar mit seinem zotteligen Hund ins Bild trottet, der sein Hinterbein ausgerechnet vor dem Eingang von Klaras Fair-Trade-Laden hebt. Dann verschwinden die beiden im trüben Laternenlicht um die nächste Ecke, und anschließend passiert wieder lange nichts.

»Warum tut sich da nie was?« Frustriert zerknülle ich die leere Tüte und schleudere sie mit so viel Schwung in den blechernen Abfalleimer, dass dieser gegen die Wand des Lieferwagens scheppert, den Marc mit seinem schweineteuren Hightech-Krempel vollgestopft hat. Nur Tisch und Regale sind von Ikea, was natürlich mein Verdienst ist. »Kein Einbrecher weit und breit, mein Hintern ist längst eingeschlafen, und …«

Ich verstumme, denn auf dem kleinen Bildschirm, auf dem der Hintereingang von Klaras Laden und der daran angrenzende Innenhof zu sehen sind, bewegt sich plötzlich doch etwas. Marc zoomt heran. Aber es ist nur die kleine Katze, die wie jede Nacht auf den Mülleimern herumspringt und Schneeflocken fängt.

»Fuck«, murmle ich. »Dreimal Fuck.«

»Glaub mir, Linda. Ich würde jetzt auch lieber zu Hause im Warmen sitzen, Glühwein trinken und Plätzchen futtern. Aber dafür bezahlt uns leider niemand.«

Klaras Anruf kam vorgestern, am späten Freitagvormittag. Seit Wochen hat sie das unangenehme, aber untrügliche Gefühl, jemand steige nachts in ihren Laden ein. Gestohlen wurde bisher zwar nie etwas, auch Türen und Fenster waren immer unbeschädigt. Doch oft, wenn sie morgens die Tür zum Verkaufsraum aufsperrte, war etwas nicht so, wie es sein sollte. Mal war der Ständer mit den Lederrucksäcken verschoben, mal lag ein Alpaka-Schal am Boden, oder die Schale mit den Lavendelseifen stand nicht an ihrem Platz. Die Polizei hat Klara nicht ernst genommen. Solange nichts gestohlen wurde, sehen sie keinen Grund, ihre breiten Be-

78

amtenhintern hierher zu bewegen. Deshalb bat sie Marc und mich um Hilfe, die beiden Betreiber von »Private Eye«, unserer Agentur für private Ermittlungen. Also, eigentlich hat sie nur mich gebeten, da sie Marc nicht leiden kann.

Es klang so einfach. Die Einbrecher waren meistens an den Wochenenden zugange gewesen. Wenn wir den Laden von Freitag- bis Sonntagnacht im Auge behielten, meinte Klara, sollten wir die Eindringlinge früher oder später erwischen. Aber jetzt ist Mitternacht schon vorüber, und der vierte Advent ebenso, und hier geht einfach nichts voran.

Marc van Heese:

Die Katze hat den Spaß am Auf-Mülltonnen-Herumturnen offenbar verloren und sieht sich nach neuen Herausforderungen um. Mit hochgestelltem Schwanz schreitet sie aus dem Sichtfeld der kleinen Kamera, taucht Sekunden später auf dem großen Bildschirm auf, wo die Straße zu sehen ist, auf der seit Stunden tote Hose vorherrscht. Linda gähnt hin und wieder so, dass ich meine, ihren Kiefer knacken zu hören. Aber sie hat immerhin aufgehört zu nörgeln. Glücklicherweise hat Linda mit der Auftraggeberin, die ich von früher kenne und in unguter Erinnerung habe, einen erfolgsunabhängigen Pauschalpreis vereinbart. Fünfhundert Euro für eine Observation von Freitag, zwanzig Uhr, bis Montag, sechs Uhr. Plus Kilometergeld und Futterpauschale.

Die meisten Weihnachtslichter in der schmalen, wie ausgestorben daliegenden Straße sind inzwischen erloschen. Nur ein paar Unerschütterliche, für die Energiesparen und Klimakrise Fremdworte sind, haben ihre Festbeleuchtung angelassen. Die Katze weiß nicht recht, wohin. Anscheinend ist ihr genauso langweilig wie Linda und mir.

Linda Wanzl:

Inzwischen ist es drei Uhr morgens. Das Wasser mit einem Schuss Milch, das ich in eine Tupper-Box gefüllt und vor die Hecktür unseres Wagens gestellt habe, hat die kleine Tigerdame längst aufgeschleckt. Danach hat sie sich zu uns hereingewagt, den Lieferwagen gründlich inspiziert, sich schließlich auf meinem Schoß eingerollt und mich gewärmt. Ich habe ihr im Gegenzug das seidenweiche, rot-weiß gestreifte Fell gekrault und nebenbei literweise Kaffee getrunken, um mich wach zu halten.

»So«, sage ich und schubse das Kätzchen sanft zur Seite. »Ich muss mal wieder für kleine Prinzessinnen.«

»Pass aber auf«, Marc grinst und gähnt in einem, »dass du auf dem Klo keinem Einbrecher begegnest.«

Ich gebe meinem Lebenspartner und Co-Schnüffler einen Kuss, stopfe Handy, Taschenlampe und den Schlüssel für Klaras Laden in die Taschen meiner Cargohose und mache mich auf den Weg. Vorsichtshalber haben wir etwa hundert Meter vom Laden entfernt geparkt.

Erst nach ein paar Metern bemerke ich, dass die gepflegte Katzendame mir trotz Schneeregen folgt. Sie läuft abwechselnd voraus und macht wieder kehrt, vorbei an Vorgärten mit golden beleuchteten Weihnachtsbäumchen und Balkongeländern, an denen Lichterketten blinken. Offenbar will sie nicht, dass ich ihr verloren gehe. Außer uns ist niemand mehr unterwegs, die Häuser, die wir passieren, schlafen ebenso wie ihre Bewohner.

In Klaras Laden, in den die Kleine mir ohne Zögern folgt, habe ich meinen Gang rasch erledigt. Als ich aus der Toilette trete, ist die Katze jedoch verschwunden.

»Miezmiezmiez«, rufe ich und ärgere mich, dass ich sie ins Haus gelassen habe. Ich kann sie nicht einfach hierlassen, wer weiß, was sie alles anstellt. »Komm, Süße, komm zu mir.«

Meine Lockversuche sind leider vergebens, doch im Verkaufsraum höre ich es rascheln.

Der Dielenboden dort knarrt, als ich mit der Taschenlampe in die Holzregale leuchte. Laut dem Schild über dem Eingang wurde das alte Fachwerkhaus im siebzehnten Jahrhundert erbaut. Der Lichtkegel zuckt über Pulloverstapel aus naturgefärbter Wolle, handgetöpferte Keramikbecher mit Buntstiften, handgeschöpftes Büttenpapier. Ich begreife nicht, was Einbrecher hier suchen sollten. Ob vielleicht wirklich nur ein paar testosterongesteuerte Jugendliche dahinterstecken, die sich in einer Mutprobe ihre Männlichkeit beweisen wollen, wie Marc gleich vermutet hat?

Die Tigerdame ist nirgendwo zu sehen. Dann aber höre ich sie miauen, entdecke sie schließlich neben einer Kleiderstange mit Ponchos, wo sie um einen altertümlichen Regenschirmständer aus Messing streicht, der hinter einem großen, in Weihnachtspapier verpackten Paket steht. Ich bücke mich, spüre einen Luftzug, der aus der Holzvertäfelung an der Wand zu kommen scheint, greife nach ihr. Doch sie entschlüpft mir, ich stoße gegen den Schirmständer, mit einem dumpfen Geräusch fällt er um.

Fluchend lege ich die Taschenlampe auf den Boden, will den Ständer wieder aufstellen. Da sehe ich im Lichtschein eine Vertiefung in der Täfelung. Im Zentrum befindet sich ein unauffälliger runder Knopf, auf den Schlangenlinien eingraviert sind.

»Sieht aus wie bei Indiana Jones«, sage ich halb grinsend, halb verdutzt zu der kleinen Katze, die ihr Köpfchen an dem Knopf reibt und wieder miaut. Ungeduldig klingt es, geradezu auffordernd, und bevor ich michs versehe, habe ich schon darauf gedrückt.

Etwas klickt, und wie von Geisterhand gezogen, gleiten die Holzpaneele zur Seite. Dahinter kommt ein Gang zum Vorschein,

ein Geheimgang offenbar, aus dem mir Feuchtigkeit und eisige Kälte engegenströmen. Ungläubig starre ich hinein und sehe das Kätzchen zügig in der Dunkelheit verschwinden. Es scheint sich hier auszukennen.

Marc van Heese:

Was Linda wohl wieder treibt? Vor zwanzig Minuten ist sie im Laden verschwunden. Sie wird doch nicht beim Pinkeln eingeschlafen sein? Macht sie vielleicht eine private Modenschau mit den garantiert vegan hergestellten Fair-Trade-Klamotten, die unsere zickige Auftraggeberin feilhält?

Es fällt mir immer schwerer, die Augen offen zu halten. Selbst Kaffee hilft längst nicht mehr. Es ist nun schon die dritte und zum Glück letzte Nacht, die wir uns hier um die Ohren schlagen, und nichts, nichts, nichts ist passiert. Um mich wach zu halten, surfe ich ein wenig im Internet. »Schon wieder Kirchenraub in Oberbayern« lautet der Aufmacher bei Spiegel-Online. Ausgerechnet aus dem Freisinger Dom, also keinen halben Kilometer von hier entfernt, ist eine vergoldete Madonna verschwunden. Siebzehntes Jahrhundert, Materialwert einige Hundert Euro, der Marktwert geht in die Millionen. Es ist schon der vierte Fall innerhalb weniger …

Moment – hat sich da im Hinterhof nicht etwas bewegt? Vermutlich wieder mal die Ratte, die sich dort nachts regelmäßig nach Verzehrbarem umsieht, das neben den Tonnen gelandet ist. Und wo ist eigentlich die Katze abgeblieben? Ich gehe in dem Video einige Sekunden zurück, und sehe keine Ratte, sondern einen als Weihnachtsmann verkleideten Kerl, der gerade im rückwärtigen Hauseingang verschwunden ist. Über Klaras Laden liegen Mietwohnungen. Vermutlich kommt der arme Kerl todmüde von einem Einsatz bei einer alkoholschwangeren Firmen-Weihnachtsfeier nach Hause.

Linda Wanzl:

Hin und wieder huscht mir etwas über die Füße. Eine Maus vielleicht, hoffentlich nichts Größeres. Bis auf das leise Quietschen meiner gefütterten Stiefel und ein gelegentliches Miauen in der Schwärze vor mir höre ich keinen Laut. Das Licht der Taschenlampe fällt auf den unebenen steinernen Boden, auf Felsenwände, von denen Feuchtigkeit perlt. Der Geheimgang führt stetig abwärts und muss uralt sein, vielleicht sogar älter als das Haus, und womöglich ist das hier der Weg, über den die Einbrecher in Klaras Laden gelangt sind. Wenn mein Orientierungsvermögen nicht völlig versagt, befinde ich mich jetzt unter dem Hinterhof. Ich habe mehrmals versucht, Marc anzurufen. Aber natürlich gibt es hier unten keinen Handyempfang.

Jetzt höre ich doch noch etwas anderes als meine eigenen Schritte, ein entferntes Klirren und Klimpern, vor mir scheint sich der Gang zu einer Höhle zu verbreitern. Eilig schalte ich die Taschenlampe aus, überlege, ob ich nicht lieber umkehren und Marc zu Hilfe holen soll. Durch die Finsternis dringen jedoch weder Stimmen noch das Geräusch von Schritten zu mir, sondern nur ein vergnügtes Miauen und leises Scharren.

Im Dunkeln taste ich mich weiter vorwärts, vorsichtig und so lautlos wie möglich, gelange schließlich durch eine offen stehende Tür aus rauen Holzbohlen tatsächlich in eine Höhle, wie ich an den wegrückenden Wänden und dem veränderten Geruch feststelle. Auch der stetige Luftzug ist plötzlich weg. Ich bleibe stehen, atme ganz flach, lasse einige Minuten verstreichen, um zu lauschen. Erst als ich wirklich sicher bin, dass sich hier außer mir kein Mensch aufhält, schalte ich die Taschenlampe wieder ein. Was ich im aufblitzenden Schein erblicke, verschlägt mir den Atem.

Marc van Heese:

Irgendwas muss da passiert sein, wird mir klar, als Linda nach einer halben Stunde immer noch nicht wieder zurück ist. Zehnmal habe ich schon ihre Nummer gewählt, und immer höre ich nur, der Teilnehmer sei zurzeit nicht erreichbar. Selbst wenn sie wirklich auf der Kloschüssel eingenickt sein sollte – bei der herrschenden Kälte müsste sie längst wieder aufgewacht sein. Leise vor mich hin fluchend, ziehe ich meine dicke Winterjacke über, schlüpfe in die gefütterten Stiefel, schließe den Lieferwagen mit dem kostbaren Inhalt hinter mir ab und mache mich auf den Weg.

Die Ladentür ist unverschlossen, innen ist es stockdunkel. Nur der schwache Schimmer einer entfernten Straßenlaterne und ein von innen beleuchteter Plastik-Weihnachtsmann am Haus gegenüber sorgen für ein wenig Helligkeit. Ich aktiviere die Taschenlampen-App meines Handys, sehe mich um. Keine Linda. Nicht im Laden, nicht im Nebenraum, der hauptsächlich als Lager und Büro dient, und auch nicht in der Toilette, zu der eine schmale Tür im hinteren Bereich des Verkaufsraums führt. Die Toilettentür steht einen Spalt offen, das Licht ist aus, innen ist nichts als sibirische Kälte. Ich beginne, mir ernstlich Sorgen um meine Partnerin zu machen.

Noch einmal gehe ich in den Verkaufsraum, sehe jetzt auch unter den Regalen nach, leuchte in die hintersten Winkel – nichts. Erst, als ich schon aufgeben und die Polizei anrufen will, entdecke ich, dass in einer Lücke zwischen einer dicht behängten Kleiderstange und einem riesigen Weihnachtsgeschenkpaket ein Spalt zu sehen ist. Die Verkleidung der Wand lässt sich zur Seite schieben, bis der Spalt so breit ist, dass ich mich hindurchzwängen kann.

Linda Wanzl:

Kerzenleuchter, Kelche, mit Juwelen geschmückte Kreuze aus Gold und Silber türmen sich um mich herum zu wahren Bergen. Dazwischen Kisten mit Monstranzen und uralten, vermutlich kostbaren Messbüchern, zwischen denen hölzerne, mit Blattgold überzogene Heiligenbilder und kunstvoll bemalte Marienfiguren aufragen. Mittendrin lauert die kleine Katze, die gerade zum Sprung ansetzt. Im nächsten Moment scheppert es, und schon zerrt sie mit den Zähnen nicht etwa eine Maus, sondern einen glitzernden Rosenkranz zwischen zwei Märtyrerstatuen hervor. Sie spielt mit dem Ding Fangen, erzeugt dabei allerhand Geklimper und Geschepper.

Kirchenräuber, durchzuckt es mich. Hier lagern sie ihr Diebesgut. In Freising als Bischofsstadt und den wohlhabenden Gemeinden darum herum ist in dieser Hinsicht vermutlich einiges zu holen.

Mit der Taschenlampe leuchte ich in die Winkel der Höhle, bei der es sich, wie ich jetzt erst erkenne, um ein mit dicken, vermutlich romanischen Steinsäulen abgestütztes Gewölbe handelt. Nirgendwo sehe ich eine zweite Tür oder sonstige Öffnung. Klaras Laden scheint der einzige Zugang zu sein.

Plötzlich ist es ganz still. Kein Klirren mehr, kein noch so leises Tapsen, die Tigerdame muss sich irgendwo verkrochen haben. Ich fühle etwas hinter mir, ahne eine Bewegung, sehe aus dem Augenwinkel etwas riesiges Rotes, fahre erschrocken herum.

Ein Weihnachtsmann.

Finster glotzt er mich an, sein gemütlicher Rauschebart kontrastiert mit dem blitzenden Messer in seiner Hand, das mir ganz und gar nicht gefällt.

Tief atme ich ein und wieder aus, er hebt die Hand mit dem Messer, jetzt muss es schnell gehen. In zwei Schritten bin ich bei ihm und wende einige meiner Krav-Maga-Tricks an ihm an. Mit aller Kraft trete ich ihm in die Weichteile. Meine linke Faust drischt gleichzeitig gegen seine Halsschlagader, mit der anderen ramme ich ihm die glücklicherweise sehr robuste Taschenlampe ins Gesicht, die dabei zu Boden fällt. Stöhnend kippt er gegen eine Statue des heiligen Benjamin, die gemeinsam mit ihm zu Boden kracht.

Als ich mich nach der Lampe bücke, blendet mich ein Lichtstrahl.

»Hände hoch!«, bellt eine dunkle Stimme. »Und zwar gaaanz langsam, du verfickte Bitch, sonst knallt's!«

Ob der dazugehörige Mann wirklich mit einer Waffe auf mich zielt, kann ich in der plötzlichen Helligkeit nicht erkennen. Aber eines ist mir klar: Der Mistkerl steht viel zu weit weg von mir, als dass ich ihn mithilfe meiner Kampfkünste außer Gefecht setzen könnte.

Marc van Heese:

Vor mir ist plötzlich Lärm und Gebrüll. Ich meine, auch Lindas Stimme zu hören. Sie klingt nicht, als hätte sie gerade viel Spaß. Ich beschleunige meine Schritte, aber der Boden ist verteufelt uneben, mein Handy-Akku quittiert ausgerechnet jetzt den Dienst und schaltet die stromfressende App ab. Von einer Sekunde auf die nächste stehe ich in rabenschwarzer Dunkelheit.

Vorsichtig schleiche ich weiter, taste links und rechts, um den Kontakt zu den Wänden nicht zu verlieren, hoffe, dass sich vor mir nicht plötzlich ein metertiefes Loch auftut. Höre ich jemanden atmen? Nein, da ist nichts. Der Lärm hat schon vor einer Weile aufgehört. Dann ist da doch etwas: Eine Tür quietscht. Allerdings so leise, dass ich mir nicht sicher bin, mir das Geräusch nicht doch nur eingebildet zu haben. Riecht es hier nach Weihrauch, oder habe ich schon Halluzinationen? Drehen meine überreizten Nerven jetzt völlig durch? Ich kann nicht sagen, wann ich zuletzt eine Kirche von innen gesehen habe, aber den Duft von heiligem Räucherwerk vergisst man nicht.

Dann ein Rascheln vor mir, ein Luftzug, ein Schlag gegen die linke Schläfe, dass mir fast der Kopf wegfliegt.

Dann nichts mehr.

Linda Wanzl:

»Verdammt, tut das weh!«, höre ich Marc stöhnen, während es aus seiner Richtung heftig klappert und rumpelt. »Du bist sicher, dass es hier keinen anderen Ausgang gibt?«

»Na ja ... Es ging doch alles so irre schnell.«

Behutsam bahne ich mir in der Finsternis einen Weg durch ein Gebirge liturgischer Gerätschaften, klettere auf eine Kiste, taste zum wiederholten Mal die Wände ab. Hin und wieder aktiviere ich das Handy, um wenigstens ein wenig Licht vom Display zu haben. Aber auch mein Akku ist leider fast leer, deshalb nutze ich diese Option nur sparsam. Doch es hat keinen Sinn. Nirgendwo eine Fluchtmöglichkeit. Als ich auf den Boden zurücksteige und auf etwas Weiches trete, das zu groß ist für eine Maus und quiekend das Weite sucht, gebe ich endgültig auf. Ich setze mich auf eine der herumstehenden Kisten, angeekelt, frierend und zutiefst frustriert. Trotz meines mit Daunen gefütterten Parkas ist mir eiskalt.

»Sag mal«, mit zitternden Fingern entferne ich den letzten Rest Klebeband von meinen Handgelenken. Der zweite, ebenfalls als Weihnachtsmann verkleidete Typ hat meine Hände und Füße gefesselt, bevor er die Tür zudonnerte und mich im Gewölbe einschloss. Kurz darauf schleppten er und sein Kumpel, der leider rasch wieder zu sich gekommen war, dann auch noch Marc an, bewusstlos, aber zum Glück nicht gefesselt. »Wo ist eigentlich die Katze abgeblieben?«

»Keine Ahnung, im Geheimgang habe ich sie jedenfalls nicht gesehen. Wahrscheinlich liegt sie hier irgendwo und pennt.« Es poltert erneut, wieder flucht Marc. »Autsch, was ist das denn für ein schweres Ding? Fühlt sich an wie ein Kerzenleuchter.«

Ich erinnere mich, mehrere davon gesehen zu haben, richte mich auf. »Damit könnten wir die Mistkerle k.o. schlagen, wenn sie zurückkommen.«

»Wenn wir dann nicht längst erfroren oder verhungert sind.«

Wir überlegen, wer sich am besten wo positioniert, wenn die Tür doch wieder aufgehen sollte. Falls die falschen Weihnachtsmänner uns hier nicht einfach vermodern lassen, warten, bis die Ratten uns gefressen haben. Außer den beiden Ganoven weiß ja niemand, wo wir sind, und Klara ist unterwegs an die Ostsee, um mit ihren Eltern Weihnachten zu feiern, übermorgen ist Heiliger Abend. Meine Taschenlampe haben die Mistkerle mitgenommen, und mein Handy-Akku scheint nun endgültig den Geist aufzugeben.

Ein leises Schnurren unterbricht unser trostloses Gegrübel, ein kleiner, fester Körper streicht um meine Beine.

»Die Katze ist wieder da.« Ich blinzle die Wut weg, die Tränen, und streichle sie. Dann halte ich inne. »Du, Marc, sie ist feucht, das heißt doch …«

Marc van Heese:

»… dass sie draußen gewesen sein muss«, vollende ich Lindas Satz. »Es gibt also doch einen zweiten Weg in die Freiheit.«

Vermutlich, spekulieren wir weiter, ist er aber zu eng für uns.

»Wir könnten die Katze mit einer Nachricht rausschicken«, schlage ich vor. »Glaubst du, sie könnte zwei, drei Sätze auswendig lernen?«

»Blödmann«, lautete Lindas Antwort.

Als ich wieder zu mir kam, lag ich am eiskalten Boden dieses Gewölbes, hatte dröhnende Kopfschmerzen und vor Kälte klappernde Zähne. Linda meint, seit die zwei Gangster uns hier eingesperrt haben, müsse inzwischen weit über eine Stunde vergangen sein. Oder auch zwei.

»Die Katze ist keine Streunerin«, sagt sie plötzlich aufgeregt. »Sie trägt ein Halsband. Marc, wir könnten eine Nachricht schreiben und daran befestigen. Ihr Herrchen beziehungsweise Frauchen wird sie lesen und uns hier rausholen.«

Ich wühle schon in meinen Hosentaschen nach dem Zettel und Mini-Stift von unserem letzten Ikea-Besuch. »Zu schreiben hab ich was, jetzt brauchen wir nur noch Licht.«

Linda Wanzl:

Wäre es hier nicht so dunkel, würde ich Marc um den Hals fallen. Mit vor Kälte schlotternden Fingern schreibe ich eine Botschaft. Hoffentlich kann unsere Retterin oder unser Retter in spe entziffern, was ich im letzten Schein meines Handys auf meinem Oberschenkel als Unterlage kritzle …

Ich falte den Zettel zusammen, verpacke ihn notdürftig und halbwegs wasserdicht in der Hülle von Papiertaschentüchern und versuche, die Katze zu mir zu locken. Die hat jedoch gerade Wichtigeres zu tun. Dieses Mal erbeutet sie keine Rosenkränze, sondern nach dem kurzen, spitzen Quieken zu schließen, eine Maus.

»Komm doch her, Agatha«, rufe ich zuckersüß. »Kriegst ein Leckerli von mir.«

»Sie heißt Agatha?«, fragt Marc verdattert. »Steht das auf dem Halsband?«

»Ich habe sie so getauft: Agatha Christie. Passt doch ganz gut, findest du nicht? Fühlt sich hier alles sehr nach Krimi an.«

Marc murmelt etwas, sagt dann laut: »Wenn die Katze uns wirklich rettet, dann darf sie sogar Queen Elizabeth heißen.«

Endlich fühle ich das noch immer feuchte Fell an meinen Beinen. Ein bisschen streicheln, ein wenig flüstern, dann kriege ich das Halsband zu fassen und kann meine Plastiktütenpost dort hoffentlich sicher befestigen.

Nun folgt die nächste Herausforderung: Nachdem Agatha längere Zeit nichts von uns wissen wollte, kann sie sich nun gar nicht mehr trennen von ihren lustigen neuen Freunden. Anfangs schubse ich sie nur ein wenig, dann nicht mehr ganz so sacht. Mit Mühe kann ich Marc daran hindern, sie mit einem kräftigen Tritt zum Rückzug zu bewegen.

»Irgendwann wird sie frühstücken wollen«, sage ich überzeugt. »Wir müssen sie nur lange genug ignorieren, dann zieht sie ganz von allein Leine.«

»Bei der Menge an Ratten und Mäusen, die hier hausen, wird es eine Weile dauern, bis sie wirklich Hunger kriegt.«

Es ist gar nicht so einfach, eine Katze zu ignorieren, die einem ständig schnurrend um die Beine schleicht.

Marc van Heese:

Draußen muss längst wieder Tag sein. Linda und ich haben uns eng aneinandergekuschelt, um uns gegenseitig zu wärmen. Aber viel hilft es nicht. Unsere Zähne klappern um die Wette, und die Stimmung ist nicht am Boden, sondern zwei Stockwerke darunter. Seit Ewigkeiten ist kein Wort mehr gefallen. Manchmal hören wir Geräusche, sehr gedämpft, von weit, weit weg. Einmal meine ich das Zufallen einer Autotür erkannt zu haben, einmal rumpelt etwas Schweres über uns hinweg, vielleicht ein schwerer Lkw auf der Straße.

Agatha Christie ist schon vor Längerem verschwunden und wird hoffentlich demnächst bei ihren Versorgern vorstellig werden. Die dann bitte, bitte rasch bemerken, was für eine wichtige Nachricht ihr Haustiger bringt, und, so Gott will, umgehend die Polizei alarmieren.

»Sch!«, macht Linda.

Ich habe es auch gehört. Schritte draußen. Sie kommen langsam näher. Sehr leise, sehr vorsichtig.

Schon sind wir auf den Beinen, jeder mit einem schweren Kerzenleuchter bewaffnet, postieren uns links und rechts von der Tür. Die Schritte kommen zum Stillstand. Der Schlüssel, den die Weihnachtsmänner offenbar haben stecken lassen, wird gedreht, die Tür geht nach außen auf, Licht, so blendend helles Licht, dass ich nicht einmal erkennen kann, wohin ich mit meiner sakralen Waffe zielen soll.

»Was macht ihr denn hier?«, fragt eine Stimme, die nicht nach Weihnachtsmann, sondern nach Klara klingt. »Spielt ihr Verstecken, oder was wird das?«

Linda Wanzl:

»Verstehe, Herr Kommissar.« Klara, das Handy am Ohr, reckt den Daumen nach oben, was immer das heißen mag. »Ich bleibe hier, bis Ihre Leute fertig sind.«

Wir sitzen zu dritt in ihrem Laden, Marc und ich mit kuscheligen Wolldecken von zertifiziert glücklichen Schafen um die Schultern, der alte Ölofen läuft auf Hochtouren. Immer mal wieder kommt einer der Polizisten, die das Diebesgut in der Höhle sicherstellen, wärmt sich auf, verschwindet wieder im Geheimgang.

Klara, die zum Glück das für ihre Mutter bestimmte Weihnachtsgeschenk vergessen hatte, war auf halbem Wege umgekehrt und entdeckte ebenfalls den Spalt in der Wandtäfelung. Während sie großzügig Glühwein nachgießt und Vanillekipferl verteilt, erzählt sie, die falschen Weihnachtsmänner seien leider getürmt, der Kommissar habe jedoch eine Großfahndung veranlasst. Sie standen wohl schon länger unter Verdacht, sich ihren Lebensunterhalt als Diebe zu verdienen, aber bisher hatte er keine Beweise gegen sie gefunden. Dank der mit Finger- und DNA-Spuren übersäten Höhle hat sich das nun geändert. Der Wert der Beute, die die beiden zurückließen, geht nach ersten Schätzungen in die zig Millionen.

»Das Erzbischöfliche Ordinariat von München und Freising hat übrigens eine Belohnung ausgesetzt«, schließt Klara grinsend, und mir wird klar, was der nach oben gereckte Daumen eben zu bedeuten hatte. »Für die Wiederbeschaffung der wertvollsten Stücke.«

»Wie viel, Klärchen?«, fragt Marc, der sie seit unserer Befreiung offenbar ins Herz geschlossen hat.

»Zehntausend Euro.«

Aufgrund meiner sozialistisch-kommunistischen Erziehung war ich zwar nie besonders dicke mit der katholischen Kirche, aber das ändert sich gerade. Ich breche in einen so lauten Jubelschrei aus, dass die kleine Agatha auf meinem Schoß mit einem großen Satz die Flucht ergreift. Die Plastiktütenpost trägt sie immer noch unter dem Halsband. Sie gehört dem alten Mann aus dem zweiten Stock, hat Klara uns erklärt, lässt sich jedoch nur noch selten zu Hause blicken, seit dieser sich auch noch einen Hund angeschafft hat. Nachdem Agatha sich von ihrem Schrecken erholt hat, kommt sie zurück, schnurrt wieder wie ein gut geschmierter Motor und schläft friedlich weiter.

Ich überlege, ob ich sie entführen und mir selbst zu Weihnachten schenken soll, aber Marc ist dagegen.

5

Isolde Peter

Der Weihnachtswolpertinger

Dachselkofen
(fiktiver Ort im Bayerischen Wald)

Über die Autorin:

Isolde Peter ist in der Oberpfalz geboren und in der Nähe von Regensburg aufgewachsen. Wenn sie an der bayerischen Krimireihe rund um die Ermittlerin Daisy Dollinger schreibt, trägt sie dabei grundsätzlich ein Dirndl. Zwischendurch spielt sie unermüdlich bayerische Weisen auf dem Akkordeon. Die Anschaffung eines Dackels hat sie schon fest eingeplant. Sie ist Psychologin und Schriftstellerin und lebt als Exil-Bayerin mit ihrem Berliner Ehemann in der Hauptstadt.

Und wenn er nicht gestorben ist, dann lebt er noch heute. Da schau her, das könnt einer sein!«, sagte Hieronymus Blochner und deutete in den Wald hinein. In den letzten Tagen war viel Schnee gefallen. Die Bäume sahen aus, als ob sie weiße Wintermäntel trügen.

»Das ist doch bloß ein Märchen. Ich lass mich ned verarschen.« Traugott drehte sich zu seiner Schwester Immy und seiner Cousine Daisy um. Die beiden Mädchen lachten. Daisy zeigte auf ein Eichhörnchen, das flink den Stamm einer Fichte hinablief und schneller als ein Wirbelwind in der Dunkelheit des Waldes verschwand.

»Das war ein Wolpertinger – stimmt's, Immy?« Sie hieb ihrer Cousine die Spitze ihres Ellbogens in die Seite, damit diese ihr zustimmte.

»Aua«, beschwerte sich Immy jedoch. »Das hat wehgetan. Du übertreibst es immer so.«

»Einen Schal hat er angehabt, da waren goldene Sterne drauf, und Hörndl auf dem Kopf hat er gehabt, und einen roten Samtmantel mit goldenen Knöpfen. Das war vielleicht ein Weihnachtswolpertinger«, sagte Daisy. Natürlich war die Geschichte vom Wolpertinger, die ihr Vater erzählt hatte, ein Märchen. Das war schon klar. Trotzdem konnte sie sich dieses Wesen, halb Hase, halb Hirsch, das angeblich im Wald hausen sollte, so gut in ihrem Kopf vorstellen, dass es ihr vorkam, als ob es doch existierte.

»Von einem *Weihnachts*wolpertinger hab ich noch nie was gehört. Was hat der denn mit Weihnachten zu tun?« Immy stellte oft Fragen, auf die Daisy nicht sofort eine Antwort einfiel. Umso redseliger war Traugott: »Die Daisy glaubt doch sogar noch an den Nikolaus und ans Christkind.«

»Überhaupt nicht!«, schrie Daisy. Sie stürzte sich auf ihren Cousin und schubste ihn auf den Boden. Ihr Vater und Immy mussten die beiden Streithähne trennen. Traugott klopfte sich den Schnee vom Anorak und der Hose. »Das erzähl ich meinem Babba. Du kriegst von uns nix zu Weihnachten«, drohte er.

»Mandel dich ned so auf«, ranzte Daisys Vater ihn in einem Tonfall an, den er sonst für die Verbrecher, die er in der Münchner Mordkommission verhörte, reserviert hatte. »Jetzt gemma heim. Ich möcht noch a bissl a Ruh ham, bevor die Bescherung losgeht.«

Hieronymus Blochner und Daisy lieferten Immy und Traugott bei deren Eltern ab. Onkel und Tante wohnten mit ihren Kindern im Blochner-Hof, dem ehemaligen Elternhaus der Blochner-Brüder in Dachselkofen. Daisy und ihre Eltern hatten letztes Jahr einen neu gebauten Bungalow am Waldrand bezogen.

Als sie heimkamen, stand ihre Mutter in der Küche und hatte bereits einen Imbiss zubereitet: Wurstbrote, Plätzchen, Tee mit Rum für den Vater und heiße Schokolade für Daisy. Am Küchentisch saß ein Gast mit einem rotbraunen Schnauzbart im Gesicht, womit er ein bisschen an einen Rauhaardackel erinnerte.

»Servus, Hieronymus! Kennst mich noch, Daisy?«

Sie schüttelte schüchtern den Kopf.

»Ich bin der Onkel Helmut aus Wien.«

»Dein Auto ist ned zum Übersehen«, bemerkte ihr Vater.

»Ist das ein Jeep?«, fragte Daisy.

»Das Maderl kennt sich aus«, lachte der Gast. »Du hast recht. Das ist ein Cherokee. Das neueste Modell.«

»Gehst du neuerdings auf Großwildjagd in Wien?«, wollte ihr Vater vom Onkel wissen.

»Auf die Hasenjagd«, antwortete dieser. »Ich sag nur: Allradantrieb. Da schaut dein Mercedes alt aus.«

»Der fährt immer noch wie geschmiert. Es geht nichts über gute, deutsche Wertarbeit …«, fing ihr Vater an, in diesem Moment klingelte jedoch das grüne Wandtelefon im Flur, und er stand auf, um den Anruf entgegenzunehmen. Einzelne Wortfetzen waren in der Küche zu hören: »Na – ned scho wieder die G'schicht – kann sich ned jemand anders drum kümmern? – ja, natürlich bin ich in Dachselkofen – ja, gut, ich halt die Augen offen – es ist übrigens Weihnachten …!«

»Was ist denn los?«, fragte Daisys Mutter, als der Vater wieder am Küchentisch saß. Es klang besorgt. »Musst du nach München? Du hast doch Urlaub.«

»Ein Kriminaler ist immer im Dienst.«

»Du hast versprochen, dass wir Weihnachten dieses Jahr alle zusammen feiern. Der Helmut ist extra aus Wien gekommen.«

»Ist was passiert in München, worüber ich berichten könnt? Ein Mord? Ein Sexualdelikt?«, wollte Onkel Helmut wissen. »Eine zerstückelte Leiche? Ein Serienmord? Bist deshalb angerufen worden?«

»Das fehlt mir noch«, seufzte der Vater, »dass du in deinem Schmierblatt was über mich schreibst.« Er blickte zu Daisy. »Magst *du* ned lieber fernsehschauen?«

Das ließ sie sich nicht zweimal sagen. Sie rannte ins Wohnzimmer und schaltete den Fernseher an. Zu ihrer Freude lief das Kinderprogramm. Die Männer in der Küche redeten allerdings so laut miteinander, dass Daisy gar nicht anders konnte, als mit halbem Ohr hinzuhören.

»Wer war denn jetzt am Apparat?«

»Ein Kollege aus Niederbayern.«

»Und was hat er wollen?«

»Einen Gefallen.«

»Muss man dir alles aus der Nase ziehen?«

»Wenn du es unbedingt wissen musst: Es treibt sich hier im Bayerischen Wald einer herum.«

»Ein Verbrecher? Und was macht er? Raub? Mord? Erpressung?«

»Paragraf 183.«

»Das sagt mir nix.«

»Exhibitionistische Handlungen.«

»Ein Exhibitionist?«, lachte Onkel Helmut. »Einer, der sein Zumpferl zeigt und damit die Damenwelt erschreckt?«

»Bei euch in Wien mag das gang und gäbe sein, aber hier bei uns in Bayern ist das eine Straftat.«

»Eh klar«, räumte Helmut ein. »Aber schon interessant, dass das Nackertsein nur bei Männern strafbar ist.«

»Frauen können wegen Erregung öffentlichen Ärgernisses belangt werden. In diesem Fall ist es aber eindeutig ein Mann. Vor ein paar Tagen soll er in einem Nachbarort gesichtet worden sein.«

»Das ist ja furchtbar«, schrie Daisys Mutter auf.

»Dass da draußen einer rumläuft, der ...«

»Die tun nix, Heidrun, die wollen nur spielen.«

»Das ist eine strafbare Handlung«, wandte Daisys Vater ein. »Ein sogenanntes Steigerungsverhalten, wie wir das in der Kriminalistik nennen, ist allerdings selten. Meistens bleibt es beim Exhibitionismus. Sollte das Bürscherl hier in Dachselkofen auftauchen, schnappe ich ihn mir.«

»Bürscherl?«, fragte Onkel Helmut. »Ist der noch so jung?«

»Laut Personenbeschreibung ist er zwischen 18 und 30 Jahren alt. Er fährt einen Kleinwagen, einen Fiat Uno, ist Bartträger und war gekleidet mit einer Wollmütze, einem roten Wollmantel und einem schwarzen Gürtel.«

»Raffiniert!«, bemerkte Onkel Helmut. »Wenn er dann den Gürtel aufschnürlt und seinen Mantel aufzieht, ist er drunter natürlich nackert. Vermutlich ist er aber auch ortsfremd.«

»Wie kommst du da drauf?«

»Sonst hätte er sich als Christkind verkleidet.« Das Lachen von Onkel Helmut dröhnte dermaßen aufdringlich durch den Bungalow, dass Daisy den Fernseher lauter stellen musste.

Mit der Zeit wurde das Kinderprogramm doch ein bisschen langweilig. Daisy stand auf und schaute sich den Christbaum an, den sie am Vormittag zusammen mit ihrem Vater geschmückt hatte. Natürlich wusste sie, dass nicht das Christkind die Geschenke brachte, sondern ihre Eltern sie kauften und unter den Baum legten. Wie jedes Jahr hatten sie auch eine Weihnachtskrippe aufgestellt. Ochs und Esel waren mit Heu und Stroh versorgt. Das Jesuskind lag in ein weiches Baumwolltuch gehüllt im Futtertrog und schlief. Ein Engel wies den Hirten und den Heiligen Drei Königen den Weg zum weihnachtlichen Stall.

Daisy ging zur Balkontür und schaute hinaus. Die Welt draußen sah ein bisschen verschwommen aus, deshalb schob sie die Gardine beiseite. Schneeflocken tanzten wie zierliche Ballerinas vom Himmel. Sie erkannte am Waldrand den Jeep ihres Onkels und dahinter den Mercedes ihres Vaters. Neben den Autos stand ein Mann mit einem langen Mantel und einer Wollmütze auf dem Kopf. Zuerst sah es so aus, als ob er zum Gartentor laufen wollte. Er blieb aber mit einem Ruck stehen, tippte sich mehrmals an die Stirn, und drehte wieder um.

Daisy dachte an das, was ihr Vater vorhin erzählt hatte, und lief in die Küche.

Ihre Mutter stand am Herd und rührte in den Töpfen. Der Backofen strahlte eine wohlige Wärme aus. Es roch so gut nach Nelken, Äpfeln und Gänseschmalz, dass Daisy fast vergaß, warum sie in die Küche gerannt war.

»Hast schon viereckige Augen vom Fernseher?«, fragte Onkel

Helmut. Daisy blickte zu ihrem Vater, der seine Lesebrille auf die Nasenspitze geschoben hatte und in der Zeitung etwas zu suchen schien.

»Babba?«, fing sie an.

»Was ist denn, Daisy?«

»Ich hab was gesehen.«

»Eppa schon wieder einen Weihnachtswolpertinger?«, zwinkerte ihr Vater.

»Nein, einen Mann. Ich glaub, das war der Exhibitionist.«

Sie wunderte sich über seinen irritierten Blick, denn sie hatte das Fremdwort perfekt ausgesprochen.

»Wie kommst denn auf so was?«

»Der hat einen roten Mantel angehabt, wie der Nikolaus, und eine Wollmütze auf dem Kopf, aber ein Zumpferl hab ich nicht gesehen.«

Onkel Helmut fing an zu lachen, ihr Vater dagegen sprang auf, als ob ihn eine dicke, fette Tarantel gestochen hätte. Daisy und ihr Onkel eilten ihm hinterher ins Wohnzimmer.

»Dahinten.« Daisy zeigte in die Dunkelheit. »Da ist er gestanden.« Eine Straßenbeleuchtung gab es in diesem Teil von Dachselkofen noch nicht.

»Ich seh nichts«, stellte Onkel Helmut fest.

»Natürlich nicht«, erklärte Daisy. »Er ist ja wieder weggegangen.«

»Vielleicht hast du dir das nur eingebildet!«

»Wenn die Daisy das sagt, wird es schon stimmen«, wies ihr Vater den Onkel zurecht. Er öffnete die Balkontür. Von ferne war das Geräusch eines Motors zu hören.

»Der fährt weg«, stellte der Vater fest. »Aber den schnapp ich mir.« Er stürmte in den Flur und zog seinen Lodenmantel und die Fellmütze mit den Ohrenklappen an.

»Wir gehen noch ein bissl Luft schnappen«, rief Onkel Helmut in die Küche. »Zieh schnell deinen Mantel an«, flüsterte er Daisy ins Ohr.

»Bleibts ned so lang draußen, die Desirée soll sich ned erkälten«, meinte die Mutter. »In zwei Stunden ist das Essen …« Der Rest war nicht mehr zu hören, weil die Haustür zufiel.

Daisys Vater stand vor seinem Mercedes.

»Eindeutig ein Fiat Uno«, sagte er. »Das hab ich am Motorgeräusch erkannt. Der muss langsam fahren bei dem Schnee, sonst haut es ihn aus der Kurve.« Er stieg in den Mercedes. »Ihr bleibts hier. Ich schnapp mir das Bürscherl, den hol ich ein.«

Es dauerte einen Moment, bis der Motor des Mercedes zu rattern begann und sich das Auto in Bewegung setzte.

»*Der Exhibitionist von Niederbayern gejagt vom Großen Blochner*«, grinste Onkel Helmut. »Da schlecken sich die Magazine die Finger danach, das wird in Hochglanz gedruckt. Die Story lassen wir uns ned entgehen. Ein Glück hab ich meine Kamera dabei.« Er hob Daisy in den Jeep und schnallte sie auf dem Beifahrersitz fest, dann setzte er sich an das Lenkrad und startete den Motor.

»Auf geht's!«

Der Schnee fiel mittlerweile nicht mehr in zarten Ballerinaflocken vom Himmel, eher sah es danach aus, als ob einer von oben gewaltige Mengen Puderzucker auf die Erde streute. Der Mercedes ihres Vaters bog rechts ab, der Jeep folgte ihm mühelos.

»Ich hätte gedacht, so ein Exhibitionist will einfach nur ins Dorf fahren und sich dort vors Fenster stellen …«, fing Onkel Helmut an.

»Was ist ein Exhibitionist?«, fragte Daisy. »Und warum will sich der Babba das Bürscherl schnappen?«

»Das erkläre ich dir später.«

»Und warum hat der ein Zumpferl dabei?«

Onkel Helmut lachte.

»Das fragst du am besten deinen Babba oder deine Mamma, weil das hat mit dem kleinen Unterschied zu tun. Hast du schon mal von den Bienen und den Blümerln gehört …« Ehe er die Frage beenden konnte, musste er scharf auf die Bremse treten. Der Jeep blieb mit einem Ruck stehen. Sie wippten einmal vor und einmal zurück. Am Straßenrand stand der Mercedes von Hieronymus Blochner. »Ja, was ist denn jetzt los? Warum steht dein Babba da mit seiner rostigen Wertarbeit herum, statt den Exhibitionisten zu jagen?«, stellte Onkel Helmut eine Frage, auf die Daisy auch keine Antwort wusste.

Die Fahrertür wurde aufgerissen, und Daisys Vater schrie den Onkel an: »Ham sie dir in dein Hirnkastel neigschissen?« Sein Blick fiel auf Daisy, und da brüllte er gleich noch mal los: »Ja, bist du wahnsinnig geworden? Was hat die Daisy hier zu suchen?« Onkel Helmut duckte sich, als ob der Vater Pfeile auf ihn abgeschossen hätte, denen er ausweichen wollte. »Ich hab gedacht, du und der Exhibitionist, ihr fahrts nur schnell ins Dorf, er stellt sich hin, ich kann ein paar schöne Fotos schießen und die Sache ist vorbei«, entschuldigte er sich.

»So deppert kann man doch gar ned sein! Wieso sollte der ins Dorf reinfahren? Der ist Richtung Bundesstraße abgebogen und will natürlich nach Süden, vermutlich nach Dingolfing, Deggendorf oder Landshut.«

»Ja, und warum stehen wir dann *hier* rum?«, fragte Onkel Helmut. »Ist irgendwas mit deinem Mercedes passiert?«

»Gemma, gemma«, knurrte der Vater, ohne näher auf die Frage einzugehen. Er öffnete die hintere Tür und stieg ein. »Jetzt kannst zeigen, was dein Jeep draufhat.«

»Sehr wohl, Sir«, sagte Onkel Helmut und salutierte wie ein Chauffeur in einem Spielfilm. Sie fuhren los.

»Geradeaus, dann abbiegen Richtung Bundesstraße«, erklärte der Vater. »Ich habe leider das Kennzeichen nicht erkennen können, sonst hätte ich eine Fahndung rausgegeben. Aber find hier erst mal eine Telefonzelle! Ist das alles, was dein Jeep zu bieten hat?«

Onkel Helmut ließ den Motor aufheulen. Die Strecke wurde hügeliger, dafür fiel noch mehr Puderzucker vom Himmel, der die Sicht verschlechterte. Der Jeep kämpfte sich durch den unbarmherzigen bayerischen Schnee.

»So wie es ausschaut, fährt der nach Landshut«, brach der Vater das Schweigen. »Da können wir ihn direkt bei der Polizeiinspektion abliefern. Die werden sich freuen.«

»Bist du dir sicher, dass das ein Fiat Uno ist?«, fragte Onkel Helmut und kniff seine Augen zusammen. Die Scheibenwischer kamen kaum hinterher, den vielen Schnee aus dem Blickfeld zu schieben. »Für mich sieht das eher nach einem VW Polo aus.«

»Ich erkenn doch einen Fiat«, herrschte der Vater ihn an. »Achtung – er biegt ab.«

Onkel Helmut riss das Lenkrad rum, sodass sie alle drei nach links geschleudert wurden.

»Pass doch auf! Du bringst uns noch alle um!«, schrie der Vater. Das Auto bog in eine schmalere Straße ein. Das Straßenschild war von Schnee bedeckt und nicht zu entziffern. »Wo will der denn jetzt auf einmal hin?«

Daisy saß ruhig auf dem Beifahrersitz und blickte nach vorne in das Schneegestöber. Es kam ihr vor, als ob sie plötzlich im Fernsehen gelandet war und an einer Verfolgungsjagd am Südpol teilnahm. Genauso weiß und weit war die Landschaft. Es fehlten nur noch die Pinguine.

»Fährt der Depp eppa zum Ohu?«, rief ihr Vater.

»Welches Uhu?«, fragte Onkel Helmut.

»Das Ohu, das Kernkraftwerk an der Isar.«

»Leckts mi am Oasch, warum will ein Exhibitionist ausgerechnet an einem Kernkraftwerk seinen Mantel lüften, um sein ...«, meinte Onkel Helmut. »Meinst du, der ist ein Terrorist und will in Wirklichkeit das Kernkraftwerk in die Luft ...«

»Jetzt hälts deine Bappn, du machst der Daisy bloß Angst.«

Daisy zitterte, weil ihr kalt war, nicht weil sie sich Sorgen gemacht hätte.

»Himmi, Oasch und Zwirn!«, rief Onkel Helmut aus. »Schau, jetzt ist er auf einmal weg.«

Vorsichtig brachte er den Jeep zum Stehen.

»Hast du deine Schusswaffe dabei?«, fragte er.

»Bist du narrisch?«, erzürnte sich der Vater. »Ich hab eine Taschenlampe und ein Fernglas. Das muss reichen. Und du bleibst schön brav im Auto sitzen«, ermahnte er Daisy.

Das Fenster beschlug. Sie rieb mit ihrem Handschuh eine kreisrunde Stelle frei und stellte sich vor, dieses Guckloch sei ein Fernglas, durch welches sie ihren Vater und ihren Onkel beobachten konnte. Die Männer liefen durch den Schnee, und nach ein paar Minuten waren sie wie vom Erdboden verschluckt. Um sich die Zeit zu vertreiben, fing Daisy an, bis hundert zu zählen. Das war gar nicht so einfach, denn wenn sie eine falsche Zahl sagte oder ihr nicht mehr einfiel, wie es weiterging, musste sie neu anfangen. Sie war bei vierundsiebzig angelangt, als ihr Vater, der Onkel und ein weiterer Mann aus der Dunkelheit auftauchten und ins Auto stiegen.

Ihr Vater schob den Mann neben sich auf die Rückbank. Onkel Helmut nahm auf dem Fahrersitz Platz und schaltete die Innenbeleuchtung an. Daisy und er drehten sich gleichzeitig um. Von der Kleidung des Mannes tropfte es. Im Auto roch es auf einmal nach nassem Hund.

»Der erfriert uns ja«, bemerkte Onkel Helmut und seufzte. Er stieg aus, lief nach hinten und öffnete die Ladetür. Wortlos schob er Daisys Vater eine karierte Decke hin: »Wickel ihn ein.«

»Wir bringen ihn so schnell wie möglich ins Krankenhaus.«

»In welches?«, fragte Onkel Helmut.

»Was fragst du so blöd? Ich sag dir schon, wie du fahren musst.«

In die Wolldecke gewickelt, glich der Mann einer Mumie, die still vor sich hin bibberte.

Vom Krankenhaus aus rief der Vater bei der Polizei an. Nach einer Viertelstunde kam ein uniformierter Polizist in den Warteraum. Er grüßte und warf einen Blick auf den Mann, der immer noch in die Wolldecke gewickelt war.

»Das ist er ned«, sagte er.

»Wie? Das ist gar kein Exhibitionist?«, fragte Onkel Helmut.

»Na, das is er ned«, bekräftigte der Polizist noch mal. »Passt ned auf die Personenbeschreibung. Zu klein, und der hat ja ned amal einen Bart.«

»Den kann er sich angeklebt haben«, protestierte der Vater. Der Polizist wandte sich direkt an den Mann: »Ihre Personalien hätte ich gerne. Ausweis. Führerschein.«

Der Mann wirkte immer noch schläfrig.

»Alles in meinem Auto.«

»Ich schick einen Streifenwagen und Abschleppdienst hin. Wissen Sie Ihren Namen noch?«

»Konrad Spengler.«

»Und was war heute an Heiligabend so dringend, dass Sie es gar so eilig gehabt haben?«

»Nach Hause wollt ich halt.«

»Soso«, sagte Daisys Vater. »Und warum sind Sie dann auf das Ohu zugefahren? Und was haben Sie überhaupt davor in Dachsel-kofen zu suchen gehabt?«

Der Mann hielt sich den Kopf mit beiden Händen, als ob er sich die Haare raufen wollte.

»Mein Auto steckt im Längenmühlbach fest.«

»Seien Sie froh, dass der Herr Kriminalkommissar Blochner Sie aus dem Bach rausgezogen hat.«

»Kriminal*haupt*kommissar«, ergänzte der Vater.

»Sind Sie wirklich kein Exhibitionist?«, fragte Onkel Helmut.

»Was soll denn der Schmarrn!«, stöhnte der Mann. »Ich bin der Nikolaus!«

»Und ich bin das Christkind, kam her geschwind wie der himmlische Wind«, sagte der Polizist. Er blickte zu Daisys Vater. »So wie es ausschaut, hat der eine saubere Gehirnerschütterung.«

»Is scho lustig: Bei euch fahren die Exhibitionisten Fiat Uno und der Nikolaus einen VW«, fing Onkel Helmut an, stoppte aber, als ihm Daisys Vater einen bösen Blick zuwarf.

»Glaubts es mir doch, ich bin der Nikolaus und wollt nur schnell nach Haus. Ich zeigs euch«, sagte der Mann und zog die Decke auseinander. Daisy wunderte sich, warum ihr der Vater die Augen zuhielt. Als er die Hand wieder wegnahm, sah sie, dass der Mann mit einem Stück Papier herumwedelte. »Das ist der Schrieb vom Nikolausdienst. Für den arbeite ich.«

»Hätten Sie dann nicht bereits am 6. 12. ihren Dienst antreten sollen?«, fragte der Polizist amüsiert. Der Mann schüttelte den Kopf, wobei er anscheinend wieder einen Schmerz verspürte und die Augen zusammenkniff.

»Meine Chefin sagt, da werden alle noch schauen, wie das bald in Mode kommt, dass der Nikolaus am Heiligen Abend vorbeischaut.«

»Und warum wollten Sie dann nach Hause, statt die Geschenke abzuliefern?«

»Ich habe meinen Sack vergessen, ohne den kann ich mich doch vor den Kindern nicht zeigen.«

»Jessas, das klingt irgendwie obszön«, meinte Onkel Helmut.

»Das Drecksglatteis ... die armen Kinder ... ohne Sack, keine Geschenke«, stammelte der Mann. Dann fielen ihm die Augen zu, und er schwieg, bis endlich der Doktor kam.

Als sie wieder zu Hause in Dachselkofen waren, saßen die anderen Gäste, Onkel Traugott, Tante Emerenz sowie Immy und Traugott junior bereits am Esstisch und warteten auf den Rest der Familie. Daisys Vater erwähnte den Motorschaden des Mercedes und erzählte, wie sie mit dem Jeep von Onkel Helmut einen Mann gerettet und ins Krankenhaus gebracht hatten.

»Da habts ja direkt am Heiligen Abend eine gute Tat getan«, sagte die Mutter und schien schon ein ganzes Stück weniger verärgert als vorhin.

Der Rest des Heiligen Abends verlief recht harmonisch, nur während der Bescherung drohte die Stimmung zu kippen. Es gab nämlich für jeden nur ein Geschenk.

»Der Nikolaus ist einfach nicht gekommen«, jammerte Daisys Mutter. »Der hat auch nicht angerufen, um zu sagen, wo er mit den Geschenken bleibt.« Sie warf ihrem Mann einen kurzen Seitenblick zu.

»Wieso der Nikolaus, Tante Heidrun?«, fragte Traugott junior und blinzelte mit seinem rechten Auge, damit auch bloß jeder erkannte, dass er einen Spaß machen wollte. »Die Daisy glaubt doch, dass das Christkind die Geschenke bringt, haha, aua!« Daisy gab ihm mit ihrem Fuß einen kräftigen Hieb gegen sein Schienbein. »Du hast doch heute sogar geglaubt, dass es einen Weihnachtswolpertinger gibt«, setzte er mit schmerzverzerrtem Gesicht nach. Am liebsten hätte sie ihm noch eine Watschen runtergehauen, damit er heulte wie eine Alarmsirene, aber Weihnachten war das Fest des Friedens, da riss sie sich zusammen.

»Du hast überhaupt keine Ahnung«, sagte sie. »Der Nikolaus ist kein Exhibitionist, sondern arbeitet für den Nikolausdienst, das wird bald in Mode kommen. Da werds ihr noch schauen. Er hat aber eine saubere Gehirnerschütterung, weil er mit seinem VW Polo einen Unfall gebaut hat. Jetzt liegt er im Krankenhaus, und ich glaub ned, dass er seinen Sack heut noch herschleppen kann!«

Traugotts Mund stand weit offen. Immy und Onkel Helmut fingen dermaßen laut zu lachen an, dass sie alle anderen damit ansteckten, bis sich einige der älteren Herrschaften sogar wegen eines Lachkrampfs den Bauch halten mussten. Einzig Tante Emerenz, die sich mit Fremdwörtern immer sehr schwertat, lachte nicht, sondern fragte: »Herrschaftszeiten, was ist denn bitte schön ein Eggschibizinist?«

6

Katja Bohnet

Dreiundsiebzig Quadratmeter

Berlin

Über die Autorin: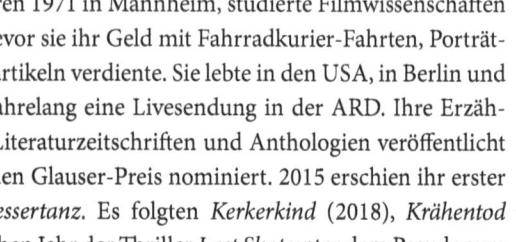

Katja Bohnet, geboren 1971 in Mannheim, studierte Filmwissenschaften und Philosophie, bevor sie ihr Geld mit Fahrradkurier-Fahrten, Porträtfotos und Zeitungsartikeln verdiente. Sie lebte in den USA, in Berlin und Paris, moderierte jahrelang eine Livesendung in der ARD. Ihre Erzählungen wurden in Literaturzeitschriften und Anthologien veröffentlicht und mehrfach für den Glauser-Preis nominiert. 2015 erschien ihr erster Kriminalroman *Messertanz*. Es folgten *Kerkerkind* (2018), *Krähentod* (2019) und im gleichen Jahr der Thriller *Last Shot* unter dem Pseudonym Hazel Frost. 2020 veröffentlichte sie *Fallen und Sterben*. www.katjabohnet.de

24. 12. 2417. Die Ausgrabungen schreiten voran.
Wir arbeiten uns bis zu einem Kellergeschoss vor.
Der Roboter findet dort zahlreiche Artefakte aus Holz und Metall.
Von anderen Entdeckungen wissen wir, dass es sich um Werkzeug
handeln muss. Es scheint sich in einem ausgezeichneten Zustand
zu befinden. Außergewöhnlichster Fund des Tages: ein Notizbuch
mit Aufzeichnungen. Wahrscheinlich ein Tagebuch. Vielleicht die
Sensation, auf die der Große Rat der Wissenschaften seit vielen
Dekaden hofft.

Berlin-Gropiusstadt

Tag 693. Das Blut spritzt in alle Richtungen. Tropfen treffen mein
Gesicht wie in einem Sprühregen. Endlich geht Attila zu Boden.
Ich hätte mir denken können, dass er sich wehrt. Ich laufe in Nisas
Zimmer. Wie ein vergessenes Kleidungsstück liegt sie auf dem
Bett. Ich muss erschreckend aussehen, aber Nisa kann nichts
mehr schockieren. Heute Morgen noch habe ich sie gewaschen
und gekämmt. Ihr Körper ist noch anwesend, atmet noch, aber
ihre Seele ist nicht mehr da. Ich bin die Erlöserin, und das ist
mein Geschenk: Das durchdringende Geräusch der Kettensäge
übertönt alles, doch in mir herrscht so etwas wie Frieden. Zum
ersten Mal seit über zwei Jahren. Nisas Kopf rollt auf den Boden.
Ich gehe in die Küche, füge der Wand mit der Motorsäge eine letzte große Wunde zu. Tapete reißt, Putz bröckelt. Ich lösche die letzten beiden Jahre, Strich für Strich. Dann lasse ich das Werkzeug

einfach fallen. Die Stille dröhnt, pulsiert wie Blut. Ich stoße das Fernrohr um, öffne das Fenster. Hinterlasse blutige Fingerabdrücke auf dem Griff. Tief atme ich ein. Sauerstoff. Der Duft von Schnee. Kühle, wunderbare Luft. Als hätte ich seit Jahrzehnten nicht geatmet. Ich habe nichts mehr zu verlieren. Ich steige auf das Fensterbrett, denke an Cem. Dann springe ich.

Tag 680. Baumärkte ziehen mich seit jeher magisch an. Schon als Kind habe ich gern mit angepackt. Meine Zwillingsschwester las lieber oder malte. Aber ich war ein Wildfang, wollte lieber durch die Felder streifen. Mutter gärtnerte und bastelte gern. Neben der Garage stand ein Schuppen. Mutter achtete darauf, dass die Werkzeuge stets gut aufgeräumt dort hingen oder lagen. Hämmer, Zangen, Schippen, Rechen und Harken. Alles hatte seinen Platz. »Du willst eine Schaukel?«, fragte Mutter. »Dann bauen wir eine.«

Ich weiß, wenn ich die Internetseite des Baumarktes anklicke, öffne ich der Bestie Tür und Tor. Nur ein Klick besiegelt mein Schicksal. Mein Mittelfinger schwebt über der Eingabe-Taste.

Tag 112. Der Wecker klingelt. Ich kann nicht aufstehen. Unmöglich. Mein Körper wiegt Tonnen. Ich fühle mich, als müsse ich meinen Verstand dem Schlamm entreißen. Der Schlaf hält mich im Würgegriff. Gestern Nacht wollte er mich nicht umarmen. Jetzt lässt er mich nicht mehr los. Ich sehe keinen Grund mehr, aufzustehen. Ich schaffe das nicht mehr.

Das Licht im Badezimmer blendet mich. Den Spiegelblick vermeide ich. Wer bin ich? Ich bin jetzt Lehrerin. Mechanisch putze ich Zähne, wasche mein Gesicht. Ich müsste duschen, aber dazu reicht die Zeit nicht mehr. Ich schlüpfe in die Kleidung vom Vortag. Auf dem Weg in die Küche rufe ich: »Rise and shine.« Noch etwas höher flöte ich: »Zeit, aufzustehen.« Ich sage es mit allem mir zur Verfügung stehenden Optimismus. Danach nehme ich Beas Medikamente. Spüle mit Wasser nach. Warte auf den Effekt.

Attila flucht. Er hasst die Schule. Er hasst unser Leben hier. Dreiundsiebzig Quadratmeter misst unsere Welt. Er hat ein Recht, all das zu hassen. Er ist siebzehn Jahre alt. Wir wissen es noch nicht, aber wir werden hier über zwei Jahre auf engstem Raum zusammenleben.

Tag 561. Ich male einen neuen Strich an die Küchenwand. Sie ist übersät mit Strichen. Wir haben an einem sonnigen Tag im März damit begonnen. Es sollte die Kinder aufmuntern. Nur ein paar Tage. Das Anarchistische daran, Wände zu bemalen. Es hat sie überrascht. Mich erinnerte es an meine Schwester. Ihr Lieblingsfach an der Uni war Mathematik. Die Wand ist zu unserem Blatt geworden, hier lernen wir das Addieren. Nur das Ergebnis kennen wir nicht. Mittlerweile haben wir uns an die Striche gewöhnt. Gleichzeitig fühlt sich jeder einzelne, den wir hinzufügen, wie ein Urteil an. Jeder dieser Striche sollte der letzte sein.

Ich gehe in Nisas Zimmer, schiebe die Vorhänge beiseite. Regen, der Himmel noch schwarz. Wie stürmische See bei Nacht. Nisa murmelt etwas im Halbschlaf, dann schluchzt sie. Ich setze mich auf die Bettkante, streichele ihr über die tränennasse Wange. Sie schreckt hoch.

»Es geht gleich los«, flüstere ich.

Nisa flüstert: »Ich will nicht mehr.«

Ich denke: Ich auch nicht. Schweige aber und lächele, als fühlte ich mich zuversichtlich.

Während die Kinder sich ankleiden, hole ich die Lebensmittelkiste, die vor unserer Tür wartet. Leider kein Brot. Ich bereite Haferbrei, schneide Apfelstücke. Die einfachen Dinge wirken wie von größtem Wert.

Tag 99. 9:00 Uhr. Attila sitzt in seinem Zimmer. Über das Headset dröhnt er sich mit Musik zu. Ich nehme Medikamente, er hat seine Beats. Über seinen Computer-Bildschirm ziehen Formeln. »Kann ich dir helfen?«, frage ich. Ich habe keine Ahnung. Ich bin Zahntechnikerin.

Fragend sieht er mich an. Das schroffe »Was?« aus seinem Mund klingt zu laut. Ich setze an, um meine Frage zu wiederholen. Aber Attila fährt mich an: »Lass mich!«

Er hat mich nie richtig akzeptiert. Ich drehe mich auf dem Absatz um.

Tag 304. Zehn Monate danach. Am Schreibtisch gehe ich am Rechner die neuen E-Mails durch. Es ist nicht mein Rechner, nicht mein Beruf. Ich gebe mich als eine andere aus. Trotzdem trifft mich das alles. Elternbeschwerden. Schimpfworte. Neue Vorgaben. Ich überfliege die Nachrichten, beantworte aber keine. Wenn ich überleben will, darf ich das nicht an mich heranlassen. Ich plane das Pensum für den Tag. Ich hätte die Aufgaben gestern Abend verschicken müssen. Aber gestern war ein schlechter Tag.

Nisa ruft aus der Küche nach mir.

Ihr Bildschirm flackert. Ich klappe ihn auf und wieder zu. Jetzt zeigt sich ein diagonaler grüner Strich, der das Geschriebene durchkreuzt. Panik beschleicht mich. Wir können uns keinen neuen Computer leisten. Ich möchte den Bildschirm schütteln, am Kabel herausreißen, ihn an der Wand zerschmettern. Die anderen warten auf mich. Ich bin nicht da. Laut sage ich: »Das bekommen wir gleich hin.« Wir schalten das Gerät aus, lösen die Kabel, starten alle Programme neu. Ich schicke ein Stoßgebet zum Himmel, obwohl ich schon lange nicht mehr an Gott glaube. »Läuft«, sagt Nisa. Wir lächeln uns an.

Tag 472. Nisa schreit. Sie nennt mich Bitch. Belegt mich mit Schimpfworten, die ich noch gar nicht kannte. Das war gestern. So große Worte dringen aus ihrem kleinen, unschuldigen Mund. Ich möchte beschwichtigend auf sie einwirken. Aber alles, was ich sage, gebiert nur Wut bei ihr.

»Gib es zurück!« Wie eine Furie steht sie vor mir. Spucke sprüht aus ihrem Mund, wenn sie schreit. Sie ist ein Kind. Wäre sie ein Drache, würde sie Feuer speien. Ich habe Angst, dass uns die Nachbarn hören. Ich habe Angst, dass sie durchdreht. Dass ich sie verliere. Dass ich auffliege.

Ich gebe nach. So, wie ich es immer tue. Gebe ihr das Handy zurück. Sie braucht es mehr als wir alle die Luft zum Atmen. Es ist ihr Sedativum. Ihr Marktplatz, ihr Shoppingcenter, ihr Jugendzentrum, ihr Kino, ihr offener Kanal zur Welt.

Mein Blick wandert zum Fenster. Es aufzumachen, wäre ganz leicht.

Tag 587. »Ich will raus«, sagt Nisa.

Ich auch, denke ich. Schweige aber, weil ich nicht wegsehen kann.

»Was ist?«, fragt Nisa. Sie kommt zu mir. Gemeinsam schauen wir durch das Fernrohr über das Häusermeer. Wieder einmal tragen sie einen Leichensack aus dem Hochhaus. Ein Opfer mehr. In der Statistik nur eine Zahl. Vielleicht hat jemand das Fenster geöffnet oder die Haustür aufgemacht. Falsches Verhalten führt zum Tod. Wenn wir an Gott glauben würden, könnten wir jetzt beten. Nisa nimmt meine Hand und drückt sie fest.

Tag 259. Es ist zehn Uhr. Große Pause. Ich bereite etwas aus der Lebensmittelkiste für die Kinder zu. Mache mir mit fahrigen Händen einen Kaffee. Verschütte etwas davon, verbrenne mir die Hand. Es ist die Angst vor der Sprechstunde. Die Eltern hassen mich. Es hilft mir nicht, dass sie eigentlich meine Schwester hassen. Ich lebe ein falsches Leben. Ich bringe Attila den Teller. Ich öffne die Tür zu seinem Zimmer. Weiße Flüssigkeit spritzt auf den Bildschirm, auf dem ein behaarter Mann sich rhythmisch auf einer nackten Frau bewegt. Ich brauche einen Augenblick, bis ich verstehe. Attila schließt hastig seine Hose. Der Teller fällt aus meinen Händen. Scherben klirren, fliegen vermischt mit Essen in alle Richtungen. Wortlos gehe ich durch den Flur zurück in mein Arbeitszimmer. Wäre mein Kopf ein Computer, er würde abstürzen.

Tag 0. Die Sirenen dröhnen noch in meinen Ohren. Ein Geräusch, das wir nur aus Kriegserzählungen kannten. »Verlassen Sie sofort die Straße! Suchen Sie sofort einen sicheren Ort auf! Verlassen Sie ... suchen Sie! Sofort!«

Sofort! Sofort! ... Ich drehte meine tägliche Joggingrunde. Wie die anderen wählte ich das erste Haus, in dem ich jemanden kannte. Ich klingelte. Alle hatten Todesangst. Ich rannte, nahm immer zwei Stufen. Lief von Stockwerk zu Stockwerk. Aber nichts rührte sich. Meine Fingerknöchel wurden vom Klopfen wund. Viele starben in den ersten Tagen auf den Straßen. Sie fanden keinen Unterschlupf. Oder sie ließen sich zu viel Zeit, um nach Hause zu gelangen. Und starben dort. Ich hatte Glück. Endlich öffnete sich im dritten Stock eine Tür. Die Sicherheitskette gab nur einen Schlitz frei. Nisas ängstliches Gesicht schaute hervor. Ich flehte, bettelte, aber meine Schwester und Cem waren nicht da. Nisa hatte Angst. *Oh, lasst mich ein, ihr Kinder!* Ich weinte, schrie. »Du kennst mich doch!« Irgendwann fiel die Kette, ich schlüpfte in die Wohnung, schloss die Tür wie ein Amen hinter mir.

Kinder sind der Inbegriff des Besten, wozu Menschen fähig sind.

Wer hätte gedacht, dass ich hier bleiben würde? Über Tage, Monate. Für immer dauert schon zwei Jahre.

Tag 111. Das, was wir brauchen, gebe ich digital als Bestellung auf. Lieferanten stellen Pakete vor unsere Tür. Sie entsorgen auch den Müll, der anfällt. Wie gern würde ich wieder den Müll nach unten bringen. Wie gern würde ich nur den Hof betreten.

Wenn Nisa aus dem digitalen Orkus auftaucht, ist sie hungrig. Es ist ein Hunger, der durch belegte Brote und Getränke nicht zu stillen ist. Sie braucht Nähe, körperlichen Kontakt. Sie kommt zu mir, wartet auf ein Signal. Ich öffne meine Arme weit, umschlinge ihren kleinen Körper, versenke meine Nase in ihrem Haar, das nach Seife riecht. Ich habe immer allein gelebt. Ich wollte keine Kinder. Aber in diesen Momenten finde ich Frieden. »Mein Mädchen.« Der Satz ist mir einfach herausgerutscht. Nisa stößt mich weg. Sie schreit mich an. Den Furor einer Elfjährigen im Gesicht. »Ich gehöre nicht dir!«

Gegen den Hass helfen die Medikamente nicht. Wir sind Fremde.

Seit Tag 3. Wenn es Abend wird, essen wir. Ich stelle die gerahmten Fotos an den beiden leeren Plätzen auf. Bea und Cem. Wir setzen uns schweigend. Ich erinnere mich an Gottesdienste, die das gleiche Gefühl in mir erzeugten. Sogar Attila bemüht sich um dieses Stück Normalität. Er hasst den Fraß, den die Lebensmittelkisten uns diktieren. Gleichzeitig liebt er diese reizlosen Mahlzeiten und das, was ich aus minimalen Zutaten zaubere. Zu essen macht uns glücklich. Niemand verlangt etwas von uns. Es gibt uns ein Gefühl von Stabilität.

Attila und Nisa sagen gleichzeitig: »Guten Appetit, Mutter! Vater, guten Appetit!«

Ich schweige. Dass Bea und Cem nicht hier sein können, gleicht einem Verbrechen. Dass ich anstatt ihrer hier bin, muss eine Verirrung des Schicksals sein. Wir haben es vergleichsweise gut erwischt. Bea und Cem fanden in meiner Wohnung Zuflucht. Die Katastrophe hat sie erwischt, als sie gerade Weihnachtseinkäufe tätigten. Die Haustür war seit Jahren defekt. Sie fiel nicht ganz ins Schloss. Bea und Cem nahmen den Aufzug, dann warteten sie im Korridor, bis es dunkel wurde. Erst dann fanden sie den Ersatzschlüssel zur Wohnung, den ich auf dem Türrahmen versteckt hatte. Meine eigene Vergesslichkeit rettete ihr Leben. Wir kontaktierten uns direkt am nächsten Tag. Was würde geschehen? Weihnachten fiel aus. Irgendwann tauschten wir einfach unsere Leben. Bea und ich haben die gleiche Kleidergröße. Wir sehen uns zum Verwechseln ähnlich. Einfach weiterzumachen, schien in Anbetracht des Undenkbaren das Beste zu sein. Bea weinte danach wochenlang bei jedem Telefonat.

Cem erinnerte uns, dass wir durch das Fernrohr meine alte Wohnung sehen können. Früher nannte er sie im Scherz »das Loch«. Jetzt lebt er dort. Wegen der Kinder telefonieren wir jetzt nicht mehr. Sie ertragen es einfach nicht, wie ihre Mutter leidet. Das Auseinandersein. Die stummen Fenstertreffen sind das, was wir alle gerade noch verkraften.

Wir kauen still und voller Genuss. Essen ist der Sex, den Attila nie haben wird.

Tag 27. Ein riesiges Paket steht vor der Tür. Wir packen einen Luftfilter aus, den wir im Flur aufstellen. Die Regierung stattet alle Haushalte damit aus. Angeblich wirken sie auch bei biologischen und chemischen Kampfstoffen. Darauf vertrauen wir. Noch sind wir nicht krank geworden. Wenn einer von uns niest oder das Gesicht vor Magenschmerzen verzieht, packt uns sofort die Angst. Wir dürfen die Fenster nicht mehr öffnen. Das Rauschen des Filters begleitet uns Tag und Nacht.

Tag 419. Beas Therapeutin kontaktiert mich über Tool. Sie fragt mich, wie es mir geht. Mein Weinen als Antwort wartet sie geduldig ab. Manchmal heule ich eine Dreiviertelstunde lang. Dann verabschieden wir uns höflich. An anderen Tagen rede ich wie ein Wasserfall.

»Sie können mich jederzeit anrufen.«

»Sie machen das ganz wunderbar.«

»Es ist für uns alle eine schwere Zeit.«

Wir haben nicht mehr als diese Floskeln. Diese Überreste von Menschlichkeit.

Seit Tag 55. Immer, wenn es dunkel wird, treten wir ans Fenster. Wir benutzen Cems Fernrohr. Nur richten wir es nicht in den Himmel, sondern auf das Hochhaus, das in weiter Entfernung liegt. Die Uhrzeit verändert sich mit den Jahreszeiten. Wir stellen uns vor, was wir zu Bea und Cem sagen würden. Wir dürfen die Fenster nicht öffnen. Eine Ansteckung wäre fatal. Aber es kann nicht mehr lange dauern, bis wir die Filter nicht mehr brauchen. Sie winken. Wir winken zurück. Ich bin froh, dass ich das unnütze Fernglas damals nicht verkauft habe. Jetzt ist es unser heißer Draht. Ich frage mich, wie Bea ihr neues Leben meistert. Wie sie mein Leben lebt. In meiner kleinen Wohnung, deren Möbilierung ihr nie gefallen hat. Nisa malt für ihre Eltern mit dem Zeigefinger ein Herz an die Scheibe. Sie ist so glücklich, dass sie sie wenigstens sehen kann. Attila ist geduscht und gekämmt. Er schaut prüfend, als wolle er sich jedes Detail dieses Treffens einprägen. Als ob es das letzte wäre.

Cem und Bea sehen so viel älter aus als auf den Fotos.

Tag 516. Ich umarme Nisa fest, wenn eine Freundin sie nicht mehr bei Digicall erkennt. Wenn sie eine schlechte Note bekommt, obwohl sie viel im distanzierten Lernportal geleistet hat.

Wenn Nisa durchdreht,

wenn sie schreit und weint,

wenn sie sogar das Handy auf den Boden wirft.

Selbst, wenn sie strampelt, halte ich sie umklammert, als ginge es um mein Leben.

»Lass mich!«, schreit sie. »Ich will Mama!«

Aber ihre Mutter ist nicht da. Nur ich. Wenn einer ihrer Arme freikommt, schlägt sie nach mir. Da sehe ich die Narben zum ersten Mal. Ich greife nach ihrem Handgelenk, halte es fest. Wenn sie sich langsam beruhigt, gebe ich ihren überhitzten Körper wieder frei.

»Sollen wir etwas basteln?«, frage ich.

Wenn Nisa Ja sagt, ziehe ich meine Maske an. Ich gehe nicht gern in den Keller. Aber es ist der einzige Ort, den wir außerhalb der Wohnung noch besuchen können. Das Treppenhaus stinkt. Ich fürchte, dass ich dort einem Lieferanten begegnen könnte. Sie tragen Ganzkörperanzüge mit integrierten Helmen, die an Tiefseetaucher erinnern. In unserer Wohnung läuft das Leben, das wir kennen, wie in einer Zeitkapsel ab. Das Treppenhaus ist eine Übergangszone. Es trennt uns von der todbringenden Außenwelt. Manchmal träume ich nachts von Spaziergängen unter freiem Himmel. Vom Schwimmen in einem See, in dem ich tauche. Ich schaue noch unter Wasser den Luftblasen hinterher, die nach oben streben. Ich träume auch davon, dass ich Blumen und Gräser streichele. Dass es nach Frühling riecht. Wenn ich aufwache, bewegen sich meine Beine unter der zerwühlten Bettdecke, als ob ich rennen würde.

Im Treppenhaus ist es stickig, es riecht nach Müll. Aus dem Kellerverschlag hole ich in einem Eimer Hammer, Säge, Holz und Nägel, schleppe alles in die Küche. Hinter mir verschließe ich mit Sorgfalt die Wohnungstür, lege die Maske ab. Dann bauen Nisa und ich etwas zusammen. Ein Haus, ein Pferd, ein Kreuz. Wir bauen das, was ihr gefällt. Wir arbeiten konzentriert. Ich kann zusehen, wie Nisa sich beruhigt.

Tag 274. Das Telefon klingelt. Bea kann es nicht lassen. Ich hebe ab und lege direkt wieder auf.

Tag 588. Es ist Abend. Wir stehen am Fenster und warten. Der Himmel glüht in warmen Farben. Bald wird es dunkel, und die Fenster gegenüber werden hell erleuchtet sein. Die Striche an der Wand, unsere Vergangenheit und Gegenwart bleiben im Dunkeln. Zum ersten Mal bleibt das eine Fenster des Hochhauses leer. Auch nach einer Stunde sehen wir niemanden durch das Fernrohr. Attila geht wortlos in sein Zimmer. Ich höre, wie er mit Fäusten auf die Wand eindrischt. Höre, dass er wie jemand brüllt, der kurz davor ist durchzudrehen. Nisa sieht mich bange an, aber ich kenne die Antwort nicht. Nur eine Vermutung. Nisa schließt sich im Bad ein. Ich muss mich setzen, weil ich nicht länger aufrecht stehen bleiben kann.

Tag 589 ist der Tag, an dem wir Gewissheit haben. Cem steht am Fenster. Er trägt schwarze Kleidung. Resigniert schüttelt er den Kopf. Bea, meine Schwester, ist nicht mehr da. Jetzt wissen wir, dass sie es war, die das Haus vorgestern verlassen hat. In einem schwarzen Leichensack.

Tag 612. Ich erwische Nisa im Bad mit einer von Cems Rasierklingen und einem frischen Schnitt am Unterarm. Jetzt verstehe ich die roten Linien. Sie erwartet, dass ich mit ihr schimpfe. Also setze ich mich neben sie auf den Badewannenrand. Dann nehme ich eine neue Klinge aus der Packung und ritze mich. Nisa und ich betrachten wie hypnotisiert das Blut, das an meinem Arm hinunterläuft. Ich verstehe, warum sie sich jetzt besser fühlt.

Tag 630. Es ist Nacht. Attila reißt mich aus dem Schlaf. Nackt steht er neben meinem Bett. Ich fordere ihn auf, wieder zu gehen. Aber er zittert, weigert sich. Er tut mir leid. Er friert. Die Zeit ist aus den Fugen geraten. Unsere Leben ebenso. Also schlage ich meine Bettdecke zurück. Er umarmt mich, schmiegt seinen jugendlich starken Körper an meinen. Wie soll er seine eigenen Erfahrungen machen? Wie soll er lieben lernen? Liebe in Zeiten der Isolation. Attila bettelt leise, fleht. Ich höre mich selbst flehen, als ich damals vor dieser Haustür stand, so wie er jetzt in meinem Bett. Vor beinahe zwei Jahren.

Ich flüstere: »Ich könnte deine Mutter sein.«

Er sagt: »Ich weiß.«

Ich flüstere: »Das ist nicht richtig.«

Er sagt: »Ich weiß.«

Ich flüstere: »Bitte geh!«

Er sagt: »Ich muss endlich etwas fühlen.«

Ich möchte ihn herausziehen, bevor er kommt. Aber ich finde nicht die Kraft dazu.

Tag 675. Morgenübelkeit. Ich bin schwanger. Ich wollte nie Kinder. Trotzdem habe ich jetzt drei. Ich ignoriere die Nachrichten, die auf meinem Laptop eingehen. Zwei davon kommen vom Ministerium. Was, wenn sie Beas Gehalt nicht auszahlen? Ich habe seit Tagen keine Nachrichten beantwortet, gebe keinen Unterricht. Was, wenn die Lebensmittelkisten vor der Tür ausbleiben? Was, wenn sie mich abholen? Nisa sitzt seit Tagen auf ihrem Bett. Die Rasierklingen liegen jetzt offen auf dem Tisch. Wenn die Therapeutin anruft, lassen wir es klingeln. Ich sollte Weihnachtsgeschenke basteln. Aber selbst dazu kann ich mich nicht aufraffen. Attila gehe ich seit Tagen aus dem Weg. Er hat sich einen Bart wachsen lassen. Als wolle er sein Gesicht vor mir verstecken. Wie soll ich es ihm sagen? Was, wenn das Kind eine Behinderung hat? Wo kann ich es gebären? Will ich es lieber abtreiben? Aber wie?

Tag 679. Vor der Tür steht ein Paket, das ich in den Keller bringe.

Tag 693. Ich muss stark sein. Ich darf nicht aufgeben. Ich brauche keine Medikamente. Sie unterdrücken nur den Schmerz. Aber ich muss ihn fühlen. Heute ist Heiligabend. Die Kinder sollen nicht mehr leiden. Nisa rührt sich nicht mehr in ihrem Bett. Ganz still liegt sie da, starrt an die Wand. Sie verpasst die gemeinsamen Abendessen. Ich surfe durch medizinische Seiten, finde die Antwort bei einer psychosomatischen Klinik. »Resignationssyndrom«.

Attila ... Über Attila kann ich nicht sprechen. Es geht mir zu nah. Meine Gefühle für ihn sind falsch. Aber sie sind da. Er ist mein Neffe. Was soll ich dagegen tun? Ich trage keine Maske, laufe in den Keller. Der Gang dorthin kommt mir wie eine Weltreise vor.

Wenn mir früher etwas nicht gelingen wollte, sagte Mutter: »Dann machen wir es neu.«

Ich fragte: »Und wie?«

Sie sagte: »Einfach alles kaputt machen und noch mal von vorn beginnen.« Sie lachte.

Damals dachte ich, dass sie damit eigentlich die Trennung von Vater meinte. Kaputt stimmte, aber einen Neuen gab es nie.

Ich sehe mich in dem Verschlag um. Dort liegt die Motorsäge, die ich im Internet bestellt habe. Pünktlich wurde sie geliefert und vor unserer Wohnungstür abgelegt. Ich befülle sie mit Benzin aus dem Kanister, der unter der Werkbank steht. Ich kenne die Bedienungsanleitung auswendig. Ich weiß genau, wie dieses Werkzeug funktioniert. Der Warmstart ist ganz leicht. Das Werkzeug in meiner Hand vibriert wie neues Leben. Wir sind eins.

Alles kaputt machen und noch mal neu beginnen.

Ich lasse das Licht im Keller an, steige die Stockwerke bis zu unserer Tür empor. Wenn ich es recht bedenke, war der Verwesungsgeruch schon immer da. Die Säge summt ihr eintöniges Lied. Ich trete ein, fange mit dem an, was mir am schwersten fällt: Attila. Keine Striche mehr an der Wand. Ich höre einfach auf zu zählen.

Tom Fraunhoffer

Der Nikolaus ist tot

Kempten (Allgäu)

 *Über den Autor:*

Thomas (Tom) J. Fraunhoffer, geboren 1971 in Donauwörth, ist seit 1990 Polizeibeamter im Freistaat Bayern. Er lebt mit Ehefrau, zwei Miniponys und einer Krimikatze auf dem Land in der Nähe von Augsburg. Unter dem Pseudonym Franz Hafermeyer hat er vier Augsburg-Krimis mit dem Ermittlerpaar Dorn und Schäfer veröffentlicht. Im März 2021 erschien unter seinem Klarnamen der Bodenseekrimi *Die Toten von Lindau.*

Herrgottzack! Wer tötet denn einen Nikolaus? Um Himmels willen!« Hauptkommissarin Anna Morgenrot von der Kemptener Kriminalpolizei starrte mit offenem Mund auf den Leichnam zu ihren Füßen. Kleine Eiswölkchen tanzten nach jedem Wort vor Annas Mund und verschwanden in der Dunkelheit dieser eiskalten Nacht.

Ihr junger Kollege Jürgen Klier beugte sich über die von einer Straßenlaterne angeleuchtete Leiche. »Was für eine grausame Art, aus dem Leben zu scheiden«, sagte er und deutete mit dem Arm auf den Eiszapfen, der aus dem linken Auge des Toten ragte. Das Licht der Laterne spiegelte sich in dem Eis.

»Ja, furchtbar!« Anna strich mit der Hand über ihr Kinn und zupfte schließlich nachdenklich an ihrer Bommelmütze. »Heute ist der 5. Dezember, Nikolausabend. Er hätte Kindern Geschenke bringen sollen. Er hätte für Freude in den Häusern und Kinderlachen sorgen sollen. Verdammt, er hätte heute bestimmt nicht *sterben* sollen. Wer verübt so ein abscheuliches Verbrechen?«

Klier richtete sich wieder auf, trat einen Schritt zurück und zuckte mit den Achseln.

»Himmelarschundzwirn!«, fluchte Anna. Normalerweise hatte sie sich an Tatorten besser im Griff. Zu lange schon arbeitete sie bei der Polizei, allein bei der Kripo Kempten hatte sie heuer das 25-jährige Dienstjubiläum gefeiert. In ihrem Berufsleben hatte sie jede Menge Tote gesehen. Aber heute war die Sache eine andere. Heute hätte sie in ihrem Haus selbst einen Nikolaus empfangen wollen. Ihre beiden Enkelkinder waren zu Gast und hatten sich diebisch auf den Abend bei Oma und Opa gefreut. Um acht Uhr sollte der Nikolaus mitsamt Knecht Ruprecht an Annas Haustür läuten. Stattdessen stand sie jetzt, um kurz nach sieben, in einer einsamen Straße am Stadtrand von Kempten. Vor einer halben Stunde hatte sie der Anruf der Einsatzzentrale aus dem warmen Wohnzimmer an den Tatort beordert. Bis sie wieder zu Hause wäre, hätten die Enkel ihre Geschenke ausgepackt und schliefen sicher längst in ihren Betten. Zufrieden und glücklich.

Es sei denn ...

Misstrauisch beäugte sie den Toten. Nein, das war bestimmt nicht *der* Nikolaus, den sie für die Enkel bestellt hatte. Denn der hatte laut Abmachung seinen Knecht Ruprecht dabei. Und von diesem fehlte hier jede Spur. Außerdem liefen heute sicherlich Dutzende Nikoläuse durch Kempten und Umgebung.

»Es hat wirklich niemand etwas gesehen oder gehört?«, wandte sie sich an ihren Kollegen.

Klier schüttelte den Kopf. »Nein, keine Menschenseele. Kein Wunder bei dem Sauwetter.«

Eine Schneeböe wirbelte heran, und deren kaltes Fauchen unterstrich die Worte des Ermittlers. Anna betrachtete den toten Nikolaus, der inmitten eines Schneehaufens lag, den der Winterdienst an dieser Ecke zusammengeschoben hatte. Die weiße Perücke und der angeklebte Rauschebart des Opfers hatten sich tiefrot verfärbt. Anna bemerkte daneben einen Kartoffelsack. Geschenkpakete waren herausgepurzelt und lagen verstreut im Schnee. Einen Bischofsstab suchte sie vergebens. Teilweise hatte der heftige Schneefall der letzten Stunden den Nikolaus und seine Utensilien unter weißem Pulverschnee verschwinden lassen. Vielleicht war auch der Stab unter dem Neuschnee begraben.

Erst seit ein paar Minuten hatte sich das Wetter beruhigt, es hatte aufgehört zu schneien. Die Wolken schoben sich langsam auseinander, ein paar Sterne tauchten glitzernd am Himmel auf.

Einige Zentimeter oberhalb des Opfers hatte sich ein weiterer Eiszapfen in den Schneehaufen gebohrt. Anna hob den Kopf, blickte hinauf zu dem Dach, vor dessen Haus der Nikolaus seine Reise ins Jenseits angetreten hatte. An der Regenrinne hing gut ein halbes Dutzend Eiszapfen von beachtlicher Größe. Wie es aussah, fehlten an mehreren Stellen welche. Offensichtlich durch den Sturm heruntergerissen. Hatte der unbekannte Täter einen davon aufgehoben und seinem Opfer brutal ins Auge gestoßen? Aus welchem Grund?

»Wissen wir, wer der Tote ist?«, wollte sie von ihrem Kollegen wissen.

»Nein, der Nikolaus hatte keinen Ausweis dabei. Auch keinen Geldbeutel mit Führerschein oder sonstigem Dokument, mit dem man ihn hätte identifizieren können.«

Anna nickte. »Die Spurensicherung kann mit ihrer Arbeit beginnen«, ordnete sie an. »Für uns gibt es hier nichts mehr zu tun.« Sie wandte sich ab, ein paar vereinzelte Schneeflocken wirbelten um ihr Gesicht. Anna schlug den Kragen ihres Mantels hoch und ging zu einem mausgrauen Passat, ihrem Dienstwagen der Kemptener Kripo. Sie öffnete nachdenklich die Fahrertür und stieg ein. Mit Schrittgeschwindigkeit steuerte sie das Fahrzeug in die belebtere Innenstadt.

Der eisige Wind und die Schneekapriolen des heutigen Tages hatten die Menschen in die warmen Wohnungen getrieben. Aber jetzt trauten sie sich wieder ins Freie. Schließlich war Nikolausabend, und auf dem Kemptener Rathausplatz gab es einen der schönsten Weihnachtsmärkte des gesamten Allgäus. Anna trat auf die Bremse, stoppte den Wagen und musterte die geschmückten Stände und die Lichterketten. Wenigstens einen kurzen Blick wollte sie sich gönnen, bevor sie weiterfuhr und der Weihnachtsmarkt aus dem Blickfeld verschwand. Anna ließ die Scheibe des Fahrerfensters nach unten gleiten. Der Geruch von Glühwein, Bratwürsten, gebrannten Mandeln und Tannengrün strömte ins Innere. Wie gerne wäre sie eine Runde an den Buden vorbeigeschlendert, hätte die Menschen beobachtet, einen Schwatz gehalten und die festliche Beleuchtung bewundert. Aber sie war im Dienst, musste den Tod eines Menschen aufklären. Die Tür eines italienischen Cafés öffnete sich, als ein Pärchen ins Freie trat. Aus dem Lokal dudelte leise Weihnachtsmusik. »*Jingle bells ... Jingle bells ...*«

● ● ●

Kriminaldirektor Vierkorn, Chef der Kripo Kempten, wackelte von der einen Seite in Annas Büro zur anderen, die Hände hinter dem Rücken gefaltet. »Der Nikolaus ist tot, ich fasse es nicht!« Er schüttelte den Kopf und tigerte hin und her. »Womöglich ermordet am Nikolausabend. Das ist ein besonders delikater Fall. Das wird Wellen schlagen, über die Landkreisgrenze hinaus.«

Vierkorn lamentierte eine ganze Weile vor sich hin, während er die Breite von Annas Büro unermüdlich abschritt. Immer und immer wieder.

Wenn sie länger hinsehen würde, fiele sie unweigerlich in Hypnoseschlaf. Anna konzentrierte sich deshalb während des Monologs lieber auf das Räuchermännchen auf ihrem Tisch. Aus der Zigarre, die im Mund der Figur steckte, stiegen kleine Dampfwölkchen nach oben. Erzeugt durch einen Räucherkegel im Inneren des Männchens, das einen uniformierten Polizisten darstellte. Der Duft von Weihrauch lag in der Luft. Anna kannte den Kriminaldirektor und ließ ihn plappern. Aus langjähriger Erfahrung wusste sie, dass seine Rede länger dauern würde. Bei seinen nächsten Worten blickte sie jedoch verärgert auf.

»Konnten Sie das nicht verhindern, Frau Morgenrot?«

Vierkorn blieb vor ihrem Schreibtisch stehen, richtete den Finger auf sie wie ein Inquisitor und sah auf sie herab. Sein Gesicht eine einzige Gewitterwolke.

»Verhindern? Ich? Den Mord?«

»Ich meinte doch nicht den Mord, oder was immer das war«,

fegte er ihren Einwand mit einer barschen Geste zur Seite. »Ich meinte, dass die Presse Wind von der Sache bekommt. Jetzt haben wir den Salat. Der Allgäukurier hat es in seiner Online-Ausgabe gebracht, im Radio lief es auch.« Vierkorn verdrehte die Augen zur Decke. »Und mit welch einer reißerischen Schlagzeile: *Nikolaus in Kempten auf hinterlistige Weise umgebracht!*« Er wippte auf den Fußballen. »Wie konnten Sie das zulassen? Die Aufklärungsquote unseres Präsidiums ist sowieso im Keller. Was meinen Sie, was der Innenminister dazu sagt? Er wird denken, dass wir den Laden nicht unter Kontrolle haben.«

Vierkorns wütender Blick traf Anna.

»Wir haben eine Wirtschaftskrise, Frau Morgenrot. Eine Wirtschaftskrise. Die Menschen sind sowieso deprimiert. Glauben, das Geld wäre nichts mehr wert. Da brauchen die Leute Aufmunterung. Besonders jetzt, in der Adventszeit, wenn das Wetter mies und es fast den ganzen Tag über finster ist. Und saukalt obendrein.« Er ballte die Hände zu Fäusten. »Aber keine Horrormeldungen, dass jetzt sogar der Nikolaus umgebracht wird. Das wirkt sich negativ auf die Laune aus, vor allem auf die der Wähler. Das wiederum wirkt sich auf die Laune des Innenministers aus. Bringen Sie das in Ordnung, Frau Morgenrot. Wie können Sie überhaupt sicher sein, dass es Mord war?«

»*Vielleicht,* weil ein Eiszapfen im Nikolausauge steckte?«

»*Vielleicht* war er ein durchgeknallter Selbstmörder, unser lieber Herr Nikolaus?« Der Kriminaldirektor blies die Luft aus seinen aufgeblähten Backen wie ein Blasebalg. »Solange es keinen Tatverdächtigen gibt, ermitteln wir in alle Richtungen, verstanden? In *alle* Richtungen!«, erklärte er im Stile eines Pressesprechers der Polizei. »Herrschaftszeiten, wer bringt denn einen Nikolaus um?«, murmelte er und eilte hinaus in den Gang des Polizeipräsidiums.

Anna Morgenrot saß am nächsten Morgen im Büro und nippte an einem Kaffee. Eisblumen klebten an der unteren Scheibe des Fensters, das zum Polizeihof lag. Die Eiskristalle erinnerten sie in ihrer Form an Farne. Auf der Fensterbank hatte Anna einen Weihnachtsstern platziert, daneben einen künstlichen Mini-Tannenbaum, dessen LED-Lichter in den verschiedensten Farben leuchteten. Im Hintergrund spielte das Radio Bayern1. Leise Weihnachtsmusik schwebte durchs Zimmer. *Driving Home for Christmas* von Chris Rea. Anna setzte gerade die Tasse ab, als ihr Kollege Jürgen Klier hereinstürmte. Die Tür schlug gegen die Wand und federte zurück.

»Der Mörder hat sich gestellt ... ähm ... ich meine ... sie ... die Mörderin ... sie ist da ... die Nikolausmörderin ... und will ein Geständnis ablegen«, stammelte Klier.

Anna setzte sich kerzengerade auf. »Soll reinkommen!«, befahl sie.

Konnte es wirklich sein, dass der Fall so schnell gelöst war? Bereits am nächsten Tag? Gebannt starrte sie auf die zierliche Person, die schüchtern eintrat. Stumm winkte Anna die Frau auf den Besucherstuhl.

»Griaß Gott, Frau Kommissarin«, hauchte die Dame und blickte Anna währenddessen kaum an. Sie war nicht mehr als ein Strich in der Landschaft, das Gesicht fahl und eingefallen, die blonden Haare zu einem struppigen Pferdeschwanz gebunden.

Anna schätzte sie auf Ende vierzig.

»Mei Name isch Kittner. Claudia Kittner.« Sie schluckte und begann wieder zu sprechen. »Seit Jahren hat mei Mann a Dächtlmächtl g'habt. Mit der Traudl, seiner Arbeitskollegin«, wisperte sie. »Vor zwoi Tag hab ich sie zufällig g'sehn. Aufm Parkplatz vom Supermarkt. Abdätschlat hat er sie, konnt seine Griffl nicht von ihr lassen, der alte Depp. Die haben sich ananander g'rieben wie zwei Affen. Z'jung war die für ihn, des war's Nächschte. Die Matz hat ihm sauber des Hiara vernebelt. Der Dackl hat nur noch mit seinem Schniedel denkt.«

Anna hörte aufmerksam zu.

Auf einmal wurde ihr Gegenüber lauter. »Und geschtern Abend wollte er diese … diese … nixnutzige *Bixn* b'suchen. Wollte sie in seinem Nikolauskoschtüm überraschen. Am *Nikolausabend*. Wie pervers isch des? Ich hab's net mehr ausg'halten, ich *musst* meinen Mann töten. Ich *musst* einfach!« Die letzten Worte spie sie mit unüberhörbarem Hass heraus. Speicheltropfen flogen durch die Luft. Einige davon landeten direkt auf Annas Schreibtisch.

Ein klares Geständnis, dachte Anna und grübelte, wie diese zarte Person einen Eiszapfen mit roher Gewalt in das Auge ihres Mannes rammen konnte. Erstaunlich, welche Kräfte eine enttäuschte Liebe in einem Menschen freisetzte.

Nachdem sie die kompletten Personalien von Frau Kittner aufgenommen und diese über ihre Rechte als Beschuldigte aufgeklärt hatte, fragte Anna: »Und wie haben Sie das angestellt, Frau Kittner?«

In der Presse waren keine Einzelheiten der Tat veröffentlicht worden, wie die Kommissarin wusste. Weshalb Täterwissen das Geständnis untermauern würde.

»Wie meinen S' des jetzdala?«

»Na, wie Sie ihn umgebracht haben, will ich wissen.«

»Vergiftet natürlich, aber des wissen S' sicher längscht.«

»Vergiftet?« Anna schaute sie verständnislos an.

»Ja. Als ich im Radio g'hört hab, dass man einen toten Nikolaus g'funden hat, hinterlischtig ermordet … Vergiften isch doch hinterlischtig? Wie haben Sie ihn eigentlich so schnell entdeckt? Ich dachte, der greißlige Saubua würde nie …«

Das Bimmeln des Telefons unterbrach ihr Gespräch, Jürgen Klier war dran.

»Anna, du wirst es gar schier nicht glauben. Da will schon wieder einer den Nikolaus um die Ecke gebracht haben. Ein Junkie, er sitzt in meinem Büro. Sagt, er wollte die Geschenke klauen. Hat ihm angeblich am Adenauerring aufgelauert. Der Nikolaus hat sich geweigert, sagt der Junkie, da hat er einfach auf ihn eingedroschen. Mit einem Baseballschläger! Kannst du dir das vorstellen? Danach hat er den armen Nikolaus in einen Müllcontainer geworfen. Als der Typ von dem ermordeten Nikolaus Wind bekommen hat, hat ihn das schlechte Gewissen gepackt. Behauptet er. Aber *unser* toter Nikolaus lag ja in keinem Container. Also haben wir es wohl mit zwei toten Nikoläusen zu tun.«

»Ich fürchte, sogar mit drei toten Nikoläusen«, entgegnete Anna und legte auf.

Mit einem Stirnrunzeln wandte sie sich an Frau Kittner. »Wo …?« Anna fasste sich an den Kopf. Sie musste erst mal ihre Gedanken sammeln. Der Fall wurde wirrer und wirrer. Nach einer halben Minute fragte sie: »*Wo* haben Sie Ihren Mann vergiftet?«

»In unserm Wohnwagen. Aufm Stellplatz am …«

Anna hob die Hand. »Ich weiß, wo das ist.« Sie schnaufte tief durch. »Waren Sie denn nicht noch mal dort und haben nachgesehen, als Sie die Radiomeldung gehört haben?«

Claudia Kittner schüttelte den Kopf. »Wieso? Da brauchad ich ja nicht mehr hin zum Wohnwagen, war doch nimmer nötig gwea. Das haben die im Radio doch g'sagt. Dass die Polizei den toten Nikolaus, also meinen Mann, längscht g'funden … Um Gotts willa!« Ihre Augen weiteten sich, langsam schien der mutmaßlichen Gattenmörderin die Wahrheit zu dämmern. »Das war doch mein Mann, oder?«

»Tja, meine Liebe. Da dachte jemand anderes anscheinend das Gleiche.«

»Dass es mein Mann war?«

»Nein. Dass er ihn umgebracht hat.«

»Meinen Mann?«

»Nein, den Nikolaus.«

Eine Stunde später hatte Anna die Bestätigungen auf dem Schreibtisch. Ein toter Mann im Nikolauskostüm, aufgefunden in einem Wohnwagen. Ein zweiter Nikolaus, tot im Müllcontainer am Adenauerring. Man hatte den Toten geborgen und festgestellt, dass das Gehirn herausgeklopft worden war, was die Aussage des Junkies untermauerte.

Das Telefon schrillte und riss Anna aus ihren Gedanken. Sie nahm den Hörer ab. Am anderen Ende der Leitung war Georg Maul von der Spurensicherung. Sie hörte kurz zu und legte nach dem Gespräch das Telefon langsam und mit einem tiefen Seufzer auf die Gabel.

Jürgen Klier kam herein. »Anna, was hast du, schlechte Nachrichten? Du siehst aus, als hättest du ein Gespenst gesehen.«

»Wie man's nimmt. Das war gerade der Schorsch vom Erkennungsdienst. *Unser* Nikolaus, also der mit dem Eiszapfen im Augapfel. Das war kein Mord. Und auch kein Totschlag.«

»Kein Mord, kein Totschlag?«, echote Klier mit überraschtem Gesichtsausdruck.

»Nein, es war ein Unfall, ein tragischer und saudummer Unfall. Der Nikolaus wollte auf klassische Art ins Haus einsteigen.«

»Durch den Kamin?«

»Quatsch!« Anna winkte verärgert ab. »Auf den Balkon und dann durchs Fenster. Er ist allerdings zuerst übers Dach geklettert, wollte sich von dort oben nach unten hangeln. Auf den eisigen und verschneiten Ziegeln ist er abgerutscht. Der Pechvogel wollte sich an der Dachrinne an einem Eiszapfen festhalten, der

137

ist abgebrochen, und dabei hat er ihn sich selbst ins Gesicht gestoßen, als er vom Dach fiel. Durch den Sturz in den Schneehaufen
wurde sein Aufprall gedämpft. Der Schneesturm gestern hat sein
Übriges getan und fast alle Spuren verwischt. Wegen der Kletter-
aktion hatte der Nikolaus auch keinen Bischofsstab dabei. Der
wäre ihm dabei wohl im Weg gewesen. Erst durch die heutige Ob-
duktion hat der Rechtsmediziner festgestellt, dass keine Fremdein-
wirkung vorlag. Der Erkennungsdienst ist vorhin noch mal an
den Unglücksort gefahren und konnte alles rekonstruieren.«

Kurze Zeit später saß Anna im Kemptener Polizeipräsidium im
Büro von Kriminaldirektor Vierkorn, um ihm die Neuigkeiten
persönlich zu überbringen.

Ihr Chef lehnte sich zufrieden in seinem Drehstuhl zurück, das
Leder knarzte leise. »Habe ich es nicht gleich gesagt, Frau Morgenrot, hmmm? Der Nikolaus ist an seinem Tod selbst schuld, der
Idiot. Da waren Sie mal wieder zu schnell mit den jungen Pferden,
nicht wahr?« Er lachte auf und verzog den Mund zu einem höhni-
schen Grinsen. »Mord! Dass ich nicht lache. Wer bringt denn einen Nikolaus um? Da wird der Herr Innenminister froh sein.«

»Wie man's nimmt, wie man's nimmt.«

»Wie meinen Sie das?«

»Aufgrund der Pressemeldungen konnten wir zwei Mordfälle
klären.«

»Aber das sind hervorragende Neuigkeiten, ganz hervorragende.« Vierkorn klatschte in die Hände und grinste. Seine Zähne
leuchteten so strahlend hell, man hätte im Dunkeln ohne Probleme Zeitung lesen können.

»Die Opfer sind Nikoläuse, sie wurden heimtückisch ermordet.«

Es schien, als wäre die Temperatur im Büro soeben auf Minusgrade gesunken.

»Zwei weitere Nikoläuse tot?«, krächzte Vierkorn.

Anna nickte.

Der Kripo-Chef wurde so blass wie die Wand hinter ihm. Einen Moment war es mucksmäuschenstill.

»Ermordet, sagen Sie?«, fragte er nach einer gefühlten Ewigkeit mit einer Stimme, brüchig wie Zwieback.

Wieder nickte Anna. »Ich weiß, Herr Kriminaldirektor, ich weiß. Der Herr Innenminister wird nicht erfreut sein. Die Wähler, die Wähler.«

Vierkorn schlug mit beiden Fäusten auf den Tisch. Der Plastikbehälter mit den Stiften und Kugelschreibern kippte um und verteilte den Inhalt kullernd über den Schreibtisch. »WER ERMORDET DENN EINEN NIKOLAUS? VERDAMMT NOCH MAL!«

»Genau genommen *zwei* Nikoläuse«, verbesserte Anna. Sie erhob sich von ihrem Stuhl.

Vierkorns Gesichtsfarbe wechselte von der ungesunden Blässe ohne Übergang in ein noch ungesünderes Dunkelrot und bekam sogar einen Anflug von Violett. Er sah aus wie eine überreife Pflaume.

Bevor er etwas sagen konnte, fuhr Anna fort: »Zwei Opfer und zwei Täter. Unsere Mörder sind eine betrogene Ehefrau und ein geldgieriger Junkie. Frohe Weihnachten, Herr Vierkorn.« Anna drehte sich um und verließ das Büro des Kriminaldirektors. Zumindest wird die Aufklärungsstatistik aufgepäppelt, dachte sie.

8

Andreas Gruber

Driving Home for Christmas

Grillenberg (Niederösterreich)

Über den Autor:

Andreas Gruber, geboren 1968 in Wien, studierte an der dortigen Wirtschaftsuniversität und lebt als freier Autor mit seiner Frau und fünf Katzen in Grillenberg in Niederösterreich. Er gibt Schreibkurse und veröffentlicht über den kreativen Prozess des Schreibens. Gemeinsam mit dem Mordsharz-Krimifestival rief er im Jahr 2018 den Harzer-Hammer ins Leben, ein mit 1 000 Euro dotierter und seitdem jährlich im Rahmen des Festivals vergebener Literaturpreis für Krimi-Nachwuchsautoren.

Gruber ist Erfinder der Rache-Reihe um den kauzigen Ermittler Walter Pulaski und der Todes-Reihe um den niederländischen Profiler Maarten S. Sneijder. Im Auftrag von SAT.1 hat Constantin Film 2019 Sneijders ersten Fall *Todesfrist* und 2021 den zweiten Fall *Todesurteil* mit Josefine Preuß in der Hauptrolle verfilmt. Mit seinen verschiedenen Buchreihen steht er regelmäßig auf den Bestsellerlisten und erreichte im deutschsprachigen Raum eine Gesamtauflage von über 4 Millionen verkauften Exemplaren.

Weitere Infos unter: www.agruber.com
www.facebook.com/Gruberthriller

Meine liebe Frau,

wie all die Jahre zuvor frage ich dich, was du dir zu Weihnachten wünschst. Deine Antwort fällt – wie all die Jahre zuvor – nicht sehr überraschend für mich aus. Du nennst mir nämlich keine Wünsche, sondern sagst stattdessen, du möchtest wie jedes Jahr zum Fest eine gute Tat begehen. Damit kann ich leider nichts anfangen – ich kann dir wohl schlecht eine gute Tat in Geschenkpapier unter den Weihnachtsbaum legen.

Mit dieser Vorahnung im Hinterkopf habe ich mich Anfang November bereits das erste Mal nach deinen Weihnachtswünschen erkundigt. Da war ich noch nicht schockiert und hatte keinerlei Panik, als ich keinen Hinweis erhielt. Mitte und Ende November erneut. Wieder keine Antwort. Ja, okay, Massage-Gutscheine – gut, die sind ein Klassiker, und die bekommst du ohnehin von meinen Eltern. Gutscheine für einen Thermenbesuch – auch schon zur Routine geworden – bekommst du wie all die Jahre zuvor von deiner Schwester. Aber mehr ist nicht aus dir herauszuholen. Bis auf die gute Tat eben!

Anfang Dezember – zu einem Zeitpunkt, als du schon längst *meine* Weihnachtswunschliste hattest – einen Anorak, ein Medizin-Zeitschriften-Abo und eine neue Kamera –, wurde ich das erste Mal etwas nervös. Da fragte ich dich noch einmal. Und von da an wöchentlich. Ich erhielt jedoch nie eine Antwort. Ständig kamen Ausflüchte wie *ich überleg mir etwas* oder *ich sag es dir morgen* oder *mir wird schon noch was einfallen* oder *dräng mich doch nicht so* oder *denk dir doch selbst etwas aus!*

Dann kam mir plötzlich der Zufall zu Hilfe! Das Ceranfeld unseres E-Herds gab den Geist auf. *Super! Endlich eine brauchbare Idee.* Immerhin leben wir schon seit sieben Jahren in diesem Haus. Du sagtest, du wolltest einen neuen Herd, diesmal einen tollen, mit Ausziehfächern, genauso wie den, den unsere Nachbarn haben. Achthundert Euro. *Pfeif drauf! Kein Problem.* Ich weiß, das ist kein *richtiges* Weihnachtsgeschenk, sondern eher ein Gebrauchsgegenstand, wenn auch extrem teuer, trotzdem wusste ich, dass ich dich damit glücklich machen konnte. Und auch ich war glücklich. Ich hatte endlich etwas, das ich dir unter den Christbaum legen konnte.

Doch dann: Kurz vor Weihnachten, als ich nach dem Krankenhaus zu unserem Elektrofachhändler fuhr, kam der Rückschlag. Du riefst mich am Handy an, um mir zu sagen, dass du doch keinen neuen Herd wolltest. Der wäre zu teuer. Bloß ein neues Ceranfeld mit Touchscreen würde genügen – und das bekämen wir von Onkel Willi. Der Kerl hat mir nicht zum ersten Mal in die Suppe gespuckt!

Zwei Tage vor Weihnachten sagte ich dir, dass ich noch Geschenke einkaufen müsse. Ich weiß nicht, ob du den Wink verstanden hast. Offenbar nicht! Da habe ich dich zum letzten Mal gefragt, ob du dir etwas *Besonderes* wünschst.

»Ach Schatz ...«, hast du nur lächelnd gemeint, »... du Gauner hast doch schon längst etwas für mich.«

Der Gauner hatte aber nichts. *Dann werden es eben wieder einmal die klassischen Gutscheine,* dachte ich frustriert. Entweder für unsere Buchhandlung, den Juwelier, den Modeladen oder die Parfümerie, oder für alle vier. Doch dann – *einen* Tag vor Weihnachten – genauer gesagt, 18 Stunden vor der Bescherung kam dein *erster* konkreter Weihnachtswunsch. Wir sahen nämlich im Fernsehen die Charts der zwanzig besten Christmas-Songs, moderiert von Oliver Geissen, mit Dieter Bohlen, Ozzy Osbourne und der russischen Opern-Diva Anja Kulikowa als Gaststars. Und die Kulikowa bekam von Oliver Geissen ein Geschenk überreicht. Vermutlich als Bestechung, damit sie an diesem Abend nicht singt. Sie tat es später aber trotzdem und schmetterte *Nessun Dorma*, woraufhin unsere Katzen aufjaulten und wir zu einem Werbesender umschalten mussten. Doch zuvor reißt die Kulikowa das Paket auf und zieht zwei warme rote Fell-Hauspantoffeln raus, mit einem Rentiergesicht mit riesiger Nase vorne dran. Darauf du, ganz spontan: »Die sind *süüüß*, solche hätte ich auch gern!«

Okay, kein Problem, denke ich mir. Die kannst du noch besorgen. Morgen ist zwar der Vierundzwanzigste, aber zum Glück ein Samstag. Die Läden haben bis 13 Uhr geöffnet.

Also tags darauf, hurtig nach dem Frühstück ins Auto. Raus aus unserem kleinen Ort Grillenberg, rein ins nächstgrößere Nachbardorf in die Fußgängerzone zum Schuh-Augusta, wo ich mit Händen und Füßen erkläre, wonach ich suche.

»Nö, so etwas haben wir net. Das haben sie uns heuer gar net angeboten.«

Herr Augusta will nicht konkretisieren, wen er mit »sie« meint. Ist auch nicht nötig. Wer auch immer »sie« sind, »sie« haben *das* vermutlich keinem Schuhgeschäft in der näheren Umgebung angeboten.

Aber ich bin vorbereitet und habe wie immer einen Plan B. Rauf auf die Autobahn – diesmal zum Glück nicht mit dem Wagen deines Vaters, sondern in meinem eigenen Auto *mit* Autobahnvignette – und kurz vor Wien runter. Dort liegt gleich neben dem riesigen Wahnsinns-Kreisverkehr dieser italienische Mega-Shoe-Store. Ich also rein, denn die haben bestimmt jede Menge Schuhe. Haben sie; und ich kämpfe mich zwischen Hunderten Kunden durch, die allesamt im Kaufrausch und, genauso wie ich, großteils in Panik sind. Endlich finde ich zwischen Plastikchristbäumen und blinkender Weihnachtsbeleuchtung eine Verkäuferin.

»Habe ich Sie richtig verstanden? Sie suchen einen Schuh mit Gesicht?«

»Ja, suche ich, mit Rentiergesicht, Katzengesicht oder Hundegesicht, scheißegal, jedenfalls warme, dicke, kuschelige Hausschuhe mit einem lustigen Gesicht vorne drauf.«

Die Verkäuferin schaut mich ratlos an. »Ich bin nur eine Samstagskraft.«

O Gott, auch das noch. Noch dazu am Heiligen Abend! Meine Hoffnung schwindet. Wir fragen also eine andere Kundenberaterin. Nach langer Diskussion kann ich endlich begreifbar machen, welche Schuhe ich suche. Daraufhin sagt die Samstagsverkäuferin, plötzlich ziemlich kompetent mit aufblitzenden Augen: »Ah, Sie meinen Schuhe mit einem Hasengesicht!«

»Ja, *JAAAAAAA,* Schuhe mit einem Gesicht! So wie die Sängerin aus der Sowjetunion!«

Die jungen Frauen sehen mich merkwürdig an.

»Ehemalige Sowjetunion«, füge ich erklärend hinzu.

Immer noch fragende Gesichter.

»So wie die Russin gestern im Fernsehen!«, erkläre ich. Sie haben es endlich verstanden. Aber diese Schuhe haben sie nicht.

Ich fahre also weiter. Wind kommt auf, und Schneegestöber setzt ein. Die Autos rutschen im Schneckentempo über die Straße, und die Scheibenwischerblätter kämpfen aufs Äußerste. Ich bin in Richtung Deichmann unterwegs, einem weiteren Schuhgeschäft. Ich hoffe, dass ich dort fündig werde, denn falls nicht, bleibt mir nur noch eine Chance: die Shopping City, das größte Einkaufszentrum weit und breit. Aber da will ich bestimmt nicht hin. Erstens, weil gerade dort am Weihnachtstag buchstäblich die Hölle los sein wird, und zweitens, weil mir die Zeit davonläuft.

Spätestens um zwölf Uhr muss ich wieder zu Hause in Grillenberg sein, um in unserem Tante-Emma-Laden das Gebäck und die bestellten Wurst- und Käseplatten abzuholen. Deine und meine Eltern sind heute Abend zur Bescherung eingeladen, und ich habe großartig verkündet, dass ich mich diesmal ums Essen kümmere. Wenn ich das vergeige, bin ich dran und werde es bis zu den Heiligen Drei Königen büßen! Vielleicht noch länger. Meinen Geburtstag im Februar kann ich vergessen.

Ich ergattere also den letzten Parkplatz vor dem Deichmann, direkt neben einer Punschhütte, in der auch Lángos und Feuerwerkskörper verkauft werden. Ein betrunkener Obdachloser mit Fellmütze und Einkaufswagen, in dem sich sein gesamtes Hab und Gut befindet, wedelt mit einem Feuerzeug herum und will mich auf einen Rumpunsch einladen. Ich kann ihn jedoch abschütteln, und beinahe hätte er sich mit dem Feuerzeug selbst den Bart und die Fellmütze in Brand gesetzt. Ich laufe in den Laden. Weihnachtslieder beschallen mich. Die Verkäuferin ist freundlich, aber der Deichmann hat keine Schuhe aus der ehemaligen Sowjetunion mit Hasen drauf. Ich bin verzweifelt. Ich frage die Dame, welche Schuhgeschäfte es in der Shopping City gibt. Sie lächelt mich nur mit einem Augenaufschlag an. »Jede Menge, zum Beispiel den Charles Vögele.«

»Das ist ein Schuhgeschäft?«, frage ich verwirrt, denn ich weiß, meine Frau kauft dort ihre Kleider.

»Ja, der hat Schuhe. Und den Humanic und den Nike Store gibt's dort auch.«

Schweißgebadet strahle ich übers ganze Gesicht. Der Humanic ist ein verrückter Laden, der hat bestimmt Schuhe aus Hasenfell mit sowjetischen Rentieren drauf.

Ich drängle mich an den Kunden vorbei, schüttle wieder den Obdachlosen mit der Fellmütze vor der Punschhütte ab und setze mich in meinen Wagen. Plötzlich sitzt der Penner auf meinem Beifahrersitz. Ob ich ihn mitnehme, fragt er. *Mitnehme?* Meine Nerven liegen blank. Er weiß doch nicht einmal, wohin ich fahre. Das sei ihm egal.

Ich habe keine Zeit für lange Diskussionen, also rase ich mit ihm in die Shopping City, in den Schlund der Hölle. Soll er eben dort weiter Punsch in sich reinkippen. An dieser Stelle blinkt die Tankuhr zum ersten Mal gelb auf, aber ich bin unbesorgt. Für den Rückweg wird das Benzin locker reichen. Wenige Minuten später werden die Schneefälle heftiger. Ein Streuwagen steht sogar quer. Verkehrschaos, wohin man blickt! Alle wollen auf den letzten Drücker ein *Last-Minute-Geschenk* einkaufen. War mir bisher unbegreiflich. Nun verstehe ich es endlich. Offensichtlich sind hier ausschließlich Männer unterwegs, die gestern Nacht um 23 Uhr von ihren Frauen den ersten konkreten Hinweis auf ein Weihnachtsgeschenk erhalten haben. Ich fühle mich in bester Gesellschaft.

Allerdings lassen mich das Verkehrschaos und die an Wahnsinn grenzende Parkplatzsuche kalt, denn wie du weißt, habe ich einen Spezial-Parkplatz bei der Shopping City. An der Rückseite des Ikea, bei dem Lieferanteneingang. Der ist immer frei, und man kann durch die Exit-Tür, an der Behindertentoilette vorbei, in das Einkaufscenter schlüpfen. Diesmal habe ich jedoch Pech.

»Oj, oj, oj«, grunzt der Obdachlose auf dem Beifahrersitz. Er heißt übrigens Erwin, wie er mir erklärt hat, und war vor sieben Jahren mal Finanzanlageberater. *Die Geschäfte sind wohl nicht so gut gelaufen, Erwin,* denke ich, sage aber nichts, sondern lasse ihn plappern.

Eine Kette versperrt die Zufahrt, außerdem verparken zwei Polizeiautos den Weg, mit drei Beamten, die sich in der Kälte den Arsch abfrieren.

»Lass uns abhauen, Kumpel«, grunzt Erwin.

»Keine Sorge, die suchen nicht nach dir«, beruhige ich ihn.

Durch das Schneegestöber höre ich die Funkgeräte knacken. Vielleicht haben sie gerade einen Ladendieb gefasst, der die handlich verpackten *Ölaf* und *Smörre* unter der Jacke aus dem Ikea schaffen wollte. Aber dann erkenne ich den Grund. Soeben kommen drei weitere Polizisten aus dem Gebäude. Sie tragen große Einkaufstüten, Feuerwerkskörper und Tannenbäume, die sie aufs Autodach packen. *Na klar, die haben sich einen günstigen Parkplatz ergaunert und ihre Einkäufe während der Arbeitszeit erledigt.*

»Und jetzt?«, fragt Erwin.

Nachdem ich kürzlich eine doppelte Sperrlinie überfahren habe, um einen Traktor zu überholen, ich dabei im Regen aber den Polizeiwagen hinter mir nicht bemerkt habe und die Polizistin mich zum Glück mit einer Verwarnung davonkommen ließ, will ich mein Glück nicht unnötig strapazieren. Also suchen Erwin und ich nach einem »legalen« Parkplatz.

»Mir knurrt der Magen«, mault Erwin, während wir herumkurven.

Ich schaue zu ihm rüber. »Nichts gefrühstückt?«

»Doch«, sagt er.

»Und?« Ich zucke mit den Achseln.

»Das letzte Mal vor drei Tagen.« Er hustet in ein Taschentuch und lässt es rasch in seiner Manteltasche verschwinden, aber ich sehe gerade noch den roten Fleck.

O Gott! »Geht es dir nicht gut?«, frage ich.

Erwin nickt, Tränen in den Augen. »Doch, alles prima.«

»Du solltest dir das von einem Arzt ansehen lassen.«

»Jaja«, winkt er ab, dann schaut er mich schief an. »Was hast *du* eigentlich beruflich gemacht?«

»*Gemacht?*«, wiederhole ich lächelnd. »Ich bin immer noch berufstätig. Ich bin Gerichtsmediziner im Allgemeinen Krankenhaus in Wien.«

»Ah, ein Arzt.« Erwin verzieht den Mundwinkel. Anscheinend hält er nicht viel von meinem Beruf. Wahrscheinlich weil ich »nur« mit Toten und nicht mit Lebenden zu tun habe.

Während ich mit dem Wagen weiter Runden drehe, lange ich in

meine Brieftasche und gebe ihm einen Zehn-Euro-Schein. »Aber nicht für Schnaps ausgeben.«

»Keine Sorge, bin hungrig, nicht durstig.« Auf dem Armaturenbrett liegt noch ein Fünf-Euro-Einkaufs-Bon, den Erwin sich ebenfalls schnappt, genauso wie meine Münze aus der Zwischenablage für den Einkaufswagen. Nun ist er prima ausgerüstet.

Zehn Minuten später sind wir siebenmal im Kreis gefahren und haben danach endlich einen Parkplatz neben einem Christbaumstand mit drei verhungerten Tannen gefunden. Während Erwin zielsicher die nächste Lángoshütte anvisiert, stürze ich schweißnass in die Shopping City.

»Kann ich Ihnen helfen?«, fragt die nette Humanic-Verkäuferin.

»Ja«, keuche ich, »ich suche warme Hausschuhe für meine Frau mit lustigen Gesichtern drauf!«

»So was haben wir …«, antwortet sie.

Ich schaue sie fragend an, ob sie vielleicht noch ein »*leider nicht*« hinterherschiebt, doch da kommt nichts – bloß ein auffordernder fragender Blick.

»Und?«, fragt sie.

»Was und?«, fahre ich sie an. »Herzeigen!«

Sie zeigt mir die Schuhe, und das sind exakt die gleichen Schuhe, die die sowjetische Opern-Diva bekommen hat, nur statt eines Rentiergesichts mit einem rosa Schweinegesicht.

O Gott, nein, ich weiß gleich, die darf ich dir nicht schenken. Um keinen Preis der Welt! Die würdest du nie im Leben tragen, obwohl du ständig eiskalte Füße hast. Lieber würdest du mit Frostbeulen und Eiszapfen an den Zehen durchs Haus laufen als mit einem Schweinegesicht an den Füßen.

Also bedanke ich mich und hetze weiter durch die Shopping City zum Nike Store. Dort gibt es nur Joggingschuhe, rosa Ballettschühchen, Rennradschuhe für Klickpedale und wuchtige Bergtreter mit Spikes für eine Großglocknertour. Ich laufe weiter zu einem kleinen Schuhgeschäft, das ich zufällig entdecke, aber wieder Fehlanzeige! Mittlerweile kann ich die weihnachtliche Kaufhausmusik, die mich in den Wahnsinn treibt, nicht mehr hören. Den nächsten Weihnachtsmann, der mir *Ein Frohes Fest* wünscht, schlage ich tot.

Eine Chance bleibt mir noch, bevor ich zum Mörder werde. Ich quetsche mich zwischen all den Verrückten, die in letzter Sekunde etwas einkaufen wollen, zum Vögele durch. Im Hinterkopf hege ich die Hoffnung, dass mich die Damen beim Deichmann doch nicht verarscht haben. Vögele ist doch eine Boutique, die hat niemals im Leben Schuhe. Und als ich den Laden betrete, sehe ich unter funkelnden Sternschnuppen und einer Holzkrippe die Tafel: *Vögele Shoes!*

Halleluja! Die Rettung. Meine letzte Chance. Ich stürze zu der Dame an der Kasse. Ich habe bloß noch wenige Minuten Zeit. Denn wenn ich ohne Gebäck, Wurst- und Käseplatte heimkomme, kann ich mir die Rentierschuhe selbst anziehen … da ich mir vermutlich über Nacht die Hütte neben dem Haus mit unserem Hund teilen muss. Ja, ich kenne dich; das würdest du von mir verlangen. Und zwar bis zum Sankt-Nimmerleins-Tag!

Zum Glück hat der Vögele genau solche Schuhe. Es gibt sie im Schweinemotiv, im Giraffen-, Fledermaus-, Hunde-, Katzen- und Tigerkrallen-Motiv. Leider nicht im Rentier-Look. Aber egal, Hund und Tigerkralle schauen auch süß aus. Doch da kommt schon das nächste Problem.

»Welche Größe hat Ihre Frau?«

»Was? Was meinen Sie mit Größe? Sie ist etwa so groß.« Nervös strecke ich den Arm aus.

»Nein, ich meine die Schuhgröße.«

»Ach so … äh, weiß ich nicht.«

»Das müssen Sie doch wissen.«

Kein Problem. Ich ziehe meinen Schuh aus und zeige der Dame, wie groß dein Fuß ungefähr ist – von meiner Ferse bis zum Beginn meiner Zehen. »So groß!«

»Und welche Größe ist das?«, fragt mich die Frau.

»Bin *ich* die Verkäuferin? So groß ist er jedenfalls.«

»Damit kann ich nichts anfangen. Ich weiß ja nicht, wie breit der Fuß ist.«

»Wie breit wird der Fuß wohl sein, wenn er nur so kurz ist?«, schnappe ich zurück. »Sie müssen doch wissen, was das für eine Schuhgröße ist.«

»Nein«, sagt sie genauso laut.

Ich suche mir also zwei Paar Schuhe aus, die ungefähr passen könnten, mit der Option, sie umtauschen zu dürfen. Als ich das dritte Paar anprobiere, reißt seitlich die Stoffnaht ein. *Mist!* Ich versuche, es zu kaschieren, aber das geht nicht. Das Paar muss ich also auch nehmen. Kein Problem, habe ich eben auch Schuhe mit einem eingerissenen Fledermausmotiv. Die kannst du ja dann zu Halloween anziehen.

Ich bezahle und will raus. Auf dem Weg zum Auto bemerke ich, dass ich mit der riesigen Vögele-Shoes-Tüte nicht nach Hause kann. Ich brauche also eine unauffällige Tragetasche und finde auch eine bei einem esoterischen Kerzen-Duft-Laden.

Ich will der Frau drei Stofftüten mit Weihnachtsmann-Motiven für die Schuhe abkaufen, aber sie sagt, das ginge nur, wenn ich auch etwas in ihrem Laden kaufe.

»Aber ich will doch die Tüten kaufen.«

»Nein, Sie müssen schon etwas Reguläres kaufen.«

»Na gut, was haben Sie denn?«

»Parfümierte Seifen.«

»Geht nicht, meine Frau ist allergisch.«

»Die sind für Allergiker«, erklärt sie mir.

Ich glaube ihr nicht. »Was haben Sie noch?«

Sie zeigt mir jede Menge Strohsterne, Hinterglasmalereien, Meditations-CDs und bunte Kerzen aus Bienenwachs. Eine gefällt mir. »Krieg ich drei Tüten, wenn ich diese Kerze kaufe?«

»Ja, das geht.«

Ich kaufe also die handgedrehte Kerze mit fünf Dochten für sechzig Euro, bekomme jetzt insgesamt sogar vier Stofftüten, packe die Hausschuhe ein, stürze aus der Shopping City und suche verzweifelt nach meinem Auto. Auf dem Parkplatz hinter dem Ikea steht es natürlich nicht. Die Polizisten sind in der Zwischenzeit schon weg, stattdessen steht jetzt ein Rettungswagen dort. Ich kann mir denken, warum.

Schließlich finde ich mein Auto. Erwin hat es in der Zwischenzeit mit seinem Mantelärmel vom Schnee befreit. Er sieht glücklich und satt aus. Seine Wangen und die Nase leuchten rot. Er riecht nicht nach Alkohol, sondern nach Pizzalángos und Kartoffelpuffer mit Knoblauch. »Hier ist dein Restgeld«, sagt er und drückt mir elf Cents in die Hand.

Ich schmeiße die Taschen in den Kofferraum und fahre nach Hause; Erwin sitzt auf dem Beifahrersitz. Den habe ich jetzt an der Backe. »Du bist schlimmer wie eine Kleiderlaus«, sage ich.

»Schlimmer *als*«, korrigiert er mich.

Ich schaue ihn fragend an.

»War früher mal Anlageberater«, erklärt er mir noch mal. »Gutes Auftreten und astreine Rhetorik sind das A und O für einen perfekten Verkaufsabschluss.«

»Aha«, murmle ich.

Das Schneegestöber nimmt zu, es geht nur im Schritttempo voran, die Tankuhr blinkt mittlerweile rot.

»Was hast du denn so Dringendes gekauft, Kumpel?«, will er wissen und zupft sich einen Rest Käse aus dem Bart.

Ich erkläre es ihm, woraufhin er mich verdattert ansieht. »Das machst du alles für deine Frau?«

»Hättest du das für deine nicht getan?«, frage ich verwundert. »Kumpel?«, füge ich hinzu. »Damals, als du noch Finanzberater warst?«

Plötzlich bekommt er einen sentimentalen Blick. »Ich war früher tatsächlich mal verheiratet, weißt du«, erklärt er mir. »Meine Frau bekam von mir die teuersten Sachen geschenkt ... Nerzmantel, Diamantring und feine Lederschuhe.«

Ich sehe ihn von der Seite her an. »Tatsächlich?« Vielleicht ist das mit dem Finanzanlageberater doch kein Witz gewesen.

»Weißt du, ich war nicht immer arm, sondern hatte damals einen guten Job und ziemlich viel Geld.«

»Was ist passiert?«, frage ich.

»Der ganze Rummel – Job, Arbeiten, Dienstreisen, Überstunden, Prämien –, das alles war für meine Frau nie wichtig, ich meine all die *materiellen* Dinge. Charlotte war die großartigste Frau, die man sich nur wünschen kann. Aber ich habe das damals nicht begriffen. Sie wollte einfach nur gern in Ruhe Weihnachten mit mir verbringen – aber ich konnte mit dem ganzen Schnickschnack nichts anfangen.«

»Sie wollte keine teuren Geschenke, sondern Zuneigung.« Ich nicke verständnisvoll. »Was ist dann passiert?«

»Sie verließ mich.«

Das übliche Drama. »Tut mir leid.«

»Weißt du, meine Frau hat mich sehr geliebt«, verteidigt er sie sofort. »Sie ...« Wieder hustet er in sein Taschentuch, bis ihm die Tränen kommen, diesmal lässt er es aber nicht sogleich verschwinden. »Ich bin krank«, gibt er schließlich zu, verzieht kurz schmerzvoll das Gesicht und greift sich ans Herz. »Meine Frau konnte das nicht ertragen. Vermutlich war es für sie eine Erlösung, mich nicht länger leiden zu sehen.«

Ich nicke nur. *Und ab da ging es mit dir so richtig bergab,* führe ich den Gedanken zu Ende. Was für ein Jammer, denn eigentlich ist Erwin ja ein netter Kerl, den das Schicksal einfach zu hart rangenommen hat.

Wir plaudern noch eine Weile, während wir so dahinzuckeln, kommen schließlich in mein Dorf und passieren die Ortstafel.

»Hier habe ich früher auch mal gelebt«, murmelt Erwin erstaunt.

»Ja, sicher«, sage ich.

»Gibt es den Tante-Emma-Laden an der Ecke noch?«

Ich schaue zu ihm rüber und runzle die Stirn. »Echt jetzt? Hier hast du gelebt?«

Verträumt schaut er in die Schneelandschaft. »War eine schöne Zeit hier.«

Wir schaffen es gerade noch von der Hauptstraße runter, dann stirbt der Motor ab, der Wagen rollt in eine Schneewechte und steckt fest.

»Oj, oj, oj«, kommentiert Erwin.

»Willst du hier warten?« Nervös schaue ich auf die Uhr. Es ist fünf Minuten vor zwölf Uhr.

»Im Auto?«, fragt er.

»Ich könnte einen Benzinkanister von zu Hause holen und dich nachher irgendwohin bringen«, schlage ich vor. »Kennst du jemanden in der Nähe?«

Er schüttelt den Kopf. »Nein danke, ist schon in Ordnung.«

»Echt?« Ich steige aus dem Wagen und kralle mir die vier Tüten aus dem Kofferraum.

Erwin steigt ebenfalls aus. »Ich komme schon zurecht.«

»Okay, war jedenfalls nett, dich kennengelernt zu haben.« Ich sperre den Wagen ab, dann schlittere ich über mehrere Eisplatten zum Tante-Emma-Laden. Schweiß läuft mir ins Gesicht. Aus dem Augenwinkel sehe ich, wie Erwin im Schneegestöber verschwindet.

Als ich in letzter Sekunde komplett erledigt den Verkaufsraum betrete, hält dort deine Mutter den ganzen Betrieb auf, weil sie mit zwei Riesenkörben einkauft, als stünde die schlimmste Hungersnot bevor.

»Bist du bei diesem Wetter etwa zu Fuß unterwegs?«, fragt sie mich amüsiert, als sie mich in meinen Halbschuhen und mit den vier Tüten unterm Arm sieht. »Was hast du denn Schönes gekauft?«

Ich klopfe mir den Schnee vom Mantel. Dann zeige ich ihr die sechzig Euro teure Kerze und die drei Paar warmen Hausschuhe aus Fell: Katze, Hund und kaputte Fledermaus.

»Nein, wie süß«, staunt deine Mutter. »Die sehen so ähnlich aus wie die Schuhe, die die Anja Kulikowa gestern bekommen hat.«

»Weiß ich«, sage ich stolz. »Wir haben die Show auch gesehen.«

Dann zieht deine Mutter zwei Hausschuhe aus ihrer Tüte. »Für meine Tochter. Größe 38, passt ihr wie angegossen!«

»Größe 38?«, schreie ich. *Verdammt!*

Dann erst bemerke ich es. Deine Mutter hält exakt die gleichen Schuhe in der Hand wie in der TV-Show mit Oliver Geissen! Lustiges Rentiergesicht mit großer roter Nase. »Wo hast du die denn her?«

Die Verkäuferin des Tante-Emma-Ladens strahlt übers ganze Gesicht. »Das letzte Paar. Seit der Show gestern Abend gehen die Dinger weg wie warme Semmeln.«

O Mann, und Erwin und ich waren den halben Tag unterwegs.

Endlich komme ich dran, hole das Gebäck, die Wurst- und Käseplatte und verlasse, vollgepackt wie ein Esel, den Laden. Draußen ist keine Spur mehr von Erwin zu sehen. Beim Auto ist er auch nicht mehr. Mittlerweile schneit es noch heftiger. Ich stapfe also die letzten fünfhundert Meter durch den Schnee nach Hause.

Plötzlich sehe ich Erwin. Er steht einsam auf der Straße, unter der Laterne vor unserem Haus, und blickt durch das Schneegestöber auf die mit Sternen hell beleuchteten Fenster. Sogar die Hundehütte ist beleuchtet. Während ich weg war, hast du wirklich ganze Arbeit geleistet. Jetzt stehst du im Wohnzimmer und schmückst den Baum. Vermutlich läuft gerade *Driving Home for Christmas* auf CD, einer deiner Lieblingssongs, den du an diesem Tag immer in einer Endlosschleife hörst.

»In diesem Haus habe ich früher mal gewohnt«, sagt Erwin.

»Ehrlich?« Ich schaue ihn wieder von der Seite an. Dann fällt es mir wie Schuppen von den Augen. »Du bist der Mann«, stelle ich verblüfft fest, »der vor uns in diesem Haus gewohnt hat ...« Ich kann mich noch genau an das Gespräch mit dem Makler erinnern. Im gleichen Moment stutze ich, als eine dunkle Erinnerung in mir hochkriecht. »Aber deine Frau ist doch ...?«

»Richtig.« Er nickt, starrt dabei aber immer noch, fasziniert von den Lichtern, aufs Haus.

»Deine Frau hat dich damals gar nicht verlassen, richtig?«, hake ich mit einem Kloß im Hals nach.

»Wir haben gemeinsam am Vormittag des Heiligen Abends den Baum aufgeputzt, während wir Radio gehört und Kakao getrunken haben, und ich vom Kuchen genascht habe, den Charlotte extra für mich gebacken hat. Es war alles perfekt, aber dann stritten wir uns«, erzählt Erwin mit rauer Kehle. »Ihr alter Weihnachtsstern ist beim Aufputzen zerbrochen, und sie wollte unbedingt einen neuen haben. Für sie musste ja immer alles perfekt sein, gerade zu Weihnachten. Also musste ich noch auf den letzten Drücker einkaufen fahren. Ich sagte, ich besorge den dämlichen Stern, aber sie wollte unbedingt mit. Hat sich einfach nicht davon abbringen lassen, das sture Ding. So sind wir im Wagen zu zweit los. Während der Fahrt stritten wir uns wieder, damals war ein ähnliches Schneechaos wie heute, die Straßen waren glatt, ich war unachtsam, und dann hatten wir einen Unfall.«

»Und deine Frau ...?«, frage ich.

»… hat mich verlassen. Danach ging es Schlag auf Schlag, und ich habe alles der Reihe nach verloren.«

In diesem Moment verstehe ich. Deshalb hatten wir dieses Haus damals so günstig kaufen können. Der Makler hat uns erzählt, die Vorbesitzer wären ein nettes Ehepaar gewesen – sie eine Tupperware-Tante und er Unternehmensberater. »Erwin Nowak, richtig?«, frage ich.

Erwin nickt.

»Willst du nicht mit reinkommen?«, frage ich spontan.

»Was?« Er sieht mich an, plötzlich kommen ihm die Tränen. »Du meinst *da* hinein?« Er zeigt aufs Haus.

»Klar, die Hundehütte meine ich nicht.«

»Aber deine Frau … heute ist doch Heiligabend.«

»Unsere Frauen hätten sich bestimmt gut verstanden«, sage ich, »denn meine ist eine ähnliche Perfektionistin, zumindest was das Weihnachtsfest betrifft. Ein kleines Geschenk, das von Herzen kommt, wie diese Rentierschuhe, die nur neunzehn Euro das Paar kosten, sind ihr tausendmal lieber als alle Pelzmäntel dieser Welt.«

»Nein danke …«, der Glanz in seinen Augen verschwindet, »aber ich möchte mich nicht aufdrängen. Außerdem habe ich nicht einmal ein Geschenk.«

Ich drücke ihm die Kerze in die Hand. »Ach, komm schon.« Ich stoße ihn seitlich in die Rippen. »Wurst- und Käsebrote mit ein paar gefüllten Eiern und ein heißer Tee werden dich stärken.«

»Tee?«, wiederholt er und klemmt sich die Kerze unter den Arm. »Hast du auch Rum dazu?«

»Klar. Und außerdem kannst du einen Blick ins Haus werfen. Wir haben nicht viel darin verändert – meine Frau fand die Einrichtung und die Zimmeraufteilung perfekt.«

»Hat damals alles Charlotte gemacht«, murmelt er gedankenverloren. »Sie hatte ein Händchen für solche Dinge.« Er wischt sich eine Träne vom Gesicht. Indessen nehme ich ihn am Arm, und wir gehen hinein.

Ich schwöre dir, meine liebe Frau, genauso war es! Wenigstens die Kerze und die vier Weihnachtsmann-Tüten aus Stoff haben dir gefallen. Zum Glück hat deine Schwester kleinere Füße als du, und die Hunde-, Katzen- und Fledermausschuhe passen ihr.

Ich hoffe, es hat dich nicht gestört, dass Erwin dieses Jahr mit uns allen Weihnachten gefeiert hat. Es hat ihm prima gefallen, das hat man ihm angesehen, und er hat sich ja auch gut mit allen verstanden, vor allem mit deinem Vater und meiner Mutter. So besinnlich ist dieser Abend schon lange nicht mehr gewesen. Du sagst ja immer, du möchtest jedes Jahr zum Weihnachtsfest eine gute Tat begehen. Und *das* war gewiss eine gute Tat.

Warum ich mir da so sicher bin? Ganz einfach ... nachdem abends alle der Reihe nach das Haus verlassen haben, hat uns Erwin noch dabei geholfen, das Schlachtfeld zu reinigen, den Abwasch zu erledigen und den Müll rauszutragen. Du hast dich an diesem Abend so nett um Erwin gekümmert und dich so angeregt mit ihm unterhalten.

Ich wollte ja noch, dass er bei uns übernachtet, zumindest so lange, bis das Schneetreiben nachlässt, aber er sagte, er müsse jetzt wirklich gehen. Also habe ich mich draußen von ihm verabschiedet. Er hat sich eine Zigarre von deinem Vater angezündet, und ich habe ihm nachgesehen, wie er durch den Schnee gestapft und schließlich mit einem kleinen roten Glühen im Schneegestöber verschwunden ist. Lange Zeit habe ich noch in das weiße Treiben gestarrt, bis ich schließlich halb erfroren wieder ins Haus gekommen und schnurstracks in mein Zimmer hinaufgelaufen bin.

Du hast dich bestimmt gefragt, was ich so lange dort oben treibe. Eine Sache hat mich nicht in Ruhe gelassen. Deshalb habe ich im Internet in alten Zeitungsarchiven gestöbert. Erwins Frau ist bei dem Autounfall an Heiligabend vor sieben Jahren zwar gestorben, aber nicht allein ... der Wagen ist damals von der Straße abgekommen, über den Hang gerutscht und im eiskalten Fluss untergegangen. Dabei sind der Fahrer und seine Frau auf dem Beifahrersitz tödlich verunglückt. *Beide!* Angeblich hatte Erwin zuvor einen Herzinfarkt, der zum Unfall geführt hat.

Ich weiß, du sagst immer, ich soll zu Hause nicht arbeiten, aber um sicherzugehen, habe ich mich ins Online-Archiv der Gerichtsmedizin eingeloggt und tatsächlich Erwins Obduktionsbericht gefunden. Rate mal, was zum Herzstillstand geführt hat: eine Überdosis von zehn Milligramm hoch dosierten Gifts der Tollkirsche. Das war in dem Kuchen, den Erwins Frau am Heiligen Abend für ihn gebacken hat. Weißt du, was das bedeutet? Sie *wollte* ihn töten. Wobei ich, nach all dem, was ich von Erwin erfahren habe, eher davon ausgehe, dass sie ihn vielmehr von seinem Leid erlösen wollte.

Vermutlich fragst du dich jetzt genauso wie ich, warum sie überhaupt in seinen Wagen eingestiegen ist und mit ihm mitgefahren ist, nachdem er den Kuchen gegessen hat. Vermutlich wollte sie ihn nicht allein fahren lassen. Sie wollte an seiner Seite sein, wenn er stirbt. Die Tragik dabei ist, dass sie nun beide tot sind. Und das seit mittlerweile sieben Jahren.

Von meinem Zimmer aus, wo ich dies hier schreibe, schaue ich durchs Fenster, raus in den Schnee und in den Eisnebel, der mittlerweile aufgezogen ist. Ich habe keine Spur mehr von Erwin gesehen – und ich denke, das werden wir auch nicht mehr. Erwin hat das Weihnachtsfest, das ihm damals so abrupt genommen wurde, in seinem ehemaligen Haus nachholen können. Zwar ohne seine Frau, aber ich denke, sie war im Geiste bei uns.

Jetzt ist mir auch klar geworden, dass ich ihn beim Punschstand nicht zufällig getroffen habe, sondern *er* hat *mich* gefunden. So wie er vor sieben Jahren am Heiligen Abend mit dem Auto losgefahren ist, um einen Weihnachtsstern für seine Frau zu besorgen, bin ich heute aufgebrochen, um Weihnachtsschuhe für dich zu kaufen. Vielleicht war es auch nur eine Fügung des Schicksals, dass wir uns ausgerechnet so über den Weg gelaufen sind.

Aber ich bin sicher, wir haben eine gute Tat getan, und Erwin konnte mit allem – was auch immer es war – abschließen und es zu Ende bringen. Ich liebe dich und wünsche dir frohe Weihnachten.

Dein Mann.

9

Michael Thode

Wo ist Ole?

Amrum

 *Über den Autor:*

Michael Thode, geboren 1974 in Heide/Holstein, studierte Rechtswissenschaften und Fachjournalismus in Bayreuth, Göttingen, Kiel und Berlin. Sein Berufsleben führte ihn als Journalist in eine Zeitungsredaktion, als Niederlassungsleiter in eine Spedition, als Abteilungsleiter in die Lebensmittelindustrie sowie als Personalstabsoffizier in den Kosovo und nach Afghanistan. Heute lebt Michael Thode mit seiner Frau und einem quirligen Gordon Setter in der Nähe von Hamburg. Dort schreibt er Thriller und Kurzkrimis, für die er bereits mehrfach ausgezeichnet wurde. Weitere Informationen unter: www.michael-thode.de

Insel Amrum,
Kapitänshaus der Familie Andresen,
Heiligabend, 18:00 Uhr

Ida Andresen legte größten Wert auf Familientraditionen. Das galt ganz besonders für dieses Weihnachtsfest. Es würde ihr letztes sein.

Die Familie saß zum Festessen in der »guten Stube« beisammen, die nur für besondere Anlässe genutzt wurde.

Ida und ihre Schwiegertochter Marieke trugen die typische Amrumer Tracht, die im Wesentlichen aus einem dunkelblauen Trägerrock, einer weißen, aufwendig verzierten Schürze und einem filigranen Brustschmuck aus Silber bestand.

Peer hatte das Hemd bis oben hin zugeknöpft, die Krawatte eng um den Hals gelegt und seinen besten Anzug angezogen.

In der Mitte des Tisches stand eine Schüssel Labskaus – eine gestampfte Mischung aus Kartoffeln, Gurken und Pökelfleisch. Dazu gab es Rollmops, Zwiebeln und Rote Bete. Selbstverständlich aßen sie vom »guten Geschirr«.

Ein prächtig geschmückter Weihnachtsbaum zierte den Raum. Peer hatte die Nordmanntanne am vierten Advent von der Halbinsel Nordstrand geholt.

Wenn Ida von der »ganzen Familie« sprach, dann meinte sie damit zum einen ihren Sohn Peer und dessen Frau Marieke, die gemeinsam mit ihr in dem reetgedeckten Kapitänshaus auf Amrum lebten. Zum anderen meinte sie damit ihren Sohn Ole, seine Frau Charlotte und die Kinder Paula und Max. Ole lebte mit seiner Familie in Frankfurt. Sie kamen nur äußerst selten zu

Besuch. In den vergangenen Jahren waren sie nur noch nach Amrum gekommen, um Weihnachten auf der Insel zu verbringen.

Heute Abend saßen Ida, Peer und Marieke Andresen alleine in der guten Stube. Abgesehen vom Klappern des Geschirrs herrschte Stille.

»Das Labskaus ist sehr lecker!«, murmelte Peer.

Ida stocherte lustlos in dem Essen herum. Sie führte ihre Gabel zum Mund, brach jedoch auf halbem Weg ab und legte sie zurück auf den Teller. »Es ist eine Katastrophe!«

Marieke hörte auf zu kauen und starrte Ida an. »Aber …«

Peer legte seine Gabel ebenfalls beiseite. »Das ist ungerecht, Mama!«

Idas Gesichtszüge waren versteinert. »Ihr wisst ganz genau, was ich meine!«

Marieke stammelte. »In den letzten Jahren hat mein Labskaus dir immer geschmeckt. Ich habe es nach deinem Rezept …«

Ida ließ sich nicht beirren. »Für mich ist heute kein Weihnachten!«

Peer stöhnte. »Mama, bitte!«

»Ihr könnt sagen, was ihr wollt«, rief Ida und zerknüllte ihre Serviette. »Ohne Ole ist für mich kein Weihnachten!«

Halbinsel Nordstrand,
Hafen Strucklahnungshörn,
Vierter Advent

Peer blickte auf seine Armbanduhr. Sie zeigte 08:15 Uhr. Am Horizont wurde es langsam hell. Noch fünf Tage bis Weihnachten.

Peer war mit der *IDA* bereits gestern von Amrum nach Strucklahnungshörn gesegelt, da der Hin- und Rückweg durch das schleswig-holsteinische Wattenmeer an einem Tag nicht zu schaffen war. So ruhig die See bei der vorherrschenden Windgeschwindigkeit von 10 Knoten auch war, so ungnädig zeigte sich das Wetter: Seit zwei Tagen nieselte es ununterbrochen bei Temperaturen knapp über dem Gefrierpunkt.

Die *IDA* war ein knapp zehn Meter langes, schwarzes Plattbodenschiff mit braunen Segeln. Die Besonderheit des Schiffes war, dass es durch seinen flachen Rumpf bei Ebbe problemlos im Wattenmeer trockenfallen konnte.

Peers Vater hatte das Segelschiff vor rund drei Jahrzehnten gekauft und nach seiner Frau benannt. Schon damals war sein Vater jedes Jahr in der Adventszeit mit der *IDA* nach Strucklahnungshörn gesegelt und hatte den Weihnachtsbaum dort abgeholt. Nach dem Tod seines Vaters hatte Peer diese Tradition weitergeführt.

Peer verband mit der IDA eine glückliche Jugend und unzählige Segeltörns auf der Nordsee. Auch heute noch verbrachten Peer und Marieke die Wochenenden und die Sommerurlaube zumeist auf dem Wasser.

Direkt neben Peer stand Idas Schwester Beeke. Sie hatte Amrum direkt nach dem Schulabschluss verlassen und einen Landwirt auf Nordstrand geheiratet. Hier bewirtschaftete sie gemeinsam mit ihrem Mann und ihren Söhnen 80 Hektar Land. Neben Ackerbau und Viehzucht gehörte der Tannenbaumverkauf zur Weihnachtszeit zu einem der Standbeine des Bauernhofes.

»Hier ist das Prachtstück!«, sagte Beeke und zwinkerte Peer zu. Sie öffnete die Hecktür ihres Land Rover Defender, zog sich Arbeitshandschuhe an und nahm eine Nordmanntanne heraus. Beeke lachte: »Ida behauptet immer, dass man auf Amrum keine ordentlichen Weihnachtsbäume bekommt.«

Peer bemühte sich um ein Lächeln. »Solange Mama lebt, wird sie darauf bestehen, dass wir den Baum hier bei euch abholen. Mit der *IDA*, so wie Papa es immer getan hat. Du weißt ja, wie wichtig diese Tradition für Mama ist.«

Beeke nickte bloß und ging nicht weiter auf Peers Worte ein. Beide wussten, dass es aufgrund ihrer Krankheit wohl Idas letztes Weihnachtsfest sein würde.

»Glühwein?« Beeke drückte Peer die Tanne in die Hand und holte eine Thermoskanne aus dem Geländewagen.

»Gute Idee!«

Die beiden standen schweigend nebeneinander und tranken aus dampfenden Bechern. Plötzlich ging ein Ruck durch Beekes Körper – so, als sei ihr gerade in diesem Moment etwas Wichtiges eingefallen: »Sag mal, wo sind eigentlich Ole und Charlotte mit den Kindern? Sie segeln doch sonst immer gemeinsam mit dir zurück nach Amrum!«

Peer zuckte mit den Schultern. »Keine Ahnung.«

»Hat Ole sich denn gar nicht bei dir gemeldet?«

»Nee«, erwiderte Peer. »Das wundert mich mittlerweile aber auch nicht mehr.«

Beeke verstand, dass dieses Thema damit abgehakt war. Sie steckte Peer die Thermoskanne zu und verabschiedete sich. »Damit dir auf dem Rückweg nicht kalt wird!«

Peer vertäute die Tanne auf dem Deck der *IDA*, startete den

Schiffsmotor und löste die Leinen. Dann ging er zur Pinne und kuppelte den Vorwärtsgang ein.

Die *IDA* bewegte sich schon von der Kaimauer weg, als ein Hupen durch den Hafen schallte. Dann röhrte ein Sportwagen an der Kaimauer entlang und hielt auf dem Parkplatz. Ole stieg aus und brüllte: »Ey, Peer! Willst du etwa ohne mich fahren?«

Insel Amrum,
Wohnhaus der Familie Andresen,
Heiligabend, 18:05 Uhr

Ida schob den Teller demonstrativ von sich. »Ich verstehe nicht, warum Ole nicht hier ist!«

Peer rieb sich zunächst die Stirn, dann antwortete er: »Er hat mir eine Nachricht geschrieben. Die Kinder sind krank. Er meldet sich, wenn zu Hause alles wieder in Ordnung ist.«

Ida schüttelte den Kopf. »Warum meldet er sich nicht bei mir? Ich bin schließlich seine Mutter!«

Peer faltete die Hände im Schoß. »Er wollte dich nicht beunruhigen!«

Ida sah ihn misstrauisch an. »So, wie ihr letztes Jahr auseinandergegangen seid, kann ich mir sehr gut vorstellen, dass du ihn am Hafen hast stehen lassen.«

Peer schüttelte vehement den Kopf. »Ole ist nicht am Hafen gewesen, Mama!«

Peer drehte eine Runde durch das Hafenbecken, dann bugsierte er die *IDA* wieder zurück an die Kaimauer und machte die Leinen fest. Er war irritiert, denn Ole kam alleine. »Wo sind Charlotte und die Kinder?«

»Bei ihren Eltern.«

Peer nickte andächtig. Schließlich nahm er seine Mütze vom Kopf und rieb sich die Stirn. »Weiß Mama das?«

»Sie kann froh sein, dass ich überhaupt da bin. Keine Ahnung, wie ich das eine ganze Woche lang auf Amrum aushalten soll. Und dann auch noch dieses Scheißwetter. Jedes Jahr die gleiche Kacke.« Ole musterte die *IDA* vom Bug bis zum Heck. »Sag mal, wolltest du den alten Seelenverkäufer nicht abstoßen?«

Energisch schüttelte Peer den Kopf. »Wie kommst du darauf?«

Ole winkte ab. »Deine Entscheidung.« Er hievte einen Rollkoffer und eine Aktentasche an Bord der *IDA* und ging dann selbst an Deck.

Peer war abweisend, doch er war nicht auf einen Konflikt aus. »Beeke hat uns für die Überfahrt eine Thermoskanne mit Glühwein spendiert. Möchtest du einen Becher?«

»Nein, ich habe gleich eine Videokonferenz mit einem Mandanten.« Ole grinste abfällig. »Hast du ein stabiles WLAN an Bord?«

Peer kratzte sich am Hals.

»War ein Witz«, sagte Ole und brach in schallendes Gelächter aus. Dann verschwand er samt Gepäck in der Kajüte.

Das Lachen wird ihm bald vergehen, dachte Peer, denn sie würden es nicht in einem Rutsch bis nach Amrum schaffen. Es herrschte bereits ablaufendes Wasser, und kurz vor Mittag würden sie im Watt nördlich der Insel Pellworm für die nächsten sechs Stunden auf dem Trockenen liegen.

Insel Amrum,
Wohnhaus der Familie Andresen,
Heiligabend, 18:10 Uhr

Es klingelte an der Tür.

Prompt erhellte sich Idas Miene. »Ole! Er kommt doch noch!«

»Keine Ahnung«, erwiderte Peer und stand auf. Er ging zur Haustür und öffnete sie. Vor ihm stand Helge Harmsen. Beide kannten sich gut. Sie waren gemeinsam zur Schule gegangen und spielten heute noch zusammen Fußball in der Herrenmannschaft des TSV Amrum.

An Helges Kleidung war eindeutig erkennbar, dass er nicht privat gekommen war. Auf seiner Jacke prangten die Dienstgradabzeichen eines Polizeioberkommissars. Helge war Leiter der örtlichen Polizeidienststelle. »Darf ich reinkommen?«

»Weißt du, welcher Tag heute ist?«, fragte Peer und setzte einen empörten Gesichtsausdruck auf. Er machte keine Anstalten, Helge hineinzubitten.

»Zu Hause warten Caro und die Kinder auf mich. Die Gans ist im Ofen, und die Geschenke liegen unter dem Baum. Ich hätte mir den Weg zu euch gerne gespart. Es ist eine Wasserleiche an den Strand gespült worden.«

Peer rang nach Atem. Er zerrte an seinem Krawattenknoten und öffnete den obersten Knopf seines Hemds.

»Gehts?«, wollte Helge wissen.

Peer stöhnte bloß. Er wandte sich ab und nickte ins Haus hinein. »Ida und Marieke sitzen in der guten Stube. Sollen wir in die Küche gehen?«

Helge schüttelte den Kopf. »Nein, ich möchte mit Ida sprechen.«

* * *

Plattbodenschiff IDA,
Schleswig-Holsteinisches Wattenmeer,
Vierter Advent

Die Strecke von Strucklahnungshörn nach Amrum betrug rund 22 Seemeilen. Bei einer Durchschnittsgeschwindigkeit von fünf Knoten würden sie knapp sechs Stunden brauchen. Dazu kamen die sechs Stunden auf dem Trockenen. Es würde also dunkel sein, wenn sie auf Amrum ankamen – kein Problem für Peer. Er war ein erfahrener Segler und hatte das Schiff technisch bestens ausgerüstet.

Stunde um Stunde verging, und die *IDA* kam ihrem Ziel stetig näher. Gegen Mittag hatten sie dann nur noch eine Handbreit Wasser unter dem Kiel, sodass Peer den Anker warf. Eine halbe Stunde später lag das Schiff sicher auf dem Wattboden. In südlicher Richtung waren die Umrisse der Insel Pellworm zu sehen.

Ole war in den vergangenen Stunden ein paarmal an Deck gekommen, um sich die Beine zu vertreten, dann aber gleich wieder unter Deck verschwunden. Per Handy hatte er tatsächlich eine Internetverbindung und konnte arbeiten. Seinen Missmut über die Zwangspause im Watt hatte er lediglich mit einem Achselzucken quittiert.

Nun hatte Ole seine Arbeit offensichtlich beendet. Er kam an Deck, setzte sich neben Peer ins Cockpit und atmete einige Male tief ein und aus. Schließlich sagte er: »Hast du dir Gedanken gemacht, wo ihr ... also Marieke und du ... zukünftig wohnen wollt?«

Irritiert zog Peer seine Augenbrauen zusammen. »Ja, zu Hause.«

»Nach Mutters Tod gehört mir die Hälfte des Hauses. Du wirst es dir nicht leisten können, mich auszuzahlen.«

Peer war empört. »Mama lebt!«

»Du weißt selbst, dass das ihr letztes Weihnachten ist!«

Peer leerte seinen Becher mit Glühwein in einem Zug. »Marieke und ich werden bleiben!«

»Die Lage des Grundstücks könnte gar nicht besser sein. Ich habe bereits Verbindung mit einem Makler aufgenommen. Er schätzt das Grundstück auf knapp zwei Millionen Euro.«

Insel Amrum,
Wohnhaus der Familie Andresen,
Heiligabend, 18:20 Uhr

»Helge!«, rief Ida. Ihre Überraschung war nicht zu überhören. »Wir haben Besuch!« Sie wandte sich an ihre Schwiegertochter: »Ein Teller für Helge!«

Der winkte ab. »Danke, Ida, aber zu Hause wartet eine Gans auf mich!«

Ida schien das überhaupt nicht wahrzunehmen. »Das Labskaus ist noch warm.«

Währenddessen deckte Marieke wortlos auf. Sie blickte fragend zu ihrem Mann hinüber, doch auch Peer konnte ihr keine Antwort geben. Er zuckte bloß mit den Achseln.

»Ida«, sagte Helge. »Ich bin gekommen, weil …«

»Du isst jetzt erst mal! Sonst kannst du den Magen auch nicht voll genug bekommen!«

»Mmh«, murmelte Helge und füllte sich auf. Er hatte seine Kindheit und Jugend gemeinsam mit Peer verbracht, und Ida war für ihn eine Respektsperson. Es wäre ihm nie in den Sinn gekommen, ihr zu widersprechen.

Plattbodenschiff IDA,
Schleswig-Holsteinisches Wattenmeer,
Vierter Advent

»Wir haben ja jetzt ein paar Tage Zeit, um das zu regeln«, sagte Ole. »Hoffentlich war das dann das letzte Mal Amrum.«

Peer war außer sich vor Wut. »Solange Mama lebt, werden wir uns über gar nichts unterhalten!«

»Du weißt genauso gut wie ich, dass das Kapitel bald abgeschlossen ist. Ist doch auch für sie ein gutes Gefühl, wenn vor ihrem Tod alles geregelt ist und wir anschließend keinen Ärger miteinander haben. Ich weiß aus eigener Erfahrung, wie lang solche Gerichtsprozesse dauern können.«

Ole war bekannt für seinen aggressiven und entwertenden Kommunikationsstil, der ihm bei seiner Tätigkeit als Strafverteidiger am Landgericht in Frankfurt durchaus zugutekam. Peers Stärken lagen eher im Bereich der nonverbalen Kommunikation. Das hatte ihm vor Jahren eine Strafanzeige wegen Körperverletzung eingebracht.

Peer war mittlerweile verstummt. Er stieg hinunter in die Kajüte. Kurz darauf kam er mit dem Rollkoffer und der Aktentasche wieder hoch.

»Ey!«, rief Ole. »Was soll das?«

Ohne auf seinen Bruder zu achten, holte Peer mit beiden Armen aus und schleuderte den Rollkoffer und die Aktentasche ins Wattenmeer.

Ole sprang auf und baute sich direkt vor Peer auf. »Bist du bescheuert?«, brüllte er.

Anstatt zu antworten, holte Peer noch einmal aus und schlug Ole mit der Faust hart ins Gesicht.

Ole verlor das Gleichgewicht und stürzte über die Reling. Der Aufprall auf dem Wattboden war weich, sodass Ole sich sofort wieder aufrappelte. »Du Vollidiot!«, brüllte er und schlug mit den Fäusten gegen den Stahlrumpf des Schiffes.

Peer setzte sich währenddessen in das Cockpit und schenkte sich Glühwein ein.

Ole sammelte den Rollenkoffer und die Aktentasche zusammen und baute sich so vor der *IDA* auf, dass er Peer im Cockpit sehen konnte. Der Rumpf des Segelschiffes war von dort unten so hoch, dass Ole ohne Peers Hilfe nicht wieder zurück an Bord kommen konnte. »Du hast gewonnen«, sagte Ole. »Wir können über alles noch einmal reden. Wir finden eine Lösung.«

Peer blickte auf Ole hinunter: »Es ist Ebbe, bald läuft das Wasser wieder auf. Bis nach Pellworm sind es zwei Kilometer, dir bleibt also nicht mehr viel Zeit!«

Ole war völlig irritiert. »Und was ist mit meinem Gepäck?«

»Der Koffer hat Rollen«, erwiderte Peer und nahm einen Schluck Glühwein.

Helge aß das Labskaus. Ida, Marieke und Peer sahen zu.

»Erinnerst du dich, wie du mit Peer über das zugefrorene Eis nach Föhr gelaufen bist, Helge?«, fragte Ida. »Im Nebel seid ihr über die Eisschollenberge nur deshalb zurückgekommen, weil ihr meinen alten Kompass dabeihattet.«

»Mhm«, murmelte Helge.

Ein Lächeln huschte über Idas Lippen. »Ich weiß noch ganz genau, wie ihr Strandholz geklaut habt. Ihr habt euch in den Dünen eine ganz wunderbare Holzhütte gebaut.«

Helge nickte.

Marieke und Peer starrten vor sich auf die Tischdecke und schwiegen.

Nun begann Ida, laut zu lachen. »Als ihr zum Fußballturnier nach Föhr gefahren seid, haben die Föhrer euch ein paar blaue Augen verpasst. Ihr hättet die Finger von deren Mädchen lassen sollen.«

Helge seufzte. »Schöne Erinnerungen. Deswegen bin ich aber nicht hier.« Er griff in seinen Anorak und zog ein Bild heraus. »Heute Nachmittag ist eine Wasserleiche an Land gespült worden.«

Mit diesem Satz schien sämtliche Spannung aus Idas Körper zu weichen.

Peer stand an Deck und sah an der Bordwand hinab. Sein Blick folgte den Schleifspuren, die der Koffer im Watt hinterlassen hatte. Sie verloren sich in der Weite des Wattenmeers.

Peer setzte sein Fernglas an und erkannte die Umrisse der Insel Pellworm im Hintergrund. Selbst die Silhouette von Ole konnte er vage ausmachen.

»Machs gut«, murmelte Peer. Ihm war klar, dass es in Zukunft keine gemeinsamen Weihnachtsfeste mehr geben würde.

Peer kehrte zurück ins Cockpit der *IDA* und leerte die Thermoskanne. Die Flut setzte bald darauf ein, und das Wasser lief rasch auf. Es schwappte schon bald um den Rumpf der *IDA*.

Kurz darauf schwamm das Schiff auf, und Peer ging nach vorne zum Bug, um den Anker zu lichten. Die Schleifspuren, die der Koffer im Watt hinterlassen hatte, waren längst verschwunden. Ein letzter Blick durch das Fernglas – auch von Ole war nichts mehr zu sehen.

Peer erreichte den Hafen auf Amrum am späten Abend. Es war längst dunkel, und Peer war erleichtert, dass seine Mutter um diese Uhrzeit bereits schlief.

So musste er nicht nach einer Antwort suchen, warum Ole, Charlotte und die Kinder nicht mitgekommen waren.

Ida nahm das Bild in beide Hände und führte es direkt vor ihr Gesicht. Sie blickte es an und versuchte zu fokussieren. Sie änderte den Abstand zu ihren Augen mehrfach. Schließlich verharrte sie. Ihre Züge waren starr. Sie drehte das Bild auf den Kopf. Es waren keinerlei Gefühlsregungen zu erkennen. Schließlich drehte sie das Bild auf die Seite.

Helge, Peer und Marieke hatten ihre Stühle vom Tisch abgerückt und waren darauf vorbereitet, aufzuspringen, falls dies erforderlich sein sollte.

Idas Gesichtsausdruck wirkte, als hätte das, was sie sah, überhaupt nichts mit ihr zu tun. Schließlich legte sie das Bild beiseite und sah Helge an. »Warum zeigst du mir das?«

»Der Tote hatte keine Papiere dabei. Die Leiche hat einige Tage im Wasser gelegen und ist entstellt, aber ich dachte … also … da ist eine gewisse Ähnlichkeit mit … Ole?«

Ida schüttelte den Kopf. »Keine Ahnung, wer das ist. Heute ist Weihnachten, Helge. Caro und die Kinder warten auf dich!«

Peer und Marieke kamen vom Einkaufen zurück. »Scheiße«, murmelte Peer, als er in die Auffahrt des Kapitänshauses einbog. Dort parkte bereits Helges Polizeiwagen.

Peer und Marieke stiegen aus. Sie beeilten sich, ins Haus zu kommen.

Helge trat in diesem Moment heraus und schloss die Haustür hinter sich. Als er Peer und Marieke sah, presste er zunächst die Lippen aufeinander, dann murmelte er: »Tut mir sehr leid. Der Tote ist tatsächlich Ole. Der DNA-Vergleich war positiv. Ida hat bereits ein Geständnis abgelegt.«

Peer riss die Augenlider weit auf. »Mama? Ein Geständnis? Aber... Aber das ist doch... Was soll das denn für ein ... Geständnis sein?«

»Ida und Ole haben sich wegen des Hausverkaufs gestritten. Dabei sind Ida wohl die Sicherungen durchgebrannt.«

Marieke schüttelte den Kopf. »Das kann doch gar nicht sein! Das ist doch ... das ist völlig ausgeschlossen!«

Peer rang nach Atem. Plötzlich schien er am ganzen Körper zu zittern. Dann sagte er: »Ich muss mit dir reden, Helge. Bitte unter vier Augen. Am besten jetzt sofort. Kommst du wieder mit rein?«

Helge ging zu seinem Dienstwagen. Bevor er einstieg, drehte er sich um und sah Peer durchdringend an. »Ida weiß, dass Ole am vierten Advent zu dir auf das Boot gestiegen ist. Ich gehe davon aus, dass wir alle auf die offizielle Version der Geschichte verzichten können. Ida ist zu krank, um in Haft zu kommen. Damit hat sich unser Gespräch erledigt. Nicht wahr, Peer?«

Christiane Franke & Cornelia Kuhnert

Fünf Glühwein und 'ne Tüte Krüllkuchen

Neuharlingersiel (Ostfriesland)

Über die Autorinnen:

Cornelia Kuhnert lebt und schreibt in Isernhagen. Sie war nach dem Geschichts- und Germanistikstudium Lehrerin an verschiedenen Schulen. Seit einigen Jahren arbeitet sie freiberuflich als Autorin von Kriminalromanen und Kurzkrimis aus dem niedersächsischen Kleinstadtmilieu. Seit 2014 hat sie ihre mörderischen Ermittlungen nach Neuharlingersiel verlegt. Zusammen mit Christiane Franke startete sie eine heitere Krimi-Reihe im Rowohlt Verlag. Sie ist Herausgeberin von Anthologien in verschiedenen Verlagen (wie: Mord macht hungrig, 2016, Rowohlt) und hat das Krimifest Hannover aus der Taufe gehoben und mehrere Jahre organisiert.

Christiane Franke lebt gern an der Nordsee, wo ihre bislang 21 Romane und ein Teil ihrer kriminellen Kurzgeschichten spielen. Franke war 2003 für den Deutschen Kurzkrimipreis nominiert und erhielt 2011 das Stipendium der Insel Juist Tatort Töwerland. Neben ihrer Wilhelmshavener Krimi-Serie, die im Emons-Verlag erscheint, schreibt sie gemeinsam mit Cornelia Kuhnert für den Rowohlt Verlag eine humorige Krimireihe. Im Goya-Verlag ist zuletzt ein Roman von ihr erschienen, der in der Steiermark und an der Nordsee spielt.

Seit Tagen fällt der Schnee in dicken Flocken vom Himmel und verzaubert die flache Landschaft rund um den Kutterhafen von Neuharlingersiel mit seiner weißen Pracht. Der Winter hat Einzug in Ostfriesland gehalten, rechtzeitig zum zweiten Advent. Dick eingemummelt in ihren Daunenmantel und mit zwei gefüllten Einkaufskörben bepackt, steigt Rosa Moll vorsichtig die Treppe runter und klopft an die Tür von Henner Steffens, dem Postboten des Ortes.

»Bist du fertig? In einer halben Stunde sollen wir den Standdienst übernehmen.«

»Komme ja schon«, ruft er aus der Küche. »Binde mir grad die Stiefel zu.«

Kaum hat Henner die Tür hinter sich zugezogen, drückt Rosa ihm die beiden Körbe in die Hand.

»Sind das alles Krüllkuchen?«

Rosa nickt. »Deine Schwestern und ich haben gestern den ganzen Nachmittag gebacken. Und zwei Ladungen Waffelteig haben wir außerdem vorbereitet. Die backen wir frisch am Stand.«

Es dämmert bereits, als sie aus dem Haus treten. Lautlos sinkt der Schnee immer noch in weißen Flocken zum Boden herab. Bei jedem Schritt knirscht er leise unter ihren Schuhen. Als sie das Sieltor erreichen, bleibt Rosa wie angewurzelt stehen.

»Oh, sieht das schön aus!« Begeistert klatscht sie in die Hände. Weihnachtlich geschmückte Holzbuden reihen sich rund ums Hafenbecken. Überall glitzern rote Weihnachtskugeln, und auf den geduckten Dachfirsten leuchten Lichterketten wie Sterne am

Himmel. Der Geruch von frisch gebackenen Waffeln, gebrannten Mandeln, Bratwurst und Glühwein liegt in der Luft. Rosa meint sogar den Duft von Fichten und Tannen auszumachen, ist doch gleich neben den beiden Fischer-Skulpturen aus Bronze, die auf der niedrigen Mauer am Hafeneingang sitzen, der Verkaufsstand für Weihnachtsbäume aufgebaut. In diesem Moment stimmt der Shanty-Chor auf der Bühne der Veranstaltungs-Muschel *Leise rieselt der Schnee* an, und Rosa ist vollends überwältigt.

»Donnerwetter!« Henner nickt Rosa anerkennend zu, als er das Menschengewimmel betrachtet. »Da hattest du wohl wirklich den richtigen Riecher.«

Rosa grinst wie ein Honigkuchenpferd. Ja, sie freut sich riesig, dass der Heimatverein ihre Idee mit dem Weihnachtsmarkt am Kutterhafen begeistert aufgenommen hat. Obwohl sie eine Zugezogene ist! Zwar wohnt Rosa jetzt schon ein paar Jahre hier, aber zugezogen bleibt zugezogen. Auch wenn sie hier gute Freunde gefunden hat. So wie Henner. Und Rudi. Als hätte der sein Stichwort gehört, stößt ihr anderer Kumpel in diesem Moment zu ihnen. Noch in Uniform.

»Komme direkt vom Dienst«, entschuldigt er sich und lässt seinen Blick schweifen. »Cool sieht das aus. Richtig klasse. Da kommt Weihnachtsstimmung auf.«

»Aber nicht, wenn du in deiner Polizeiuniform in unserer Bude stehst«, erwidert Rosa. »Geh mal lieber und zieh dich um. Henner und ich schaffen das bis dahin auch allein. Vielleicht bleibt ja aus der anderen Schicht noch einer länger.«

»Hast recht.« Rudi dreht sich um und stiefelt davon.

»Also los, Henner, lösen wir unsere Mitstreiterinnen ab. Die stehen ja schon seit drei Stunden hinter dem Tresen. Und das bei dieser Kälte.«

Henners Tante Hildegard, Gudrun und Adelheid, zwei von Henners älteren Schwestern, atmen erleichtert auf, als Rosa und Henner die Holzhütte betreten.

»Gott sei Dank«, sagt Tante Hildegard und hält sich mit beiden Händen den schmerzenden Rücken. »Ich kann gar nicht mehr stehen. Bin eben kein junges Küken mehr.« Sie bindet sich die Schürze ab und reicht sie Rosa. Henner nimmt derweil die Blechkisten und die Schüssel mit dem Waffelteig aus den Körben.

»Wir haben ordentlich Krüllkuchen verkauft, die Kasse ist schon anständig gefüllt.« Tante Hildegard schlüpft in ihre Jacke. »Gut, dass ihr Nachschub mitbringt.«

»Ich hab gar nicht gewusst, dass Krüllkuchen backen so viel Arbeit macht.« Rosa bindet sich die Schürze um. »Die anderen waren wesentlich geübter als ich. Ruckzuck haben sie aus den dünnen heißen Waffeln die Röllchen gedreht. Ich dagegen hab mir beinahe die Fingerspitzen verbrannt. Meine Güte, ist die Waffel heiß, wenn man sie aus dem Waffeleisen nimmt.«

Tante Hildegard lacht auf. »Ist eigentlich nicht so überraschend, oder?« Sie zwinkert verschmitzt. »Der Glühwein müsste für heute noch reichen, aber für morgen brauchen wir mehr.«

»Hohoho«, ruft da eine Stimme von draußen. Rosa tritt an den Verkaufstresen. Der Weihnachtsmann steht davor.

»Hallo, lieber Weihnachtsmann, was kann ich denn für dich tun?« Noch immer ist Rosa ganz begeistert davon, dass der größte Weihnachtsfan von ganz Neuharlingersiel während des gesamten Advents-Wochenendes auf dem Markt den Weihnachtsmann spielt. Aber er ist auch ein wenig weihnachtsverrückt. Sein Haus und der Garten sind dermaßen üppig geschmückt, dass die Leute von weit her kommen, um seine Illuminationen zu bestaunen. Sogar eine lebensgroße Krippe mit Schaufensterpuppen als Maria und Josef hat er aufgebaut.

»Einen Glühwein kannst du mir geben.«

»Mit Schuss?«

»Mit Kuss! Immer.«

»Spinner.« Rosa lacht, füllt einen Becher, stellt ihn auf dem Tresen ab und hält die Hand auf: »Zwei Euro.«

»Also hör mal, Rosa. Ich bin der Weihnachtsmann. Ich brauche nicht zu zahlen.«

»Zunächst mal bist du Wolfgang, auch wenn man dich mit dem Rauschebart kaum erkennt. Außerdem machen wir das hier für einen guten Zweck. Also, Weihnachtsmann, rück die zwei Euro raus.«

Widerstrebend greift Wolfgang in die rote Kutte und zückt sein Portemonnaie. »Aber nur, wenn ich den Kuss noch krieg.«

»Träum weiter.« Rosa wendet sich dem nächsten Kunden zu, einem Mann in Seemannsjacke und Kapitänsmütze, der den Weihnachtsmann grimmig anschaut. »Moin, Klaus. Was darf's denn sein?«

Ohne ihr zu antworten, legt der los. »Das ist typisch Wolfgang. Wie immer baggerst du alles an, was nicht bei drei auf den Bäumen ist.«

»Moment«, mischt sich Rosa ein. »Was soll das denn heißen?«

Klaus guckt Rosa mit rot unterlaufenen Augen an: »Das, was ich gesagt habe. Vor Wolfgang ist keine Frau sicher. Der macht ja nicht mal vor den Frauen anderer Männer halt.«

Langsam dreht sich Wolfgang um und mustert Klaus von oben bis unten. »Du Niete hast ja nicht mal deine eigene halten können.«

Hilfe suchend blickt Rosa zu Henner, doch der kassiert gerade am anderen Ende des Standes. Zum Glück tritt in diesem Moment Rudi an den Stand. In olivgrünem Parker, Fellmütze und dicken Handschuhen.

»Hört auf zu stänkern«, sagt er und stellt sich zwischen die beiden Streithähne.

Aber Klaus will sich nicht beruhigen: »Du hast ja überhaupt keine Ahnung! Wolfgang stiftet immer Unfrieden, egal, was er macht. Glaub mir. Schließlich kenne ich ihn seit meiner Geburt.« Er dreht sich auf dem Absatz um und geht.

Am späten Samstagnachmittag herrscht dichtes Gedränge rund um den weihnachtlich geschmückten Hafen, und es hat endlich aufgehört zu schneien. Die Kutter sind vom Bug bis zum Heck über alle Toppen beflaggt und mit funkelnden Lichterketten geschmückt. Vor den Verkaufsständen von Bienenwachskerzen, Körnerkissen, Weihnachtskugeln und allem möglichen Schnickschnack bilden sich lange Schlangen. Besonders lang ist die vorm Stand vom Heimatverein, vor dem Rosa zusammen mit Henner und Rudi steht. Langeweile kommt keine Minute auf. Im Gegenteil, Tante Hildegard und Gudrun kommen mit dem Nachbacken der Waffeln kaum nach, die Eisen laufen heiß. Henner, der auf Abruf bereitsteht, muss immer wieder los, um neuen Waffelteig von den Mädels des Häkelbüdel-Clubs zu holen, die den eigentlich erst morgen verarbeiten wollten. Aber finanziell lohnt es sich. Gestern haben sie schon richtig viel Geld eingenommen, heute wird es garantiert noch mehr. Waffeln und Krüllkuchen gehen weg wie geschnitten Brot. Rosa freut sich schon darauf, die leuchtenden Augen der Senioren zu sehen, wenn sie vom Heimatverein Tablets in die Altenheime bringen, damit die Senioren über Video-Gespräche mit ihren Angehörigen sprechen können. Man weiß ja, wie wichtig das ist.

Aus den Lautsprechern rund ums Hafenbecken rieselt besinnliche Adventsmusik über die Budenstadt. Rosa fühlt den Weihnachtszauber in sich und ist rundherum glücklich.

Nachdem ihre Schicht beendet ist, bummelt Rosa zusammen mit Henner und Rudi um den Hafen. Vor der Kurmuschel steht der Weihnachtsmann und spricht mit den Kindern, die ihn aus großen Augen anstaunen. Wolfgang macht seine Sache wirklich gut, findet Rosa. Schön, dass es Menschen wie ihn gibt, die das Gefühl von Weihnachten so intensiv leben und vermitteln können.

Ein Kinderchor betritt die Bühne, und es wird mucksmäuschenstill, als sie glockenhell *Ihr Kinderlein kommet* anstimmen. Einige der Umstehenden singen leise mit. Rosa ist ganz warm ums Herz, als der Kindergesang mit »stimmt freudig, ihr Kinder, wer sollt sich nicht freu'n, stimmt freudig zum Jubel der Engel mit ein« endet. Doch statt Freudenlauten schallt ein schriller Schrei über das Hafenbecken. »Haltet den Dieb, haltet den Dieb!«

Erschrocken blickt Rosa Rudi an. »Das ist doch Gudruns Stimme!«

»Jo«, stimmt Henner zu. Alarmiert sehen sie sich um und entdecken den Weihnachtsmann, der durchs Sieltor davonrennt.

»Wolfgang! Bleib stehen!« Schon sprintet Rudi los.

Auch Rosa beeilt sich, aber so schnell wie Rudi ist sie nicht. Kein Wunder, er trägt ja auch Schuhe mit dickem Profil.

Als Rosa am Sieltor ankommt, immerhin noch vor Henner, sieht sie, dass Rudi Wolfgang fast erreicht hat. Jetzt bekommt er den roten Mantel zu fassen. Doch Wolfgang reißt sich los und rennt über die Straße. Rosa stockt der Atem. Hat der denn das blinkende Schneeräumfahrzeug nicht gesehen, das direkt auf ihn zufährt?

Scheinbar nicht. Aber er hat Glück und schafft es noch, über die Straße zu kommen.

Schnee spritzt links und rechts in hohem Bogen Richtung Fahrbahnrand. Rudi bleibt nichts übrig, als zu warten, bis das schwere Gefährt vorbei ist. Rosa ist ganz außer Puste, als sie ihn erreicht. Doch von dem Weihnachtsmann ist nichts mehr zu sehen.

»Das ist ja dumm gelaufen«, sagt Henner und steckt die Hände in die Jackentaschen. »Lasst uns mal zum Waffelstand gehen und fragen, was überhaupt passiert ist.«

»Der Weihnachtsmann hat die Geldkassette geklaut.« Gudrun ist noch ganz fassungslos. »Das hätte ich nie von Wolfgang gedacht.«

»Fast hätte ich ihn gehabt«, sagt Rudi enttäuscht. »Was ist eigentlich genau passiert?«

»Wir waren kurz abgelenkt.« Gudrun wirkt verlegen. »Ich hab Adelheid auf meinem Handy den neuen nahtlosen Büstenhalter gezeigt, den man überhaupt nicht spürt, der nicht zwickt und den man im Internet bestellen kann. Das war wirklich nur ganz kurz! Als wir aufschauten, sahen wir eine Hand nach der Geldkassette greifen, und dann lief Wolfgang auch schon los.« Sie schluchzt auf. »Das schöne Geld! Wir hätten zwischendurch die Scheine rausnehmen und gut wegpacken sollen. Aber wer hätte das ahnen können.«

»Na ja«, meldet sich Adelheid zu Wort, »Wolfgang hat als Kind schon im Supermarkt geklaut und ist erwischt worden.«

»Aber das war 'ne Mutprobe«, verteidigt ihn Henner. »Inzwischen ist er erwachsen und eigentlich ein ganz vernünftiger Mensch.«

Adelheid schüttelt den Kopf. »Bis auf seinen Weihnachtstick. Und außerdem gilt der alte Spruch: Die Katze lässt das Mausen nicht.«

Sie reden immer noch aufgeregt durcheinander, als sich ein Mann im Weihnachtsmannkostüm dem Stand nähert. Rosa schaut genauer hin und glaubt, ihren Augen nicht zu trauen. »Wolfgang!«

Die anderen verstummen und starren den Mann im roten Kostüm an.

»Was ist denn los?«, fragt der. »Ihr tut ja, als ob ihr einen Geist seht. Hallo! Ich bin's. Wolfgang.« Er tritt an den Tresen. »Gebt mir mal 'nen Glühwein mit ordentlich Schuss. Den brauch ich nach dem Schreck.«

»Was willst du denn für'n Schreck gehabt haben?«, giftet Adelheid ihn an. »Den Schreck hatten ja wohl wir, als du uns die volle Geldkassette geklaut hast und abgehauen bist! Ich finde es ganz schön dreist, einfach so wieder hier aufzutauchen, als wäre nichts passiert! Schämen solltest du dich, den Alten das Geld für die Tablets zu klauen!« Adelheid stemmt die Hände in die Hüften. »Rudi, verhafte ihn.«

»Sag mal, ham se dich gebissen, oder was?« Wolfgang kneift die Augen zusammen. »Ich soll eure Geldkassette gestohlen haben? Ich?« Zornig blickt er erst Adelheid an und dann in die Runde. »Ich komm gerade von zu Hause. Hab einen Anruf vom Sicherheitsdienst bekommen, bei dem meine Alarmanlage aufgeschaltet ist. Es gäbe einen Einbruchalarm, sie wollten sich mit mir vor dem Grundstück treffen.«

Skeptisch blicken Rosa und die anderen ihn an.

»Und?«, fragt Rudi argwöhnisch.

»Da war nix. Keiner von der Sicherheitsfirma. Die Eingangstür war verschlossen, und als ich ums Haus gelaufen bin, konnte ich auch keinen Einbruchsversuch erkennen. Alle Fenster waren heile. Die Lichterketten brannten, und sonst sah auch alles aus wie immer. Da hab ich beim Sicherheitsdienst angerufen und gefragt, was los ist. Aber die behaupten, sie hätten nicht mit mir telefoniert.« Wolfgang rückt verärgert seine Weihnachtsmannmütze zurecht. »Da hat sich jemand einen ganz üblen Streich erlaubt. Ich bin stocksauer. Habt ihr nun endlich mal was Hochprozentiges für mich?«

»Du lügst«, ruft Klaus, der am Rande steht. »Das kannst du ja besonders gut! Wir haben dich alle trotz Kostüm und Rauschebart erkannt. Stimmt's, Adelheid?«

Adelheid nickt. »Ja, das war Wolfgang.«

»Nein«, brüllt der nun so laut, dass die Menschen, die an ihrem Stand vorbeilaufen, verwundert gucken. »Ich war's nicht! Ich hab zu Hause auf den Sicherheitsdienst gewartet. Glaubt mir doch.«

Für einen Moment herrscht betretenes Schweigen. Klaus fängt sich als Erster. »Na, wenn du nichts zu verbergen hast, dann lass uns doch bei dir daheim nachschauen.« An die anderen gewandt, sagt er: »Wenn wir nichts finden, ist er aus dem Schneider. Was denkt ihr?«

»Das ist eine gute Idee«, meint Rudi, und Rosa stimmt ihm zu. Wolfgang widerspricht nicht, und so stiefeln sie gemeinsam los.

Das Haus von Wolfgang sieht man schon von Weitem. Jedes Jahr Anfang November beginnt er damit, Haus und Grundstück weihnachtlich zu beleuchten. Auf dem Dach hat er jede Menge Lichterketten verlegt, die nun im Schnee wie Diamanten funkeln. An der rechten Hauswand klettern zwei Weihnachtsmänner hinauf, auf dem First leuchtet ein goldener Stern, und die beiden eingeschneiten Bäume links und rechts der Tür blinken im Sekundentakt mit bläulichem Licht. Wie auch schon in den vergangenen Jahren kommt Rosa aus dem Staunen gar nicht wieder raus, vor allem als sie hinter dem Jägerzaun die illuminierte Gartenlaube entdeckt, inszeniert als Stall von Bethlehem. Zwei lebensgroße Schaufensterpuppen stellen Maria und Josef dar, sie tragen derbe, dunkle Kleidung. Der Clou ist die hölzerne, mit Tannengrün und Lichterketten verzierte Futterkrippe. Bestimmt liegt darin die Jesus-Babypuppe, das kann Rosa aber von hier aus noch nicht sehen. Sie reckt trotzdem den Hals und entdeckt Fußspuren im sonst jungfräulichen Schnee!

Wolfgang öffnet gerade die Pforte und will zum Haus gehen, aber Rosa hält ihn zurück: »Stopp! Keinen Schritt weiter! Da sind

Fußspuren! Die muss ich fotografieren, bevor wir hier alles zertrampeln.«

»Wieso das denn?«, fragt Wolfgang ungehalten. »Das sind meine, ich bin vorhin zweimal ums Haus gegangen und hab die Fenster und Türen kontrolliert.«

»Rund ums Haus sind andere. Diese hier gehen direkt zur Gartenhütte«, widerspricht Rosa, zieht ihr Handy aus der Manteltasche und beginnt zu fotografieren.

»Also gucken wir dort!«, ruft Klaus, kaum dass Rosa fertig ist, und folgt den Fußspuren zur Krippe. Die anderen gehen hinterher. Ehrfürchtig bleiben sie vor den Figuren stehen. Rosa sieht nun tatsächlich eine in Windeln gewickelte Babypuppe schräg in der Krippe liegen. Schräg? Ohne Decke? Wieso das denn? Sie denkt noch nach, als Klaus schon die Puppe heraushebt und unter das Stroh fasst.

Triumphierend hält er gleich darauf die Geldkassette in die Luft: »Und was ist das?«

Wolfgang wird ganz bleich. »Das war ich nicht. Ich hab keine Ahnung, wie die Kassette in meine Krippe kommt.« Er stutzt und guckt Klaus an. »Du warst das«, ruft er plötzlich. »Du hast mir das untergeschoben. Warum sonst hättest du darauf drängen sollen, dass alle Mann hierherkommen und bei mir suchen? Du warst schon als Kind immer eifersüchtig auf mich, wenn Oma mir etwas mehr Pudding gegeben hat als dir.«

Klaus schweigt.

Rudi blickt die beiden Männer zweifelnd an, unschlüssig, was er jetzt tun soll. Rosa hingegen hat eine Idee, wie sie Klarheit schaffen kann.

»Zeigt mal eure Schuhsohlen her«, fordert sie die Brüder auf.

Verständnislos blicken nicht nur die beiden sie an.

»Ist doch ganz einfach«, erklärt Rosa. »Wir haben die Fußspuren gesehen, die zur Krippe und zurück führen. Nun vergleichen wir diese Spuren mit den Sohlen eurer Stiefel, und schwups wissen wir, wer die Geldkassette im Stroh versteckt hat.«

In diesem Moment kommt Leben in Klaus. Er wirft die Kassette zurück in die Krippe, doch sie landet im Schnee. Aus dem Nichts schießen seine Hände nach vorn, packen Wolfgang am Kragen.

»Ja, ich war das!«, schleudert er seinem älteren Bruder entgegen. »Ich habe es satt, dass du immer auf der Sonnenseite des Lebens stehst und mir all das wegnimmst, was mir lieb und teuer ist. Das hast du schon als Kind getan, aber dass du mir jetzt auch noch Elli ausgespannt hast, das schlägt dem Fass den Boden aus.« Wie wild schüttelt er Wolfgang, der zu überrumpelt ist, um sich zu wehren. Klaus beginnt, auf ihn einzuhauen, ist ganz von Sinnen. »Und wenn diese blöde Kuh Rosa nicht wäre, würdest du jetzt als Räuber dastehen, der die armen Alten bestiehlt. Niemand würde auch nur noch ein Wort mit dir wechseln, und Elli käme zu mir zurück!«

Wolfgang scheint es zu reichen, er holt zu einem kräftigen Faustschlag aus und trifft Klaus an der Nase, der aufjaulend hintenüberfällt. Mitten in die strohgefüllte Krippe. Wie ein zappelnder Käfer liegt er auf dem Rücken und strampelt mit den Beinen.

Es dauert einen Moment, bis die anderen sich gesammelt haben, derweil hebt Wolfgang die Geldkassette auf.

Mit vereinten Kräften ziehen Rudi und Henner Klaus aus dem Stroh. Rudi ruft seine Kollegen an, damit sie den wahren Dieb abholen und in der Polizeistation das Protokoll aufnehmen.

Gemeinsam schlendern Rudi, Henner und Rosa zurück zum Weihnachtsmarkt. Rosa übergibt Tante Hildegard am Stand des Heimatvereins die Geldkassette.

»Ach, was bin ich froh, dass alles gut ausgegangen und das Geld wieder da ist!« Tante Hildegard öffnet die Kassette, hebt den Münzeinsatz hoch und wird blass. »Wo sind denn die Scheine?«

Erschrocken werfen Rudi, Henner und Rosa einen Blick hinein. Das untere Fach ist leer.

»Klaus hat also nicht nur seinem Bruder den Diebstahl unterjubeln wollen, sondern sich auch noch selbst bedient«, stellt Rosa ernüchtert fest.

Hitzig ereifern sich alle darüber, während sie nebenbei Glühwein, Waffeln und Krüllkuchen verkaufen. Das Geschäft muss ja weitergehen.

Es geht schon aufs Ende des Abends zu, da kommt Wolfgang zu ihnen, noch immer im Weihnachtsmannkostüm, mit Rute und Jutesack. »Was guckt ihr denn so traurig?«, fragt er.

Rosa setzt gerade zu einer Erklärung an, als plötzlich auch Klaus am Stand auftaucht. Das mit dem Protokoll scheint nicht so lange gedauert zu haben.

»Es tut mir leid, Wolle, das hätte ich nicht tun dürfen.« Er senkt schuldbewusst den Kopf. »Aber ich fand, es war endlich an der Zeit, dir einen Denkzettel zu verpassen. Damit du mal siehst, wie es ist, wenn sich alle gegen einen verschwören.« Klaus greift in seine Jackentasche und zieht einen dicken Umschlag heraus. »Hier, Hildegard, da sind die Scheine drin, die hab ich vorher rausgenommen. Ich wusste ja nicht, wie lange es dauert, bis Wolfgang die Kassette in der Krippe findet, und ich wollte auf keinen Fall, dass die Alten auf ihre Weihnachtsgeschenke verzichten müssen. Ich hab sogar noch nen Hunni mehr reingelegt.«

Strahlend nimmt Tante Hildegard den Umschlag entgegen und steckt ihn gleich in ihre große, lederne Handtasche.

Wolfgang grinst. »Ach, was soll's. Weihnachten ist das Fest der Liebe. Fünf Glühwein und 'ne Tüte Krüllkuchen«, sagt er zu Rosa, die erleichtert zu den Bechern greift.

Nach dem ersten Schluck stupst Wolfgang seinen Bruder an. »Hast recht. Manchmal bin ich wirklich ein richtiger Stinkstiefel. Hatte ich wohl schon längst mal verdient. Obwohl das mit Elli …«

»… das steht auf einem anderen Blatt«, gibt Klaus zu. »Prost, Bruderherz.«

»Prost.«

Christoph Lode

Malleus Maleficarum

Speyer (Rheinland-Pfalz)

 *Über den Autor:*

Christoph Lode, geboren 1977, lebt in Speyer, Rheinland-Pfalz. Seit 2009 ist er freier Schriftsteller. Bereits mit seinen ersten beiden Romanen, *Der Gesandte des Papstes* und *Das Vermächtnis der Seherin,* sorgte er für Furore. Unter dem Pseudonym Daniel Wolf schreibt er historische Bestseller. Mit seinem aktuellen Roman *Im Zeichen des Löwen* gelang ihm erstmals der Sprung auf Platz 1 der Bestsellerliste. Seine Bücher verkauften sich insgesamt über eine Million Mal.

Speyer im Jahre des Herrn 1486

Am frühen Morgen des 23. Dezember verspürte Wenzel Herforth, Ratsherr der Freyen Reichsstadt Speyer, jäh das Bedürfnis, sich zu übergeben.

Die Ursache seines Unwohlseins war die Frauenleiche, die zu seinen Füßen lag, umgeben von Blut, in das er beinahe hineingetreten wäre. Der Anblick gewaltsam verstorbener Menschen erschreckte ihn außerordentlich. Keine nützliche Eigenschaft für einen Richter, der derlei häufig zu sehen bekam. Wenzel war sich dessen bewusst und ertrug den Spott der weniger empfindlichen Gerichtsherren stoisch. Sein Zartgefühl mochte mitunter hinderlich sein, als eine Schwäche betrachtete er es keineswegs. Die ausgeprägte Abscheu vor Grausamkeiten verlieh ihm die nötige Tatkraft für den Kampf gegen das Verbrechen.

Trotz der Kälte war der Blutgestank überwältigend, Wenzel atmete durch den Mund. Dass es ihm erspart blieb, seinen Mageninhalt auf den Boden zu spucken, verdankte er allein dem Umstand, dass sein Magen nichts enthielt. In der Adventszeit fastete er wie jeder gute Christ, zum Morgenbrot gab es nur eine dünne Brotsuppe – und die war heute obendrein ausgefallen, da man ihn in aller Herrgottsfrühe geweckt hatte.

»Geh näher mit der Fackel heran«, befahl er dem Stadtknecht Contze, der ihn zur Hütte außerhalb der Stadtmauern geführt hatte. Sodann zwang er sich, die Tote zu betrachten.

Marie Konradin war eine schöne Frau gewesen. Eine unverheiratete Einzelgängerin, kinderlos, recht verschroben. Seit Jahren hauste sie beim Landwehrgraben am Waldrand, zog Kräuter im Garten und scherte sich nicht um das Treiben in der Stadt. Nicht wenigen Speyrern war sie suspekt, was die Leute jedoch nicht davon abhielt, ihre Dienste in Anspruch zu nehmen. Die fähige Heilkundige hatte nicht nur zahlreiche Gebrechen kuriert, sondern als Hebamme überdies viele gesunde Kinder zur Welt gebracht.

Der Mörder hatte auf sie eingestochen und sie unter anderem an der Kehle verwundet, sodass sie wahrscheinlich verblutet war. Wenzel überwand seinen Ekel und ging vor dem Leichnam in die Hocke. Die Form der Stiche deutete darauf hin, dass sie nicht von einer Klingenwaffe stammten, sondern von einem gewöhnlichen Messer, das als Werkzeug oder Essbesteck diente.

Wenzel runzelte die Stirn. Maries Rechte war gerötet, Brandblasen entstellten Handteller und Finger. Er spähte zur Herdstelle, vor der die Tote lag. Das Feuer war erloschen, die Asche strahlte noch Wärme ab. Einige der Steine, die die kleine Grube begrenzten, waren verrutscht. In der gestampften Erde des Bodens zeigten sich Kerben, dazwischen lagen die Splitter eines zerbrochenen Topfes. Kampfspuren.

Nachdem Wenzel sich jede Einzelheit eingeprägt hatte, ging er nach draußen; Contze dackelte ihm nach. Neuschnee bedeckte den Kräutergarten am Ufer des Woogbachs. Inzwischen schneite es nicht mehr, über Nacht war es klirrend kalt geworden. Doch Wenzel fror lieber, als noch länger neben der Leiche zu kauern. »Sag mir noch mal, wie du sie gefunden hast.«

Contze hatte ihm das bereits erzählt, doch das war kurz nach dem Aufwachen gewesen, er hatte gewiss nicht alles mitbekommen. Der Stadtknecht stand mit Leidensmiene da, die rechte Hand hielt die Hellebarde, die linke betastete seine geschwollene Wange. Seit dem gestrigen Abend litt er an Zahnschmerzen, gleichwohl versah er heroisch seinen Wachdienst.

»War gerade mit meiner Runde zum Schwalbenbrunnen fertig, als das Zahnweh schlimmer geworden ist«, nuschelte Contze. »Also dacht ich, ich schau bei der Konradin vorbei und lass mir ein Heilmittel geben, ehe ich zur Warte zurückgeh.«

»Mitten in der Nacht? Hattest du keine Bedenken, sie zu wecken?«

»Die Konradin hat gesagt, die Landwehrmannen dürfen immer zu ihr kommen, egal wann. Wahrlich ein Engel, die Konradin. Kann nicht glauben, dass sie tot daliegt. Wer kuriert denn nun meinen Zahn?«

»Du bist also zu ihrer Hütte gegangen. Und dann?«

»Hab ich an die Tür geklopft. Dabei hab ich gemerkt, dass sie nicht verriegelt ist. Das hat mich misstrauisch gemacht. Das passt nämlich nicht zur Konradin, sie war immer sehr vorsichtig. Bin rein, und da lag sie.«

»Hast du irgendwen in der Umgebung gesehen?«

»Niemand. Aber das will nichts heißen. War ja stockfinster. Und stark geschneit hat's dazu. Deshalb hab ich um die Hütte auch keine Spuren gefunden, außer meinen eigenen natürlich. Der Schnee hat alles zugedeckt.«

»Wie lange, würdest du sagen, war Marie da bereits tot?«

»Mehrere Stunden. Die Leiche war schon nicht mehr richtig warm.«

Also war die Hebamme am gestrigen Abend getötet worden, mutmaßte Wenzel. Falls der Mörder aus Speyer kam, hätte er folglich nach der Tat in die Stadt zurückkehren können, ehe die Tore für die Nacht schlossen. »Hast du einen Verdacht, wer es gewesen sein könnte?«

Den hatte der Stadtknecht in der Tat. »Melchior Grimm!«

»Der Bäckergeselle?«

»Er war in die Konradin verliebt und ist ständig zu ihr«, erklärte Contze. »Belästigt hat er sie, wir haben ihn dauernd bei der

Hütte gesehen. Aber sie wollte nichts von ihm wissen, hat ihn jedes Mal fortgejagt. Aus Rache hat er sie bei den Vierrichtern angeschwärzt.«

Wenzel hörte zum ersten Mal von der Sache. »Wann war das?«

»Frühjahr.«

Das erklärte es. Im März hatte er eine Wallfahrt nach Rom unternommen. Zum Richter hatte ihn der Rat erst nach seiner Rückkehr im Sommer ernannt. »Weswegen hat er sie dem Gericht gemeldet?«

»Hat sie der Hexerei bezichtigt, der Sauhund. Natürlich war das erstunken und erlogen, und das haben auch die Vierrichter begriffen, der heiligen Agatha sei's gedankt. Haben einmal mit der Konradin geredet und die Sache fallen gelassen.«

Wenzel seufzte in sich hinein. Der Hexenwahn hatte Speyer im Griff, seit der Inquisitor Heinrich Kramer in der Stadt weilte und vom Dominikanerkloster aus seine Lehren verbreitete. Die grassierende Angst vor Diabolismus und Zauberei war für arglistige Zeitgenossen ein willkommener Vorwand, um verhasste Mitmenschen zu denunzieren. »Du glaubst also, Grimm habe sich für die Demütigung gerächt?«

»Ich an Eurer Stelle würde dem Kerl jedenfalls tüchtig auf den Zahn fühlen.« Diese Formulierung ließ offenbar die Schmerzen aufflammen. Contze verzog gepeinigt das Gesicht.

Warum hat Grimm damit so lange gewartet? Das erschien Wenzel wenig plausibel. Nach seiner Erfahrung schlugen gekränkte Verehrer meist unmittelbar nach der Zurückweisung zu, nicht Monate später. Gleichwohl war es eine Spur, der er nachgehen würde. »Leg die Leiche auf den Handkarren und bring sie zur Stadt. Dann gehst du zum Bader und lässt ihn nach dem Zahn sehen.«

»Der Bader macht das aber nicht so gut wie die Konradin«, maulte der Stadtknecht. »Außerdem verlangt er Geld für seine Dienste.«

»So ist das im Leben: Umsonst ist nur der Tod. Frag Marie. Sie kann ein Lied davon singen.«

»Wie soll sie denn singen, Herr Richter? Die Arme ist tot wie ein Türknauf!«

»Danke für den Hinweis, Contze, das wäre mir sonst entgangen.« Wenzel zog sich den Pelzmantel enger um die Schultern und schritt durch den Schnee.

Während der Richter und der Knecht zur Stadt zurückkehrten, stieg Peter Drach, ebenfalls ein Mitglied des Rates, in seine Werkstatt hinab. Eine Druckerpresse beherrschte den finsteren Raum. Meister Drach verdiente sein Silber mit der Herstellung von Büchern, und er verdiente gut.

Nichtsdestotrotz wünschte er an jenem Morgen, er wäre in einem anderen Gewerbe tätig. Derweil er die Kienspäne anzündete und den Lehrknecht anraunzte, Feuer zu machen, schielte er zu den ausliegenden Druckseiten, die darauf warteten, zu Büchern gebunden zu werden. Der aktuelle Auftrag, obwohl höchst lukrativ, jagte ihm eine Heidenangst ein.

Für den Inquisitor Heinrich Kramer druckte er dessen neustes Werk *Malleus Maleficarum*, zu Deutsch *Der Hexenhammer*. Es war das schrecklichste Buch, das Drach jemals gesehen hatte. Detailversessen schilderte die Schrift das böse Treiben der Hexen, über viele Seiten hinweg war von solch scheußlichen Dingen wie schwarzer Magie, Giftmischerei und Teufelsbuhlschaft die Rede. Das Hexenwesen sei eine Krankheit, hatte Kramer ihm dargelegt, und das »Malleus Maleficarum« die einzige wirksame Arznei. Dem Buch zufolge bestand das Heilmittel darin, die mutmaßlichen Zauberinnen möglichst grausam zu foltern, um sie zu zwingen, ihre satanischen Machenschaften zu gestehen, woraufhin man sie bei lebendigem Leib verbrennen würde.

Aber den *Hexenhammer nicht* zu drucken, kam nicht infrage.

Obwohl Drach ein einflussreicher Mann war, sah er sich außerstande, dem mächtigen Heinrich Kramer diesen Auftrag zu verwehren. Nicht einmal ein Ratsherr der Freyen Reichsstadt Speyer konnte es sich leisten, sich den Unmut der Inquisition zuzuziehen. Also hatte er zügig gearbeitet, damit er diese unschöne Sache vor Weihnachten abschließen konnte. Es war ihm gelungen, in wenigen Wochen mehrere Exemplare des Buches zu drucken. Es fehlten jeweils nur noch wenige Seiten, die er heute fertigstellen wollte.

Er suchte den Winkelhaken, jene Metallschiene, die er für das Zusammensetzen der Bleilettern brauchte. »Valentin!«, blökte er. »Wo hast du wieder den Winkelhaken hingetan? Komm her, Kerl!«

Der fünfzehnjährige Lehrknecht schlich linkisch heran. Seine Hände steckten in hundsledernen Handschuhen. *Der Bengel wieder, empfindlich wie eine Prinzessin,* dachte Drach, ehe ihm bewusst wurde, dass es in der Druckerei merklich kälter als gestern war. Vielleicht sollte er selbst Handschuhe tragen, bis das Feuer den Raum aufgewärmt hatte.

Valentin betrachtete die Seiten, eine Falte zwischen den Augenbrauen. Wie es schien, hatte auch er Angst vor dem düsteren Machwerk. So genau ließ sich das nicht sagen, der Kerl bekam kaum je die Zähne auseinander. Drach hatte ihn vor einigen Monaten in der Domschule angeworben, denn er brauchte einen Gehilfen, der lesen und schreiben konnte. Inzwischen bereute er seine Wahl. Ein guter Lateinschüler war noch lange kein brauchbarer Drucker. Der Junge gab sich nicht nur maulfaul und mimosenhaft, er war obendrein zerstreut und unselbstständig.

»Der Winkelhaken – wo ist er?«, grunzte Drach.

»Weiß nicht«, murmelte Valentin.

»Dann geh ihn suchen, verdammt noch eins!«

Der Lehrknecht gehorchte. Wenig später stand er schulterzuckend vor Drach.

»Na?«

»Er ist nicht da.«

»Hast ihn verschlampt, was?« Zorn stieg in Drach auf. »Ich hab deine Liederlichkeit satt. Weißt du, was ein Winkelhaken kostet? Nun, du wirst es alsbald herausfinden, du wirst ihn nämlich bezahlen. Ich hoffe für dich, dass wir rasch einen neuen bekommen. Wenn deinetwegen der Herr Inquisitor länger als nötig auf sein Buch warten muss, lernst du mich kennen!«

Valentin glotzte ihn mit aufgerissenen Augen an. »Ich lauf gleich zum Schmied und lass einen neuen machen.«

»Das halte ich für eine gute Idee.« Drach stierte auf den Jungen herab und entschied, dass es höchste Zeit für eine einprägsame Erziehungsmaßnahme war. »Zunächst aber«, befahl er, »bringst du mir die Zuchtrute.«

Am späten Vormittag verhafteten die Stadtknechte den Bäckergesellen Melchior Grimm und brachten ihn zum Salzturm, dem Gefängnis am Fischmarkt.

Während Wenzel zur Marterkammer im dritten Stock hinaufstieg, knurrte ihm vernehmlich der Magen. Inzwischen hatte er seine Brotsuppe zu sich genommen, die dünne Fastenspeise genügte freilich nicht im Ansatz, den nagenden Hunger zu lindern. Wenzel aß oft und gerne. Das sah man ihm durchaus an. Sein Erscheinungsbild zeichnete sich durch eine fassförmige Statur und ein rundes Gesicht unter dem Vollbart aus. Er sehnte sich nach Heiligabend, wenn die vermaledeite Fastenzeit endlich mit einem opulenten Festmahl beendet wurde.

Zunächst aber galt es, einen Mord aufzuklären. Zu diesem Zweck war er zur Pforte am Eurichsturm und zum Klüpfelstor gegangen, durch die Maries Mörder nach begangener Tat wahrscheinlich in die Stadt zurückgekehrt war. Die Wächter der Tagschicht hatten berichtet, dass am gestrigen Abend viele Menschen die Tore durchquert hätten, wie ein frischgebackener Mörder habe keiner ausgesehen. Mit anderen Worten: Hier kam er nicht weiter. Vielleicht war die Befragung Grimms ja ergiebiger. Die nahm er nicht allein vor. Die Vierrichter vollstreckten die hohe Gerichtsbarkeit für den Speyrer Rat stets gemeinsam – so war es bewährte Tradition seit 1429.

»Ich hab die Marie nicht umgebracht – ich schwör's bei meiner Seele!«, beteuerte der Bäckergeselle mit bebender Stimme. »Dass ich sie weiland beim Rat angeschwärzt habe, war dumm. Eine schimpfliche Narretei, zu der mich das Herzeleid getrieben hat. Das bereu ich bitter. Bitter! Aber getötet hab ich sie nicht. Bitte glaubt mir!«

Wenzel glaubte ihm tatsächlich. Sein Gespür für Menschen, das ihn selten trog, sagte ihm, dass Grimm zweifellos ein rachsüchtiger Schwächling und ein denkfauler Schwätzer war – aber kein Mörder. Obwohl er vor rund sieben Monaten versucht hatte, Marie auf den Scheiterhaufen zu bringen, schien ihr Tod ihn ehrlich zu erschüttern.

Leider teilten die anderen Gerichtsherren diese Einschätzung nicht.

»Alles Lügen, wie man es von dir kennt«, sagte Eckenbrecht, ein altgedienter Richter. »Zum letzten Mal – erleichtere dein Gewissen und gesteh dein Verbrechen. Oder die peinliche Befragung wird deine Zunge lockern!«

Der Marterknecht präsentierte das Folterwerkzeug auf dem Tisch.

»Ich war's nicht!« Grimm sank auf die Knie und reckte flehend die Hände. »Bitte, Ihr Herren, so glaubt mir doch!«

Wenzel war kein Freund der peinlichen Befragung, die er für ein unzuverlässiges Mittel der Wahrheitsfindung hielt. Er nahm die anderen Vierrichter zur Seite. »Ich schlage vor, dass wir uns zunächst umhören, wo Grimm am gestrigen Abend gewesen ist«, flüsterte er. »Was, wenn er sich die ganze Zeit in der Stadt aufgehalten hat und seine Zunftbrüder das bezeugen können?«

Doch er hatte unterschätzt, wie gereizt die Gerichtsherren nach drei Wochen Fasten waren. In ihrer Ungeduld wollten sie rasch Ergebnisse sehen.

»Zeitverschwendung«, befand Eckenbrecht. »Du weißt doch, wie wirr und widersprüchlich Zeugenaussagen zumeist sind. Wieso sollen wir uns damit aufhalten, wenn wir hier und jetzt die Wahrheit enthüllen können? Bringen wir es hinter uns und entlocken dem Kerl ein Geständnis.«

Zwei Vierrichter stimmten dem zu. Wenzel musste sich dem Willen der Mehrheit beugen.

Die Stadtknechte schnallten den schreienden Grimm auf dem Marterstuhl fest. Als der Folterer nach einem Bohrer griff, verließ Wenzel den Raum.

Das Verlangen nach einem üppigen Mahl war ihm gründlich vergangen.

Unter der peinlichen Befragung gestand Melchior Grimm den Mord an Marie Konradin. Wenzel wurde abermals überstimmt, als drei Richter den Gesellen zum Tode verurteilten. Am Morgen nach dem Dreikönigstag würde der Scharfrichter Grimm am Rabenstein hängen.

Wenzel wollte sich damit nicht abfinden. Er schritt zu seinem Haus am Marktplatz, schloss sich mit einem Becher Fastenbier in der Schreibkammer ein und studierte das hastig hingekritzelte Gerichtsprotokoll.

Da stand es, Grimms Geständnis, schwarz auf weiß. Aber das hatte nicht viel zu sagen. Vermutlich hätte der arme Kerl sogar Königsmord gestanden, nur um die Pein zu beenden. Davon abgesehen waren seine Aussagen dürftig, unvollständig gar. Zwar hatte er haarklein geschildert, wie er Marie niedergestochen hatte, rasend vor Liebeskummer. Doch das waren vermutlich Eckenbrechts Worte, die der ungeduldige Richter dem wehrlosen Delinquenten in den Mund gelegt hatte. Eine Erklärung für die Brandwunden an Maries rechter Hand fehlte gänzlich. Warum? Weil sie nichts mit dem Mord zu tun hatten? Weil sie bereits da gewesen waren, als Grimm sie erstochen hatte?

Oder weil der hungrige und unkonzentrierte Eckenbrecht dieses Detail bei der Befragung schlichtweg vergessen hatte, sodass Grimm – der nicht wusste, wie die Leiche aussah – es bei seinem Geständnis nicht hatte berücksichtigen können?

Je länger Wenzel über den Fall nachdachte, desto stärker wurde seine Befürchtung, dass das Gericht im Begriff war, einen schrecklichen Fehler zu begehen.

Wenn Grimm es nicht getan hat – wer war es dann?

Die verbrannte Hand ließ ihn nicht los. Diese eigenartige Einzelheit bedeutete etwas, da war er sich sicher. Womöglich war sie der Schlüssel zu diesem Rätsel. Bei Brandwunden dachte er an Feuer. Bei Feuer an Scheiterhaufen. *Der Mörder ist jemand, der Marie für eine Hexe hielt,* kam es ihm in den Sinn.

Derart aufgeheizt, wie die Stimmung in Speyer gerade war, gab es vermutlich einige, die insgeheim einen solchen Verdacht hegten. Grimms Anschuldigungen waren schließlich nicht von ungefähr gekommen. Marie war eine attraktive Frau gewesen, sie hatte allein in einer abgeschiedenen Hütte gehaust, sich mit geheimnisvollen Tinkturen befasst. Genauso stellten sich einfache Gemüter eine Zauberin vor. Hatte ein selbst ernannter Hexenjäger das Recht in die eigene Hand genommen?

Wenzel beschloss, diesem Gedanken nachzugehen. Dummerweise wusste er zu wenig über Hexen und deren Verfolgung. Er musste mehr erfahren, wenn er eine Chance haben wollte, den Mord aufzuklären und einen Justizirrtum zu verhindern.

Er schwenkte den letzten Schluck Fastenbier im Becher. *Ich sollte mit Heinrich Kramer reden.* Allerdings verspürte er nicht die geringste Lust, auch nur ein einziges Wort mit dem fanatischen Inquisitor zu wechseln.

Glücklicherweise gab es eine andere Möglichkeit, an das Wissen über das Hexenwesen heranzukommen. Leider war sie kaum erfreulicher als eine Unterredung mit Kramer.

»Du hast Glück«, sagte Peter Drach, »ich hab heute nichts zu tun. Komm rein.«

Wenzel betrat die Druckerei und zwang sich zu einem Lächeln. Er konnte Drach nicht ausstehen. Der Mann war ein Wüterich und für seine gewalttätigen Ausbrüche berüchtigt. Ginge es nach Wenzel, wäre er längst aus dem Rat ausgeschlossen worden.

Er schaute sich in der warmen Werkstatt um. Die Presse stand still, überall lagen lose Druckseiten. »Wolltest du Kramers Buch nicht noch vor Heiligabend fertigstellen?«, wunderte er sich. Bei der gestrigen Ratssitzung hatte Drach geprahlt, er werde den *Hexenhammer* schneller als je ein anderes Buch drucken.

»Das hatte ich vor, ja«, knurrte Drach. »Aber der dumme Kerl da hat den Winkelhaken verloren, und der Schmied kann mir frühestens morgen einen neuen machen. Das war's mit Heiligabend. Wie es aussieht, wird das siebenmal verfluchte Buch erst nach Dreikönig fertig. Ich rate dir, leg dir nie einen Lehrknecht zu. Damit hast du nichts als Ärger.«

Der gescholtene Bursche drückte sich hinten in der Werkstatt herum und gab vor, die Tirade nicht zu hören. Als er Papier zum Schneidbrett trug, sah Wenzel, dass ein rot leuchtender Striemen sein Gesicht verunzierte. Offenbar hatte Drach ihn gezüchtigt und sich dabei nicht, wie es sich gehörte, auf die Hände oder das Hinterteil beschränkt, sondern den armen Teufel von Kopf bis Fuß durchgeprügelt.

»Reden wir nicht mehr von dem Bengel«, sagte der Drucker. »Was kann ich für dich tun?«

»Ich möchte dich bitten, mir den *Hexenhammer* auszuhändigen, damit ich ihn studieren kann«, kam Wenzel ohne Umschweife zur Sache.

»Wozu?«, fragte Drach erstaunt.

»Eine Gerichtsangelegenheit.«

Drach gab sich mit dieser knappen Auskunft zufrieden. In der Fastenzeit hatten die meisten Menschen die Neigung, sich nicht für ausführliche Erklärungen zu interessieren. »Das ist leider nicht so einfach. Das Manuskript darf ich nicht herausgeben. Ich musste Kramer versprechen, es wie meinen Augapfel zu hüten. Und das gedruckte Buch ist ja nun noch nicht fertig.«

»Aber die allermeisten Seiten sind es, oder?«

Drach bejahte. »Es fehlen nur noch wenige. Und die Bögen sind natürlich noch nicht gebunden, wie du siehst.«

»Das macht nichts. Ich lese auch eine lose Blattsammlung.«

Der Drucker dachte darüber nach. »Einverstanden«, entschied er. »Aber du musst sie hier lesen, damit nichts verloren geht. Und zerknittere das Papier bitte nicht.«

»Du hast mein Wort, dass ich es pfleglich handhaben werde.«

Kurz darauf saß Wenzel am knisternden Kamin und blätterte den Papierstapel durch. Er war ein geübter Leser und imstande, selbst komplexe Texte wie diesen schnell zu überfliegen. Abschnitte, die er für nebensächlich hielt, übersprang er, sodass er rasch zu den wichtigen Passagen vorstieß. Er lernte, welche Merkmale eine echte Hexe auszeichneten: Sie war fast immer weiblich. Sie plagte ihre Mitmenschen mit Schadzaubern. Sie konnte fliegen und trieb Unzucht mit Satan.

Kramer ließ sich darüber aus, wie man diesen Feind der Christenheit wirksam ausmerzte. Präzise legte er den Ablauf eines Hexenprozesses dar. Zur Entlarvung der Teufelsbuhle – die alles tat, um ihre böse Natur zu verbergen – empfahl er das Gottesurteil. Diese Methode wurde im Rechtswesen seit Jahrhunderten nicht mehr angewandt, war sie doch noch unzuverlässiger als die Folter. Der Herr Inquisitor sah das freilich anders. Er gab dem Gottesurteil einen modernen Anstrich, indem er es »Hexenprobe« nannte. Deren verschiedene Formen überboten einander an Grausamkeit. Bei der Wasserprobe etwa stieß man die mutmaßliche Hexe gefesselt in einen See. Ging sie trotz allem nicht unter, war der Beweis für ihre Zauberkräfte erbracht, und sie wurde hingerichtet. Ertrank sie, galt sie als unschuldig.

Als Wenzel die Beschreibung der Feuerprobe las, schlug sein Herz schneller. Mehr denn je glaubte er, auf der richtigen Spur zu sein.

»Hast du gefunden, was du suchst?«, fragte Drach, als er das letzte Blatt auf den Stapel legte.

»Noch nicht.« Ohne ein Wort des Abschieds verließ Wenzel die Druckerei.

Es war längst dunkel, als Wenzel abermals Maries Hütte aufsuchte. Contze postierte sich in der Mitte des Raumes und leuchtete ihm mit der Fackel. Gelegentlich spuckte der Stadtknecht das Heilmittel für seine Zahnschmerzen aus, rieb es am Wams sauber, steckte es sich wieder in den Mund und schob es mit der Zunge in die Backe. Es handelte sich um den Zahn eines Toten. Den habe er vom Bader bekommen, wie Contze auf ihrem Marsch durch das schneebedeckte Burgfeld zwischen Stadtmauer und Landwehr berichtet hatte. Die absonderliche Kur schien zu helfen, der Stadtknecht erfreute sich bester Laune.

»Ein guter Mann, der Bader«, nuschelte er. »Und billig! Nur einen Heller hat er verlangt.«

Wenzel kroch derweil auf dem Boden herum. Das Blut war inzwischen gefroren, sodass er sich nicht mehr allzu sehr davor ekelte. Er suchte jeden Winkel ab. Unter der Bettstatt entdeckte er eine Kiste voller getrockneter Kräuterbündel, seltsam riechender Tränke sowie Amulette aus Tierknochen und Papierfetzen mit Bibelzitaten. Wenzel, der nicht viel von der Heilkunst verstand, vermutete, dass es sich um Arzneien, Utensilien fürs Gesundbeten und dergleichen handelte. Einiges davon sah verdächtig nach Zauberei aus und war streng genommen verboten. Allerdings drückten weltliche und kirchliche Autoritäten seit jeher beide Augen zu, was die magischen Hilfsmittel in der Volksmedizin betraf, gebrauchte doch so gut wie jeder Heiler dubiose Praktiken. Vermutlich hatte der Bader, auf den Contze neuerdings große Stücke hielt, eine ganz ähnliche Kiste in seiner Hütte stehen. *Oder eine Schachtel voller Zähne, die er Toten aus dem Kiefer gebrochen hat, um sie für einen Heller das Stück feilzubieten,* dachte Wenzel schaudernd.

Dass Marie derlei Zaubermittel besaß, machte sie nicht zwangsläufig zu einer Hexe, die arme Seelen verfluchte und nächtens mit dem Leibhaftigen kopulierte. Und ganz gewiss hatte niemand das Recht, sie deswegen zu ermorden.

»Wo kämen wir hin, wenn jeder das Gesetz in die eigenen Hände nähme, wie es ihm gerade passt?«, murmelte Wenzel grimmig, während er die Kiste zurückschob.

»Ich weiß nicht«, nuschelte Contze.

»Was weißt du nicht?«

»Wohin wir kämen.«

»Kümmere dich um deinen wehen Zahn, Contze.«

Zu guter Letzt stocherte Wenzel mit dem Schürhaken in der Herdstelle. Als er schon im Begriff war, enttäuscht aufzugeben, prallte der Haken auf festen Widerstand. Wenzel wühlte in der Asche und legte ein verkohltes Eisenstück frei. »Heureka!«

Schnaufend erhob er sich, schwitzend trotz der Kälte. Seine Körperfülle bewirkte, dass ihn selbst das Herumkriechen auf Knien und Händen anstrengte wie schwere physische Arbeit. Vielleicht war das Fasten vor Weihnachten doch keine allzu schlechte Sache. Er hielt Contze das Eisenstück hin. »Weißt du, was das ist?«

Der Stadtknecht beäugte den Gegenstand stirnrunzelnd. »Kann ich nicht behaupten.«

Wenzel hingegen wusste genau, was das war.

Gegen Mitternacht fanden sich drei schlaftrunkene Richter im Salzturm ein.

»Ich hoffe, du hast einen guten Grund dafür, uns zu solch später Stunde zu wecken«, brummte Eckenbrecht.

»Gewiss«, antwortete Wenzel knapp. »Habt etwas Geduld.«

Sie mussten nicht lange warten. Wenig später rauschte ein wutschnaubender Peter Drach in die Marterkammer, gefolgt von seinem Lehrburschen und mehreren Stadtknechten.

»Was fällt euch ein, mich zu nachtschlafender Zeit aus dem Haus zu zerren wie einen gemeinen Verbrecher?«, schrie er mit hochrotem Kopf. »Habt ihr vergessen, dass ich mit euch im Rat sitze?«

»Bitte entschuldige die Umstände«, besänftigte Wenzel den aufgebrachten Drucker. »Auch mir wäre es lieber gewesen, morgen in aller Ruhe mit dir zu sprechen. Aber dies ist eine dringliche Angelegenheit von Recht und Gesetz, die keinen Aufschub duldet.«

»Geht's um dieses Kräuterweib, das man abgestochen hat? Ich habe damit nichts zu tun. Wehe euch, wenn ihr mich mit der Sache in Verbindung bringt!«

»Nichts liegt uns ferner. Wir haben nur einige Fragen an euch. Also – können wir?«

»Mach's kurz«, knurrte Drach. »Wenn mein Ruf euretwegen Schaden nimmt, wird das ein Nachspiel haben.«

Wenzel zeigte ihm das Eisenstück aus Maries Hütte. »Kannst du uns erklären, was das ist?«

»Ein Winkelhaken«, stellte Drach fest.

»Das ist ein Werkzeug, das ein Buchdrucker zum Setzen von Lettern braucht, richtig?«

»Habt ihr mich allen Ernstes hergeholt, damit ich euch das Druckerhandwerk erkläre?«

»Beantworte bitte die Frage.«

»Ja, verdammt! Zum Schriftsetzen, was denn sonst?«

»Ist es *dein* Winkelhaken?«

»Zeig her.« Drach riss Wenzel das Gerät aus der Hand und untersuchte es. »Schwer zu sagen, so verkohlt, wie er ist … Doch! Da sind meine Initialen eingraviert, siehst du?« Der Drucker fuhr zu seinem Lehrknecht herum. »Was hast du mit dem Winkelhaken angestellt, du Tölpel? Hast du ihn ins Feuer geworfen? Wieso, bei allen Höllenteufeln, taucht er plötzlich in der Marterkammer auf?«

Valentin starrte zu Boden.

»Zeig uns deine Hände«, befahl Wenzel.

Blitzschnell setzte sich der Junge in Bewegung, wollte davonlaufen, doch die Stadtknechte hielten ihn fest. Er wand sich mit gebleckten Zähnen in ihrem Griff.

»Deine Hände«, wiederholte Wenzel.

»Willst du wohl tun, was er sagt?« Drach zog seinem Lehrknecht unsanft die Handschuhe aus, packte ihn an den Unterarmen und hielt die Hände so, dass die Vierrichter sie begutachten konnten.

Die Linke war unversehrt. Auf dem Handteller der Rechten wölbte sich eine garstige Brandblase.

»Erklär uns endlich, was das ganze Spektakel soll«, verlangte Eckenbrecht.

»Lassen wir den Jungen reden. Ich denke, er hat uns einiges zu sagen.«

Valentin schwieg verstockt.

»Du hast die Hebamme Marie ermordet, nicht wahr?«, half Wenzel ihm auf die Sprünge. »Ich rate dir, zu gestehen. Andernfalls müssen wir dich der peinlichen Befragung unterziehen.«

Der Bursche blickte auf. Furcht glitzerte in seinen Augen, aber nur für einen Moment. »Ich musste es tun! Ihr Vierrichter macht ja nichts!«, rief er. »Gott allein weiß, wie viel Böses die Hexe schon angerichtet hat. Es wäre noch schlimmer geworden, wenn ich sie nicht aufgehalten hätte. Die Ernte hätte sie verdorben, die Pestilenz über uns gebracht!«

Stille erfüllte die Marterkammer. Sogar der aufbrausende Drach wirkte erschüttert.

»Wieso glaubst du, Marie wäre eine Hexe gewesen?«, fragte Wenzel.

»Weil sie genauso war, wie's in dem Buch steht!«

»Mit dem Buch meinst du den *Hexenhammer*?«

»Natürlich mein ich den *Hexenhammer*. Wieso fragt Ihr, Ihr habt ihn doch auch gelesen!«

»Du aber sehr viel gründlicher als ich, wie mir scheint«, bemerkte Wenzel. »Es ist beim Korrigieren der Probedrucke passiert, richtig? Jedes Wort hast du aufs Sorgfältigste studiert, und dabei ist der Inhalt wie ein Gift in dich eingedrungen.«

»Kein Gift«, widersprach Valentin entschieden. »Heinrich Kramer ist ein heiliger Mann und sein Buch eine Warnung für alle gottesfürchtigen Christen.«

»Und du hast dir seine Warnung zu Herzen genommen und entsprechend gehandelt. Zunächst aber musstest du Marie der Feuerprobe unterziehen, um zu beweisen, dass sie wirklich eine Hexe ist. Die Vorgehensweise, die der Inquisitor empfiehlt, musste präzise eingehalten werden.«

»Feuerprobe?« Eckenbrecht legte die Stirn in Falten. »Ich fürchte, ich komme nicht mehr mit.«

»Ich nehme an, es ist folgendermaßen abgelaufen«, sagte Wenzel. »Valentin kam der Umstand zugute, dass sein Meister am späten Nachmittag des gestrigen … des inzwischen *vor*gestrigen Tages zur Ratssitzung gegangen ist. So konnte er sich unbemerkt davonstehlen. Ausgestattet mit einem Messer, suchte er Marie auf. Und mit dem Winkelhaken: ein leicht verfügbares und handliches Stück Eisen, bestens geeignet für seine Zwecke. Welchen Grund für deinen Besuch im Schneetreiben hast du Marie genannt? Dass du dringend eine Arznei brauchst? Nun, es ist nicht wichtig. Entscheidend ist, sie ließ ihn herein, der Junge bedrohte sie mit dem Messer und warf den Winkelhaken ins Feuer.«

»Wieso denn das?«, fragte Drach.

»Für die Feuerprobe braucht man ein heißes Stück Metall. Die Verdächtige muss es mit bloßer Hand aus den Flammen holen. Wenn sie sich dabei keinerlei Verbrennungen zuzieht oder aber die Brandwunden übernatürlich schnell verheilen, muss sie eine Hexe sein. Du hast gedacht, Letzteres sei der Fall, richtig? Schließlich war nicht zu übersehen, dass Marie sich verbrannte, als du sie mit vorgehaltenem Messer gezwungen hast, ins Feuer zu greifen. Du wolltest warten, bis sich die magische Heilung zeigte. Aber dann ging etwas schief. Ein Missgeschick, das dazu führte, dass du dich selbst an dem Winkelhaken verbranntest. Hat Marie dich überrumpelt, indem sie sich plötzlich wehrte? Hat sie das heiße Eisen nach dir geworfen, und du hast es unwillkürlich mit der Rechten abgewehrt, sodass es zurück ins Feuer fiel?«

Valentins Schweigen war Antwort genug. Der rote Striemen in seinem Antlitz schien im Fackelschein zu glühen.

»Und dann klappte gar nichts mehr«, setzte Wenzel seine Mutmaßungen fort. »Marie nutzte deinen Schrecken, um einen Fluchtversuch zu wagen. Du wusstest dir nicht anders zu helfen, als mit dem Messer auf sie einzustechen. Als sie verblutend dalag, hat dich das Entsetzen überwältigt. Es ist eben nicht so einfach, einen Menschen zu töten, selbst wenn man ihn für einen Diener Satans hält. In deiner Panik bist du Hals über Kopf geflohen und hast vergessen, den Winkelhaken mitzunehmen. Später, als du dich beruhigt hattest, konntest du nicht zur Hütte zurückkehren, die Stadttore waren bereits geschlossen. Am nächsten Morgen konntest du auch nicht gehen, dein Verschwinden wäre dem Meister aufgefallen. Du konntest nichts anderes tun, als abzuwarten und zu hoffen, dass jene, die die Leiche finden und die Bluttat untersuchen würden, nicht die richtigen Schlüsse aus den Spuren ziehen würden. Du konntest lediglich Handschuhe überstreifen, um die Brandblase an deiner Rechten zu verbergen. Dein Glück, dass es vormittags so kalt war, sodass sich Meister Drach nichts dabei dachte. Wäre das Kaminfeuer nicht gewesen, wären mir die Handschuhe auch nicht eigenartig vorgekommen. So aber fragte ich mich: ›Wieso trägt der Junge Handschuhe, wo es in der Werkstatt doch wohlig warm ist?‹ Wieso ist dir dieser Gedanke nicht gekommen, Peter?«

»Warum wohl?«, schnarrte Drach. »Wegen der Sache mit dem Winkelhaken war ich derart wütend, dass ich den Bengel den ganzen Tag nicht anschauen wollte. So ist mir entgangen, dass er die verdammten Handschuhe nicht ausgezogen hat.«

Wenzel wandte sich an Valentin. »So oder so ähnlich hat es sich zugetragen, richtig?«

»Ja«, antwortete der Lehrknecht nur.

»Bei Gott, Junge«, brach Eckenbrecht das neuerliche Schweigen, »ist dir klar, was du angerichtet hast? Du hast nicht nur einen Menschen ermordet – Marie war obendrein unschuldig. Dass sie keine Hexe war, hatten wir doch längst festgestellt. Wieso hast du dem hohen Gericht zu Speyer weniger vertraut als diesem Buch?«

Valentin blickte dem grauhaarigen Richter in die Augen. »Der *Hexenhammer* ist ein heiliges Werkzeug gegen das Böse – er steht über dem Gesetz«, erklärte er mit fester Stimme. »Ich habe das Richtige getan. Gott wird das erkennen.«

Unbelehrbar bis zum Ende, dachte Wenzel bekümmert. Er wechselte einen Blick mit den anderen Gerichtsherren. Die Männer nickten.

»Für den Mord an Marie Konradin verurteilen wir dich zum Tode«, verkündete Wenzel. »Am 7. Januar im Jahre des Herrn 1487 wirst du hängen. Der Himmel sei deiner Seele gnädig.«

An Heiligabend ging Wenzel mit seiner Familie und den Dienstleuten zum Dom Sankt Maria und Sankt Stephan, um Jesu Geburt zu feiern. Viele Hundert Menschen drängten sich bereits in der Kathedrale, ständig strömten weitere herein. Knurrende Mägen allerorten, Wenzels hohler Bauch beklagte sich mit am lautesten. *Nicht mehr lange bis zum Festmahl,* dachte er sehnsüchtig.

Während die Menge ungeduldig darauf wartete, dass der Bischof die Christmette eröffnete, stand Wenzel mit den anderen Ratsherren zusammen. Der Mord am Landwehrgraben beherrschte das Gespräch. Der sonst so laute Peter Drach gab sich ungewöhnlich still. Er konnte noch immer nicht fassen, was Valentin getan hatte.

»Nie wieder werde ich einen Lehrjungen aufnehmen«, war das Einzige, was er sagte. »Nie wieder, der Erzengel Michael sei mein Zeuge!«

Wenzel spähte zu Melchior Grimm, der soeben hereingehumpelt kam, auf eine Krücke gestützt. Der Bäckergeselle trug frische Verbände am Kopf und an den Händen. Die Vierrichter hatten ihn gleich nach Valentins Verurteilung freigelassen, das Todesurteil aufgehoben und ihm als Entschädigung für die zu Unrecht erlittene Folter einen Batzen Silber überreicht. Das Geld würde er brauchen, denn ob er mit solchen Verletzungen je wieder würde arbeiten können, war mehr als fraglich.

Ein Psalm erklang aus vielen Kehlen, und der Klerus hielt Einzug in den Kaiserdom. Bischof Ludwig schritt voraus, gefolgt von verschiedenen Geistlichen. Unter den Dominikanern war Heinrich Kramer. Für einen Teufel in Menschengestalt sah der Mann überraschend gewöhnlich aus. Mittelgroß, ein Allerweltsgesicht, ein Ring aus stumpfem Haar auf dem Schädel.

Wenzel musste an das fanatische Glitzern in Valentins Augen bei der Verkündung des Todesurteils denken. Kramers Hetzschrift hatte das Herz eines braven Burschen derart vergiftet, dass der scheue Lehrknecht zum Mörder geworden war. Unwillkürlich ballte er die Rechte zur Faust. »Wäre dies eine gerechte Welt, würden wir den *Hexenhammer* aus dem Verkehr ziehen und Kramer in den Salzturm stecken!«, zischte er. »Nicht nur der willfährige Handlanger sollte am 7. Januar auf dem Rabenstein stehen, vor allem auch der geistige Brandstifter!«

»Sei still, bei allen Heiligen!«, fuhr Eckenbrecht ihn leise an. »Für Kramer sind die Gegner der Hexenjagd Häretiker, die er genauso unerbittlich verfolgt wie die Hexen selbst. Tu dir und deiner Familie einen Gefallen und sprich nie wieder schlecht von ihm, so dir etwas an deinem Leben liegt.«

Wenzel lag viel an seinem Leben, also hielt er artig den Mund. Doch als Bischof Ludwig später vom Frieden auf Erden predigte, erschien ihm das wie blanker Hohn. Solange Männer wie Kramer Hass verbreiteten, würde es niemals Frieden geben.

Nie zuvor hatte Wenzel ein derart düsteres Weihnachtsfest erlebt.

Der Autor dankt: Susanne Preuß, Uschi Timm-Winkmann, Marc Vidmeyer, Uwe Ittensohn, Markus Opper

12

Thomas Kastura

Partnerschaften

München

Über den Autor:

Thomas Kastura, geboren 1966 in Bamberg, studierte Germanistik und Geschichte und arbeitet seit 1996 als Autor für den Bayerischen Rundfunk. Er hat zahlreiche Erzählungen, Jugendbücher und Kriminalromane geschrieben, u. a. *Der vierte Mörder* (2007 auf Platz 1 der Krimi-Welt-Bestenliste). Unter dem Pseudonym Gordon Tyrie schreibt er Thriller, die auf den Hebriden angesiedelt sind. Zuletzt erschien *Schottensterben* (2020). Für die Erzählung *Genug ist genug* wurde er mit dem Glauser-Preis ausgezeichnet.

Als der Abend vor dem Heiligen Abend begann, wusste noch keiner der Beteiligten, wer von ihnen sterben würde. Sie kannten einander ja kaum.

Luis betrat das Restaurant. Er trug ein Dinnerjackett, elfenbeinfarben, dazu ein blütenweißes Hemd, schwarze Fliege, schwarze Hose. Er ging aufs Ganze. Wer in einer solchen Aufmachung antanzte, hatte entweder zu viel Geld, Schneid oder Erfahrung.

Der Kellner erschien und führte Luis an einen Vierertisch in der Ecke. Doch statt vier Personen würden nur zwei den Tisch nutzen, das hatte Luis mithilfe eines Hunnis vorab geregelt. Dadurch konnte er sich mit seiner Auserwählten ungestört unterhalten. Sie bekäme nicht das Gefühl, auf dem Präsentierteller zu sitzen. Zugleich konnte dieser ganz besondere Ort seine Wirkung besser entfalten: tiefrote Wände, kugelförmige, sonnengelbe Leuchten und viele dunkle Flächen, die den schummrigen Innenbereich eins mit der Nacht werden ließen. Der Charme der 1970er, als Schwabing noch voll im Trend gelegen hatte, war einfach Kult.

Der erste Eindruck entschied. Deswegen auch das Dinnerjackett. Bei dem Fummel musste man an James Bond denken, aber nur an dessen angenehme Seiten, an Bonds weltläufige, einnehmende Art, seine feine Ironie, das Gentlemanhafte. Und an die Geheimnisse, die ihn umgaben.

Der Kellner war eingeweiht, sein Name war Joe. Er gab das vereinbarte Zeichen, weil Luis ihm einen weiteren Schein zugesteckt hatte. So tickte die Welt.

Lillian verließ den Garderobenbereich und durchquerte den Raum. Langsam, Luis bekam genug Zeit zum Gucken. Hin und wieder blickte sie zu den anderen Tischen. Das hieß wohl: Sie war zwar wegen ihm hier, konnte aber auch aus einem anderen Anlass hereingeschneit sein. Vielseitig interessiert? Noch.

Kurze, weißlich blondierte Haare, ein asymmetrischer Schnitt. Sie war größer als der Durchschnitt, 1,74 m, das hatte ihm gleich gefallen. Schulterfreies Cocktailkleid mit Spitze, ein kleines Schwarzes, dazu High Heels und Designer-Handtasche – auch Lillian zog alle Register. »Schlank, kultiviert, schön anzufassen«, so stand es in der Kontaktanzeige. Letzteres würde zu überprüfen sein, vielleicht noch heute Nacht. Doch die Formulierung sprach Bände. Ein wenig frech, mit Augenzwinkern. Lillian ihrerseits suchte einen gebildeten, humorvollen Mann mit Empathie für eine verbindliche Partnerschaft. Das waren so die Basics.

Er stand auf und begrüßte sie mit einem strahlenden Lächeln. »Hallo, ich bin Luis.«

»Lillian.« Sie nickte zurück und musterte ihn gerade so lange, um die äußeren Merkmale abzuchecken, Größe, Figur, Haltung. Seinem Gesicht konnte sie sich später widmen.

Bloß kein spießiges Händeschütteln. In einer geschmeidigen Bewegung kam er herum und zog ihren Stuhl heraus. Sie verharrte kurz, durchaus beeindruckt von dieser oldschool Geste. Dann schwang sie ihren Hintern seitlich über die Sitzfläche, wartete, bis er den Stuhl nach vorne schob, und ließ sich sanft nieder.

Er warf einen Blick auf ihren Nacken. Der sah nach täglichem Yoga aus, auch ihre Arme und Beine. Die Netzstrumpfhose konnte als gewagt gelten und ein Sexversprechen beinhalten – oder es war eine Anspielung auf genau das, und Lillian wollte sich einfach nur mutig und unkonventionell zeigen. 45 und noch kein bisschen müde.

Jedenfalls saß die Netzstrumpfhose wie eine Eins. Luis begab sich wieder an seinen Platz. Dass er noch sehr gelenkig war und nicht unter Arthrose litt, sollte er hinreichend unter Beweis gestellt haben. 52 hatte er angegeben. Mit seinem jungenhaften Äußeren und dem vollen Haupthaar sah er jedoch zehn Jahre jünger aus. Bestimmt atmete Lillian auf, dass sie nicht an einen alten Knacker geraten war – das Foto, das er ihr geschickt hatte, hätte ja uralt sein können. Es war immer gut, die Erwartungen zu übertreffen.

»Nach schmerzlicher Trennung wünsche ich mir eine neue Liebe«, hatte er auf ihre Annonce geantwortet. Aufgeschlossenheit sei ihm wichtig, Intuition und Herz. Zärtlichkeit und Kuscheln vor dem Kamin, feines Essen, eine »Steuerfrau« auf seinen Segeltörns und jemand, der seine Begeisterung für die Oper teilte. Ein ansprechender Mix, wie er fand, weitaus aussagekräftiger als das, was sonst unter der Rubrik »Kennenlernen« zu lesen war.

Luis probierte es mit seiner Standard-Eröffnung. »Schön, dass du gekommen bist. Du siehst umwerfend aus.«

»Das Kompliment gebe ich zurück.« Lillian legte eine maniküre Hand auf das Tischtuch. »Gute Wahl. Hier war ich schon länger nicht mehr.«

Joe erschien mit zwei Gläsern und einer Flasche Champagner. Er hatte die Agraffe bereits entfernt. Gefühlvoll drückte er den Korken heraus, um das vulgäre Ploppen zu vermeiden, und schenkte ein.

»Danke sehr!«, sagte Luis.

Die Flasche wanderte in einen Sektkühler mit Ständer, Eis knirschte.

Lillian wies auf ihr Glas. »Großartige Idee.« Sie legte sehr hübsch den Kopf zur Seite. »Mein Bekannter ist hier wohl häufig zu Gast?«

»Wenn es ihm seine zahlreichen Verpflichtungen erlauben«, sagte Joe.

»Sie und Luis kennen sich persönlich?«

»Aber nein, Madame. Sie und ich, wir kennen uns ja auch nicht persönlich. Obwohl ich Ihnen stets gerne zu Diensten bin. À votre santé! Haben Sie einen wundervollen Abend!« Mit diesen Worten schwebte er hinweg.

»Na dann …«, meinte Luis.

Sie stießen an. Dabei sahen sie einander in die Augen, eine endlose Sekunde länger, als es bei ersten Offline-Treffen üblich war. Online hatten sie sich bereits beschnuppert und ihre Ausschlusskriterien nacheinander abgehakt. Die Chats waren amüsant und sogar tiefgründig gewesen, Luis und Lillian hatten sich auf Anhieb verstanden. Eigentlich passten sie ganz gut zusammen.

Beide nahmen einen langen, genüsslichen Schluck. Der Champagner schmeckte nach viel mehr als Zitrusfrüchten, Äpfeln und Mandeln.

»Wow!« Lillian fächelte sich Luft zu.

Luis stellte sein Glas ab. »Für die Schiffstaufe kürzlich hab ich auch so eine Flasche genommen.«

»Tatsächlich?«

»Ich hab jetzt eine kleine Jacht am Starnberger See liegen, uralt, aber der Hafenmeister ist ganz angetan. Ein Holzboot, muss man mögen.«

»Dann bin ich für dich nur … ein neues Boot?« Lillian nippte kokett an ihrem Glas. »Pass bloß auf, ich hab den Segelschein!«

Luis schenkte nach. »Das wusste ich noch gar nicht.«

»Ich stecke voller Überraschungen.«

»Ganz bestimmt, aber … mit Segelschein wärst du die ›Steuerfrau‹, die in meinem Leben fehlt.« Er verschwieg, dass er die Jacht von einem Freund ausleihen würde, falls Lillian mit ihm in See stechen wollte. Luis selbst besaß so gut wie gar nichts mehr, seine Rücklagen waren fast aufgebraucht. Er war schon froh, wenn er die sündhaft teure Miete für seine Wohnung bezahlen konnte.

Sie überlegte. »Du darfst auf deinem Boot gern am Ruder stehen. Ich bevorzuge das Sonnendeck. Und Champagner!« Erneut hob sie ihr Glas, sie tranken.

An diesem Punkt wären für viele andere Paare die Fronten geklärt gewesen. Sie hätten das Menü möglichst schnell hinter sich gebracht, wären dann zu ihr oder ihm gegangen. Und wenn sie auch im Bett harmonierten, stand einem Abenteuer nichts mehr im Wege.

Doch Luis – und wohl auch Lillian – hatten ernsthaftere Absichten.

»Du bist der sportliche Typ, das gefällt mir.«

»Vintage, aber alles noch Originalteile«, erwiderte er. »Und voll funktionsfähig.«

»Schön, das ist nicht selbstverständlich.« Lillian lächelte gequält. »Man erlebt ja so einiges …«

»Was denn?«

»Du kennst doch den üblichen Verschleiß. Hoher Blutdruck, Herzrhythmusstörungen, schlechte Leberwerte. Mit dem Zucker ist auch nicht zu spaßen. Das kommt mir immer öfter unter.«

Damit spielte sie anscheinend auf andere Dates an. Sie teilte Luis mit, dass es durchaus noch Mitbewerber gab.

»Ich bin kerngesund«, beeilte er sich zu versichern.

»Keine Erbkrankheiten? Irgendetwas, das in der Familie liegt? Du kannst ganz offen sein.«

Aha, Lillian wollte keinen Betreuungsfall an der Backe haben. »Nicht, dass ich wüsste.«

»Gut, hab ich mir schon gedacht.« Sie wirkte ein wenig enttäuscht. »Eigentlich beneidenswert!«, setzte sie rasch hinzu. »Tut mir leid, das ist so ein Tick von mir, die Leute nach ihren Zipperlein zu fragen. Ich war ja früher Krankenschwester.«

»Und jetzt unterhältst du einen ambulanten Pflegedienst mit über hundert Angestellten, chapeau! Kein Grund, sich für alte Denkmuster zu entschuldigen. Frag einfach.«

»An mir ist übrigens auch noch alles echt.« Sie straffte die Schultern, wodurch ihre anatomischen Vorzüge besser zur Geltung kamen.

»Daran besteht nicht der geringste Zweifel.«

»Aber wenn du daran denkst, noch mal eine Familie zu gründen, muss ich leider passen.«

»Jetzt hör aber auf, nichts läge mir ferner! Lass uns lieber anstoßen. Auf dein Wohl!«

»Nee, auf deines!«

Die Sektgläser klirrten.

Joe glitt herbei, servierte die Amuse-Gueules und reichte die Speisekarte. »Den Hummer kann ich wärmstens empfehlen. Ganz frisch aus Schottland. Ein Gedicht!« Er entschwand.

»Möchtest du vielleicht für uns beide bestellen?«, fragte Luis.

»Lieber du! Ich bin gespannt, was du aussuchst.«

Ein kluger Schachzug. Jetzt musste er zeigen, wie gut er Lillian einzuschätzen vermochte. Zugleich war es eine Form der Selbstcharakterisierung. In welchem Licht sollte er sich zeigen? Weiterhin protzig, nachdem er sein nicht vorhandenes Segelboot erwähnt hatte? Oder war ein Kurswechsel ratsam?

Die Speisekarte erwies sich als wahre Gourmet-Bibel. Über vegan oder vegetarisch hatten sie in den Chats kein Wort verloren. Also blieb Luis bei seiner Luxus-Strategie und entschied sich für den getrüffelten Wachtelspieß und das Plateau de Fruits de mer mit Hummer. Zum Dessert nahm er die Earl Grey Panna Cotta mit Mangoragout und eine Schaumrolle von Kakaolikör mit Beeren. Dadurch konnten sie vom Teller des anderen naschen, viele Frauen mochten das. Außerdem stellte der Akt gemeinschaftlichen Probierens einen weiteren Schritt Richtung Bett dar. Es war nicht unbedingt so, dass Luis in der ersten Nacht gleich Nägel mit Köpfen machen wollte. Sinnvoller war es, Schritt für Schritt vorzugehen. Aber wenn es sofort funkte – auch recht.

Joe nahm die Bestellung auf, Lillian war begeistert. »Hört sich traumhaft an, ich liebe Meeresfrüchte.«

»Freut mich sehr.« Luis orderte noch einen passenden Chardonnay, der würde nach dem Champagner an die Reihe kommen.

Joe beglückwünschte ihn zu seiner Entscheidung. »Unsere letzte Flasche von diesem einzigartigen Jahrgang. Genießen Sie den guten Tropfen, solange Sie noch können!«

Lillian kicherte aufgekratzt. »Das haben wir vor!«

»Carpe diem!«, rief Luis. Sie leerten erneut ihre Gläser.

»Ich könnte es nicht besser formulieren, Monsieur, zumal Weihnachten ja vor der Tür steht.« Joe füllte Champagner nach. »Das Fest der Liebe. Wer möchte es schon alleine verbringen?«

»Was wollen Sie uns damit sagen?« Lillian blinzelte Luis komplizenhaft zu.

»Manchmal muss man eine gute Gelegenheit beim Schopf packen, eine, die vielleicht nicht wiederkommt. Ich für meinen Teil halte das so.« Und weg war er.

Sie schauten einander ungläubig an. Dann prusteten sie los.

»Will der uns verkuppeln?«, fragte Lillian.

»Ich glaube, Joe hat eine Mission.«

»Das sollten wir ihm schleunigst ausreden!«

»Sollten wir das wirklich?« Luis griente. »Ich finde, der gute Wille zählt.«

»Er ist ja recht charmant …«, räumte sie ein.

Damit begann die nächste Phase des Abends. Nach dem Ankerlichten stachen sie gewissermaßen in See, alles lief wie am Schnürchen.

Sie verzehrten die Amuse-Gueules und sprachen eine Weile über ihre kulinarischen Vorlieben, ein Thema, das selten seinen Zweck verfehlte. Beide wurden lockerer.

Dann kam Lillian auf das Segeln zurück. »Ich kenne ja nur die

Seen im Voralpenland«, meinte sie. »Du bist sicher schon mehr herumgekommen, oder?«

Luis legte los, sein Dinnerjackett verpflichtete. Er flunkerte ihr was von Fahrten in der Ägäis und anderen Teilen des Mittelmeers vor, von Hochseetörns im Nordatlantik und Katamaranen in der Karibik.

»Ist das nicht sehr gefährlich?«, fragte sie. »Da passieren doch auch Unfälle, oder?«

»Wenn man in einen Sturm gerät, wird's schon mal haarig. Vor Martinique ist der Blitz im Mast eingeschlagen, da wäre ich fast über Bord gegangen.«

Lillian machte große Augen. Das Bild von dem salzwassergetränkten Skipper, der einsam am Steuer stand und den Elementen trotzte, schien ihr zu gefallen.

Luis, ein Teufelskerl, der es mit einem Hurrikan aufnahm und dennoch stets auf die Sicherheit des Schiffes bedacht war – so wollte er gesehen werden. Mit dieser Masche warf er seine Netze aus, auf Dating-Portalen, Online-Partnervermittlungen, über Kontaktanzeigen in Zeitungen, in den Untiefen der sozialen Medien.

Er hatte gelernt, aus den Kürzestlebensläufen seiner Kandidatinnen das Wichtigste herauszulesen. Und da die meisten Lebensläufe sterbenslangweilig daherkamen – »ausgeglichene, realistische Frau mit Freude an einem gemütlichen Zuhause« –, konnte er mit der Hochsee-Nummer zuverlässig punkten. Akademikerinnen mied er, die waren oft launisch und kompliziert, häufig kannten sie gute Rechtsanwälte. Auch bei betont originellen Annoncen gingen bei Luis die Alarmglocken an. Wer nach einem »Astronauten für gemeinsamen Sonnenumlauf« Ausschau hielt oder einen »Wassermann zum Rückeneinseifen« suchte, schied von vornherein aus. Er hatte sich auf Bankkauffrauen, Pharmareferentinnen und Steuerfachangestellte eingeschossen, finanziell abgesichert, ohne Versorgungswünsche, gern auch »gut situierte, jung gebliebene« Rentnerinnen.

Luis war jederzeit bereit, sie auszunehmen wie Weihnachtsgänse und danach auf Nimmerwiedersehen zu verschwinden. Doch er war flexibel. Manche Inserate luden förmlich dazu ein, dass er Kontakt knüpfte. Eine »Fabrikantentochter« war von ihren Eltern auf den Markt geworfen worden, »feinfühlig, mit guten Manieren«. Luis hatte das scheue Wesen wirklich gerngehabt – und ihre Mitgift noch lieber. Eine »Golfspielerin mit schönem Haus und festen Absichten« bildete das Filetstück in seiner Sammlung: achtzehn schwungvolle, sorgenfreie Monate und eine Abfindung von 50.000 Euro. So ließ es sich leben, zumindest eine Zeit lang. Insofern passte Lillian mit ihrem ambulanten Pflegedienst in sein Beuteschema. Da war jede Menge Schotter zu holen.

Luis war ein Heiratsschwindler. Neuerdings sagte man auch Partnerschaftsbetrüger oder Romanzenschwindler dazu, es lief ja nicht immer auf eine Ehe hinaus. Nach § 263 StGB drohten ihm bis zu zehn Jahre Freiheitsstrafe, wenn er die Aussicht auf eine Liebesbeziehung vortäuschte. Bislang hatte ihn allerdings noch keines seiner Opfer angezeigt und vor Gericht gebracht. Das unschöne Wort »Opfer« benutzte er nie. Er fand, das Leben sei ein Geben und Nehmen, und er hatte ja einiges zu bieten, vor allem Empathie, die war selten. Als Beruf gab er »gehobene Position in der IT-Branche« an.

Der getrüffelte Wachtelspieß mundete. Lillian machte keine Geräusche beim Essen, kein Schmatzen oder Mahlen, so etwas schlich sich im Laufe der Jahre ein und war eher beziehungshemmend.

Zwischendurch fragte sie Luis über seine IT-Tätigkeit aus. Diesen Teil beherrschte er aus dem Effeff. Er warf mit technischen Begriffen um sich, stellte sich als unentbehrlich in seinem Job bei IBM dar. Nur ausnahmsweise habe er sich heute frei machen können. Jederzeit könne ein Anruf reinkommen, wenn Not am Mann war.

»Aber dann gehe ich einfach nicht ran. Nicht heute Abend. Nicht an unserem Abend.«

»Sehr weise«, sagte Lillian und legte ihre rechte Hand auf seine linke. Drückte sie leicht. »Ein Schlaganfall kommt schneller als gedacht. IBM ist nicht alles im Leben.«

IBM war das Zauberwort. Einerseits verbanden viele Leute damit ein lukratives Einkommen, zum anderen hatte Luis noch niemanden getroffen, der sich in der Unternehmensstruktur auch nur ansatzweise auskannte. Er musste nur »IBM« erwähnen, und keine Kandidatin wollte Details erfahren.

Nach dem Wachtelspieß wagte sich Lillian weiter vor. »Hast du irgendwelche Altlasten? Wegen deiner schmerzlichen Trennung?«

»Nein, ich lege Wert auf einen sauberen Schlussstrich.«

»Willst du darüber reden?«

»Nicht vor dem Hauptgang«, scherzte er. »Wäre doch schade um den Hummer.«

»Keine Kinder aus früheren Beziehungen?«

»Es hat nicht sollen sein.«

»Heißt das, du wirst das Fest der Liebe allein verbringen?«

»So wie es aussieht, ja.« Luis ließ es tapfer und etwas dünnhäutig klingen. Verletzlichkeit schadete nie, weckte Beschützerinneninstinkte.

Joe hatte vorhin das Stichwort gegeben. Fest der Liebe ... Wohl eher Fest der Verzweiflung. Wer jetzt allein war, hatte Angst, es auf ewig zu bleiben. Für Luis war es die einträglichste Zeit des Jahres. So gut wie alle seine vorgetäuschten Beziehungen bahnte er kurz vor den Feiertagen an. Und am Abend vor dem Heiligen Abend war seine Erfolgsquote sensationell.

»Wie ist es bei dir?«, fragte er. »An Weihnachten kommen bestimmt Erinnerungen hoch.«

»Darüber bin ich hinweg, danke für dein Mitgefühl.« Lillian zögerte. »Obwohl, manchmal ... Ich hab dir ja geschrieben, dass ich schon mal verheiratet war. Leider nicht besonders glücklich.«

»Möchtest *du* darüber reden?«

»Irgendwann einmal – aber nicht vor dem Hummer.«

Joe brachte das Plateau de Fruits de mer und stellte es in die Tischmitte. Austern, Jakobsmuscheln, Venusmuscheln, Langustinen, Scampi und ein prächtiger Hummer, alles auf einem Bett aus Seetang mit allerlei Soßen, Dips und einem Brotkörbchen. Beim Entkorken des Chardonnays nahm Joe neben Lillian Aufstellung, ein bisschen nach hinten versetzt. Bevor er die Kapsel entfernte, legte er den Zeigefinger an die Nase. Dann wies er zu dem Bereich des Restaurants, wo die Toiletten lagen.

Luis schloss die Augen, betont lange, und öffnete sie wieder zum Zeichen, dass er verstanden hatte. Anscheinend wollte Joe ihm eine wichtige Mitteilung machen, die für niemand anderen bestimmt war.

Der Weißwein floss funkelnd in die Gläser.

»Der sieht ja unwiderstehlich aus!«, jubilierte Lillian. »Auf neue Wege im neuen Jahr!«

Sie stießen wieder an, tranken und machten sich über die Krustentiere her. Die Qualität war wirklich erstklassig, Luis bereute es nicht, seine letzten finanziellen Reserven in die Waagschale zu werfen. Und als Lillian beiläufig ihr kleines Anwesen in Bogenhausen erwähnte, »beendete Ehen haben auch Vorteile«, schwante ihm, dass er im Begriff war, das große Los zu ziehen.

Dann fiel ihm Joes Fingerzeig ein. »Entschuldige, ich muss kurz raus.«

»Bleib nicht zu lange weg, sonst esse ich alles auf!« Lillian machte sich mit der Hummerzange zu schaffen.

»Bin gleich wieder da.«

Als Luis den Vorraum der Toiletten betrat, erwartete Joe ihn bereits. Viel Zeit blieb ihnen nicht.

Der Kellner vergewisserte sich, dass niemand zuhörte. »Haben Sie eine Ahnung, auf wen Sie sich da einlassen?«, raunte er Luis zu. »Diese Frau ist eine Schwarze Witwe.«

»Was soll das heißen?«

»Sie hat alle ihre Ex-Männer umgebracht, drei an der Zahl, einen Orthopäden, einen Richter und einen Bauingenieur.«

Luis blieb die Spucke weg. »Woher wissen Sie das?«

»Ich kenne Lillian, wir führen Buch über unsere Stammgäste. Bei manchen werde ich stutzig und forsche nach. Kleines Hobby von mir. Gelegentlich zahlt es sich aus.«

»Aber wenn sie ihre Gatten ermordet hat …«

»Die Polizei sieht da kein Land, Lillian macht es ganz geschickt. Eigentlich hilft sie nur nach. Wenn einer Leberprobleme hat, gibt's Alkohol in Strömen. Bluthochdruck? Dann sind stark salzige Gerichte fatal. Zucker …, Sie verstehen das Prinzip?«

»Und warum sagen Sie mir das?«

»Nur ein guter Rat – von Mann zu Mann. Natürlich nicht umsonst.« Joe hielt die Hand auf. »Und sagen Sie bloß nicht, dass Sie das von mir haben! Ich muss jetzt wieder an die Arbeit.«

Luis ließ einen weiteren Hunderter springen und ging pinkeln. Das waren ja ernüchternde Neuigkeiten. Sollte er einer Konkurrentin aufgesessen sein? Die weitaus skrupelloser und endgültiger vorging als er selbst?

Wasser lassen klappte nicht, er war viel zu aufgeregt. Also kehrte er in den Gastraum zurück. Und blieb wie angewurzelt stehen.

An ihrem Tisch beugte sich Joe gerade über Lillian und redete auf sie ein. Sie wirkte verblüfft, schockiert. Fragte nach. Schlug die Hände vors Gesicht. Machte schließlich einen Geldschein locker und steckte ihn Joe zu. Der verschwand in der Küche.

Lillian saß mit dem Rücken zu Luis, sie hatte ihn noch nicht bemerkt. Er ging nach draußen, um eine zu rauchen. Überlegte. Suchte nach einer Erklärung.

Joe schien eine Doppelstrategie zu fahren. Wollte er sie beide erpressen? Er stellte Recherchen an, aus denen er Kapital zu schlagen versuchte. Kellner bekamen unglaublich viel von den Gästen mit, wenn sie es darauf anlegten. Und wenn sie dann noch gezielt weiterschnüffelten …

Luis gesellte sich wieder zu Lillian. Zum ersten Mal entschied er sich für Aufrichtigkeit. »Hallo, Schwarze Witwe.«

»Wie bitte?«

»Joe hat mir alles erzählt. Über dich und deine Männerriege, leider tragisch verstorben – woran du nicht ganz unschuldig warst.«

Ertappt riss Lillian den Mund auf. Sie rang um Worte. Dann begriff sie und lächelte raubtierhaft. »Hallo Heiratsschwindler. Über deine ausgenommenen Weihnachtsgänse habe ich gerade auch viel erfahren. Ich sollte wohl die nächste sein?«

Luis zuckte mit den Schultern. »Wahrscheinlich hättest du mich bald durchschaut. Berufsrisiko. Wir wären wieder unserer Wege gegangen und Ende.«

Sie schwiegen eine Weile und belauerten sich über die Gläser hinweg. Versuchten, die neue Situation zu analysieren. Beide waren aufgeflogen, es herrschte eine Art Patt.

»Joe ist verdammt clever«, sagte Lillian schließlich. »Er spielt uns gegeneinander aus.«

»Aber was bezweckt er damit?«

»Das wird er uns bestimmt noch sagen.«

»Sind wir jetzt Feinde?«, fragte Luis.

»Warum das denn?«, gab Lillian zurück. »Nein, wir sind Kollegen.«

»Dann ist das hier ein … Arbeitsessen?« Er grinste.

»Kannst du aber nicht von der Steuer absetzen.«

Sie lachten aus vollem Hals, die anderen Gäste schauten pikiert. Nach einer Weile setzten sie das Mahl fort. Von den Meeresfrüchten ließen sie nur die Schalen übrig. Die Austern schlürften sie als Letztes aus.

Joe räumte ab. »Alles zur Zufriedenheit? Madame? Monsieur?«

»Wir fühlen uns hervorragend betreut«, sagte Luis. »Auch umfassend informiert. Sie sind sehr zuvorkommend.«

»Zum Nachtisch ein Sauternes?«

»Bringen Sie uns den besten, den Sie haben!«, verlangte Lillian.

»Mit Vergnügen.«

»Und lassen Sie uns nicht zu lange aufs Dessert warten. Wir haben heute noch einiges vor.« Ein laszives Grinsen Richtung Luis. »Das Fest der Liebe steht bevor, nicht wahr?«

Joe dienerte brav und schob ab.

Luis nickte anerkennend. »Auf Konfrontation gehen – nicht die schlechteste Taktik. So tun, als seien uns seine schmierigen Nachforschungen völlig egal.«

»Was kann er schon in der Hand haben? Das sind doch nur Spekulationen, keine Beweise. Joe hat uns ausgespäht und seine Schlüsse gezogen, nichts weiter. Zum Erpressen reicht das nicht.«

»Meinst du wirklich?«

»Ich weiß, wie es ist, unter Verdacht zu stehen, spätestens nach dem Ableben von Nummer drei, da wurden die Kriminaler stutzig. Aber ich bin keine blutige Anfängerin. So leicht lasse ich mich nicht festnageln.«

»Ganz der Profi.«

»Wir sollten uns gegen Joe verbünden. Reicht man solchen Typen den kleinen Finger ...«

»Also keine weiteren Zugeständnisse?«

Lillian hob ihr Weinglas. »Genießen wir den Abend. Feiern wir so etwas wie eine Fusion.«

»Eine Fusion?«, wunderte sich Luis. »Ich finde, du hast einiges mehr auf dem Kerbholz als ein harmloser kleiner Betrüger wie ich.«

»*Du* brichst reihenweise Herzen und lässt sie zertrümmert zurück«, widersprach sie. »Liebesleid, das kann ein Tod auf Raten sein. Manch eine bringt sich nach so einer Enttäuschung um. Ich dagegen schenke den Herzen Ruhe.«

»Die ewige Ruhe. Aber ich schenke den Herzen Mitgefühl und Verständnis, das kriegen sie sonst nirgendwo.«

»Hast du eine Ahnung, was ich alles für meine Männer getan habe! Mitgefühl und Verständnis waren noch das Geringste. Die kamen garantiert auf ihre Kosten. Außerdem wären sie in absehbarer Zeit ohnehin in die Grube gefahren, auch ohne mein Zutun.«

»Deshalb hast du mich auf Krankheiten ausgequetscht.«

»An deinem Atem merke ich, dass du rauchst. Wäre ein Pluspunkt.«

»Ich habe meine Partnerinnen wirklich geliebt!«

»Ich meine Männer auch!«

»Zumindest ein bisschen.«

»Ich auch.«

»Na gut.« Luis stieß mit Lillian an. »Fusionieren wir. Für diesen Abend.«

»Vielleicht auch für diese Nacht? Das haben wir uns auf den Schreck doch verdient.« Sie schlüpfte aus einem ihrer High Heels und rieb ihren Fuß an seiner Wade.

»Von dir kann ich noch was lernen.«

»Aber sicher.«

Sie tranken den Rest des Chardonnays aus.

Kaum hatten sie die Gläser abgesetzt, kam das Dessert.

»Earl Grey Panna Cotta mit Mangoragout für Madame«, sagte Joe. »Und die Schaumrolle von Kakaolikör mit Beeren für Monsieur. Guten Appetit! Wer weiß, wann Sie wieder zu einem Besuch in einem komfortablen Hause wie dem unseren kommen werden ...«

»Sie verwöhnen uns!«, schwärmte Lillian.

»Und Ihre Witze sind einfach wunderbar«, fügte Luis hinzu.

In Windeseile holte Joe den Sauternes, eine kleine Flasche edelsüßen Weißweins, dazu passende Gläser. »Natürlich ein Château d'Yquem«, sagte er beim Entkorken.

»Ich frage ungern«, begann Luis. »Aber was wird denn auf der Rechnung stehen?«

»Die ist noch offen.«

»Zum Glück war ich heute noch auf der Bank.« Lillian holte ihren Geldbeutel aus der Handtasche und schaute demonstrativ nach. Das Fach für Scheine war mit grünen und gelben prall gefüllt. »Hoffentlich reicht das?«

»Wenn Sie beide zusammenlegen ...«, meinte Joe und schenkte den Sauternes ein.

»Überhaupt kein Problem.« Luis klopfte gegen die Innentasche seines Dinnerjacketts.

»An Geschenken sollte man nicht sparen, nicht zum –«

»Fest der Liebe!«, ergänzten Luis und Lillian im Chor.

»Genau.« Joe zog sich wieder zurück.

Der Wachtelspieß war nur ein Appetizer gewesen, und das Plateau de Fruits de mer machte, so spektakulär es auch wirkte, nicht richtig satt. Der Heiratsschwindler und die Schwarze Witwe vertilgten den Nachtisch also mit einer gewissen Gier. Dazu schmeckte der Château d'Yquem ganz vorzüglich.

Auf halber Strecke tauschten sie die Teller.

»Dass wir Joe Schweigegeld zahlen, war nur ein Bluff, oder?«, fragte Luis. »Hast du seine Stielaugen gesehen?«

Lillian stieß höhnisch die Luft aus. »Der kriegt keinen Cent von mir.«

»Er denkt, er hätte uns am Haken.«

»Da muss er früher aufstehen.«

»Wollen wir uns die Zeche teilen?«, versuchte es Luis in Anbetracht seiner maroden Finanzen.

»Das wäre nur fair«, stimmte Lillian zu und füßelte wieder. Ihre Zehen krabbelten seinen Oberschenkel hoch. »Nachher können wir noch viel mehr teilen. Keine Angst, ich werd dich schon nicht gleich im Schlaf strangulieren.«

»Dann bin ich ja beruhigt.«

»Wie viele Weihnachtsgänse hast du schon gehabt?«

»57«, erwiderte Luis prompt. »Das sind aber nur die, bei denen es über einen Monat gedauert hat. Den Rest zähle ich nicht mit.«

»Du bist ja ein ganz Schlimmer!« Lillian pfiff durch die Zähne. »Ich bin meinen Männern immer treu. Bis in den Tod.«

»Und in der Zeit zwischen deinen Ehen? So wie jetzt?«

»Da teste ich meinen Marktwert.«

»Sehr wichtig in unserem Geschäft«, pflichtete Luis bei.

Während sie sich unterhielten, verputzten sie den Rest des Desserts. Mit dem Sauternes spülten sie die Panna Cotta und die Schaumrolle hinunter.

Joe rollte einen gut bestückten Servierwagen herbei. »Fromages?«, fragte er.

»Avec plaisir!«, antwortete Lillian.

»Und später Espresso«, sagte Luis.

Joe deckte die leeren Teller ab und übergab sie einem vorbeieilenden Kollegen. »Die kommen sofort in die Spüle!«, flüsterte er ihm zu. »Zack, zack!« Dann widmete er sich wieder seinen beiden Gästen. Gestenreich präsentierte er die Käseauswahl. »Alors, hier haben wir einen Caciocavallo di Bufala, zwölf Monate in Höhlen gereift, aus Büffelmilch.«

Lillian konnte sich den Kalauer nicht verkneifen. »Gut gereift sind wir ja, im Gegensatz zu Ihnen. Sie kommen mir noch ein bisschen grün hinter den Ohren vor. Unerfahren.«

»Das täuscht.«

»Unsere besten Jahre liegen noch vor uns!«, stellte Luis fest.

Joe wiegte zweifelnd den Kopf. »Dann hätten wir den Kraftkar, einen norwegischen Blauschimmelkäse. Ein echter Kraftkerl, wie der Name schon sagt.«

»Einen Kraftkerl brauche ich heute unbedingt noch«, hauchte Lillian. »Oder auch zwei. Stehen Sie zur Verfügung, Joe? Drei ist eine magische Zahl …«

Unbeirrt fuhr Joe fort: »Des Weiteren Banon aus der Provence, ein Ziegenkäse im Kastanienblatt. Oder Würchwitzer Milbenkäse, ein Käse, der lebt. Besonders empfehlen kann ich den Ossau-Iraty mit einem Klacks Kirschmarmelade.«

»Schon gut, wir nehmen alles, was Sie empfehlen«, sagte Luis.

»Wir vertrauen Ihnen grenzenlos.« Lillians Stimme triefte vor Spott.

»Sehr wohl.« Joe stellte zwei Teller zusammen und kredenzte sie. Über seinem Käsevortrag waren einige Minuten verstrichen. Er schaute sich um. Die Tische in Hörweite waren nicht mehr besetzt, das Restaurant hatte sich fast vollständig geleert, es gab keine Zeugen. »Darf ich offen sprechen?«

»Nur zu!«, forderte Luis ihn auf.

Leise, aber durchaus verständlich fuhr er fort: »Das ist mein letzter Tag hier in München. Heute Nacht fliege ich nach Kuba und lasse alles hinter mir.«

»Schön für Sie«, sagte Lillian.

»In einem der beiden Desserts war ein geruch- und geschmackloses Gift. Aus Kolumbien, hab's mir via Internet besorgt und mit einer Spritze injiziert. Ich dachte: Gib ihnen eine Chance. Lass den Zufall entscheiden. Müssen ja nicht gleich beide sterben.«

Luis und Lillian erstarrten.

»Aber Sie haben die Teller getauscht, stimmt's? Na ja, das war dann wohl Schicksal.«

»Oh mein Gott!« Lillian schlug die Hand vor den Mund.

»Was reden Sie da?«, wollte Luis wissen.

»Stammt von einem seltenen Frosch, ein Hautsekret.« Joe stützte die Hände auf dem Tisch ab und beugte sich vor. »Wirkt rasend schnell, binnen weniger Minuten tödlich. Sinnlos, einen Krankenwagen zu rufen. Und die Teller mit den Resten der Desserts müssten jetzt schon gespült sein. Die Polizei wird keine Beweise finden.«

»Aber … warum?« Luis rang um Worte.

Lillian konnte es nicht glauben. »Was haben Sie für ein Motiv?«

»Zum Beispiel könnte ich der Bruder einer der vielen Frauen sein, die Sie, Luis, abgezockt und sitzen gelassen haben. Einer Frau, die sich aus Kummer das Leben nahm. Oder es einfach nicht mehr gepackt hat, die Scham und die Erniedrigung zu ertragen. Das wäre doch möglich.«

»Möglich wär's«, sagte Luis.

»Oder ich könnte ein Bekannter eines Mannes sein, dessen Tod Sie, Lillian, mit diskreten Mitteln beschleunigt haben. Nicht nur ein Bekannter, sondern der verlorene, enterbte Sohn? Oder der geheim gehaltene, schwule Lover? So was kommt vor.«

»Das kommt schon mal vor«, sagte Lillian.

»Aber ich bin nichts dergleichen.« Joe richtete sich wieder auf.

»Was sind Sie dann?«, platzte es aus Luis hervor. »Warum wollen Sie es uns heimzahlen? Wir haben Ihnen doch gar nichts getan!«

Lillian brach der Schweiß aus. »Sind Sie so ein … Psychopath, der seine Moral über die aller anderen stellt? Ein Gerechtigkeitsfanatiker?«

»Oder packen Sie gleich ein Gegengift aus, wenn der Preis stimmt?« Luis klammerte sich an einen Strohhalm.

Lillian zückte ihr Handy. »Wie viel wollen Sie? Ich weise den Betrag sofort an.«

Joe schüttelte langsam den Kopf. »Ich kann einfach nur keine miesen Schweine leiden.« Er lächelte. »Aber Sie haben ja Espresso bestellt. Den bringe ich Ihnen noch.«

Er drehte sich um und schickte sich an, zur Kaffeemaschine zu gehen.

»Stehen bleiben!« Luis sprang auf.

»Warten Sie!«, schrie Lillian.

Bevor sie ihm folgen konnten, fing es an. Die beiden griffen sich an den Hals, ächzten, würgten. Das Dinnerjackett war in Sekundenschnelle nicht mehr elfenbeinfarben. Und das kleine Schwarze wurde zu einem kleinen Braunen.

Auch Joe konnte bluffen. Er hatte ihnen kein Gift verabreicht, sondern nur ein Brechmittel. Luis und Lillian kotzten im Strahl, sie reiherten sich die Seele aus dem Leib. Es spritzte überallhin. Binnen Kurzem verwandelte sich ihr Tisch in ein Schlachtfeld.

Man würde es den Austern zuschreiben. Die waren wohl nicht mehr ganz frisch gewesen.

Nach Kuba flog Joe trotzdem dank seiner aufgebesserten Finanzen. Weihnachten unter Palmen, das hatte was. Und das Restaurant würde an Silvester für immer seine Pforten schließen. Der langjährige Küchenchef ging in Rente, und es gab keinen Nachfolger aufgrund der hohen Kosten für eine Grundsanierung. Der Kult fand ein Ende.

Keiner von ihnen starb. Nicht heute.

Alex Wagner

Ein altmodischer Mord

Wien

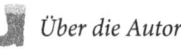 *Über die Autorin:*

Alex Wagner lebt in der Nähe von Wien, im Schatten einer alten Burgruine, wo man sich die schönsten Morde ausdenken kann. Sie schreibt zeitgenössische und historische Krimis, in denen meist Amateurschnüffler ermitteln. Zu ihren Detektivromanen lässt sie sich am liebsten von Agatha Christie und anderen »Golden Age«-Autoren inspirieren.

23. Dezember, Wiener Innenstadt, Buchhandlung St. Stephan

»Ist die Bestellung von Frau Falkenberg schon vollständig?«, wandte ich mich an Magda, meine erfahrenste Mitarbeiterin. Es war bereits kurz vor Ladenschluss.

Sie löste ihren Blick vom Computer, der auf der Beratungstheke stand – wo sie gern auch mal privat im Internet surfte, wenn wenig zu tun war. »Alles schon da, Frau Fuchs«, erwiderte sie mir. »Wollte Frau Falkenberg nicht heute vorbeikommen und die Bücher abholen? Lesestoff für die Weihnachtsfeiertage?«

Ja, das wollte sie. Jedenfalls hatte sie uns das bei der Bestellung mitgeteilt. »Packen Sie mir die Bücher ein, Magda«, sagte ich kurzerhand. »Ich will sowieso noch einen kleinen Spaziergang machen. Mir unseren Weihnachtsmarkt ansehen. Da kann ich ihr die Bestellung auch gleich vorbeibringen.«

Unser Weihnachtsmarkt, das waren eine Handvoll Hütten, die sich seitlich neben dem Stephansdom auffädelten. Da gab es noch altmodisches Kunsthandwerk, köstliche Lebkuchen, Kerzenkunst aus Bienenwachs und handgemachte Christbaumkugeln. Genau das Richtige, damit sich bei mir vielleicht doch noch so etwas wie Weihnachtsstimmung einstellte. Ich gehörte ansonsten zu den Menschen, die um den 24. Dezember nicht allzu viel Aufhebens machen.

Ich sah zu, wie Magda die Bücher für Frau Falkenberg in einer Einkaufstasche mit unserem Logo verschwinden ließ. Es waren fünf Krimis von der altmodischen Sorte. Agatha Christie und Ähnliches. Frau Falkenberg liebte diese Art von Romanen fast so sehr wie ich selbst. Obendrauf packte Magda allerdings noch zwei

Liebesromane. Das war neu. Fühlte Emma Falkenberg sich einsam? Oder wollte sie einfach bloß mal eine Abwechslung von Verbrechen und Mord?

Ich las die Titel auf den Buchrücken. Die Romane stammten von einer Bestsellerautorin, die ziemlich keusche Liebesgeschichten schrieb. *Genau das Passende für Frau Falkenberg,* ging es mir durch den Kopf. Die Kundin hatte bereits die siebzig überschritten, und welcher meiner Mitarbeiter sie auch beraten haben mochte, hatte ihr Gott sei Dank weder eine Vampirromanze noch ein Werk vom Typ »Millionär versohlt unbedarfter Jungfrau den Hintern und erobert damit ihr Herz« empfohlen, die aktuell so beliebt waren.

Ich schlenderte über den kleinen Adventmarkt neben dem Dom, gönnte mir einen Glühwein und inspizierte das Angebot in den hölzernen Buden. Bis zum 21. Dezember hatte es wochenlang geschneit, doch ausgerechnet in den letzten Tagen wurde Wien von einer Warmluftfront heimgesucht, und die ganze winterliche Pracht war dahingeschmolzen. Weiße Weihnachten würde es heuer definitiv nicht geben. Sehr unromantisch, aber das war nicht zu ändern.

Emma Falkenberg bewohnte gemeinsam mit ihrem Ehemann eine weitläufige Wohnung am Graben, Wiens schönster und vielleicht teuerster Fußgängerzone. Prächtige Paläste und Häuser des Großbürgertums aus dem 19. Jahrhundert säumten die Straße, die mehr wie ein weitläufiger Platz anmutete. In den Läden im Erdgeschoss waren Nobelboutiquen, Juweliere und Bankhäuser eingemietet. Die Falkenbergs waren sehr vermögende Leute, obwohl ich nie erfahren hatte, womit sie ihr Geld verdient hatten.

Als ich auf den Eingang des altehrwürdigen Wohnhauses zusteuerte, wurde plötzlich das Haustor aufgerissen, und zwei Polizeibeamte in Uniform stürmten heraus. Beinahe hätten sie mich niedergerannt. Dicht hinter ihnen folgte ein Mann, den ich wohl inzwischen einen guten Bekannten nennen darf: Chefinspektor Darius Bernsdorff.

Die Beamten schwärmten aus, schienen jemanden unter den Passanten zu suchen, die am Graben flanierten. Bernsdorff blickte sich um, blieb jedoch stehen.

Er erkannte mich ebenso schnell wieder, wie ich mich an ihn erinnert hatte. Er war ein athletisch gebauter Mann mit einem gut aussehenden, kantigen Gesicht. Jetzt jedoch war es in sichtlichem Zorn verzerrt.

»Sie hier, Frau Fuchs?«, knurrte er. »Was wollen Sie? Kaum ist die Leiche kalt, sind Sie schon wieder am Schnüffeln?«

»Die *Leiche*?«, wiederholte ich ungläubig. Ich hob die Einkaufstasche mit den Büchern hoch. »Ich wollte bloß eine Bestellung ausliefern. Ein paar Krimis an Frau Falkenberg im Dachgeschoss. Ihr ist doch nichts zugestoßen?«

Bernsdorff maß mich mit stechendem Blick. »Ihr Ehemann wurde ermordet. Aber das wissen Sie bestimmt längst.«

»Ach du liebe Güte!« Ich schwor ihm, dass mir das gänzlich neu war, doch natürlich glaubte er mir nicht.

Ulrich Falkenberg, der besagte Ehemann, war seit gut einem Jahr ein Pflegefall. Nach einem Autounfall war er schwerbehindert und bettlägerig. Emma, seine Gattin, kümmerte sich aufopferungsvoll um ihn, auch wenn sie kürzlich eine Vollzeitpflegekraft eingestellt hatte. Sie hatte es bei einem ihrer Besuche in der Buchhandlung erwähnt. Früher war auch Herr Falkenberg ein treuer Kunde bei mir gewesen. Ich erinnerte mich noch gut an ihn. Und jetzt sollte er ermordet worden sein?

Einer der uniformierten Beamten kam zurückgelaufen und sprach den Chefinspektor an. »Keine Spur von ihr, tut mir leid. Sie ist uns entwischt. Und hier mit all den U-Bahn-Linien in unmittelbarer Nähe ...« Er schüttelte den Kopf. »Ich gebe die Fahndung raus, ja?«

Bernsdorff nickte.

»Die Mörderin konnte entkommen?«, schlussfolgerte ich.

Der Chefinspektor kniff die Augen zusammen und musterte mich abschätzig. »Sie wissen doch, dass ich nicht über eine laufende Ermittlung spreche. Schon gar nicht mit Ihnen.«

»Ist ja schon gut«, sagte ich. Warum war der Mann eigentlich immer so unfreundlich zu mir? Ich war ihm bereits bei einigen früheren Mordfällen über den Weg gelaufen, in die ich – wie soll man es ausdrücken? In die ich hineingestolpert war. Ja, das trifft es am besten. Bei diesen Gelegenheiten hatte ich feststellen müssen, dass ich nicht bloß gern Krimis lese und verkaufe, sondern auch ein großes Interesse an echten Kriminalfällen habe. Ja, mehr noch, ich darf wohl bei aller Bescheidenheit sagen, dass ich auch ein gewisses Talent mitbringe, sie zu lösen. Darius Bernsdorff, der seine Teammitglieder stets freundlich und charmant behandelte, schien eine persönliche Abneigung gegen mich zu haben.

»Ein Jammer, dass es nicht mehr schneit«, sagte ich.

»Wie bitte?«, erwiderte er irritiert.

»Na ja, wenn wir weiße Weihnachten hätten, dann hätte Ihre Mörderin Spuren vor dem Haus hinterlassen. Im Schnee. Das hätte ihre Verfolgung bestimmt erleichtert.«

Bernsdorff brummte etwas Unverständliches.

Ich hob erneut das Büchersackerl hoch. »Darf ich hinauf zu Frau Falkenberg?«

»Ich glaube kaum, dass sie jetzt irgendeinen zweitklassigen Krimi lesen will«, gab der Inspektor zurück, »aber bitte, tun Sie, was Sie nicht lassen können. Sie ist im Wintergarten, dort können Sie ihr gern Gesellschaft leisten. Der Rest der Wohnung ist tabu für Sie, verstanden? Ich muss erst die Spurensicherung durchschicken.«

Er begleitete mich zurück ins Haus, wo wir gemeinsam auf den Aufzug warteten.

Wir standen schweigend vor dem Liftschacht, da sagte Bernsdorff plötzlich: »Die Pflegerin hat ihn ermordet! Sie werden es ja sowieso aus der armen Witwe herausquetschen. Da können Sie es auch gleich von mir erfahren. Raffiniertes Luder, irgend so eine Tussi. Hat versucht, es wie einen Herzinfarkt aussehen zu lassen, doch zum Glück arbeiten in unseren Spitälern mitunter fähige Ärzte. In Wahrheit hat sie ihn erstickt. Vermutlich ein Kopfkissen vors Gesicht, man kennt das ja. Aber sie wird nicht damit durchkommen. Wir kriegen sie, das schwöre ich Ihnen! Und diesmal ganz ohne Ihre Häkelkrimi-Methoden. Mithilfe *moderner* Kriminaltechnik. Verlassen Sie sich drauf!«

»Natürlich werden Sie sie kriegen«, sagte ich respektvoll. Soweit ich es beurteilen konnte, war Darius Bernsdorff ein fähiger und höchst engagierter Inspektor. Ich hätte nur allzu gern mit ihm zusammengearbeitet, wie das in manchen meiner Lieblingskrimis der Fall war. Eine unabhängige Schnüfflerin, ein schneidiger Kriminalbeamter – das perfekte Gespann. Erst beruflich … und dann irgendwann einmal auch privat?

Ich schüttelte unwillkürlich den Kopf. Was waren das für seltsame Gedanken?

Als ich Bernsdorff in der beengten Liftkabine gegenüberstand, wagte ich einen Vorstoß. Auch wenn ich tatsächlich nur ein paar Bücher hatte ausliefern wollen – jetzt war meine Neugier geweckt. Und mein Ehrgeiz! Ich musste diesem Mann ein für alle Mal beweisen, dass meine Häkelkrimi-Methoden, wie er sie nannte, keineswegs so altmodisch und nutzlos waren, wie er immer tat.

Ich setzte meine schönste Unschuldsmiene auf. »Ich kann mich natürlich bei der armen Witwe nach dem Tathergang erkundigen, Herr Chefinspektor«, begann ich vorsichtig, »aber Sie könnten mir bestimmt eine kurze und ähm, effiziente Zusammenfassung geben. Nicht wahr? Das verstößt doch gegen keine Richtlinien.«

Bernsdorff brummte übellaunig, doch plötzlich brach er in

schallendes Gelächter aus. »Sie sind wirklich eine Type, Frau Fuchs. Aber von mir aus. Vorher geben Sie ja doch keine Ruhe, hm?«

Ich lächelte verlegen.

Während der Aufzug, der noch aus dem vorigen Jahrhundert stammte, im Schneckentempo aufwärtskroch, lieferte Bernsdorff mir also die Fakten:

Die Pflegerin der Falkenbergs, eine gewisse Tatjana Sorokin – womöglich nicht ihr richtiger Name, jetzt im Nachhinein betrachtet –, hatte am gestrigen Abend gegen 19 Uhr den Notarzt angerufen. Als die Ambulanz eintraf, war Ulrich Falkenberg bereits tot gewesen, wurde aber trotzdem ins Spital gebracht – und dort post mortem gründlich untersucht. Kein Herzinfarkt, sondern Tod durch Ersticken, stellte sich heraus.

»Deswegen hat das Krankenhaus uns eingeschaltet«, sagte Bernsdorff. Und ich habe – mit ein paar Beamten – Frau Falkenberg heute einen Besuch abgestattet. Die Pflegerin öffnete uns die Tür, ließ uns im Wintergarten Platz nehmen und versprach, ihre Dienstgeberin zu holen. Im Gespräch mit Frau Falkenberg, die natürlich als Gattin erst einmal unsere Hauptverdächtige war, fiel der Verdacht dann rasch auf die Sorokin. Wir erfuhren nämlich, dass Frau Falkenberg gestern zur Tatzeit gar nicht zu Hause war. Sie besuchte den Weihnachtsmarkt am Rathausplatz – und erhielt dort einen Anruf von besagter Pflegerin. Herr Falkenberg habe einen Herzinfarkt erlitten, ließ die Sorokin sie wissen. Der Notarzt sei alarmiert.«

»So lag es natürlich nahe, die Pflegerin zu verdächtigen«, sagte ich. »Doch was hatte sie für ein Motiv, ihren Patienten zu töten? Herr Falkenberg war ein sehr umgänglicher Mensch, wenn ich das sagen darf.«

»Das finden wir schon raus, keine Angst«, erwiderte Bernsdorff.

»Natürlich«, sagte ich – und konnte mir ein Grinsen nicht verkneifen. »Mit Ihren modernen Methoden ...«

Er steckte die kleine Spitze weg, als habe er sie gar nicht gehört. »Na jedenfalls: Als wir dann mit der Pflegerin reden wollten, war diese plötzlich verschwunden. Sie muss aus der Wohnung geflohen sein, während wir mit Frau Falkenberg sprachen. Unser Auftauchen hat ihr wohl klargemacht, dass ihre Tat entdeckt worden war, und sie gut daran tat, sich aus dem Staub zu machen.«

»Daraufhin stürmten Sie und Ihre Männer auf die Straße hinunter – wo wir uns trafen«, vollendete ich den Bericht für ihn.

Er nickte grimmig.

Als ich den Wintergarten betrat, saß eine jüngere Polizeibeamtin bei Frau Falkenberg und hatte ihr die Hand um die Schultern gelegt. Die Witwe hatte rot geweinte Augen, schien aber entschlossen, tapfer gegen eine neue Tränenflut anzukämpfen. Als sie mich sah, freute sie sich sehr über mein Auftauchen. Ich stellte meine Büchertüte achtlos in eine Ecke – das war jetzt wirklich nicht wichtig – und gab der Polizeibeamtin zu verstehen, dass ich mich um Frau Falkenberg kümmern würde. Bernsdorff bestätigte ihr mit einem Kopfnicken, dass das in Ordnung ging.

»Sie haben nichts dagegen, dass wir uns gründlich in der Wohnung umsehen, nicht wahr?«, wandte er sich an die Witwe. »Die Spurensicherung ist auch bereits auf dem Weg. Wo finden wir das Zimmer dieser Pflegerin?«

Emma Falkenberg gab bereitwillig ihre Zustimmung und erklärte Bernsdorff den Weg.

Während der Chefinspektor auf die Spurensicherung wartete und dann das Zimmer der Pflegerin und auch dasjenige des Ermordeten auf den Kopf stellen ließ, sprach ich mit Emma Falkenberg im Wintergarten. Es schien ihr gutzutun, sich die schrecklichen Geschehnisse von der Seele zu reden. Ich erfuhr allerdings nichts, was ich nicht schon im Lift gehört hätte.

Nach einer knappen Stunde läutete es an der Wohnungstür. Kurz darauf führte die junge Kriminalbeamtin einen älteren Mann herein. Er stellte sich mir als Jonas Wendig vor, ein Bekannter von Emma Falkenberg, wie er sagte.

Er nahm auf der anderen Seite von Emma Platz und wirkte sehr besorgt um sie. Er versprach, dass er ihr beistehen würde, in den dunklen Tagen, die vor ihr lägen. Eine sehr biblische Formulierung, wie ich fand, die noch dadurch bestätigt wurde, dass er gleich darauf Emmas Hand ergriff und ein Gebet zu sprechen begann.

Kurz darauf tauchte Bernsdorff im Wintergarten auf. In seinen behandschuhten Fingern hielt er eine Plastikhülle mit einem handbeschriebenen Blatt Papier. »Hier haben wir das Motiv«, verkündete er in triumphierendem Tonfall. »Haben Sie davon gewusst, Frau Falkenberg?«

Bei dem Papier handelte es sich um ein Testament, das der Ermordete eigenhändig verfasst zu haben schien. Emma bestätigte, dass sie die Handschrift ihres Gatten wiedererkannte.

»Bei einem eigenhändigen Testament braucht man noch nicht einmal Zeugen«, informierte uns der Chefinspektor. »Es wäre also in dieser Form gültig. Entweder es ist eine geschickte Fälschung, oder die Sorokin hat das Opfer umgarnt und ihn zu diesem Schritt gebracht. Egal, sie wird keinen Euro sehen!«

Die Pflegerin sollte laut diesem Testament die Hälfte von Ulrich Falkenbergs Vermögen erben. Der Rest ging an Emma. »Sehr clever«, kommentierte Bernsdorff. »Hundert Prozent schienen ihr dann wohl doch zu unglaubwürdig zu sein.«

24. Dezember

Ich hatte die halbe Nacht wach gelegen und über den Mord an Ulrich Falkenberg nachgegrübelt. Schließlich war ich aus dem Bett gesprungen und in meine kleine, aber in puncto Kriminalliteratur bestens bestückte Bibliothek geeilt. Dort blätterte ich mehrere Romane durch, an die ich im Verlauf des gestrigen Abends bei Emma Falkenberg hatte denken müssen.

Jetzt war es zehn Uhr morgens, und ich fühlte mich wie gerädert. Aber ich war auch zu einem Schluss gekommen: Darius Bernsdorff würde diesen Kriminalfall nicht ohne meine Hilfe – ohne meine Häkelkrimi-Methoden – lösen. Ich musste ihm unter die Arme greifen.

Ich wählte seine Handynummer, die er mir leichtsinnigerweise bei einem unserer früheren Fälle verraten hatte. Er nahm nach dem zweiten Läuten ab.

»Frau Fuchs?« Er klang überrascht.

»Ich wünsche Ihnen schöne Weihnachten«, sagte ich rasch, von plötzlicher Verlegenheit übermannt.

Doch dann nahm ich mich zusammen. *Die Welt gehört den Mutigen,* sagte ich mir. »Wie läuft es denn mit den Ermittlungen, lieber Herr Chefinspektor? Gehe ich recht in der Annahme, dass Sie im Zimmer der verdächtigen Pflegerin keine brauchbaren Spuren gefunden haben? Keine Fingerabdrücke oder verwertbare DNA …«

Für einen Moment wurde es still in der Leitung. Dann sagte der Inspektor: »Woher wissen Sie das denn?« Er klang ehrlich erstaunt.

Jetzt war der Moment gekommen, in dem ich alles auf eine Karte setzen musste. »Ich habe eine Idee, wie Sie Ihre Mörderin vielleicht doch noch schnappen können«, sagte ich.

Am Abend des gleichen Tages klingelte ich unangekündigt bei Emma Falkenberg am Haustor. Wieder war ich mit einer Tüte meiner Buchhandlung bewaffnet, auch wenn sie diesmal nur einen einzigen Roman enthielt.

Wie ich gehofft hatte, war Emma an diesem Weihnachtsabend allein zu Hause. Aus unseren gelegentlichen Plaudereien, wenn sie in mein Geschäft kam, wusste ich, dass sie, abgesehen von ihrem Ehemann, keinerlei Verwandtschaft mehr hatte und auch keinen echten Freundeskreis pflegte. *Was man als Buchhändlerin so alles über seine Kunden erfährt,* ging es mir – nicht zum ersten Mal – durch den Kopf.

Frau Falkenberg führte mich in einen Salon, wo ein behaglicher Kachelofen Wärme spendete. Kaum hatten wir Platz genommen, entschuldigte ich mich mit einem dringenden Gang zur Toilette. »Blase wie ein Wellensittich«, murmelte ich verschämt.

Als ich zu ihr zurückkehrte, dankte sie mir überschwänglich. »Das ist aber wirklich nett von Ihnen, Frau Fuchs, dass Sie nach mir sehen. Und neuen Lesestoff haben Sie mir auch mitgebracht?« Sie deutete mit dem Kopf auf die Einkaufstüte, die ich neben mir abgestellt hatte.

Ich nickte und zog das Buch heraus. »Es ist ein ganz besonderes Angebot, das ich für Sie habe.«

Sie nahm das Buch überrascht entgegen. »Ein Liebesroman?«, fragte sie.

»Oh ja. Eine sogenannte *Christian Romance,* wie die Amerikaner es nennen. Der Roman handelt von zwei älteren Protagonisten, die über ihren Glauben zusammenfinden. Und das Buch kostet Sie nur zwanzigtausend Euro.«

Emmas Gesichtszüge verhärteten sich. »Wie bitte? Wollen Sie mich auf den Arm nehmen, Frau Fuchs?«

»Nicht doch«, erwiderte ich. »Ich finde, das ist ein angemessener Preis für Ihr Glück.«

Emma Falkenberg wollte aufstehen. »Ich denke, Sie sollten jetzt lieber gehen. Ich bin wirklich nicht zu albernen Scherzen aufgelegt.«

Ich blieb, wo ich war – und begann erneut zu sprechen: »Ich muss schon sagen, Frau Falkenberg, ich bin enttäuscht von Ihnen. Nach all den Krimis, die Sie schon bei mir gekauft haben, ist Ihnen nichts Originelleres für den Mord an Ihrem Mann eingefallen, als die Tat einer erfundenen Figur anzuhängen? Das ist doch wirklich ein alter Hut. Mir fallen spontan mindestens vier Romane und sieben Kurzgeschichten ein, die sich desselben Tricks bedienen. Die Mörderin, die nie existiert hat und daher niemals gefunden werden kann – die gibt es bei Sherlock Holmes, bei Poirot ...«

»Was erlauben Sie sich, Sie wollen doch nicht andeuten –«

»Oh doch, das will ich«, fiel ich ihr ins Wort. »Natürlich würde die Polizei niemals auf eine so altmodische Methode der Lösungsverschleierung kommen. Schließlich liest dort niemand diese Art von Häkelkrimis.« Ich konnte mir die kleine Spitze gegen den lieben Chefinspektor nicht verkneifen. »Sie sehen also, Frau Falkenberg, Ihr schmutziges, kleines Geheimnis ist bei mir sicher. Ich gönne Ihnen das Glück mit Herrn Wendig. Ehrlich. Als guter Christ hätte er niemals eine geschiedene Frau geheiratet, nicht wahr? Deswegen konnten Sie Ihren Ehemann, der nur noch eine Belastung war, nicht auf diesem Wege loswerden. Er musste sterben. Sie erfanden eine Pflegerin, von der Sie verschiedenen Leuten erzählten, die aber niemand wirklich zu Gesicht bekommen hat. Am Tag, an dem Sie Ihren Mann erstickten und den Notarzt riefen, schlüpften Sie selbst in diese Rolle. Das war einfach. Eine Perücke, ein Kopftuch, eine Brille, etwas Make-up ... was weiß ich. Die Rettungssanitäter hatten Wichtigeres zu tun, als sich das Aussehen einer Pflegerin genau einzuprägen. Danach riefen Sie vom Festnetz in der Wohnung das eigene Handy an, um ein Alibi zu kreieren, falls Sie eines brauchen würden. So konnte man später bei der Telefongesellschaft nachprüfen, dass die angebliche Pflegerin Sie anrief, während Sie vermeintlich außer Haus waren.«

»Haben Sie den Verstand verloren?«, schleuderte sie mir wütend entgegen. »Ich soll meinen eigenen Mann getötet haben? Und das ausgerechnet an Weihnachten?«

»Oh, vermutlich hätten Sie es gern schon viel eher getan«, erwiderte ich. »Wenn Ihnen die Schneefälle der letzten Wochen nicht einen Strich durch die Rechnung gemacht hätten. Hätte vor Ihrem Haus nämlich Schnee gelegen, so wäre womöglich aufgefallen, dass die nicht existente Pflegerin bei ihrer ebenso illusionären Flucht keinerlei Spuren hinterließ. Und das konnten Sie natürlich nicht riskieren.«

Emma Falkenberg saß stocksteif da und funkelte mich böse an.

Ich sprach rasch weiter: »Wäre die Sache mit dem Herzinfarkt durchgegangen, so wäre das der erste und letzte Auftritt der Pflegerin gewesen. Doch als sich am nächsten Tag die Kriminalpolizei bei Ihnen ankündigte, da wussten Sie, dass Sie die Rolle noch ein weiteres Mal spielen mussten. Darauf waren Sie vorbereitet. Sie verkleideten sich, ließen als Tatjana Sorokin den Chefinspektor und seine Leute ein und führten sie in den Wintergarten. Anschließend verließen Sie den Raum, vermeintlich um Ihre Dienstgeberin zu holen – während Sie in Wahrheit aus der Verkleidung schlüpften und diese rasch entsorgten. Über die Toilette, vermute ich? Dann schilderten Sie Herrn Bernsdorff – nun als Emma Falkenberg – den Tathergang und lenkten den Verdacht auf die erfundene Figur. Als der Chefinspektor die Pflegerin dann vernehmen wollte, war sie anscheinend geflohen. Verschwunden auf Nimmerwiedersehen. Das Testament Ihres Mannes hatten Sie vorbereitet, um der Pflegerin ein Motiv für den Mord zu geben. Sie fälschten dazu einfach seine Handschrift. Und alles lief nach

Plan, gratuliere! Um auf das kleine Honorar für mein Schweigen zurückzukommen, die zwanzigtausend Euro …«

Sie sprach nicht gleich. Ich konnte ihr ansehen, wie es hinter ihrer Stirn arbeitete – und dass ich mit meinen Anschuldigungen ins Schwarze getroffen hatte.

»Sie sind wirklich sehr clever, Frau Fuchs«, sagte sie schließlich, »dass Sie meine kleine Inszenierung so durchschaut haben. Ulrich hatte sowieso keinerlei Lebensqualität mehr, während ich … mit Jonas … wir haben noch viele schöne Jahre vor uns. Er wird mich heiraten, jetzt, wo ich Witwe bin. Zum Teufel mit Ihnen, Sie sollen das Geld haben!«

Ich sprang auf und rief laut: »Ich denke, das sollte genügen, Herr Chefinspektor!?«

Darius Bernsdorff, den ich vorhin, als ich zur Toilette gegangen war, heimlich in die Wohnung geschmuggelt hatte, trat durch die Tür des Salons. Ich hatte dafür gesorgt, dass sie nur angelehnt war und er jedes Wort mit anhören konnte.

Die Mörderin verhielt sich so, wie es auch die Täter in den altmodischen Krimis, die sie und ich so gern lasen, zu tun pflegten. Sie ließ sich ohne Widerstand verhaften.

Ich muss zugeben, dass die vorgespielte Erpressung, um Emma Falkenberg zum Reden zu bringen, kaum origineller als ihr Trick mit der erfundenen Täterin war. Auch von dieser Finte konnte man bestimmt in einem guten Dutzend altmodischer Krimis lesen. Aber das wusste Darius Bernsdorff natürlich nicht, und so erntete ich am Ende doch tatsächlich ein anerkennendes Nicken von ihm.

14

Iny Lorentz

Der Erbschaftskuchen

Münchner Umland

 *Über das Autorenpaar:*

Iny Lorentz ist das Pseudonym des Autorenpaars Iny Klocke und Elmar Wohlrath. Ihr größter Erfolg *Die Wanderhure* erreichte ein Millionenpublikum und wurde ebenso wie fünf weitere ihrer Romane verfilmt. Außerdem wurde dieser Roman für das Theater adaptiert. Seit der *Wanderhure* folgt Bestseller auf Bestseller. Viele ihrer Romane wurden zudem ins Ausland verkauft. Neben anderen Preisen wurde das Autorenpaar mit dem Wandernden Heilkräuterpreis der Stadt Königsee ausgezeichnet und in die Signs of Fame des multikulturellen und völkerverbindenden Friedensprojekts Fernweh-Park aufgenommen.

Besuchen Sie auch die Homepage der Autoren und ihren Facebook-Auftritt:

www.inys-und-elmars-romane.de

www.facebook.com/Inys.und.Elmars.Romane.

Umland von München zur Zeit
des Prinzregenten Luitpold

Karl Huber blieb stehen und blickte auf den großen Vierseit-
hof, der vor ihm lag. Zweihundert Tagwerk Wiesen und Felder gehörten dazu und ebenso fünfzig Tagwerk schlagbares Holz.
Da war es kein Wunder, dass selbst der Bezirksamtmann den Hut
zog, wenn er dem Onkel begegnete.

»Schon bald wird er den Hut vor mir ziehen«, sagte Huber leise
zu sich selbst.

Seit mehr als zehn Jahren wartete er darauf, dass sein Onkel
endlich das Zeitliche segnete und er als Erbe dort einziehen konnte. Aber anscheinend hatte Sebastian Reissl das ewige Leben ge-
pachtet. Er war siebzig geworden und schließlich achtzig, ohne
dass er Anzeichen von Krankheit und Verfall gezeigt hätte. Letztens hatte er sogar spöttisch gemeint, dass er auch noch seinen
neunzigsten Geburtstag recht rüstig erleben wolle.

»Da bleibt dir da Schnabel sauber!«, sagte Karl Huber entschlossen.

Bei den Worten streichelte er das Päckchen, das er bei sich trug.
Es enthielt einen Kuchen vom besten Konditor der Bezirksstadt.
Allerdings hatte er ihn zu Hause um eine Zutat bereichert. Sie
stammte aus einer Flasche, deren Etikett einen Totenkopf trug.
Das Zeug wird wohl reichen, dachte er, denn immerhin kannte er
das Testament seines Onkels.

»Du bist mein Erbschaftskuchen«, führte er sein Selbstgespräch
fort und streichelte erneut das Päckchen.

Während er weiterging, fragte Karl Huber sich, weshalb er es nicht schon früher getan hatte. Die Idee zur Lösung seines Problems war ihm jedoch erst gekommen, als er in der Zeitung einen Artikel über den Mord an einer Erbtante gelesen hatte. Aber der war schlecht ausgeführt gewesen. Er lachte zufrieden, denn für ihn bot sich gerade in diesen Tagen die beste Gelegenheit. Sein Onkel hatte sich mit dem Großknecht verkracht und den Kerl vom Hof gejagt. Zwar war der Mann inzwischen wieder in Lohn und Brot, aber in einer weitaus schlechteren Stellung als auf dem Reisslhof. Außerdem hatte er den Knecht vor ein paar Tagen beim Kauf von Rattengift beobachtet. Damit stand auch schon der Verdächtige für den vorzeitigen Todesfall fest.

Mit dem Gedanken erreichte Huber den Hof und trat wenig später in die Küche. Dort führte die alte Zenz seit nunmehr fast fünfzig Jahren das Regiment. Das Kanapee in der Ecke aber war das Reich seines Onkels. Auch an diesem Tag saß Sebastian Reissl darauf, schmauchte seine Pfeife mit dem geschnitzten Meerschaumkopf und wirkte so zufrieden, wie ein Achtzigjähriger es trotz kleiner Beschwerden nur sein konnte. Harras, sein alter Jagdhund, lag neben dem Kanapee auf einer Decke und schlief.

»Griaß di, Onkel! Gut schaust aus!«, rief Huber.

Sebastian Reissl hob den Kopf. »Ja, da schau her! Der Karl! Auf Weihnachten bist heuer aber arg früh dran.«

»Weißt, Onkel, ich hab mir denkt, ich komm ein bisserl eher. Da können wir in Ruhe miteinander reden. Wenn die ganze Verwandtschaft und Bekanntschaft da ist, kommen wir nimmer dazu«, antwortete Karl Huber und stellte seinen Erbschaftskuchen auf den Tisch.

»Den hab ich extra für dich gekauft, Onkel. Der ist vom Konditor in der Stadt. Lass ihn dir schmecken!«

»So, an Kucha hast kafft? Moanst, ich kann nimmer backen?«, fragte die alte Zenz sichtlich angefressen.

»Lass es gut sein!«, wiegelte der Bauer ab und blickte dann seinen Neffen an. »Wird's net langsam Zeit, dass du heiratst? Du gehst ja auch schon auf die vierzig zu!«

»Ich hab schon eine im Aug, Onkel! Wenn's Jahr um ist, werd ich vor dem Pfarrer stehen.«

»Aber hoffentlich nicht allein!«, erwiderte sein Onkel spöttisch.

»Na, das gewiss nicht!« Huber lachte nervös und wechselte das Thema.

Eine Zeit lang unterhielt er sich mit seinem Onkel, während die Zenz deutlich zeigte, dass sie sich wegen des Kuchens beleidigt fühlte. Bis jetzt hatte sie die Stollen, Plätzchen und Kuchen für das Weihnachtsfest alle selbst gebacken und sah diesen Konditorkuchen als Angriff auf ihre Rechte an.

Nach einer Weile wies der alte Bauer auf das Kuchenpäckchen. »Möchtest du nicht ein Stück mitessen, wo du ihn schon gekauft hast?«

Karl Huber hob abwehrend die Hand. »Na, Onkel, der ist für dich zu Weihnachten! Außerdem hab ich heut Mittag schon was Süßes gegessen.«

»Wenn du nicht willst, bleibt eben mehr für mich!« Sebastian Reissl lachte und stopfte seine Pfeife neu.

Sein Neffe stand unterdessen auf. »Ich muss jetzt wieder heim, Onkel! Pfiat di Gott und bis zum ersten Feiertag. Dann komm ich wieder.«

Dann aber hoffentlich schon als Besitzer, setzte Karl Huber im Stillen hinzu und ging.

Sebastian Reissl sah ihm durch das Fenster nach, bis ein Gebüsch ihn seinen Blicken entzog, und wandte sich seiner Haushälterin zu. »Da der Karl den Kuchen extra vom Konditor gekauft hat, wollen wir ihn uns auch anschauen!«

»Ich ess von dem Konditakuache nix!«, antwortete Zenz harsch, holte dann aber doch eine Schere, um das Päckchen zu öffnen.

Der Bauer streichelte unterdessen den Hund, der bis jetzt geschlafen hatte und ihn nun schwanzwedelnd anwinselte, und blickte gedankenverloren zum Fenster hinaus.

Die nächsten Tage verbrachte Karl Huber in fiebriger Erwartung. Wann würde sein Onkel von dem Kuchen essen?, fragte er sich. Wenn dem Alten etwas zustieß, würde man ihn doch wohl als Ersten informieren, denn er war der nächste Verwandte. Plötzlich packte Huber die Angst. Was war, wenn der Onkel den Kuchen aufhob, um ihn am ersten Feiertag seinen Gästen und damit auch ihm vorzusetzen? Er wusste nicht, ob das Gift stark genug war, um so viele Leute umzubringen. Wenn er Pech hatte, blieben alle am Leben und verspürten höchstens ein gewisses Unwohlsein.

Nervös geworden, holte er noch einmal die Giftflasche hervor und las die Warnung auf dem Etikett. Es wurde dringend davor gewarnt, davon zu trinken. Bereits kleinste Mengen konnten zum Tod führen. Also würden alle, die von dem Kuchen aßen, in höchster Gefahr schweben. Falls der Onkel ihn verteilte, würden mehrere sterben. Mit einem gewissen Galgenhumor überlegte er, wer von den Leuten, die den Onkel am ersten Feiertag aufsuchten, so nahe mit ihm verwandt war, dass er ihn ebenfalls beerben konnte.

Er durfte an diesem Tag jedenfalls nicht zu früh bei seinem Onkel auftauchen – und er musste zusehen, dass die Reste des vergifteten Kuchens rasch genug verschwanden. Bei einem anderen Konditor hatte er einen zweiten, ähnlich aussehenden Kuchen gekauft. Er hatte bereits überlegt, wie er ihn gegen den anderen austauschen konnte. Da von dem vergifteten Kuchen bereits zum größten Teil gegessen sein würde, reichte es, wenn er nur ein Viertel davon mitnahm. Wenn er dann auch noch vor allen Leuten ein

Stück davon aß, würde er über jeden Verdacht erhaben sein. Er durfte nur nicht den unvergifteten Kuchen mit dem vergifteten verwechseln. Aber das, sagte er sich, würde er wohl schaffen.

Der Heilige Abend kam, und Karl Huber hatte noch immer nichts von seinem Onkel gehört. Langsam wurde er nervös. Es konnte doch nichts schiefgegangen sein? Hatte der Onkel den Kuchen etwa weiterverschenkt, weil er ihn nicht mochte?

Karl Huber griff sich bei dem Gedanken an den Hals. Vielleicht hätte er es doch nicht tun sollen? Doch als Kleinbauer mit gerade einmal fünfundzwanzig Tagwerk und einem Haufen Schulden am Hals war er darauf angewiesen, bald zu erben.

»Fünfundzwanzig Tagwerk«, murmelte er vor sich hin.

Der Hof seines Onkels war zehnmal so groß, und der Alte hatte ihn seit nun fünf Jahrzehnten geführt. Da wurde es wirklich Zeit, dass er einem Jüngeren Platz machte. Noch während Karl Huber sich mit widerstrebenden Gedanken herumschlug, sah er durch das Fenster, dass einer der Knechte seines Onkels eiligen Schrittes auf seinen Hof zukam. Angespannt ging er zur Tür und machte auf. Kaum sah ihn der andere, begann er auch schon zu rufen.

»Du musst sofort zum Reisslhof kommen, Huber. Mit dem Bauern ist was passiert!«

Endlich!, durchfuhr es Karl Huber.

»Ja, was denn?«, fragte er scheinbar erschrocken.

»Er ist heut Mittag nimmer von seinem Kanapee aufgestanden«, meldete der Knecht. »Die Zenz schickt mich! Allein weiß sie sich nicht zu helfen.«

»Ich komm schon!«, rief Karl Huber.

Er musste sich zwingen, ein besorgtes Gesicht zu machen, denn am liebsten hätte er vor Freude gejauchzt. Schon wollte er zur Tür hinaustreten, als ihm das Kuchenteil einfiel, welches er austauschen wollte.

»Wart noch einen Augenblick! Ich komm gleich«, sagte er zu dem Knecht und kehrte ins Haus zurück. Dort zog er eine extraweite Joppe an, steckte den Kuchen darunter und war nun bereit, dem Knecht zu folgen.

Auf dem Reisslhof war alles wie sonst auch. Die Kühe muhten im Stall, irgendwo stampfte ein Pferd mit dem Huf, und wie für den Heiligen Abend bestellt, begann es nun auch noch zu schneien.

Der Knecht führte ihn bis zur Küchentür. »Da ist der Huber, Zenz!«, rief er und ging dann mit der Bemerkung, er müsste im Stall etwas nachschauen.

Karl Huber trat ein und sah seinen Onkel steif und starr auf seinem Kanapee liegen. Neben ihm stand die alte Zenz und rang die Hände. Der Platz des Hundes hingegen war leer.

»Ja, was ist denn passiert?«, fragte Huber Besorgnis heuchelnd.

»Der Bauer ist heut Mittag einfach liegen geblieben. Ich glaub, er ist tot!«, rief die alte Magd voller Verzweiflung.

»Hast du schon den Doktor geholt?«, fragte Huber.

Zenz schüttelte den Kopf. »Nein, noch nicht!«

»Dann tu's jetzt! Sag einem der Knechte, er soll anspannen und in die Bezirksstadt fahren.«

»Das mach ich gleich!«, rief die Magd, noch bevor Huber alles gesagt hatte, und eilte zur Tür hinaus.

Nun war Huber allein mit dem Toten. Besser, dachte er, hätte es nicht kommen können. Nun musste er nur den vergifteten Kuchen finden. Im nächsten Augenblick entdeckte er ihn auf der Anrichte. Es fehlte bereits mehr als die Hälfte. Daher reichte das Stück, welches er mitgebracht hatte, aus, um das vergiftete Teil zu ersetzen.

Ohne seinen Onkel auch nur einmal anzusehen, trat er zu der

Anrichte, holte sein Kuchenstück unter der Joppe hervor und sah zufrieden, dass es den Transport unbeschadet überstanden hatte. Er legte es auf die Anrichte und wollte gerade den Rest des Erbschaftskuchens an sich nehmen, als sich auf einmal sein Onkel aufrichtete und laut zu rufen begann.

»Kommt und packt ihn!«

Karl Huber fuhr herum, begriff, dass sein Onkel gar nicht tot war, und schrie seine Enttäuschung und Wut laut hinaus. Gleichzeitig stürmten mehrere kräftige Knechte in die Küche. Ihnen folgten zwei Gendarmen und ein Polizeimajor, der diese kommandierte. Augenblicke später hatten die Männer Huber umringt und legten ihm Handschellen an.

»Sie sind verhaftet!«, erklärte der Major.

»Aber ich hab doch gar nix getan!«, rief Huber verzweifelt.

»Du hast mir bloß diesen Kuchen gebracht«, sagte Sebastian Reissl traurig. »Warum bist du auf den saudummen Gedanken gekommen? Hättest du meinen Hof ein oder zwei Jahre später geerbt, hätt's das Kraut auch nimmer fett gemacht!«

»Zu gut gelebt hat er, weil er denkt hat, er wird recht bald der Bauer auf dem Reisslhof«, warf einer der Knechte verächtlich ein.

Nun erst begriff Karl Huber, dass all seine Träume und Hoffnungen zerronnen waren. Dieser alte Bock hatte nicht nur den Tod, sondern auch ihn überlistet.

»Verdammt sollst du sein!«, rief er verzweifelt.

»Dankschön! Das kann ich nur zurückgeben«, antwortete der Bauer mit eisiger Stimme.

»Wie bist du mir eigentlich draufgekommen?«, fragte Karl Huber nun etwas ruhiger.

»Ich hätte nie gedacht, dass du zu so was in der Lage wärst«, erklärte sein Onkel. »Aber ich hab mich dann doch gewundert. All die Jahr hast du mir auf Weihnachten eine Flasche billigen Schnaps geschenkt, und ausgerechnet heuer bist du mit einem teuren Kuchen vom Konditor gekommen. Ich hab schon davon essen wollen, aber dann ist der Harras beim Schnüffeln mit der Schnauze drangekommen. Deswegen hat die Zenz dieses Stück weggeschnitten und es dem Hund gegeben. Ich hatte mein Stück schon auf dem Teller, als der Harras auf einmal zu winseln angefangen hat und ziemlich schnell verreckt ist.

Dann ist mir die Erleuchtung gekommen. Weißt du, ich les nämlich auch die Zeitung – und die Vergiftung der Erbtante ist da ganz groß drinnen gestanden. Ich hab die Gendarmerie rufen lassen, und die hat ein Stück von dem Kuchen untersucht. Jetzt wissen sie, welches Gift du genommen hast. Wie ich dich kenne, werden die Gendarmen die Flasche bei der Durchsuchung deines Hofes finden. Das ist dann das letzte Indiz, wie der Herr Polizeimajor es genannt hat.«

Karl Huber hätte sich in sämtliche Körperteile und besonders in ein ganz bestimmtes beißen können, denn die Flasche mit dem Gift stand noch immer in seinem Haus. Damit hatte das Gericht Seiner Hoheit, des Prinzregenten, alle Beweise in der Hand, um ihn auf die Guillotine zu schicken.

»Weißt du, dass du ein Depp bist, Karl?«, sagte sein Onkel traurig. »Hättest du mir wie jedes Jahr den billigen Schnaps gekauft und den vergiftet, dann wär ich jetzt tot und du der Bauer auf meinem Hof. Aber du hast unbedingt einen Kuchen nehmen müssen, bloß, weil es so in der Zeitung gestanden ist!«

15

Regine Kölpin

Einmal Weihnachten feiern

Wilhelmshaven (Niedersachsen)

 *Über die Autorin:*

Regine Kölpin ist 1964 in Oberhausen geboren, lebt seit ihrem fünften Lebensjahr an der Nordseeküste und schreibt Romane und Geschichten unterschiedlicher Genres. Für den Droemer Knaur Verlag auch unter Franka Michels. Sie ist zudem als Herausgeberin tätig und an verschiedenen Musik- und Bühnenproduktionen beteiligt. Außerdem hat sie etliche Kurztexte publiziert. Ihre Arbeiten wurden mehrfach ausgezeichnet. Regine Kölpin ist verheiratet mit dem Musiker Frank Kölpin. Sie haben fünf erwachsene Kinder, mehrere Enkel und leben in einem kleinen Dorf an der Nordsee. In ihrer Freizeit verreisen sie gern mit ihrem Wohnmobil, um sich für neue Projekte inspirieren zu lassen.

Dieses Jahr schneite es in der Woche vor dem dritten Advent. Dicke weiße Flocken schwebten zur Erde und bedeckten Dächer, Autos und Laternenpfähle. Aus Grau wurde Weiß, und die Welt schien sich unter der hellen Schicht schlafen zu legen. Die Menschen freuten sich über die weiße Weihnacht, nur die sechsjährige Mieke konnte dem Winter nichts abgewinnen. Denn wenn die Temperaturen unter zehn Grad fielen, musste sie frieren. Und nicht nur sie. Auch ihr Freund Jonte, der mit seinen Eltern und dem fünfzehnjährigen Paul in einer Wohnung unter ihnen lebte.

Miekes Eltern hatten kein Geld, die Heizkosten zu bezahlen, es gab so viel Wichtigeres. Mieke hatte gehört, dass man das Geld dafür beim Amt beantragen konnte, aber ihr Vater wollte davon nichts wissen. »Ich nehme keine Almosen«, sagte er ständig.

Mieke musste erst nachfragen, was das war mit den Almosen. Und dann hatte sie verstanden. Ihre Eltern wollten für alles im Leben selbst aufkommen, auch wenn es ihnen nicht gut dabei ging. Mutter hatte drei Jobs, Vater schuftete von morgens bis abends am Hafen.

Die Eltern von Jonte und Paul bekamen zwar Geld vom Staat, aber sie mussten sich von innen mit Alkohol wärmen, sodass nichts davon für ihre Kinder übrig blieb.

Mieke und Jonte waren in Wilhelmshaven nicht die Einzigen, die zuschauen mussten, wie andere Familien über den Weihnachtsmarkt am Valoisplatz spazierten, sich die Bäuche mit Zuckerwatte und gebrannten Mandeln vollschlugen und sich auch noch Karussellfahrten und eine Bratwurst mit Pommes leisten konnten.

Was beneidete Mieke die Kinder, wenn sie den Weihnachtsmarkt mit ihren Zuckerstangen verließen und ihre Hände vertrauensvoll in die ihrer Eltern oder Großeltern schoben. Mieke kauerte oft am Eingang hinter den Tannenzweigen, oder sie schlich sich in das aufgebaute Märchenland und beobachtete die Familien. Dabei stellte sie sich vor, sie gehöre dazu und gleich würde ihr der Vater auch einen Kinderpunsch zum Aufwärmen kaufen.

Das passierte aber nie, und sie musste mit den Düften und der Vorstellung davon vorliebnehmen.

So war es auch an diesem dritten Advent, als der Himmel beschlossen hatte, die Welt weihnachtlich zu pudern. Mieke hockte am Eingang zum Märchenwald und hatte die Arme um den kleinen dünnen Körper geschlungen. Sie reckte den Mund in die Luft und fing mit der Zunge die winzigen weißen Sternchen. Das lenkte sie davon ab, wie sehr sie fror. Mieke hatte sich den grünen Schal mehrfach um den Hals gewickelt, aber die Winterjacke war zu kurz. Sie war ein Erbstück ihrer älteren Schwester.

»Möchtest du auch Popcorn?«

Mieke schrak zusammen, als Jonte sich neben ihr fallen ließ und seine Rotznase mit dem Ärmel des viel zu großen Wollpullovers abwischte.

»Ja, aber die kleine Tüte kostet 1,50 €. Viel lieber hätte ich gebrannte Mandeln.« Mieke leckte sich die Lippen. »Die habe ich erst einmal in meinem Leben gegessen, und ich glaube, es gibt nichts Besseres zur Weihnachtszeit.«

»Ich mag diese Liebesäpfel«, schwärmte Jonte. »Davon kriegt man ganz rote Lippen.« Er seufzte. »Im letzten Jahr hat ein Mädchen einen in den Müll geworfen, weil ein Marienkäfer im Zuckerguss war. Den hab ich einfach rausgebrochen und den Rest gegessen. Sie hatte nicht einmal abgebissen.«

Sie hockten eine Weile da und ließen den Schnee auf sich niederfallen. Es kitzelte im Gesicht, wenn die Flocken dort schmolzen.

»Mir ist kalt«, sagte Mieke und stand auf. »Ich laufe jetzt noch einmal zum Märchenwald und besuche Schneewittchen und die sieben Zwerge, und dann muss ich nach Hause. Ich habe Mama versprochen, den Kartoffelbrei aufzuwärmen.«

Jonte nickte. »Ich komme mit. Bei uns gibt es wieder Nudeln mit Ketchup. Ist zwar immer dasselbe, aber ich will es nicht verpassen.« Sie stromerten los.

Und sie hatten Glück, denn vor ihnen lief ein Mädchen, das sich den Bauch mit Kartoffelpuffern und Kinderpunsch so vollgeschlagen hatte, dass es die Popcorntüte nur zur Hälfte geleert in den Mülleimer warf. »Puh, ich kann nicht mehr!« Lachend rieb sie sich den Bauch und steuerte mit ihrer Oma das bunte Karussell an, wo sie sich einen Platz im Feuerwehrauto suchte.

Mieke griff nach der Tüte. Sie öffnete sie andächtig, und beide Kinder genossen den unvergleichlich süßen Duft. Erst dann teilten sie sich ihre Beute. Nun knurrte zumindest der Magen nicht mehr so, und die Aussicht auf den langweiligen Kartoffelbrei oder die Nudeln war erträglich. Gemeinsam liefen sie nach Hause, wo sie in der Weserstraße ihre Wohnung hatten. Es roch nach Urin im Hausflur, und aus der unteren Wohnung drang lautes Geschrei. Von Weihnachten merkte man in ihrem Haus nichts. Kein Schmuck, keine Weihnachtslieder oder gar ein verlockender Duft. Hier aß und schlief man. Und sah zu, dass man überlebte.

Am Kellerabgang kauerte Paul. »Wir sollten was an unserem Zustand ändern«, sagte er und drehte sich eine Zigarette.

»Und wie?«, fragte Jonte. Er genoss den Geschmack des Popcorns noch immer sichtlich, weil er sich ständig mit der Zunge über die Lippen fuhr, obwohl da doch bestimmt nichts Süßes mehr war.

»Ich hab das neulich in einem Krimi gesehen. Da gab es Kinderstraßenbanden. Das wäre was für euch.« Paul zündete die Zigarette an, hustete aber, weil er im Rauchen noch ungeübt war.

»Eine Bande? So wie bei *Die rote Zora*?« Den Film kannte Mieke aus der Schule. Sie hatte die Anführerin wegen ihres Mutes unglaublich beneidet.

»Vermutlich so ähnlich«, sagte Paul. »Diese Zora kenn ich nicht. Aber wenn sie sich von den Reichen was genommen hat, damit es ihr besser geht, dann passt es.«

Jonte verschränkte die Arme vor der Brust. »Du willst klauen?«

Paul schüttelte den Kopf. »Nein, ich will, dass wir uns das holen, was uns zusteht. Die Reichen haben so viel, dass sie alles Mögliche wegwerfen. Und wir holen es aus dem Müll. Warum können wir es nicht schon vorher haben?«

»Ich muss den Kartoffelbrei aufwärmen«, sagte Mieke, aber Paul hielt sie fest. »Mach das, aber ich möchte, dass wir uns morgen Nachmittag auf dem Weihnachtsmarkt treffen. Dann ziehen wir meinen Plan durch.«

Mieke wusste nicht, ob sie von der Idee begeistert war.

Die Welt hatte am nächsten Tag ihren winterlichen Glanz verloren. Der Schnee war in Regen übergegangen, der das meiste Weiß weggeschmolzen und nur einen braun-grauen Matsch zurückgelassen hatte. Aber am Mittag kämpfte sich die Sonne hinter den Wolken hervor, und wieder schoben sich die Menschenmassen zum Weihnachtsmarkt.

Am Eingang hing das hübsch gestaltete Schild »Weihnachten am Meer«. Dahinter lag die mit vielen Lichterketten beleuchtete Nordseepassage.

Mieke hatte zu Hause nur ein Stück Brot mit Butter gegessen. Später, wenn ihre Mutter von der Putzstelle aus der Arztpraxis zurückkam, würden sie etwas Warmes bekommen. Mutter hatte Milchreis mit Zucker und Zimt versprochen. Eine wahre Delikatesse! Doch schon jetzt knurrte Miekes Bauch, als sie all die wunderbaren Gerüche um sich herum wahrnahm. Sie war etwas früher dran und froh, als Paul und Jonte endlich um die Ecke stiefelten.

»Was hast du denn vor?«, fragte Mieke zitternd vor Kälte. »Wenn wir jetzt eine Bande sind?«

Paul sah sich um. Dann beugte er sich zu Mieke.

»Jonte hab ich schon alles erklärt. Du musst gar nichts Schlimmes machen, hör zu!« Und dann machte er Mieke klar, was ihre Aufgabe war. Das klang gar nicht schlimm und auch überhaupt nicht kriminell. Sie sollte nur ein bisschen weinen.

»Also auf in die Marktstraße! Wir treffen uns hinterher am Eingang der Passage unten an der Rolltreppe.«

Mieke folgte den beiden Jungs. Die Marktstraße, wo sich viele kleine Geschäfte befanden und keine Autos fahren durften, war wunderschön beleuchtet. Aus den Läden klang Weihnachtsmusik, die Leute hielten Päckchen in den Händen und schleppten sich mit riesigen Tüten ab. Mieke bekam ganz große Augen. Sie selbst hatte sich zu Weihnachten nur ein Einhorn gewünscht und hoffte, sie würde es bekommen.

An einer der Querstraßen setzte sie sich wie verabredet am Rondell auf eine Bank. Sie legte den Kopf in die Hände und begann, laut zu weinen. Es dauerte nicht lange, bis eine Frau auf sie zukam und fragte: »Was ist los?«

Mieke schluchzte noch lauter. Die Frau setzte sich zu ihr, stellte die Handtasche neben sich ab und wandte sich Mieke liebevoll zu. »Warum weinst du denn so?«

»Ich wünsche mir zu Weihnachten ein Einhorn, und meine Eltern sagen, sie wissen nicht, ob der Weihnachtsmann genug Zeit hat, es zu bringen.«

»Ach, du Lütte«, sagte die Frau. Sie roch ein bisschen nach Pfefferminz. »Der Weihnachtsmann kann doch alles. Ich glaube schon, dass er dir dein Einhorn bringen wird.«

Mieke hob den Kopf und war selbst verwundert, wie einfach es war, Tränen in den Augen zu haben. Aber sie hatte sich ganz fest vorgestellt, wie sie vor dem kleinen Weihnachtsbaum stand und dort kein richtiges Geschenk lag. Nur Strümpfe und vielleicht ein Pullover von Aldi …

»Meinst du?«, hakte Mieke nach. Aus dem Augenwinkel sah sie, wie Jonte sich anschlich. Paul stand wie unbeteiligt an der Ecke und würde die Beute gleich übernehmen.

Mieke schaute die Frau mit festem Blick an. »Meinst du wirklich?«

»Aber ja. Meine Enkel bekommen auch immer ihre Geschenke, und sie wünschen sich weitaus mehr als ein Einhorn.«

Mieke schluchzte noch einmal theatralisch auf, denn inzwischen hatte Jonte die Handtasche erreicht und bückte sich danach. In Windeseile zog er das Portemonnaie heraus, steckte es in die Jackentasche und schlenderte davon. »Manchmal denke ich, der Weihnachtsmann bringt nur den Kindern etwas, die sowieso schon alles haben.«

Die Frau fuhr Mieke sacht durchs Haar. »Weißt du was? Ich gebe dir jetzt zwei Euro, damit gehst du auf den Weihnachtsmarkt und kaufst dir etwas Schönes.« Die Frau wollte sich eben zu ihrer Tasche bücken, aber Jonte war noch nicht wieder bei Paul angekommen, um die Beute zu übergeben. Er bewegte sich geschmeidig und zugleich unauffällig. Fast so, als hätte er so etwas schon sehr oft getan.

»Sie brauchen mir nichts zu schenken«, sagte Mieke schnell. »Ich möchte wirklich nur das Einhorn.«

»Du bist so bescheiden, das wird der Weihnachtsmann bestimmt belohnen. Und deshalb gebe ich dir die zwei Euro.«

Jonte hatte seinen Bruder erreicht und steckte ihm die Geldbörse zu, Paul verschwand sofort im Gewühl der Menschen.

Mieke lächelte die Frau an. Sie stand auf und griff nach der Tasche. Kurz schien sie sich zu wundern, dass sie offen stand, war dann aber völlig entsetzt, als sie erkannte, dass ihre Geldbörse fort war. Mieke blieb einfach sitzen und beobachtete sie. »Ist was?«, fragte sie schließlich.

»Mein Portemonnaie«, stammelte die Frau. »Da ist alles drin. Meine Girocard. Mein Ausweis.« Sie schlug die Hände vors Gesicht.

Mieke schämte sich plötzlich. Die Frau war nett zu ihr gewesen, und sie hatten sie beklaut.

»Es tut mir leid, nun kann ich dir nichts geben. Ich muss erst zur Polizei.«

Mieke blieb sitzen, bis die Frau davongeeilt war, stand dann auf und lief zum verabredeten Treffpunkt. Die beiden Jungs hielten schon mehrere Scheine in der Hand.

»Das hat sich gelohnt«, sagte Paul zufrieden. »Nun der nächste Coup. Den starten wir aber auf dem Weihnachtsmarkt.«

»Die Frau war traurig«, sagte Mieke. »Ich mag das nicht. Auch wenn ich kein Einhorn kriege. Der Weihnachtsmann wird uns bestrafen.«

Jonte glättete mit Wonne den Fünfzigeuroschein. So viel Geld hatte er vermutlich noch nie in der Hand gehabt. »Davon hole ich mir Lego Star Wars, und dann kann ich endlich Tjark zu mir einladen. Der will nämlich sonst nicht kommen. Und von den nächsten Diebstählen gibt es eine Playstation. Dann kommen auch Per und Simon. Die lachen immer, weil ich keine habe.«

Mieke senkte den Kopf. Sie verstand Jonte so gut. Weil Ava auch nicht mit ihr spielen wollte, solange sie kein Einhorn hatte. Sogar auf dem Schulhof stand Mieke deshalb allein. Paul kaute auf seinem Kaugummi und musterte die beiden.

»So, seid ihr fertig? Wir müssen loslegen. Nächster Treffpunkt ist die Bäckerei vor der Kanalbrücke.« Er reichte Mieke einen Zehneuroschein.

»Das ist ungerecht«, widersprach sie. »Jonte hat fünfzig Euro bekommen.«

»Du bist erstens erst sechs, zweitens ein Mädchen, und drittens hattest du null Risiko«, sagte Paul.

»Ohne mich hättet ihr das gar nicht tun können!«, begehrte Mieke auf. »Das ist nicht fair!«

»Was für ein Zwergenaufstand«, meinte Paul und rückte widerwillig einen zweiten Zehner raus. »Und nun will ich nichts mehr hören!«

»Ich will auch das Portemonnaie«, forderte Mieke. Denn ihr war eine Idee gekommen, wie man ihre Tat ein kleines bisschen wiedergutmachen konnte. Paul reichte es ihr kopfschüttelnd. »Sei froh, dass ich mit dem Kartenscheiß nichts anfangen kann.«

Mieke verstaute es in ihrem Rucksack.

Dann zogen sie los zum Weihnachtsmarkt. Dieses Mal hockte Mieke sich in eine Ecke neben dem Märchenwald und weinte. Als ein Mann sie bemerkte, steuerte er sofort auf sie zu. »Was hast du denn?«

»Meine Mutter ist nicht gekommen, obwohl wir uns verabredet hatten«, sagte Mieke schluchzend.

Der Mann war wesentlich skeptischer als die Frau eben, und er holte auch kein Geld heraus. »Hast du kein Handy?«

Mieke schüttelte den Kopf. Sie suchte Blickkontakt zu Jonte und Paul, die in Habachtstellung darauf warteten, dass sie endlich zuschlagen konnten.

»Ich komm aber schon klar.« Mieke stand auf und wand sich an dem Mann vorbei. Jonte und Paul rollten genervt mit den Augen.

Mieke huschte ein Stück weiter und versuchte die Masche ein drittes Mal. Jetzt wurde sie von einer jungen Mutter angesprochen, die Mieke ihre gesamte Aufmerksamkeit widmete. Sie erzählte erneut vom Einhorn, und plötzlich drückte ihr das Mädchen eines in die Hand. »Falls der Weihnachtsmann es wirklich nicht schafft, dann hast du schon mal eins.«

Mieke sah, dass Jonte sich an der Tasche der Frau zu schaffen machte. Blitzschnell zog er auch dieses Portemonnaie heraus.

»Danke«, sagte Mieke zu dem anderen Mädchen. »Aber behalte es lieber. Bestimmt bekomme ich eins.«

Doch die Kleine schüttelte vehement den Kopf. »Ich möchte, dass du es hast.«

Jonte entfernte sich wieder und übergab die Börse Paul, der sich in die andere Richtung aufmachte.

Mieke stand auf. »Danke für das Einhorn.« Sie drückte es an sich und verstaute es in der Jackentasche.

Dann machte sie sich auf den Weg zur Kanalbrücke. Sie überquerte die Weserstraße und lief an der Bäckerei vorbei, aus der es süßlich nach Gebäck duftete. Kurz war Mieke versucht, einen der beiden Zehneuroscheine zu nehmen, sich damit ein süßes Brötchen zu kaufen und den größten Hunger zu stillen. Aber dann überlegte sie es sich anders. Zunächst steuerte sie auf die beiden Jungs zu, die ans Brückengeländer gelehnt auf sie warteten.

Mieke erkannte an den zufriedenen, aber übertrieben gleichgültigen Gesichtern, dass sie die Beute schon aufgeteilt hatten.

»Da war nicht viel drin«, sagte Paul. »Wir müssen noch einmal los.«

Prüfend sah Mieke die beiden an. »Ihr lügt!«, behauptete sie aufs Geratewohl. Jonte senkte den Blick sofort, sein Bruder aber grinste sie breit an.

»Das Portemonnaie«, sagte Mieke.

Paul rückte es widerstrebend raus. »Und nun weiter!«

»Ohne mich«, sagte Mieke. »Ihr betrügt. Und ihr macht das schon länger. Jonte hat schon öfter geklaut. Er macht das viel zu gut.«

Paul griff Mieke am Schal und zog sie zu sich heran. »Jetzt hör mir mal gut zu«, drohte er ihr mit zusammengekniffenen Augen. »Du wirst weiter mitmachen, wenn ich das will.«

Mieke riss sich los. »Und wenn nicht?«

»Dann verpfeifen wir dich bei der Polizei. Immerhin hast du die Portemonnaies.«

Mieke schluckte kurz und sagte mit wackeliger Stimme: »Ich mache trotzdem nicht mehr mit, weil ihr nicht fair seid. Sucht euch doch eine andere Doofe.« Dann rannte Mieke los.

»Hey, du Göre! Warte!« Paul hob drohend die Faust, folgte ihr aber zunächst nicht. Erst als sie den großen Hotelkomplex erreicht hatte, setzte er sich schwerfällig in Bewegung.

Er ist unsportlich, schoss es Mieke durch den Kopf. Und du bist schneller.

Sie legte noch einen Zahn zu, rannte an der Ruine vorbei und passierte den Banter See. Noch einmal über die Straße in Richtung Deich. Keuchend erreichte sie ihn, kletterte hinauf und entschloss sich, zum Südstrand zu flüchten, wo sich hoffentlich auch jetzt genug Menschen aufhielten, sodass Paul und Jonte ihr nichts anhaben konnten. Wie sie später unbehelligt nach Hause kam, würde sie sich noch überlegen müssen.

Paul war ein gutes Stück hinter ihr. Miekes Lunge brannte, sie konnte nicht sagen, wie lange sie noch durchhalten würde. Inzwischen dämmerte es, was Mieke sehr zugutekam. So konnte sie sich gleich verstecken.

Sie erreichte das neue Restaurant am Deich, umrundete es und huschte in eine Nische. Sie hoffte, dass Paul nicht gesehen hatte, wo sie abgebogen war. Völlig erschöpft japste Mieke nach Luft und versuchte, ihren Herzschlag und Atem unter Kontrolle zu bekommen. Als sie den Kopf hob, erkannte sie Paul, der weiter Richtung Südstrand gerannt war, nun aber ebenfalls ausgelaugt stehen blieb, den Oberkörper vornüberbeugte und sich dabei suchend umsah. Gott sei Dank, er hatte sie nicht gesehen! Mieke ließ den Blick über den Jadebusen schweifen.

Der Arngaster Leuchtturm blinkte, auf dem Weg am Wasser spazierten etliche Menschen.

Mieke zuckte zusammen, als sie ein Kind weinen hörte.

»Wer hat dich denn bestohlen, Mama? Das Geld war doch für die armen Kinder!«

»Mich würde interessieren, wann das passiert ist. Hätte ich uns eben keine Bratwurst an der Promenade kaufen wollen, wäre es mir gar nicht so schnell aufgefallen«, antwortete die Frau.

»Ich hätte mein Einhorn nicht weggeben sollen. Es hätte uns bestimmt beschützt.«

»Lara, nun freut sich das kleine Mädchen darüber. Es hat nicht viel, das sah man ihr an.«

»Und das Geld, was wir gesammelt haben?«

»Wir gehen jetzt zur Polizei und melden den Diebstahl.«

Miekes schlechtes Gewissen wuchs. Das Geld in ihrer Hosentasche schien plötzlich zu brennen. Es war nicht richtig, was sie taten, nicht einmal, wenn sie es gerecht aufgeteilt hätten. Mieke fühlte sich in ihrem Entschluss bestärkt, den sie schon vorhin gefasst hatte, als sie sich die Portemonnaies hatte geben lassen. Sie prüfte, ob sie beide noch in der Tasche hatte.

»Hier bist du!«

Mieke fuhr zusammen, als sie Jonte erkannte, der sich nach zwei Polizisten umdrehte, die am Deich Streife liefen. Er hockte sich neben Mieke und machte sich ganz klein.

»Ich mach das nicht mehr«, flüsterte sie. »Das kannst du Paul ausrichten.«

»Ich will das ja auch nicht. Aber er verhaut mich, wenn ich nicht für ihn stehle. – Und du hast recht. Wir haben das schon öfter gemacht, aber mit dir als Lockvogel geht es leichter.«

Mieke zeigte auf Paul, der noch immer schwer atmend am

Deichfuß stand und nicht aussah, als wollte er aufgeben. Er schaute den beiden Polizisten mit finsterer Miene hinterher. Mieke aber grinste. Ihr war eben eine andere Möglichkeit eingefallen, wie sie die Gerechtigkeit wiederherstellen konnte, und dazu musste sie die Geldbörsen nicht einmal in die Briefkästen der Besitzer werfen.

»Möchtest du nicht mehr verhauen werden?«

Jonte schüttelte den Kopf.

»Ich hab da nämlich eine Idee.« Und dann erzählte Mieke ihm, was sie sich überlegt hatte. »Wenn du stehlen kannst, kannst du auch zurückgeben, ohne dass man es merkt! Aber unser Geld muss wieder in die Portemonnaies«, schloss sie.

»Das ist super. Es klingt schrecklich, wie traurig die Frauen waren, die wir beklaut haben.«

Sie stopften ihre Anteile in die beiden Geldbörsen, und Jonte ging auf Paul zu, der noch immer schwer atmend auf dem Deichweg stand.

»Na, Kleiner! Hast du die Göre gefunden?«

Jonte schüttelte den Kopf.

»Na warte, wenn die nachher nach Hause kommt. Die kriegt die Tracht Prügel ihres Lebens.«

Jonte sagte etwas, was Mieke nicht verstand, aber sie sah, wie er ihm unbemerkt die Portemonnaies wieder zurück in den Rucksack steckte.

Mieke kam aus ihrem Versteck, sah, dass die Mutter mit dem Mädchen nicht weit von ihnen am Wasser standen und übers Meer schauten. Sie aber folgte den beiden Beamten und zupfte den einen am Ärmel. Aufgeregt zeigte sie zu Paul, der gerade Jonte beschimpfte. »Ich hab eben gesehen, dass der Große von den beiden die Frau dort beklaut hat«, erklärte sie. In dem Augenblick lief Jonte davon und konnte nicht mehr in alles mit reingezogen werden.

»Hat sie es schon bemerkt?«, fragte der eine Polizist.

Mieke zuckte mit den Schultern.

»Gut, dann klären wir das.« Einer der beiden steuerte auf die Frau mit Tochter zu, der andere näherte sich Paul, der Jonte wütend hinterherblickte. Mieke blieb in gebührendem Abstand stehen und beobachtete, wie Paul blass wurde und die Frau nickte. Sie winkte Mieke heran. »Du bist doch die Kleine mit dem Einhorn, oder?«

Mieke nickte. »Ich habe gesehen, dass er Ihnen das Portemonnaie gestohlen hat«, sagte sie, während sie auf Paul zuliefen, der dabei war, den Rucksack zu öffnen.

Der Polizist förderte zwei Geldbörsen zutage.

Dann entdeckte Paul sie. »Die Kleine da ist der Lockvogel gewesen, damit wir die Leute bestehlen konnten!«, behauptete er und betete die Geschichte herunter. »Und ich habe *ihr* die Portemonnaies gegeben.«

»Nun gib mal nicht einem lütten Mädchen die Schuld«, sagte der eine Beamte. »Gut, dass sie aufgepasst hat. Jetzt kommst du erst einmal mit.«

Paul blitzte Mieke wütend an.

»Danke«, sagte die Frau. »Ich bin übrigens Martha, und das ist Lara. Wir haben das gestohlene Geld für ein Kinderheim gesammelt.«

Mieke lächelte und hielt Lara das Einhorn hin. »Bitte, ich gebe es dir zurück. Ich brauche es nicht mehr.«

Lara lächelte. »Das ist lieb. Ich mag es so sehr.« Sie tauchte ihre Nase in die bunte Mähne, von der Mieke wusste, dass sie ein wenig nach Vanille duftete.

»Wir bringen dich nach Hause«, schlug Martha vor. »Es ist schon dunkel.« Zusammen liefen sie zurück bis zur Bäckerei. Miekes Magen knurrte laut.

»Du hast Hunger, oder?«, frage Lara.

Martha gab den beiden ein Zeichen zu warten und kaufte in der Bäckerei am Kanal Brot und Kuchen.

»Das kannst du später mit deinen Eltern genießen«, sagte sie, und Mieke beschloss, auch Jonte etwas abzugeben.

Vor Paul fürchtete sie sich nicht mehr, denn er war ein Schisser und hätte viel zu viel Angst, dass Mieke ihn noch einmal verpfeifen würde. Und erst einmal würde er ja auch eine Strafe bekommen.

Am nächsten Tag lag vor der Wohnungstür ein Paket. Darin befanden sich ein wunderbares buntes Einhorn, zwanzig Euro und eine Karte von Lara, die Mieke zum Spielen einlud. Mieke brachte das Geld zu Jonte.

»Mein Weihnachtsgeschenk für dich«, sagte sie. »Für ein kleines Star-Wars-Spielzeug reicht es bestimmt«, sagte sie. »Dann spielen die anderen auch mit dir und du bist nicht mehr allein.«

16

Tom Zai

Seeschlacht

Mols (St. Gallen)

Über den Autor:

Tom Zai lebt und arbeitet als Lehrer, Schriftsteller und Verleger in der Südostschweiz. Er ist überzeugt, das Leben sei oftmals wahnwitziger als seine Geschichten – obschon das schwer zu glauben ist. Schleppangeln auf dem Walensee ist seine große Leidenschaft. Dabei geht es um einiges beschaulicher zu als in der diesjährigen Krimigeschichte.

Am frühen Morgen des Stephanstags hat sich der Walensee wie für ein Fotoshooting als lang gezogener Spiegel von Ost nach West zwischen die Berge gelegt. Stilles Wasser heute. Tiefgründig wie eh. Hat etwas von einem Fjord.

Seine Nordflanke senkrechter Fels. Seine Südflanke Abhänge mit Vegetation. Da war schon richtig Geologie am Werk. Dort, wo es am See Platz hat: Weiler und Ortschaften. Schattenlöcher oder Sonnenparadiese, je nach Lage und Jahreszeit. Einige Siedlungen sind nur per Schiff erreichbar. Deren Einwohner mehr Bergler denn Wassermenschen.

Ortsnamen wie: Terzen, Quarten, Quinten. Einst hatten Römer durchnummeriert. Wo sind die verdammte Eins und die Zwei?, fragt man sich. Warum nicht gleich die ganze Oktave?

Plötzlich Betriebsamkeit in den Häfen. Die Schleppangler erwachen aus dem Winterschlaf. Darauf haben die Bootsfischer des Walensees hingefiebert, sich minutiös vorbereitet, die Weihnachtstage über sich ergehen lassen.

Dieser Moment, diese Zeit: reine Magie. Das Tageslicht zwischen den Raunächten nutzen, um der Königin der Süßwasserfische nachzustellen. Genau 30 Minuten vor Sonnenaufgang endet die Schonzeit der Seeforelle. Sie zu befischen ist wie Yoga im Himmel. Aber besser. Und vor allem ohne Yoga. Die Zeit friert ein. Der Alltag, alles Irdische rückt zur Seite und macht Platz für dieses Gefühl: die archaische Entrücktheit des Jägers. Und natürlich ist das Schleppangeln vom Boot aus eine Wissenschaft für sich. Seit der Erfindung des Einbaums wird sie von Generation zu Generation weitergegeben. In den letzten Jahrzehnten hat sie eine technische Revolution erlebt. Das Equipment der Fischer verdient bei den meisten das Prädikat hightech.

Doch bei manchen Booten stimmt was nicht. Leises Fluchen ist zu hören, würgende Geräusche von Außenbordmotoren, die nicht wollen, wie sie sollen. Die Fischer reißen und reißen am Notstartseil, weil der Elektrostarter nicht geht. Bis sie an sich selber zweifeln, am Vergaser, am Füllstand des Tanks, der Benzinpumpe, am Zustand der Kerzen. Niemand prüft den roten Ausschaltknopf. Da ist ein perfider Draht eingeklemmt, kaum zu sehen, und überbrückt den Schalter. Macht Kontakt. Motor will nicht, kann nicht, darf nicht, läuft nicht. Basta.

Man müsste an mutwillige, heimtückische, bösartige Sabotage denken, um es zu merken. Tut man aber nicht. Noch nicht.

Während die einen Schleppangler ihre Außenborder auseinandernehmen, setzen die anderen auf dem See ihre Leinen. Wer etwas auf sich hält, verwendet handgemachte Perlmuttspangen oder Metalllöffel aus einheimischer Produktion als Köder.

Noch bevor alle Leinen draußen sind, bleiben einige Boote mitten auf dem See liegen. Motor läuft. Lauter plötzlich. Eigenartig. Gang ist drin. Die Fischer kratzen sich an ihren Köpfen. Wo ist die versteckte Kamera? Da ist keine. Standgas rein. Gang raus. Vorsichtiger Blick über den Rand des Hecks. Wo ist der Propeller? Da muss doch ein Propeller sein. Verdammt, da war immer schon einer. Fährt ja nicht ohne Propeller, das Boot. Und überhaupt. Ratlosigkeit.

Der Propeller muss abgefallen sein. Noch nicht mal »plumps« hat er gemacht, denn er lag ja schon im Wasser. Still und heimlich hat er sich selber aus der Halterung geschraubt und sinkt nun 150 Meter in die Tiefe. Selber schuld, könnte man denken. Hat er nun davon, wenn er sich selber rausschraubt. Doch nicht er ist schuld, sondern die Mutter. Also nicht DIE Mutter, die sonst immer schuld sein muss. Die andere Mutter. Deren Aufgabe es ist, den Propeller davon abzuhalten, sich selber zu versenken. Hat sie aber nicht getan, die Mutter. Sie war heute etwas locker drauf. Zu locker, wenn man den Propeller fragt. Doch den fragt ja keiner. Die Mutter kann man auch nicht fragen. Auch sie liegt bald auf dem Grund, nimmt ihr Geheimnis mit ins Grab: Sie ist heimlich, heimtückisch, mit voller Absicht und entsprechendem Werkzeug gelockert worden. So sieht's nämlich aus: Da muss jemand mit Neoprenanzug, Taucherbrille und einer Stirnlampe nachts ins seichte Hafenbecken gestiegen sein, um Manipulationen durchzuführen.

Die größte Abschleppaktion in der Geschichte der lokalen Seerettung beginnt. Das hat man ja noch nie erlebt. Acht abgefallene Propeller am selben Morgen. Eigentlich hat man abgefallene Propeller überhaupt noch nie erlebt. Kann also kein Zufall sein. Röbi Bärtsch, Obmann der Seerettung Ost, spricht es aus: »Sabotage.«

Etwa 20 Fischer sind noch im Rennen. Wer lässt sich schon die Saisoneröffnung vermiesen? Zumal der größte Fang mit Foto und Messingtafel im Stübli vom Restaurant Seeblick verewigt wird – und ein schöner Teil der Konkurrenz nun ausgefallen ist. Noch hat niemand zugeschlagen. Hätte man mitbekommen. Man ist vernetzt. Gruppenchats. Statusmeldungen in Echtzeit. Von ersten Biereröffnungen, zum Beispiel.

Um 9.32 Uhr die Nachricht, Kudi habe beim *Inseli* eine 53-er gefangen. Verdammt! Wie auf Kommando wenden Boote. Jetzt die Uferzonen zwischen Walenstadt und Mols befischen! Auf geht's. Petri!, und so weiter. Das wird ganz schön eng. Schleppfischer brauchen Platz. In der Breite und achtern sicher 100 Meter.

Brüske Manöver gehen nicht, ansonsten ein Gewickel biblischen Ausmaßes droht. Die meisten fischen mit acht Ruten. Jeder zieht insgesamt einen Kilometer Schnur hinter sich her.

Dann Stau bei der Durchfahrt zwischen Inseli und Bommerstein. Schon wieder stehen Boote still. Jetzt wird aber richtig geflucht. Die Schnüre hängen fest. Aber so was von. Als ob jemand ein feines Stahlseil zwischen der einzigen Insel mit dem fantasievollen Namen und dem nahen Ufer gespannt hätte.

Was ja auch Tatsache ist. Wenn man mal weiß, wonach man sucht, dann findet man es. Ist auch auf dem Echolot drauf. Drei Meter unter der Oberfläche. 340 Meter Kabel. Das eine Ende beim Tauchplatz am Eisenpfosten angebunden, das andere an einem Baum auf dem Inseli. Ein Kormoran hockt dort und lacht sich ins Fäustchen. Na ja, bildlich gesprochen. Aber er scheint sich wirklich zu amüsieren. Ganz im Gegensatz zu den Fischern, die sich einem heiligen Zorn hingeben. Ihre Körper beben unter der Flut von Hormonen, die erst mal wieder abgebaut werden müssen. Wenn sie den in die Finger bekämen, dann ... Das könne ja fast nur ein Taucher gewesen sein, denken sie. Es sei denn, jemand mit einem Boot ...?

Und dann kommt ein Verdacht auf. Den bestätigen Bösi, Steff und Hausi: die Unzertrennlichen, die keinen Saisonstart verpassen, die mit insgesamt 16 Ruten fischen und ebenso vielen Scherbrettchen, als ob sie einen Schwarm weißer Enten hinter sich herzögen, die insgesamt an die 200 Meter See in der Breite abfischen – was natürlich nicht erlaubt ist –, die bereits eine Kiste Bier intus haben, erspähen beim Kreuzen ein Banner an Reto Fischlis Boot. »Antifaschistischer Sportfischereiverein Bommerstein – Gründungsversammlung des neuen ASVB, 3. Januar, 20 Uhr, im Restaurant Seeblick in Mols«, steht drauf.

»Zefix, wos soi des jezat?«, fragt Steff, bajuvarischstämmiger

Neo-Helvetier. Er macht bei der Vorbeifahrt ein Foto. Kommentiert: »So a Drecksau!« Jagt es durch alle Kanäle. Bald schon schickt jemand ein weiteres Bild.

Allgemeines Köpfeschütteln, bis beim Ersten der Groschen fällt, respektive der Rappen. Man ist ja in der Schweiz.

Und dann werden analog und digital am Laufmeter Halbsätze produziert wie:

»Ahaaaaaaaa ...«

»Jetzt aber ...«

»Heilandsack ...«

»Ob es sein könne, dass ...«

»Man würde sich nicht wundern, wenn ...«

»Ja, wenn das so ist, dann ...«

So geht das immer weiter unter den abgeschleppten Fischern, der Mannschaft vom Seerettungsdienst, den Fischern vor dem Inseli oder sonst wo auf dem See, den Leuten im Gruppenchat, immer weitere Kreise ziehend. Im Hafen Mols tippt einer mit Mechanikerfingern die 117 ins Smartphone. Er hat eins und eins zusammengezählt und hält in der anderen Hand einen feinen Draht.

Die Polizei schickt die lokalen Vertreter. Du musst hier aufgewachsen sein, um zu kapieren, wie die Leute ticken. Othmar Gätzi, Kranz-Schwinger in den 90ern, immer noch ein Schrank von einem Mann, von allen nur »der Kasten« genannt, bringt Moni Gubser mit. Auch sie Einheimische, Giftzwerg, schnell wie der Teufel, stur wie ein Esel, ledig, ergo Dienst über die Weihnachtstage. Wenn man vom »Pinscher« spricht, weiß jeder, wer gemeint ist.

Der Kasten sieht sofort: Erschütterung ersten Grades. Körpersprache. Noch mehr Fuchteln geht nicht, ohne das Gleichgewicht zu verlieren. Und selbst wenn er es nicht schon wüsste, wird es ihm gesagt:

»Tu was!«

»Elf Uhr im Seeblick«, entscheidet der Kasten. »Sagt's den andern.«

Dann lässt er sich Drähte zeigen, kurze an den Stoppschaltern der Motoren, Beweisstücke 001 bis 007, und den einen langen zwischen dem Bommerstein und dem Inseli. Den lässt er dann auch gleich von der Seerettung abmontieren. Beweisstück 008.

Um elf sind längst nicht alle da. Nicht wenige sind noch auf dem See. Wer nicht zum Sportfischereiverein Nebensee gehört, scheint nicht betroffen. Es sei denn, er hat beim Inseli eingehängt. Selbst Emil Giger, genannt Migg, der Präsident vom SFVN, ist draußen. Man müsste ihn holen. Weil Flugmodus. Prinzipiell beim Fischen. Und natürlich Reto Fischli. Der soll erst mal weiter sein Banner über den See ziehen, bis man den Überblick hat. Ohnehin reißt es niemanden zurück in die Kälte. Nun, da man es sich eben gemütlich gemacht hat, den Fischzug abgeschrieben, jeder für sich die Wahl zwischen Kafi-Lutz oder Bier getroffen hat, sich grimmig an einem Glas festhält. Halb leer und nicht halb voll.

Eben seien sie noch hier im Stübli zusammengesessen, berichten die Fischerkameraden. Klausabend, aber ohne Frauen, dafür mit Samichlaus und Schmutzli, also Nikolaus und Knecht Ruprecht fürs Protokoll. Der Kasten stellt kaum Fragen. Die Antworten kommen von alleine. Moni Gubser schreibt mit. So wortkarg, wie man denkt, sind die Fischer nun auch wieder nicht. Und sie scheinen darauf versessen zu sein, chronologisch zu berichten:

Gemischter Salat, Suppe, Cordon bleu mit Pommes frites. Später Erdnüsse, »Spanisch-Nüssli« genannt, à discrétion, dazu Mandarinen und Schokokläuse. Dann habe man natürlich immer mal wieder in einer toten Sprache gesprochen. »Latein. Fischerlatein!«, zwinker-zwinker. »Wenn ihr versteht, was wir meinen.«

Und dann der Höhepunkt natürlich: der Auftritt vom Migg als

Samichlaus mit dem Andi als Schmutzli. An Migg sei echt ein Stand-up-Comedian verloren gegangen, meint einer, der die Schweiz schon mal für länger als zwei Wochen verlassen hat. Alle sind sich einig, dass Migg sauber dichten könne. Aber er habe vielleicht doch schon etwas viel gebechert gehabt und dann, mein Gott, warum denn nicht?, etwas improvisiert. Stegreif statt Print-Out. Who cares? Sie hätten sich da alle etwas hochgeschaukelt. Die Stimmung jedenfalls sei super gewesen.

Und der Kormoran sei wirklich eine Pest. Fresse täglich Edelfische zu Tode. Forellen, Felchen, Egli. Alles. Bis zu 500 Gramm. Das gehe in die Tonnen.

Angefangen habe er mit begröltem Greta-Bashing. Das habe er sauber hinbekommen, der Migg. Ausgefuchst. Habe einen auf Pfarrer gemacht. »Heilige Greta, bitt für uns«, und so. Mit Absolution und allen Schikanen.

Die Stehpaddlerinnen hätten auch ihr Fett abbekommen.

Dann irgendwie – Stegreif halt – sei der Migg vielleicht, eventuell etwas falsch abgebogen, von der Migration der Kormorane zur Migration im Allgemeinen. Regelrecht politisch sei er geworden, der Migg.

Es laufe bei ihm im Geschäft halt nicht so gut. Müsse man wissen. Und die Frau sei ihm davongelaufen. Davongefahren eigentlich. Der Taxi-Schorsch. Wem sagen wir das? Kennt ihr ja. Hat es nicht so mit dem Tempolimit, oder? Und die Trix, die habe eben auch noch Geld väterlicherseits mit im Geschäft gehabt. Und wieso nicht mal etwas Dampf ablassen? Man sei ja unter sich, oder nicht? Da müsse man doch nicht gleich die Antirassismuskeule schwingen, oder?

Aber der Reto Fischli, der habe das eben nicht gecheckt. Nehme immer alles gleich persönlich. Empfindlicher Kerl! Fischli. Haha! Biete sich ja regelrecht an, den einen oder andern Spruch zu machen, oder nicht? Und dann auch noch die Frau Fischli.

Also die Miss Li, allgemein bekannt unter dem Namen Fisch-Li, Direktimport aus Thailand, ihr wisst schon … Ja, der Spruch dazu sei dann vielleicht schon etwas unter die Gürtellinie geraten. Aber da habe es trotzdem kein Halten mehr gegeben. Tränen gelacht hätten sie. Tränen! Ja, so sei es halt zu- und hergegangen. Item, der Reto habe das irgendwie in den falschen Hals bekommen. Wie gesagt, eine Schwester und ein Linker. Gutmensch, halt. Aber, okay, ist schon sportlich vom Migg. Muss man zugeben. Schon etwas steil vorgelegt. Kann man machen. Muss man aber nicht. Jedenfalls stand der Reto auf und sagte zu Migg. Also wörtlich:

»Du kannst gut Sprüche auf Kosten anderer machen. Aber das kleinste Würstchen von allen bist und hast wohl immer noch du selber, sonst wäre dir die Trix nicht abgehauen. Und ein schlechter Fischer bist du obendrein. Man muss nur einen Blick in deine Fangstatistik werfen. Abgesehen davon bist du nur neidisch, dass du noch nie den Stephanstag-Rekord geholt hast und deswegen kein Bild von dir und deiner kümmerlichen Visage hängt, du faschistischer Schafseckel. So, jetzt hab ich's dir mal gesagt.«

Da habe es dem Migg regelrecht den Nuggi rausgehauen. Fast getötet habe es. Diese Blicke. Wow! Eiszeit. Aber eben, da müsse man nun schon auch den Migg verstehen. Also, er habe immerhin das N-Wort nicht gesagt beim Kormoran, oder? Hätte sich ja auch nicht gereimt, oder? Und den Spruch über die Mai-Ling oder wie sie heißt, also die Fisch-Li, ja also, man müsse ja auch etwas vertragen können, nicht? So was rutsche einem halt mal raus im Affekt und unter Alkoholeinfluss.

Einfach gegangen sei er dann, der Migg. Habe auch den Schmutzli einfach stehen lassen. Ohne Worte. Starker Abgang. Dramatisch. Filmreif. Regelrecht die Stimmung verhagelt habe einem das. Und dann seien alle der Reihe nach gegangen. Nicht heim natürlich. Das wäre ja noch schöner, oder? Freitagabend?

Heim! Geht's noch? Schleift's eigentlich? Nur der Fischli sei wohl direkt zu seiner Ling petzen gegangen.

»Kommt mal auf den Punkt!«, schaltet sich der Kasten ein. Moni nickt und zeigt ihr Gebiss. Ein Lächeln ist das nicht.

Aber erst wird noch mal bestellt. Dann stummes Nippen an Kalt- und Warmgetränken. Die Blicke auf Walti gerichtet. Für etwas ist man im Vorstand, oder nicht?

»Eine Woche später, an der außerordentlichen Vorstandssitzung, haben wir Reto rausgeschmissen«, gibt selbiger endlich preis.

»Und?« Der Kasten ist kein Mann der Worte.

Waltis Blick geht zur Wand. Zu den gerahmten Bildern. Fischer halten Fische in die Kamera. Kniend. Arme ausgestreckt. Größe ist eine Frage der Perspektive. Unter den Bildern Messingtafeln. Rekordfänge der Saisoneröffnung seit der Gründung bis zum aktuellen Vereinsjahr. Es fehlt 2013. Dunkles Täferholz im Rechteck. Der Nagel ist noch drin.

»Aha«, sagt der Kasten.

»Oha«, sagt Moni.

»Ja, so ist es«, sagt Walti. »63 Zentimeter. Ein Prachtstück. Aber eben. Der Migg hätte sonst den Bettel hingeschmissen. Und dann?«

Alle starren in ihre Gläser. Was es da zu sehen gibt? Immer noch halb leer. Tendenz fallend.

»Und wie hat er's erfahren?« Da merkt man beim Kasten eben den Einheimischen. Dafür hat man den hergeschickt. Hat der Pinscher auch gekläfft? Nein. Muss man sich eingebildet haben. Die schreibt.

»Na ja.« Walti macht Kleinholz aus einem Zahnstocher. »Bei der Ausstellung. Perlmuttspangenverkauf am 21. Dezember. Da kommen immer alle. Reto natürlich auch. Da konnte ich mir das Porto sparen, oder nicht?«

»Wie hat er's aufgenommen?«, meldet sich der Pinscher doch zu Wort.

Kollektives Schulterzucken. Ja, im Grübeln sind sie gut. Auch Moni ist hier aufgewachsen.

Walti spuckt es endlich aus. »Das wird euch noch leidtun«, habe er gesagt. Einen Moment lang habe man gedacht, der schmeiße noch den Tisch mit den Perlmuttspangen um. Das wäre dann teuer geworden. Na ja, er habe es nicht getan und sei gegangen.

Der Kasten zieht die Schlüsse:

»Also hat Reto in der Nacht auf den Stephanstag die Stoppschalter überbrückt, die Propellermuttern gelöst und einen Draht zum Inseli gespannt. Um euch allen die Saisoneröffnung zu verderben. Und dann will er auch noch einen neuen Verein gründen.« Kollektives Nicken. »Na, dann wollen wir den mal befragen, wenn er zurück ist.«

»Jä, und der Migg?«, meldet sich einer.

»Was ist mit ihm?«, fragt der Pinscher.

»Der ist doch jetzt auch noch auf dem See mit diesem Irren.«

Der Pinscher und der Kasten tauschen Blicke aus. Ziehen Augenbrauen und Nasen hoch. Schürzen Lippen.

»Röbi, was meint die Seerettung? Könnt ihr ihn holen?«

Der Obmann steht auf und schaut aus dem Fenster. Die Beiz heißt nicht umsonst Seeblick. Dann drückt er auf seiner Wetterapp herum.

»Da zieht Nebel auf von Westen. Die kommen gleich ganz von selber rein.«

»Okay«, beschließt der Kasten. »Geben wir ihnen 30 Minuten. Die brauchen sie, um alle Leinen einzuholen. Wenn sie bis dann nicht im Hafen sind, geht ihr sie holen.«

Damit ist alles geklärt. Eine weitere Runde wird bestellt, und Walti sagt noch:

»Gell, das geht dann auf den Verein.«

Auf dem See bleibt der Wetterwechsel nicht unbemerkt. Petrus lässt den Vorhang runter. Nebel streift von Westen über den See. Himmlische Vertuschungsaktion. Seine Jünger demütigen sich. Sieht man nicht so gerne. Zum Berg hin ist die Sicht noch offen. Viel Platz ist aber nicht. Ein Schwebenetz liegt etwa 200 Meter vom Fels entfernt im See.

Zwei Boote fahren aufeinander zu. Jedes benötigt 100 Meter in der Breite, je vier Brettchen backbord und steuerbord. Mit etwas gutem Willen ist ein Kreuzen möglich. Knapp. Eventuell müsste man die Brettchen etwas einziehen.

Aber guter Wille ist gerade ausgegangen. Nach unbekannt verzogen. Ganz im Gegensatz zum Nebel, der noch etwas näher rückt. Eigentlich müsste man abbrechen. Aber wer bricht schon ab, wenn er zu hundert Prozent im Recht ist? Recht hat. Alles Recht der Welt.

Also Autopiloten rein. 270 Grad vs. 90 Grad. Kollisionskurs. 3.5km/h. Ein James-Dean-Moment. Der Klügere gibt nach? Träum weiter, Baby!

Bald ist der Punkt erreicht, da Abdrehen nicht mehr hilft. Wenn sich gegnerische Scherbrettchen verhaken, dann »Guet Nacht am Sechsi!«. Das ginge echt ins Geld. Und der Stolz, niemals den Stolz vergessen, bis auf den Grund, bis auf die Ehre hinunter wäre der verletzt.

Also auf die Mitte zielen. Wennschon, dennschon. Alles oder nichts. Tutti kaputti!

Reto und Migg stehen in ihren Booten. Gebleckte Zähne, starrer Blick über die Führerkabine hinweg, Face to Face. Schon ist das Weiße in den Augen zu erkennen.

Dann die Erkenntnis. Niemand wird abdrehen. Gleich kracht's. Also Augen zu und durch. Festhalten, bitte!

Rumpf schrammt an Rumpf. Seitlich abstehende Ruten splittern, als sich die Rutenhalter – solide Schlosserarbeit – ineinander verkeilen.

Jetzt Physik: zwei entgegengesetzte Antriebe, ein Drehpunkt.

Oben wickeln sich die Schnüre ganz von selber um die Ruten, unten verschmelzen Männerkörper an der Bordwand zu einem grunzenden Knäuel. Nun gar nicht mehr James Dean. Noch nicht mal John Wayne. Männer über 50 sollten sich nicht prügeln. Das ist mehr so ein Gezerre. Reto zerrt besser. Nun liegen Migg und er in seinem Boot und wälzen sich. Aber sie sind schon auf Reserve. Die Puste will nicht mehr. Die Beschimpfungen klingen etwas kläglich. Die Pumpe legt ihr Veto ein. Die Muskeln schwenken längst die weiße Fahne. Dann, endlich, schaltet sich der Kopf ein.

Zu viele Drehachsen. Wo ist der Horizont? Vielleicht mal eine Kampfpause? Auslüften? Oh, Mann, das schlägt echt auf den Magen. Erst mal aufrichten. Bloß nicht loslassen! Und immer rund-rund-rund im Kreis herum.

Ob man den Motor ausmachen sollte? Am besten beide gleichzeitig? Oder Leerlauf? Ja, Leerlauf! Superidee.

Doch das wird hinfällig, als sich die Boote mit einem Knall voneinander lösen. Hui, jetzt aber volle Kraft voraus. Der Autopilot gibt sein Bestes. Maximaler Ruderausschlag. Aber das ist zu wenig. Reicht nicht am Fels vorbei. Das ist Miggs und Retos Titanic-Moment.

Krawumms und Abflug! Platsch. Platsch.

Die Boote machen sich aus dem Staub. Feige Bande! Jedes zieht ein Bündel Scherbrettchen hinter sich her. Flitterwochen auf dem See. Aber Geisterschiffe. Entgegengesetzter Längskurs: 270 Grad und 90 Grad.

Zurück bleibt ein Wasser tretendes Männerpaar, das sich was getraut hat. Zu viel. Auch hier geht es um Grade. Celsius. 5.8, um genau zu sein.

Migg und Reto haben etwa 30 Minuten, um das Ertrinken zu überleben:

Erst der Kälteschock. Kehlkopfdeckel, Schotten dicht! Gleichzeitig abhusten. Hyperventilieren. Kontroverse. Ja nicht das Gesicht ins Wasser! Rettungswesten wären jetzt genial. Migg und Reto müssen strampeln. Schaffen sie. Nach zwei Minuten geht es besser.

Doch Schwimmversagen bahnt sich an. Muskelkontraktion. Auch im Brustkorb. Luft! Drei Meter noch! Wie Angelzapfen liegen sie im Wasser. Zwei Meter zum rettenden Ufer, das eine Felswand von einem Kilometer Länge und 300 Metern Höhe ist. Wie ein Riesentanker, an den man klopfen kann, ohne je gehört zu werden. Nicht ganz so glatt, zugegeben. Es gibt ein paar Griffe in der Schichtung des Kalksteins. Reto bekommt einen zu fassen. Streckt den Arm. Miggs Ärmel. Er zieht ihn ran. Nun, wie die Käfer am Schwimmbadrand. Kann das gut gehen?

Es müsste jemand kommen. Aber schnell. Da gibt es doch immer Leute auf der anderen Seeseite, die mit Feldstechern an den Fenstern kleben. Spanner halt. Manchmal Lebensretter. Wenn sie denn was sähen. Was gerade unmöglich ist. Der Nebel.

Eine Hoffnung ist Miggs Boot. In etwa zehn Minuten läuft es in Walenstadt auf den Strand auf. Auch Retos Boot wird man früher oder später entdecken. Dann Kurse zurückverfolgen. Die Seerettung hat Radar. Wenn sie bis an zehn Meter an die Felswand rankämen, würden sie sie sehen. Davor allerdings? Sie geben ja kein Echo ab hier am Berg. Witziges Wortspiel, wenn man sich nicht gerade zu Tode friert.

Die Geräusche ihrer Boote haben sich verloren. Zu hören ist nur das Flüstern der wirklich leisen Wellen am Fels. Irgendwo rieselt etwas Wasser herab. Der Berg lockert ein paar Steine. Über dem Nebel muss die Sonne scheinen. Drehen Alpendohlen ihre Runden. Das Leben insgesamt geht weiter.

Aber nicht hier unten.

Wenn sie im Wasser blieben, trieben Wasserleichen bald im See.

Da! Die Warntafel. Parkverbot von wegen Steinschlag. Witz ahoi! Aber man kann sich daran festhalten. Stummes Übereinkommen. Sie hangeln sich verbissen vor. Die Hände? Wo sind die Hände? Man kann sie sehen. Spüren kann man sie nicht. Gemeinsam schaffen sie's. Raus aus dem Wasser! Die Luft ist zwar noch kälter, aber, Physik sei Dank, leitet sie Kälte über zwanzigmal schlechter. Solange die beiden in Bewegung bleiben, haben sie eine Chance. Jetzt kraxeln. Richtung Quinten, beim Gasbach, hat die Geologie auf einem auslaufenden Schutthaufen einen einsamen Strand gebaut. Im Sommer finden Revierkämpfe zwischen bootsbesitzenden Einheimischen statt. Im Winter verirren sich höchstens ein paar Gämsen dorthin.

Reto rutscht ab. Migg krallt sich an eine Krüppelkiefer und zieht ihn wieder aus dem Wasser. Weiter, weiter! Bewegung, Bewegung! Es ist zu schaffen. Die letzten Meter nochmals in den See. Grasbüschel bieten Halt für Hände, die nicht wissen, was sie tun. Aber sie tun es. Bis die Füße endlich Grund finden. Raus jetzt, aber flott!

Und dann, keuchend, vornübergebeugt, aber am Strand stehend, klammern sich die beiden aneinander fest. So kalt war es noch keinem. Doch Migg gelingt so was wie ein Grinsen, als er sich in die Innenjacke fasst. Er zieht einen Plastiksack heraus. Zippverschluss. Darin seine Pfeife. Der Tabak. Und ein Feuerzeug.

Reto klopft Migg auf die Schulter und nickt. Ohne Worte.

Schwemmholz suchen. Und Reisig. Nicht wählerisch sein. Und dann, Gott sei's getrommelt und gepfiffen, ein verdorrtes Birklein. Mit dessen Rinde wird es klappen.

Gemeinsam gelingt es ihnen, hinter einem Felsklotz ein Feuer zu entfachen. Rasch wird es größer. Migg und Reto hocken sich hin. Halten die Hände zu den Flammen. Die nächsten zehn Minuten gehören ganz dem Schmerz. Kuhnagel, sagt man hierzulande dazu. Das hier ist die Mutter des Kuhnagels, als das Blut wieder in die Hände schießt. Die Männer winden sich vor Schmerzen. Dem anderen zuliebe stöhnen sie nur leise.

Endlich entspannen sich ihre Züge. Holz nachlegen. Oh, ja! Dann greift Migg noch mal in seine Innentasche und holt den Flachmann hervor.

Reto hebt den Zeigefinger und holt ein identisches Behältnis aus seiner Jacke. Versonnen betrachten sie das Vereinslogo darauf. Ein Lächeln huscht über ihre Gesichter, als sie die Verschlüsse abschrauben. Dann hoch die Tassen!

»Migg!«

»Reto!«

Marc Hofmann

Schnee-Engel in Engelberg

Engelberg
(Schweizer Alpen)

 *Über den Autor:*

Marc Hofmann, Jahrgang 1972, ist Gymnasiallehrer für Deutsch und Englisch in Freiburg. Von diesem Halbtagsjob nicht ganz ausgelastet, hat er bereits zwei Romane veröffentlicht und tritt regelmäßig in seinen Kabarettprogrammen *Der Klassenfeind* und *Gibt es ein Leben vor dem Tod?* auf. 2021 erschienen mit *Der Mathelehrer und der Tod* und *Horvath und die verschwundenen Schüler* die ersten beiden Bände seiner neuen Lehrer-Krimireihe.

W ir sind bald da. Schön, nicht?«
An diesen beiden Sätzen seiner Frau Sonja war schon alles falsch.

Joachim Storck öffnete seine Augen und sah vom Beifahrersitz aus dem Fenster des fahrenden Autos. Schnee. Berggipfel. Vereinzelte Häuser und Höfe.

Er wollte nicht ankommen. Er hasste die Berge. Er hasste die Jägers, mit denen sie Weihnachten auf dieser Hütte in Engelberg in den Schweizer Alpen verbringen würden, vor allem *ihn*, Tom Jäger.

Er hasste die Schweizer mit ihren überteuerten Preisen und ihrer Vorstellung, sie könnten sich aus allem raushalten, aber dann doch in Süddeutschland Lebensmittel und Immobilien erwerben mit ihrem ganzen Geld.

Ach ja, und er hasste Weihnachten.

Eigentlich. Auch wenn dieses Jahr alles anders war.

Das mit Weihnachten war nicht immer so gewesen. Als die Kinder noch klein waren, hatte er es genossen. Zumindest ganz am Anfang. Er wusste nicht mehr, wann das Ganze sich in eine Inszenierung verwandelt hatte, wann genau der Übergang zwischen echter und gespielter Familienharmonie stattgefunden hatte. Wenn man drinsteckte, merkte man das ja gar nicht.

Man merkte auch lange nicht, wenn eine Ehe am Ende war. Manchmal fragte er sich, ob er es nicht schon am Anfang hätte merken können. Sonja liebte die Berge, er das Meer. Damit ging es ja schon los. Und wo fuhren sie immer hin? Nicht nur im Winter, da konnte man das ja noch nachvollziehen, nein, auch im Sommer? Genau! Mit 18 war er durch Schottland getrampt, und wie gerne hätte er ihr und später den Kindern dieses tolle Land einmal gezeigt, aber sie wollte nicht.

Natürlich ignorierte man so etwas, wenn man verliebt war. Maß dem keine Bedeutung bei, stellte die vielen Dinge, die einem gut gefielen, in den Vordergrund und schob die anderen beiseite. Dann heiratete man, und auch wenn einem immer mehr störende Dinge auffielen, so versuchte man, denen doch nach wie vor keine große Bedeutung beizumessen, denn wollte man wirklich alles aufs Spiel setzen, nur weil die Frau am Telefon zu laut und falsch lachte oder die falsche Musik und die Berge mochte? Solange in der Kosten-Nutzen-Rechnung noch mehr auf der Haben-Seite stand, ließ man es gut sein, ärgerte sich über sich selbst, was man doch für ein anspruchsvoller Egoist war, und schlitterte so immer weiter in den Schlamassel. Dann kamen die Kinder, und jahrelang hatte man sowieso keine Zeit mehr füreinander und merkte gar nicht, wie man sich immer weiter voneinander entfernte, während man sich einredete, irgendwann, wenn die Kinder größer seien, würde man wieder zueinanderfinden, Zeit füreinander haben und alles nachholen, ins Kino gehen, gut essen, all die Reisen, die mit der Familie nicht gingen, machen, und dann waren die Kinder groß, und man machte nichts von alledem, vor allem nicht, seit Sonja begonnen hatte, abends mit Piccolo, Handy und Duftkerzen ausgestattet ein Vollbad zu nehmen. Er wusste nicht, mit wem sie telefonierte. Am Anfang war es ihm auch egal gewesen. Er hörte nur immer wieder ihr Lachen. Offenbar hatte sie es lustig in ihrer Badewanne. Lustiger als mit ihm.

Er ging dafür im Sommer auf den Tennisplatz, etwas, von dem er sich auch immer gewünscht hatte, sie würden es zusammen machen, bis sich herausstellte, dass sie Tennis albern fand. Und im Winter hatte er in letzter Zeit immer mehr Gefallen an diesen Rachefilmen mit Denzel Washington, Liam Neeson oder Keanu Reeves gefunden. Filme, in denen nicht lange gefackelt wurde, in denen mittelalte Männer Prostituierte oder die eigenen Töchter aus den Fängen osteuropäischer Bösewichte befreiten und dabei jeden aus dem Weg räumten, der sich dorthin stellte. Das gefiel ihm. Die Welt in diesen Filmen war zwar böse, aber sie war überschaubar. Nicht wie die Wirklichkeit, die er immer weniger verstand.

Sonja sah ihn an. Er blinzelte. Antworten konnte er nicht. Als er heute Morgen aufgewacht war, hatte er keine Stimme mehr gehabt. Vor ein paar Tagen hatte er geglaubt, sich eine Grippe oder Ähnliches eingefangen zu haben, aber es war nichts weiter passiert, außer dass er seit heute Morgen nicht mehr sprechen, nur noch flüstern konnte.

»Ich freu mich schon auf das Fondue«, sagte seine Frau und trommelte mit den Fingern aufs Lenkrad im Takt zu einer Musik im Radio, die ihn anekelte. Wann hatten die Radiosender eigentlich aufgehört, *Deep Purple* zu spielen, und vor allem warum? Noch etwas, das er nicht verstand.

»Jägers sind sicher schon da«, sagte sie.

Er sah zu ihr hinüber. Sie lächelte. Sie freute sich wirklich über das alles hier. Die Berge. Die Jägers. Die Hütte. Weihnachten.

Sie kamen schon seit etlichen Jahren hierher. Früher nur die Familie mit den Kindern, seit die aus dem Haus waren, mit den Jägers. Es war jedes Mal die Hölle.

Diesmal würde es anders sein. Denn Joachim Storck hatte einen Plan.

Natürlich würden die Jägers vor ihnen da sein. Tom Jäger gehörte zu der Sorte Mann, die Geschwindigkeitsbeschränkungen als unverbindliche Empfehlungen ansahen. Außerdem war Tom Jäger immer schneller, besser, klüger und stärker als alle anderen mit seinem schwarzen Porsche Cayenne mit den getönten Scheiben, seiner im ganzen Umland gefürchteten Rückhand und seinen erfolgreichen Kindern, die in den USA und Südafrika studierten. Dazu diese unerträglichen Briefe, die die Jägers immer kurz vor Weihnachten unaufgefordert an Bekannte und Verwandte verschickten, in denen jedes Familienmitglied die persönlichen Highlights des Jahres auflistete und sie sich gegenseitig selbst beweihräucherten. Gewonnene Tennisclubmeisterschaften, Ruderrennen und Musikpreise, erfolgreiche Geschäftsabschlüsse, Stipendien, Praktika bei der UN, es war unerträglich.

Nur bei einer Sache war Tom Jäger kein Gewinner. Seine Frau Dodo verschwand langsam. Aufgefallen war es Joachim vor einigen Jahren, als sie keinen Beitrag in der Familienlobpreisungsdepesche mehr verfasste. Später sah man es ihr auch an. Sie fiel in sich zusammen, in ihren Augen erlosch etwas. Sie wurde grau und immer stiller und ähnelte mehr und mehr ihrem eigenen Schatten.

Sie verließen die asphaltierte Straße, fuhren noch ein paar Hundert Meter einen schneebedeckten Waldweg entlang, bis sie an eine Schranke kamen, vor der am Wegesrand tatsächlich schon der Cayenne der Jägers stand. Etwas unterhalb sahen sie die frei stehende Hütte, aus deren Kamin es rauchte.

Sonst war von hier aus kein anderes Gebäude zu sehen, die Ortschaft hatten sie deutlich hinter sich gelassen. Die Hütte war wirklich sehr abgelegen.

Joachim hegte seit einiger Zeit einen Verdacht, mit wem Sonja abends in der Badewanne telefonierte. Nein, es war mehr als ein Verdacht. Er war sich dieser Sache verdammt sicher. Auch wenn er noch keinen Beweis dafür hatte. Aber er würde ihn bekommen. Und zwar hier auf dieser Hütte. Denn als Jäger im Juni begonnen hatte, immer wieder das gemeinsame Weihnachten hier oben zu thematisieren, hatte sich in seinem Kopf ein Plan eingenistet, den er dort einfach nicht mehr herausbekam. Erst war es nur eine vage Idee gewesen, eine theoretische Möglichkeit. Dann wurde die Sache immer konkreter und detaillierter.

Sie holten ihre Taschen aus dem Auto, die Ski ließen sie noch auf dem Dach und machten sich auf den Weg durch den kniehohen Schnee zur Hütte. Joachim hatte, gegen alle Einwände seiner Frau, einen Rollkoffer mitgenommen, denn nur dort konnte er unauffällig verstauen, was er für seinen Plan benötigte.

»Auch schon da?«, rief Jäger ihnen strahlend zu. »Immer schön ans Tempolimit halten, was, Joachim?«

Selbst mit Stimme hätte er nicht gewusst, was er darauf erwidern sollte.

»*Ich* bin gefahren«, sagte Sonja, als sie die Veranda betraten. Links von der Hütte befand sich ein kleiner Schuppen mit Feuerholz und einem Spaltklotz, in dem eine Axt steckte. Rechter Hand schloss sich nah am Haus ein Abhang an, der etwa zehn, elf Meter steil nach unten führte, ehe er sanft auslief und in ein kleines Kiefernwäldchen mündete.

»Oh, fortschrittliches Genderverhalten«, raunte Jäger, »eine Frau der Tat, das gefällt mir.«

Eigentlich hätte man diesen Worten keine große Bedeutung beimessen müssen. Jäger war ein Womanizer vor dem Herrn, zumindest glaubte er das selbst. Sobald sich eine auch nur halbwegs attraktive Frau in seiner Nähe befand, schaltete er sofort in den Flirt-Modus, kannte keine Skrupel bei zweideutigen Anzüglichkeiten und schreckte mitunter auch vor plumpem Sexismus nicht zurück. Joachim konnte sich nur schwer vorstellen, dass eine Frau das auch nur ansatzweise attraktiv fand, befürchtete aber, dass es genau so war.

Das Problem war, dass Jäger, warum auch immer, mit einem immensen Selbstbewusstsein ausgestattet war. Sicher konnte er manches gut. Er verhielt sich aber auch so, als wäre er in wirklich allem der Beste und sähe dabei auch noch über die Maßen gut aus, was Joachim beim besten Willen nicht erkennen konnte. Andererseits, was verstand er schon davon? Sicher war, dass Jäger es sich zu eigen gemacht hatte, so derart von sich überzeugt zu sein, dass dies auf alles, was er tat, und seine Umgebung abstrahlte, was ihn eine Aura des Erfolgs verströmen ließ, vor der man fast schon wieder Respekt haben musste.

Joachim hatte sich vorgenommen, dieses Jahr genau aufzupassen. Genau hinzuschauen, wie die beiden sich unterhielten, sich ansahen, denn ihm fehlte ja noch der letzte Beweis für seinen Verdacht. Selbst Sonjas Handy, das er kürzlich einmal untersucht hatte, war unverdächtig gewesen.

»Na, dann kommt mal rein in die gute Stube. Wir haben schon ein Sektchen geöffnet.«

Jäger schüttelte Joachim die Hand. Wieder war er überrascht, wie fest Jägers Händedruck war. Seine eigene Hand kam ihm schlaff und weich in Jägers Pranke vor, und wieder fühlte sie sich leicht schwitzig an, etwas, das ihm nur auffiel, wenn er Jägers Hand schüttelte. Er ging an ihm vorbei, ließ sich auch noch auf die Schulter klopfen, grinste schief und glaubte im Augenwinkel zu erkennen, wie Jäger Sonja kurz den Hintern tätschelte, aber als er noch einmal hinsah, war Jäger schon auf dem Weg in den Schuppen, um mehr Feuerholz zu holen.

Die Hütte war klein und gemütlich. Sie bestand aus einem großen Raum, einem rustikal eingerichteten Wohnzimmer mit Kamin, das nahtlos in einen Essbereich und dann in eine offene Küche überging.

Dahinter gab es zwei Türen, die in zwei Schlafzimmer mit je einem Bad führten. Aus einer dieser Türen kam nun Dodo Jäger. Sie wirkte noch verhuschter als beim letzten Mal, als Joachim sie gesehen hatte, ihr Blick war glasig, der Gang etwas unsicher. Joachim war sich nun völlig sicher, dass sie trank oder etwas anderes einnahm, um sich zu sedieren.

»Hallo«, hauchte sie. »Sekt?«

Kurze Zeit später stießen sie an. Zum letzten Mal, durchfuhr es ihn, und ein Schauer lief ihm über den Rücken.

Während die anderen das Essen zubereiteten, ging er ins

Schlafzimmer und holte etwas aus seinem Rollkoffer. Es war ein Brett, etwa 50 Zentimeter im Quadrat. Er hoffte, es würde passen, er hatte es so groß gemacht, dass er es gerade noch unauffällig im Rollkoffer verstauen konnte. Er lehnte es an die Wand. Niemand würde sich fragen, was das Brett da sollte. Es war halt ein Brett. Für irgendetwas würde es schon gut sein, der Besitzer der Hütte würde sich schon etwas dabei gedacht haben.

»Na, mittlerweile mal die Stones aufgenommen?«, fragte Jäger, als sie beim Essen waren.

Joachim war Toningenieur in einem Freiburger Tonstudio. Er wusste natürlich, dass Jäger ihn nur aufziehen wollte. Dennoch versetzte ihm die Frage einen Stich. Ja, als er sich für diese Tätigkeit entschied, hatte er wirklich davon geträumt, eines Tages große Rockbands aufnehmen zu können. Natürlich war Freiburg für solche Ambitionen die denkbar falsche Stadt, und so verkleinerte er seinen Traum darauf, vielleicht eines Tages das Debütalbum einer Newcomerband aufzunehmen, mit dem die dann groß durchstartete. Was blieb, waren jedoch Regionalbands, die ihre CDs bei Konzerten an Freunde und Bekannte verkauften und nach ihrer Auflösung von den 500 oder 1000 produzierten Scheiben am Ende die meisten wegwerfen mussten. Mittlerweile nahm er fast nur noch Werbung auf. Bands brauchten keine Tonstudios mehr, sie machten das jetzt alles selbst.

Natürlich war es müßig, all das Tom Jäger zu erklären, denn zum einen war es ein Eingeständnis einer Niederlage, eines geplatzten Traums, und zum anderen war es unmöglich, mit Jäger ein richtiges Gespräch zu führen. Der Mann unterhielt sich nicht, er monologisierte. Seine Fragen beinhalteten kein Interesse. Sie waren entweder Provokationen, oder er beantwortete sie gleich selbst, weil er sich sowieso für nichts und niemanden interessierte außer sich selbst. Wenn man sich mit ihm unterhielt, war man kein Gesprächspartner, man war Publikum.

Unter großem Zinnober schaltete Tom Jäger, nachdem sie alles vorbereitet hatten, den Fonduetopf ein, und sie begannen, ihr Fleisch hineinzutunken.

»Ihr wisst ja, wer ein Stück verliert«, legte Tom Jäger fest, »muss einen Schnaps trinken.«

Wie alt sind wir, 16?, fragte sich Joachim. Noch befremdlicher als den Vorschlag fand er allerdings das Verhalten seiner Frau, die laut »Au ja« rufend in die Hände klatschte. Aber er nahm es hin und sagte nichts. Wie er alles hinnahm und nichts sagte.

Er hatte es hingenommen, dass er die Duschkabine nach dem Duschen mit einem Fensterputzer abputzen musste, und dabei jedes Mal mit dem nackten Hintern gegen die eiskalten Kacheln stieß. Auch, dass Sonja es nicht duldete, auf dem Sofa zu essen, und er deshalb seinen Schokopudding abends vor dem Fernseher im Stehen aß, nahm er klaglos hin. Er hatte sich in seinen eigenen Schoßhund verwandelt. Nein, eigentlich in ihren. Über die Jahre hatte sich eine Menge in ihm angestaut. Und er hatte immer mehr das Gefühl, dass das Maß dessen, was ein Mann ertragen konnte, jetzt voll war. In den letzten Monaten hatte er viele Abende im Internet verbracht und war zu dem Schluss gekommen, dass es vielen Männern so ging.

Natürlich hatte er sich schon mit dem Thema Scheidung beschäftigt. Aber wenn man ehrlich war, würde das seinen Ruin bedeuten. Es war einfach nicht zu finanzieren, mit dem Haus, zwei studierenden Kindern und allem. Er würde das Haus nicht halten können, müsste am Ende irgendwo im 3. Stock in einer kleinen Wohnung hausen. Das ging nicht. Wenn man einmal in einem Haus wohnte, konnte man nicht in eine Wohnung zurück.

Dodo sagte gar nichts, goss sich aber dafür gleich einen Schnaps ein und kippte ihn weg. Tom Jäger hatte sich unterdessen auf eines seiner Lieblingsthemen – Rotwein – eingeschossen. Zum wiederholten Male pries er den von ihm mitgebrachten Wein und wurde nicht müde zu erzählen, wie er ihn in der Provence auf einem kleinen Weingut entdeckt hatte, sich mit dem Winzer, »dem Marcel«, anfreundete, gleich mehrere Kisten mit nach Hause nahm und sich nun alle paar Monate ein paar Kisten schicken ließ, immer vom *Marcel*.

Während Jäger dozierte, fiel Joachims Blick auf seine neben ihm sitzende Frau, und *in ihren Augen* sah er es. Nicht nur schienen ihr Jägers Geschichten niemals langweilig zu werden, nein, sie war offenbar geradezu fasziniert davon, und die Art, wie sie ihn anfunkelte – hatte sie ihn, Joachim, eigentlich jemals so angefunkelt, selbst damals, als sie sich ineinander verliebten? –, machte es zur Gewissheit: *Jäger und Sonja hatten etwas miteinander.*

Er hatte es gewusst. Es gab keinen Zweifel. Er hatte sich nicht getäuscht. Nun hatte er seinen Beweis. Für einen Moment glaubte er, laut loslachen zu müssen, dann wurde ihm erst heiß und dann schlecht. Er wusste, was das bedeutete. Es gab kein Zurück mehr. Es war eine Sache, sich etwas auszudenken, aber eine ganz andere, das dann auch in die Tat umzusetzen.

Er entschuldigte sich und ging ins Bad, wo er sein Gesicht benetzte und in den Spiegel blickte.

Aus dem Spiegel blickte ihn Denzel Washington an.

»Zieh es durch, du Weichei!«, sagte Denzel zu ihm.

»Also gut, dann«, flüsterte er sich selbst zu.

Er hatte sich in letzter Zeit mit dem Thema *Kohlenmonoxidvergiftung* befasst und so einen Plan geschmiedet, bei dem nichts schiefgehen konnte. Niemand würde ihn verdächtigen. Ein unglücklicher Unfall.

Er gab sich einen Ruck und ging zurück an den Tisch, wo Jäger und Sonja – Dodo trank geistesabwesend vor sich hin – begonnen hatten, in der Küche das Dessert herzurichten. Joachim setzte sich an den Tisch und schielte regelmäßig unauffällig zu ihnen hinüber. Dieses Gekicher und Gegurre. Diese scheinbar zufälligen Berührungen der Hände, wie Jäger im Vorbeilaufen ihren Rücken oder Hintern streifte, die Blicke, die sie sich zuwarfen. Joachim wusste jetzt, dass sie miteinander schliefen, aber lange nicht so oft, wie sie gerne würden. Aus ihrem Verhalten sprach das reine Begehren. Das hier war offenbar eine Art Spiel. Ein Spiel, das dadurch, dass es vor den Augen der jeweiligen Ehepartner ablief, nur noch aufregender wurde. Sein einziger Trost war, dass dies das letzte Mal sein würde. Im Grunde müsste ihn, selbst wenn er erwischt würde, jeder Richter freisprechen. »*Was Sie getan haben, ist nur allzu verständlich, Sie dürfen nun gehen.*«

Er trank sein Glas Wein in einem Zug leer. In dem Moment stand Dodo auf und verabschiedete sich zur Nacht. Ein paar Worte gespielten Bedauerns aus der Küche, dann küsste Jäger sie pflichtbewusst auf die Wange. Jäger hatte einmal erzählt, dass sie Schlaftabletten nahm und wenn sie einmal schlief, durch nichts mehr zu wecken war. Joachim bedauerte sie einerseits – sie war ein unvermeidlicher Kollateralschaden –, andererseits konnte man das, was ihr nun widerfahren würde, auch als Erlösung ansehen.

Er dachte an Denzel Washington und Liam Neeson. Dann stand er auf, bedeutete flüsternd und gestisch, dass auch er sich empfahl. Erneutes gespieltes Bedauern, vor allem seiner Frau, die auf ihn zukam, ihn in die Arme schloss, eher freundschaftlich als leidenschaftlich, und ihm eine gute Nacht wünschte.

Er legte sich angezogen ins Bett, deckte sich zu, machte das Licht aus und wartete. Er stellte sich vor, wie es sein würde.

Ohne sie.

Er würde in dem Haus wohnen bleiben. Er würde Pudding auf dem Sofa essen. Er würde seine Schallplatten wieder aus dieser Truhe im Keller holen und ins Wohnzimmer stellen, wo sie hingehörten, dann würde er sich einen Plattenspieler kaufen und ihn offen auf die Kommode stellen, und nicht versteckt, wie sonst alles, was ihm gehörte oder gefiel. Sie nannte es *aufgeräumt,* er nannte es *gedemütigt* und *entmannt.*

Die Vorstellung, alles tun zu können, was er wollte und liebte, ohne sich auslachen oder maßregeln lassen zu müssen, erregte ihn beinahe. *Freiheit ist das Einzige, was zählt.* Westernhagen. Guter Mann.

Etwa eine halbe Stunde später näherten sich Schritte.

»Joachim?«, flüsterte Sonja.

Er stellte sich schlafend. Sie konnte davon nicht überrascht sein. Er konnte sehr schnell einschlafen, und wenn er einmal schlief, dann war er schwer wach zu bekommen. Vor einiger Zeit hatte er eine halbe Stunde unter dem wegen leerer Batterie wie wild piependen Feuermelder in seinem Zimmer gelegen, bis sie aus ihrem gekommen war – sie hatten getrennte Schlafzimmer, weil er anscheinend schnarchte – und ihn geweckt hatte.

Er war gespannt, wie es nun weiterging. Entweder sie wartete noch ein wenig, bis sie sicher war, dass er im Tiefschlaf angekommen war, ging dann wieder nach draußen, wo sie und Jäger übereinander herfielen, vor dem Kamin vielleicht oder im Stehen in der Küche oder was auch immer ihre vor Lust irren Hirne ihnen eingeben würden. Oder sie hatten so viel Anstand, ihre Affäre für die Zeit des Aufenthalts hier ruhen zu lassen, nichts zu riskieren, um sich dann zu Hause wieder irgendwo zu treffen, was wusste er denn, welche Liebesnester die beiden sich aussuchten.

Wie auch immer, es war wichtig, dass sie schliefen, wenn es passierte. Wach würden sie den Qualm bemerken und versuchen, sich zu befreien.

Sonja legte sich neben ihm ins Bett und drehte ihm den Rücken zu.

Er würde in jedem Fall Geduld haben müssen.

Während er wartete, wurde sein Kopf immer klarer. Sein Plan hatte unzählige Phasen durchlebt. Von der Erregung darüber, wie bestechend diese Idee war, zum Erschrecken, wie er so etwas denken konnte, über den Versuch, das alles zu vergessen, die Verzweiflung, dass das nicht gelingen wollte, bis zur Akzeptanz und der Gewissheit, dass es das Richtige war und es keine andere Möglichkeit gab.

Nach einer Weile wurde Sonjas Atmung gleichmäßiger.

»Sonja«, flüsterte er. Keine Reaktion.

Leise stand er auf, schnappte die Wolldecke auf dem Stuhl neben dem Bett, rollte sie zusammen und drapierte sie unter seiner Bettdecke, sodass es im Halbdunkel aussah, als läge er noch darunter. Für alle Fälle. Dann nahm er das quadratische Brett, öffnete leise die Tür, spähte ins Wohnzimmer, sah, dass es leer war, schlich quer durch den Raum erst zum Kamin, wo er noch zwei große Holzscheite ins Feuer warf, nahm sich seine Schuhe – und fand seine Jacke und Handschuhe nicht. Die Handschuhe waren in der Jacke, das wusste er. Das konnte nicht wahr sein. Wo war seine Jacke? Er war beinahe sicher, sie irgendwo im Wohnzimmer hingelegt zu haben. Panisch sah er sich um. Oder hatte Sonja sie aufgeräumt? Wie sie immer alles aufräumte und ihm dann Vorhaltungen machte, er würde seine Sachen immer überall herumliegen lassen. Wo hatte sie sie hingetan? Am Ende ins Schlafzimmer? Konnte er riskieren, dorthin zurückzugehen? Sonjas Schlaf war nicht besonders fest, sie wachte wegen jeder Kleinigkeit auf.

Immer wieder hatte er seinen Plan durchgespielt. Zehn bis fünfzehn Minuten müssten alles in allem reichen. Bei der Raumgröße im Verhältnis zum Kamin, so hatten seine Recherchen und Berechnungen ergeben, würden sie in fünf Minuten tot sein. Und sie würden nichts davon merken.

Er entschied sich, es ohne Jacke zu versuchen.

Draußen war es so kalt, dass ihm kurz der Atem stockte. Das waren deutlich unter 10 Grad minus.

Ein eisiger Wind wehte ihm ins Gesicht.

Der Himmel war sternenklar, ein Halbmond beleuchtete die Landschaft spärlich. Unter anderen Umständen hätte die Szenerie romantisch sein können, aber Romantik war hier nicht das Thema. Zumindest nicht bei ihm.

Joachim zog sich seine Schuhe an und begann bereits vor Kälte zu zittern. Er ging leise ums Haus, um alle Fensterläden zu schließen und die Windverriegelungen, die man nur von außen anbringen und auch wieder lösen konnte, herunterzuklappen. Dann ging er zum Holzschuppen, nahm sich den Spaltklotz, hievte ihn auf die Veranda, immer darum bemüht, kein Geräusch zu verursachen, und kletterte darauf, die Holzplatte in einer Hand. Seine Finger wurden bereits kalt. Er stieg mühelos aufs Dach und folgte den dort für das einfache Erreichen des Kamins angebrachten Zapfen. Oben angekommen, legte er die Holzplatte auf den Kamin. Sie passte perfekt.

Er zitterte mittlerweile am ganzen Leib. Aber er musste durchhalten. Zehn Minuten auf dem Dach durchhalten. Dann die Platte wieder abnehmen, die Fensterläden öffnen, die Platte im Kamin verbrennen und dann ins Dorf, die Polizei rufen. Er sei noch ein wenig raus an die frische Luft gegangen, zehn, fünfzehn Minuten vielleicht, als er zurückkam, fand er seine Frau und das befreundete Ehepaar tot in der Hütte. So weit die Theorie.

Das Zittern wurde heftiger. Der Wind war hier oben noch stärker, als er zunächst geglaubt hatte. Er versuchte, sich neben den Kamin zu kauern, sich zusammenzurollen, um der Kälte weniger Angriffsfläche zu geben, aber sein Fuß rutschte auf dem vereisten Dach nach hinten weg, und er kam aus dem Gleichgewicht. Seine Finger suchten Halt, fanden nur den Kamin und dort das Brett, das er daraufgelegt hatte, um den Rauchabzug zu verhindern, und dann rutschte er mit dem Brett in der Hand auf der seinem Aufstieg gegenüberliegenden Dachseite hinunter.

Es ging ganz schnell, dann kam er auf der gefrorenen Schneedecke auf, etwas knackte, wie wenn man einen großen Eiszapfen abbrach, und ein stechender Schmerz fuhr durch seinen rechten Arm. Er rollte ein wenig weiter, versuchte sich vergeblich irgendwo festzuhalten und schlitterte dann den Abhang neben der Hütte nach unten. Auf dem Schnee hatte sich eine Eisschicht gebildet, die ihm das Gesicht und die Hände aufschnitt. Als er unten ankam, explodierte ein Schmerz in seinem Hirn, der schlimmer war als alles, was er je erlebt hatte.

Er wusste nicht, was da unter der Schneedecke war, aber es hatte seine Beine verletzt. Schwer verletzt. Sie waren gebrochen oder Schlimmeres. Er hätte nicht sagen können, ob da eine vergessene Landmaschine lag, ein Pflug oder eine Heuwendemaschine vielleicht, ob er in eine Bärenfalle geraten war – gab es eigentlich Bären in den Schweizer Alpen, und wenn ja, gab es noch Bärenfallen? – oder ob er mit seinen Beinen eine Eisfläche durchstoßen hatte, deren spitze Kanten ihm nun ins Fleisch bis auf die Knochen stachen.

Er wusste es nicht, was da unter ihm war. Er wusste nur, dass er bis zum Oberkörper feststeckte und er seine Beine nicht bewegen konnte, die außerdem schmerzten, als würden sie mit spitzen Dolchen bearbeitet. Er schrie, aber es kam kein Ton aus seiner Kehle. Er konnte seine Beine nicht bewegen, genauso wenig wie seinen rechten Arm. Der linke lag an seinem Oberkörper an, ohne dass er ihn unter der Schneedecke hervorbrachte. Er war vollkommen bewegungsunfähig. So würde er nicht aus diesem Loch herauskommen.

Da öffnete sich oben die Hüttentür, und Sonja und Jäger traten hinaus.

Was für ein Glück, dachte er. Er war gerettet.

»Was war das?«, fragte Sonja.

Jäger sah sich um.

»Keine Ahnung, vielleicht eine Dachlawine?«

Sie sahen sich um.

Er konnte jedes Wort verstehen. Der Wind trug ihre Stimmen bis zu ihm hinunter.

Vermutlich konnten sie ihn nicht sehen von da, wo sie standen, denn die Stelle, an der er sich befand, lag durch das Kiefernwäldchen im Schatten und wurde vom Mondlicht kaum beschienen.

Er versuchte erneut zu schreien, aber er brachte keinen Ton heraus. Er räusperte sich, flüsterte, so laut es ging, aber alles, was herauskam, war ein armseliges Krächzen, das offenbar nicht bis nach oben zur Hütte drang. Der Wind, der durch die Kiefern und über das Eis wehte, war lauter als alles, was er hervorbringen konnte. Sie hörten ihn nicht.

Die beiden hatten noch ihre Pyjamas an und ihre Winterjacken darüber. Sonja trug, das sah er jetzt im Mondlicht, *seine* Jacke.

»Ganz schön kalt«, sagte Sonja.

»Ja«, sagte Jäger.

»Aber schön«, sagte Sonja.

»Ja«, sagte Jäger.

»Dodo geht's schlechter, mhm?«

Jäger atmete schwer ein und wieder aus. »Es ist dieser Übergang, wo sie noch merkt, dass sie sich verändert, aber nichts dagegen tun kann. Seitdem redet sie kaum noch und trinkt immer mehr.«

»Verdammtes Alzheimer«, sagte Sonja.

Joachim spürte seine Finger nicht mehr, was eher eine Erleichterung war, denn sie hatten furchtbar geschmerzt.

Dodo Jäger war nicht zermürbt von ihrem Mann, sie hatte Alzheimer. *So was,* dachte er. Wieso wusste er nichts davon? Hatte

Sonja es ihm vielleicht erzählt und er hatte, wie so oft, wieder nicht zugehört, etwas, das sie ihm ja regelmäßig zu verstehen gab?

Er hörte ein Geräusch hinter sich und drehte sich um. Auf einem der kahlen Bäume saß eine Schneeeule, die ihn ansah, als sie einen Ruf ausstieß.

Sonja und Jäger sahen in die Richtung, aus der der Schrei kam. Jetzt *mussten* sie ihn doch sehen! Wie gerne hätte er gewinkt, aber er hatte keine Arme, die er bewegen konnte. Er wackelte mit dem Kopf und krächzte wieder.

Sonja und Jäger sahen sich an.

»Eule«, sagte Jäger fachmännisch.

»Ja«, sagte Sonja.

Sie wandten sich wieder ab.

Verzweifelt verzog er sein Gesicht.

»Joachim war auch ganz schön ruhig heute«, sagte Jäger.

»Na ja, er hat keine Stimme.«

»Ja, aber auch sonst. Irgendwie komisch. Vielleicht sollte ich aufhören, ihn immer so aufzuziehen.«

»Ach, der ist nicht so empfindlich.«

»Es ist nur, irgendwie muss ich mich immer so aufspielen in seiner Gegenwart, ich weiß auch nicht. Ist irgendwie so ein Konkurrenzding.«

Joachim lauschte diesem Gespräch beinahe ungläubig. Jäger war wie verwandelt. Sensibel. Ruhig, ganz anders, als er ihn immer erlebte. Und noch etwas war eigentümlich. Die beiden wirkten nicht wie Liebende, sie unterhielten sich ganz freundschaftlich. Konnte das wirklich sein?

»Wann sagst du's ihm?«, fragte er.

Also doch. Joachim war beinahe erleichtert. Hatte er doch nicht falschgelegen.

»Morgen. Der wird Augen machen.«

»Meinst du, er freut sich?«

»Na, das hoffe ich doch!«

Wovon redeten die? Was sollte das?

»Er war mit 18 mal da, und seither wollte er immer mal wieder hin, aber irgendwie kam es nie dazu. Was auch an mir lag.«

»Wie lange seid ihr da?«

»Zehn Tage, Flug nach Edinburgh. Dann einmal rundherum mit dem Wohnmobil.«

»Cool.«

Schottland. Sie schenkte ihm eine *Schottlandreise.* Verzweifelt versuchte er, sich noch einmal aufzubäumen, aber die Schmerzen waren zu stark. Sein Körper hatte mittlerweile aufgehört zu zittern.

»Vielleicht hilft uns das«, sagte Sonja. »Vielleicht bringt uns das wieder näher zusammen. Haben uns so auseinandergelebt. Es ist schon auch meine Schuld, ich weiß. Ich hab mich nicht so bemüht.«

»Sicher tut es das«, sagte er. »Der liebt dich doch, das sieht jeder. Wie der dich anschaut.«

Sie nickte.

»Ich ihn doch auch.«

»Komm, wir gehen wieder rein.«

»Ja.«

Und damit verschwanden sie im Inneren der Hütte.

Joachim Storck öffnete noch einmal den Mund, dann füllten sich seine Augen mit Tränen.

Er dachte an Sonja, wie sie früher gewesen war. Seine Kinder. Sie würden es hoffentlich verschmerzen. Es gab ja noch die Lebensversicherung.

Er wurde ganz ruhig. Er drehte sich noch einmal nach der Schneeeule um, die ihn ausdruckslos ansah. Dann blickte er nach oben in den klaren Sternenhimmel. Er erinnerte sich an eine Situation vor vielen Jahren, die Kinder waren noch klein gewesen. Sie waren am 1. Weihnachtsfeiertag ganz früh rausgegangen und mit Poporutschern diesen Abhang heruntergerutscht. Etwa an der Stelle, an der er jetzt sterben würde, hatten sie Schnee-Engel gemacht. Das war schön gewesen. Schnee-Engel in Engelberg. Eigentlich war es gar nicht so übel gewesen hier oben in den Bergen. Vielleicht hatte ihn seine Erinnerung getäuscht. Vielleicht war das alles gar nicht so schlecht gewesen. Vielleicht war er auch gar nicht so unschuldig daran, wie alles gekommen war.

Ja, vielleicht – und das war das Letzte, was er dachte, bevor er seine Augen schloss – war sein ganzes Leben, genau wie der Tod, der ihn gleich ereilen würde, nur ein einziger großer Irrtum gewesen.

Die Eule hinter ihm rief ein letztes Mal durch die eisige Nacht, erhob sich von ihrem Ast und entschwand lautlos in der Dunkelheit.

18

Wulf Dorn

Zeit mit Mike

Fahlenberg (fiktive Stadt)

 *Über den Autor:*

Wulf Dorn (* 1969) war zwanzig Jahre in einer psychiatrischen Klinik tätig, ehe er sich ganz dem Schreiben widmete. Mit seinem 2009 erschienenen Debütroman *Trigger* gelang ihm ein internationaler Bestseller, dem weitere folgten. Dorns Bücher werden in zahlreiche Sprachen übersetzt und begeistern eine weltweite Leserschaft. Für seine Storys und Romane wurde er mehrfach ausgezeichnet, u. a. mit dem französischen Prix Polar, dem ELLE Readers Award und dem Glauser-Preis.

Heute bin ich mal wieder voll in meinem Element. Trotz der ganzen Scheiße, die ich gerade durchmachen muss. Aber für meine Fans tue ich nun mal alles. Ich räuspere mich, und schon geht's los …

»Das waren Split mit ihrer Coverversion von *Last Christmas,* und für alle, die eben erst zugeschaltet haben, hier ist *Zeit mit Mike* bei Radio Fahlenberg an diesem wunderbaren ersten Weihnachtsabend. Vorhin habe ich mich mit Heike aus Kössingen über Sinn oder Unsinn von Haustieren als Geschenk unterm Christbaum unterhalten, und gerade sehe ich, dass wir schon den nächsten Anrufer in der Leitung haben.«

Ich schaue auf das blinkende Kontaktfeld meines Monitors, wo diesmal nur ein Name steht – *Niko* –, aber kein Ort. Als ich einen kurzen Blick mit Uwe wechsle, gibt mir der Tontechniker nur ein Schulterzucken durch die Glasscheibe zurück und taucht wieder hinter seinen Monitoren ab. Bestimmt melden sich noch viele weitere Kandidaten. Meine Talkshow ist beliebt.

»Hallo Niko«, sage ich ins Mikrofon. »Willst du uns verraten, von wo aus du anrufst?«

»Das ist unwichtig«, kommt die Antwort. Seine Stimme klingt verzerrt in meinen Kopfhörern, was wohl an einer schlechten Mobilfunkverbindung liegt. »Wichtig ist nur, was ich zu sagen habe.«

»Na, dann schieß mal los. Worüber möchtest du dich mit mir unterhalten?«

»Wie spät ist es bei dir im Studio, Mike?«

»Hier ist es 21:15 Uhr«, sage ich nach einem schnellen Blick auf die Uhr. »Rufst du etwa aus einer anderen Zeitzone an?«

Das würde die miserable Verbindung erklären, denke ich und hoffe, dass er Ja sagt. Es wäre ein echter Ritterschlag, wenn meine Sendung nun schon international gehört werden würde.

»Nein, ich wollte nur sichergehen«, zerstört er meine Hoffnung. »Denn in genau elf Minuten werde ich jemanden töten.«

»Wie bitte?« Ich muss lachen. »Sorry, Niko, die Leitung ist nicht besonders gut. Was hast du gesagt? Ich habe doch glatt *töten* verstanden.«

»Du hast schon richtig gehört«, bestätigt er mir. »Ich werde jemanden umbringen. In elf Minuten, um 21:26 Uhr.«

Verblüfft sehe ich zu Uwe, der den Kopf hinter seiner Bildschirmburg hervorreckt und mir mit der flachen Hand über dem Hals gestikuliert, ob er Niko aus der Leitung nehmen soll.

Nein, tippe ich in das Kontaktfeld und füge schnell das Wort *Polizei* hinzu, gefolgt von drei Ausrufungszeichen. Uwe nickt.

Ich bin lange genug im Geschäft, um zu wissen, dass ich es nicht mit einem Scherzanrufer zu tun habe. Dieser Niko meint es ebenso ernst wie Jenny im Frühjahr, die in meiner Sendung ihren Selbstmord angekündigt hat. Ein vierzehnjähriges Mädchen mit Liebeskummer und aufgeschnittenen Pulsadern.

Auch da habe ich sofort reagiert. Jennys Eltern hatten im Wohnzimmer ferngesehen und nichts vom Anruf ihrer Tochter in meiner Sendung mitbekommen, bis die Polizei und der Rettungsdienst eintrafen. Die Kleine lag in ihrem Zimmer, ihr Handy noch in der Hand, und hatte schon ziemlich viel Blut verloren, aber sie kam durch.

An jenem Abend ist meine Einschaltquote so hoch gewesen wie nie, und meine Sendung hat einen Medienpreis erhalten. Die Trophäe habe ich natürlich neben mich ins Studio gestellt, gut sichtbar für die Live-Webcam. Eine Auszeichnung für Zivilcourage und beherztes Eingreifen.

Das ist jetzt wieder gefragt, und wenn mit diesem Niko ebenfalls alles gut läuft, bekomme ich bestimmt noch einen Preis, denke ich. Dann steigt die Quote weiter, und der Sender kann die Gebühren für seine Werbepartner erneut anheben, wovon ich dann auch profitiere.

Die Zeiten sind nun mal schwierig bei all der Online-Konkurrenz, da muss man unternehmerisch denken – auch was das eigene Image betrifft. Erst recht in Extremsituationen wie dieser.

Ein blinkender Punkt auf meinem Monitor zeigt an, dass Uwe bereits am Telefon hängt. Genau wie damals bei Jenny gibt er die Nummer des Anrufers an die Polizei durch, damit diese Nikos Handy lokalisieren und den offenbar geistig Verwirrten rechtzeitig dingfest machen kann.

Meine Aufgabe ist es, ihn bis dahin in der Leitung zu halten. Solange er mit mir redet, ist sein Handy eingeschaltet und sendet Signale. Zudem kann er in dieser Zeit keine Dummheiten machen – außer im Straßenverkehr habe ich schließlich noch nie von jemandem gehört, der andere tötet, während er telefoniert. Und bei Niko ist kein Fahrgeräusch zu hören, nur ein starkes atmosphärisches Rauschen.

Für die Polizei sind elf Minuten ziemlich knapp, hingegen werden sie für mich eine Herausforderung werden. Falls es mir sogar gelingen sollte, ihm sein Vorhaben auszureden, wäre das die beste Werbung für meine Talkshow. Also sage ich: »Das ist eine schockierende Ankündigung, Niko. Ist das wirklich dein Ernst?«

»Klar, Mann. Oder höre ich mich etwa wie jemand an, der einen Scherz macht?«

»Nein, absolut nicht. Ich frage mich nur, ob dir wirklich bewusst ist, was es bedeutet, einem Menschen das Leben zu nehmen?«

»Klar ist mir das bewusst. Es ist etwas Endgültiges.«

»Da stimme ich dir zu. Wenn man es getan hat, kann man es nicht mehr rückgängig machen. Aber noch hast du es nicht getan. Noch kannst du deine Meinung ändern.«

»Das werde ich aber nicht, Mike. Glaubst du etwa, ich hätte mir das nicht gut überlegt?«

»Doch, daran habe ich keinen Zweifel. Aber in einem solch ernsten Fall solltest du es dir noch ein weiteres Mal überlegen.«

»Ach ja, und wozu?«

»Nun, Niko, wir reden hier über ein Menschenleben. Das ist ein nochmaliges Überdenken durchaus wert, findest du nicht?«

Suggestivfragen sind immer gut. Damit halte ich ihn am Reden und gewinne Zeit. Die Polizei hört unserer Sendung jedenfalls schon zu, wie mir Uwe über das Kontaktfeld mitgeteilt hat.

Ich vermeide den Blickkontakt mit dem Techniker und zeige keine Reaktion. Die Webcam ist online, und vielleicht schaut Niko mir ja zu. Also mache ich eine besorgte Miene, was mir in Anbetracht der Lage nicht schwerfällt.

»Jetzt sind es noch zehn Minuten«, sagt Niko. Seine Stimme mag zwar verzerrt klingen, aber die Kühle und Gleichgültigkeit in seinen Worten ist dennoch vernehmbar. Er klingt wie jemand, der mit allem abgeschlossen hat. Das ist nicht gut.

»Zehn Minuten, die du zum Nachdenken nutzen solltest«, rate ich ihm. »Wie gesagt, es geht um einen Menschen.«

»Weiß ich, aber diese Person hat es verdient.«

»Nun ja, das mag wohl deine Überzeugung sein, aber ich teile sie nicht«, widerspreche ich ihm. »Und die Zuhörer da draußen ebenfalls nicht.«

»Woher willst du das denn wissen?«

»Weil Mord ein Unrecht ist, das sich durch nichts rechtfertigen lässt.«

»Unrecht«, wiederholt Niko, und dann durchdringt ein verächtliches Schnauben das sphärische Rauschen in meinem Kopfhörer. »Was weißt du denn schon von Unrecht?«

»Tja, über den Begriff an sich ließe sich bestimmt diskutieren, aber nicht über die Tatsache, dass Mord *immer* ein Unrecht ist.«

Niko lacht, was sich wegen der miserablen Tonqualität für mich und die Zuhörer ungefähr so anhört, als hätte Godzilla einen Hustenanfall bekommen. Es dröhnt mir in den Ohren.

»Komm schon, Mike«, sagt er schließlich. »Wen willst du hier verarschen? Dir geht es doch nur um deine Einschaltquoten, du Heuchler. Die sind jetzt bestimmt gestiegen, dank mir. Weil denen da draußen einer abgeht, wenn sie mitbekommen, wie ich jemanden kaltmache. Und zwar in genau neun Minuten und dreiundzwanzig Sekunden.«

Ich kann Niko den Vorwurf nicht mal übel nehmen. Natürlich sorgt die Ankündigung eines Mordes bei meinem Publikum für mehr Aufmerksamkeit als Hundewelpen unter dem Christbaum. Ich schätze, dass wir diesmal sogar eine höhere Quote bekommen werden als bei der selbstmörderischen Jenny. Insofern hat er recht.

Nur das mit dem Heuchler nehme ich ihm übel. Aber als Profi lasse ich es mir nicht anmerken. Ich musste mir in all den Jahren schon viel von erbosten Anrufern an den Kopf werfen lassen, und der Vorwurf, ein Heuchler zu sein, rangiert da auf den untersten Rängen.

Uwe schaut hinter seinem Monitor hervor, das Telefon am Ohr, und reckt einen Daumen in die Höhe. Die Ortung muss schon eingeleitet worden sein. Gut so!

»Okay, Niko, du hast uns deinen Standpunkt deutlich gemacht, und das muss ich akzeptieren«, sage ich, um ihn bei Laune zu halten. »Aber warum bist du der Meinung, dass diese Person den Tod verdient? Was hat sie dir angetan?«

»Wow, Mike, endlich stellst du mal eine sinnvolle Frage! Aber bevor ich darauf antworte, will ich zuerst etwas von dir wissen.«

»Nur zu, frag mich.«

»Wie hast du gestern Heiligabend verbracht?«

Ich bin erstaunt. Mit dieser Frage habe ich nicht gerechnet.

»Daheim mit meiner Familie«, sage ich wahrheitsgemäß. »Du auch?«

»Und wie war's für dich? Hattet ihr einen tollen Abend, so mit Christbaum und Geschenken und allem Drum und Dran?«

»Ja, hatten wir. Warum willst du das wissen?«

Mir gefallen seine Fragen nicht, weil ich die Absicht dahinter nicht verstehe. Außerdem mag ich es nicht, dass er die Unterhaltung lenkt. Aber solange er redet, geht das für mich in diesem besonderen Fall in Ordnung.

»Was gab es zu essen?«, fragt er weiter.

»Ernsthaft? Das interessiert dich?«

»Ja.«

»Es gab Rehrücken.«

»Rehrücken«, wiederholt er und schnalzt mit der Zunge. »Nicht schlecht, Mike. Bei dir und deiner Frau läuft es richtig gut, was?«

»Wir können uns nicht beklagen«, sage ich. Dass er Sabine ins Spiel bringt, verursacht mir ein ungutes Gefühl in der Magengegend.

»Auf der Webseite deines Senders steht, dass ihr ein Kind habt. Ist das noch aktuell, oder sind es schon mehrere?«

»Nein, das ist noch richtig«, erwidere ich und verfluche im Geiste Uwe, der das dort gepostet hat. Mein Privatleben ist mir heilig, aber meine Fans stehen nun mal auf so etwas. Meint zumindest Uwe, der auch für unsere Social-Media-Kanäle verantwortlich ist.

»Junge oder Mädchen?«, fragt Niko.

»Mädchen.«

»Und wie alt ist sie?«

Ich schüttle energisch den Kopf, damit man es deutlich durch die Webcam sehen kann. »Das geht dich nichts an!«

»Na, na, na, Mike! Willst du etwa, dass ich auflege?«

Nein, das will ich nicht, und er weiß das. Was mich insgeheim zu der Frage bringt, weshalb er weiterhin in der Leitung bleibt. Er scheint nicht auf den Kopf gefallen zu sein, also muss er doch wissen, dass ihm die Polizei längst auf der Spur ist.

Das kann nur zweierlei bedeuten: Entweder es ist ihm egal, weil er sich für schneller als die Polizei hält, oder er will, dass wir ihn von seinem Vorhaben abhalten. Letzteres wäre quasi eine Garantie dafür, dass bald eine zweite Trophäe neben mir auf dem Pult steht.

»Also, Mike, wie alt ist sie?«

»Acht«, sage ich schließlich.

»Acht«, wiederholt er, und es knackt so laut in der Leitung, dass ich für einen Moment befürchte, er habe aufgelegt. Doch dann fragt mich seine verzerrte Stimme: »Und wie ist ihr Name?«

»Nein, Niko, das geht jetzt zu weit!«

»Mi-hike!«

»Ich habe Nein gesagt!«

»Bei drei lege ich auf, Mike. Eins ...«

Als hätte er meinen hilfesuchenden Blick bemerkt, reckt sich Uwe kurz nach mir, deutet auf den Telefonhörer an seinem Ohr und schüttelt den Kopf. Die Ortung braucht noch mehr Zeit.

»Zwei ...«

»Nein, Niko!«

»Zweieinhalb ... Deine letzte Chance!«

»Also gut«, gebe ich zähneknirschend nach. »Ihr Name ist Sarah.«

»Sarah! Was für ein schöner Name!«

Ich lege eine Hand übers Gesicht, damit die Webcam nicht sieht, wie ich vor Zorn beinahe platze.

»Ich habe auch eine kleine Tochter«, sagt Niko. »Sie ist sieben. Mein Sohn ist elf. Und ich war verheiratet, genau wie du.«

Sein letzter Satz klingt irgendwie traurig. Da liegt also der Hase im Pfeffer!

»War?«, hake ich nach und sehe dabei zur Uhr. Noch knapp sechs Minuten.

»Sie hat mich verlassen und die Kinder mitgenommen.«

»Das tut mir leid, Niko. Ehrlich.«

»Wenn ich dir das nur glauben könnte! Das sagst du doch zu allen, die dir in deiner Sendung ihr Herz ausschütten.«

»Nein, wirklich, ich meine es so. Eine Scheidung ist immer eine schlimme Sache. Vor allem für die Kinder.«

»Ja, für die Kinder ist es … es ist …«

Er spricht nicht weiter. Stattdessen vernehme ich einen ohrenbetäubenden Seufzer.

Wieder huscht mein Blick zur Uhr. Der Sekundenzeiger scheint es auf einmal besonders eilig zu haben.

Wie lange dauert die verdammte Ortung denn noch? Wir leben doch nicht mehr im zwanzigsten Jahrhundert! Wenn die Polizei sich nicht beeilt, wird sie zu spät kommen!

»Willst du mir von deinen Kindern erzählen?«, frage ich, um Niko wieder zum Reden zu bringen.

»Die hab ich seit einem Jahr nicht mehr gesehen«, sagt er, begleitet von einem weiteren lauten Knacken in der Leitung. »Ich kam von der Arbeit heim, und sie waren weg. Meine Frau ist zu ihren Eltern gezogen. Seither lässt sie sich am Telefon verleugnen, antwortet nicht auf meine Nachrichten, und meine Kinder darf ich weder sprechen noch sehen, weil ich mich ihnen nicht weniger als einen Kilometer nähern darf. Einen Kilometer! Da könnten sie ebenso gut auf dem Mond sein!« Wieder seufzt er, diesmal so laut, dass es mir durch den Kopfhörer fast das Trommelfell zerreißt. »Scheiße, Mike, kannst du dir das vorstellen? Dass du plötzlich deine Sarah nicht mehr sehen darfst?«

»Das ist sicher schlimm für dich«, erwidere ich und würde ihn am liebsten anbrüllen, er solle meine Tochter aus dem Spiel lassen.

Stattdessen setze ich auf Verständnis und empathische Bestätigung. Damit kann ich ihn vielleicht umstimmen. Viel Zeit bleibt mir nicht mehr dafür. Genau gesagt, sind es noch fünf Minuten und sechzehn Sekunden.

»Schlimm? Ha, das ist die Untertreibung des Jahres! Es ist nicht nur schlimm, Mike, es ist die Hölle! Dabei hatten wir doch zuvor noch einen schönen Heiligabend. Unserer Kleinen hab ich ein Kinder-Keyboard geschenkt, weil sie so musikalisch ist. Und mein Sohn hat die PlayStation bekommen, die er sich gewünscht hat. Für einen Rehrücken hat es da nicht mehr gereicht, dafür verdiene ich nicht genug, aber es war trotzdem ein schöner Abend. Und dann, wie aus heiterem Himmel ...«

Auch diesen Satz spricht er nicht zu Ende, sondern schluchzt laut. Diesmal kann ich rechtzeitig den Kopfhörer von einem Ohr ziehen, was das Geräusch nur halb so schlimm macht.

»Ich kann verstehen, dass du deswegen wütend bist«, sage ich. »Aber zu einer Trennung gehören immer zwei. Ich kann mir nicht vorstellen, dass deine Frau dich grundlos verlassen hat. Schon gar nicht, wenn sie ein Kontaktverbot für dich erwirkt hat. Also was war bei euch los? Was hast du getan, dass sie eure Beziehung beendet hat?«

»Was ich getan habe?«

»Ja, sag schon!«

»Nichts, Mike! Ich habe nichts getan, verdammte Scheiße! Nichts, weshalb sie sich von mir hätte trennen müssen. Okay, ab und zu war ich vielleicht ein bisschen eifersüchtig, aber nur weil ich meine Frau *liebe*. So richtig, verstehst du? Sie ist einfach ... *großartig!* Die beste Frau, die ein Mann sich wünschen kann.«

Während er mir von seiner Verflossenen vorschwärmt, textet mir Uwe aus seiner Glaskabine, dass die Polizei Niko geortet hat und auf dem Weg ist. Ich atme innerlich auf.

Sie haben zwar nur noch vier Minuten und sieben Sekunden,

aber das ist machbar. Vielleicht ist ja sogar eine Streife zufällig in seiner Nähe.

Jetzt scheint auch klar zu sein, auf wen es Niko abgesehen hat.

»Okay, ich habe verstanden, dass du deine Frau liebst«, unterbreche ich seinen Vortrag über die wunderbaren Eigenschaften seiner Ex als fürsorgliche Mutter. Sicherlich sitzt inzwischen der ganze Landkreis vor den Radios, und falls sie uns zuhört, ist sie gewarnt. »Aber wenn du sie so sehr liebst, weshalb willst du sie dann umbringen?«

»Was?« Niko klingt verdutzt. Ich habe ihn aus dem Konzept gerissen.

»Deine Frau«, sage ich. »Willst du sie umbringen, weil sie dich mit den Kindern verlassen hat?«

»Bist du noch ganz dicht?«, kommt die empörte Antwort. »Ich bringe doch nicht die Mutter meiner Kinder um! Hast du denn gar nichts kapiert?«

»Dann hast du es also nicht auf sie abgesehen?«

»Teufel, nein! Mir geht es um die Person, die mir alles genommen hat!«

In diesem Moment winkt Uwe mir hektisch zu, und wieder blinkt das Kontaktfeld vor mir auf. Diesmal sendet er mir keine Nachricht, sondern eine Adresse. *Meine* Adresse!

Schlagartig wird mir klar, weshalb Niko vorhin meine Frau erwähnt hat. Sabine ist Anwältin. Sie muss wohl seine Frau vertreten und das Kontaktverbot gegen ihn in die Wege geleitet haben.

Also geht es um Sabine! Der Kerl ist bei meinem Haus und will meine Frau ermorden!

»Wag es bloß nicht, du Scheißkerl!«, brülle ich, und es ist mir schnurzpiepegal, was meine Zuhörer davon halten. »Lass meine Familie in Ruhe!«

Im selben Moment vernehme ich ein lautes Klicken, und es folgt das Tuten des Freizeichens. Ich springe auf und reiße mir den Kopfhörer herunter, als Uwe schon zu mir ins Studio stürmt.

»Alles in Ordnung!«, versichert er mir. »Die Polizei ist schon dort.«

Als ob mich das beruhigen würde!

»Und wenn sie zu spät kommen? Wenn er schon bei mir im Haus ist?«

»Das ist er nicht«, sagt Uwe. »Sie werden dort nur das geortete Handy in deinem Briefkasten finden.«

»Was? Woher willst du das denn wissen?«

»Weil ich sie zu deinem Haus gelotst habe.« Er grinst. »Damit wir hier im Studio unter uns sind. Nur du und ich und deine Zuhörer. Denn dein Mikro habe ich eingeschaltet gelassen.«

Noch ehe ich ganz begreife, was er mir da sagt, hält er mir plötzlich eine Pistole vors Gesicht. Dabei wird sein Grinsen noch breiter, und er sieht jetzt total irre aus.

»Für alle, die gerade erst zugeschaltet haben«, sagt er, »hier ist *meine* Zeit mit Mike bei Radio Fahlenberg, und ich halte ihm eine geladene .9 mm vors Gesicht. Wollt ihr wissen, warum? Dann hört mal genau hin.«

Er zieht etwas aus der Hosentasche. Es scheint eine Fernbedienung zu sein. Technisch kenne ich mich nicht besonders aus, dafür habe ich ja ihn. Er drückt darauf, und sofort hallt meine Stimme durchs Studio: »*Ja, Eifersucht kann pathologisch werden. Deshalb ist es manchmal besser, sich von so einem Partner zu trennen. Lieber ein Ende mit Schrecken als ein Schrecken ohne Ende.*«

»Das hast du meiner Frau in deiner Sendung geraten«, sagt Uwe. »Letztes Jahr am Nikolausabend, als ich nichts ahnend meiner Tochter eine Gutenachtgeschichte vorgelesen habe. Da hat meine Frau in deiner Sendung angerufen, und sie hat auf dich gehört. Weil du ja so ein toller Ratgeber bist.«

»Dann warst das vorhin du?«, keuche ich. »Hast du dich deswegen Niko genannt? Weil es an Nikolaus war?«

»Du bist ja ein richtiger Blitzmerker.« Falls es eine Steigerungsform von *irre* geben sollte, trifft sie auf Uwes nun noch breiteres Grinsen zu, das jedoch gleich wieder erstirbt. »Ihr habt elf Minuten miteinander telefoniert. Elf verdammte Minuten, die mein Leben ruiniert haben. Live! Alle haben es mitbekommen, außer mir!«

»Ich wusste doch nicht, dass das deine Frau ist«, versichere ich ihm und starre auf die Pistole. Das Ding macht mich ziemlich nervös.

»Hätte das denn einen Unterschied gemacht?«, fragt er mich.

»Nein, wahrscheinlich nicht«, gebe ich unumwunden zu. »Hier rufen Hunderte von Leuten an, um ihren Mist bei mir abzuladen, und ich gebe ihnen Tipps. Weil sie das von mir *erwarten*. Die Leute hören es gern, wenn es anderen schlechter geht als ihnen. Es lenkt sie von ihren eigenen Problemen ab. Das ist nun mal mein Job, das weißt du doch. Also lass den Scheiß und nimm die Pistole runter, Uwe!«

»Uwe?« Er sieht mich wie vom Donner gerührt an. »Hast du gerade Uwe zu mir gesagt?«

»Ähm, ja«, stammle ich. »So heißt du doch.«

»Ich heiße Frank«, sagt er zornig. »Uwe hat vor einem halben Jahr gekündigt, du ignoranter Arsch! Dir geht es bei alldem hier doch nur um eine Person, und die bist du selbst.«

»Natürlich geht es mir in erster Linie um mich selbst«, verteidige ich mich. »Das ist gesunder Egoismus. Wenn jeder so denken würde, müssten wir nicht …«

»Halt die Klappe, Mike!«, unterbricht er mich. »Die elf Minuten sind vorbei. Es ist 21:26 Uhr, und du hast jetzt für immer Sendepause.«

Mir bleibt noch Zeit zu denken, dass meine Quote jetzt bestimmt durch die Decke geht, dann trifft mich der Schuss.

Ein paar Wochen später komme ich auf der Intensivstation zu mir. Ich erfahre, dass meine Sendung an jenem Abend die meistgehörte in der Region war, und dass das Video der Studiokamera über eine Million mal geklickt wurde, bevor man es aus dem Netz genommen hat. Oder waren es zwei Millionen? Oder sogar zehn?

Wissen Sie, Uwe oder Frank oder wie er heißt, hatte vor Aufregung gezittert und mir mit dem Schuss einen Dachschaden verpasst. Irgendwas am Schläfenlappen, hat man mir erklärt. Seither kann ich mir manches nicht mehr so richtig merken.

Aber vor allem hat er mich vor meinen Fans bloßgestellt, und ich bin meinen Job los. Das ärgert mich am meisten.

Meine Frau hat sich auch von mir getrennt. Weil ich für sie »menschlich nicht mehr tragbar« sei. Ist das noch zu fassen?

Na, wenigstens sitzt der Irre jetzt für den Mordversuch an mir ein. Schon seit einem Jahr.

»Nein, Mike, es sind schon fünf Jahre.«

Was? Wirklich? Fünf Jahre?

»Ja.«

Ähm, okay, wer redet da eigentlich?

»Ich bin Tom von der Telefonseelsorge. Du rufst jedes Jahr am ersten Weihnachtsabend an und erzählst uns die gleiche Geschichte, weil du uns für deine Fans hältst. Aber jetzt habe ich einen neuen Anrufer in der Leitung. Also dann, mach's gut, Mike. Bis nächstes Jahr. Ach ja, und auch dir noch frohe Weihnachten!«

19

Mathias Berg

Seine Familie

Köln

 *Über den Autor:*

Mathias Berg kam 1971 unter romanreifen Umständen zur Welt – genau 17 Tage zu früh, da der Nachbar tags zuvor seine Frau erschoss. Lust auf das Lesen und Schreiben machte ihm seine Mutter, die Tochter eines Polizisten aus Stuttgart. Nach dem Abitur in Ulm studierte er Soziologie in Bamberg und London, jobbte als Radiomoderator und arbeitete als Werbetexter und Marketing-Redakteur. Mathias Berg lebt in Köln.

Als die Streifenbeamten ihn zu Hause abholen, in der kleinen Wohnung in Köln-Kalk, über dem türkischen Imbiss, sieht er sie an, als habe er auf sie gewartet. Als sei der ersehnte Besuch endlich eingetroffen. Als würden sich die Dinge endlich verändern und etwas passieren, das ihn aus dieser Lähmung herauskatapultiert. Auf seinem Küchentisch liegt ein kleines, in Weihnachtspapier eingepacktes Geschenk. Das steckt er ein.

Jetzt liegt es zwischen Otto und ihm auf dem Tisch im Vernehmungsraum im Kölner Polizeipräsidium. Der junge Kollege Brandt sitzt neben Kommissar Otto Hagedorn. Ein uniformierter Beamter steht an der Tür. Es ist der 27. Dezember, drei Tage nach Heiligabend. Die Heizung an der Wand pocht, und der Wind treibt einen fiesen Eisregen gegen die leise klirrende Fensterscheibe.

Otto tippt auf das Geschenk. »Warum haben Sie das mitgenommen?«

Thomas Kunz ist 25 Jahre alt, mittelgroß. Schlanke Statur mit kräftigen Armen. Im Grunde ein gut aussehender junger Mann, mit dunkelbraunen, kurz geschnittenen Haaren. Und einem flirrenden unruhigen Blick.

Er kratzt sich am Hals. »Ich wollte bescheiden sein«, antwortet er.

Sein Atem riecht nach Alkohol. »Deswegen habe ich das kleinste mitgenommen. Das ist meins, dachte ich. Das wurde für mich eingepackt.«

Er blinzelt eine Träne weg und schluckt einmal hohl.

Otto öffnet den Aktendeckel und packt die Fotos vom Tatort aus. Er breitet die ersten paar Aufnahmen auf der Tischplatte aus wie große Spielkarten, fächert sie auseinander. Dreht sie um die eigene Achse, sodass Thomas Kunz genau drauf sehen kann.

Auf das, was er getan hat.

Einen Tag nach Heiligabend hatten die Kollegen Otto morgens angerufen, als er gerade im Morgenmantel in der Küche stand und Frühstückseier für seine Familie briet. Ein gemeinsames Frühstück hat es an diesem 1. Weihnachtsfeiertag nicht gegeben. Bei ihm zu Hause nicht. Und auch nicht bei der Familie, zu der er anschließend fuhr.

Kalt und schneereich war der Dezember im Rheinland bislang gewesen. An dem Morgen zeigte das Thermometer minus 3 Grad. In der Nacht hatte es trotz Vorhersage nicht geschneit. Er fuhr zu der Adresse im Kölner Stadtteil Rodenkirchen, einer beliebten und hochpreisigen Gegend im Süden. Eine feine Adresse, direkt an der kölschen Riviera. Erste Reihe. Uferstraße. Ein Name wie aus dem Monopoly-Spiel. Mit direktem Blick auf Vater Rhein. Nur getrennt von einer schmalen Straße. Ein hübsch renovierter 70er-Jahre-Bungalow einer Familie.

»Morgen, Otto. Das ist mal 'ne schöne Bescherung hier«, begrüßte ihn Hans Schaller, der Rechtsmediziner, der in einem leuchtend roten Parka im Hauseingang des Bungalows stand.

»Wie lange hast du an dem miesen Begrüßungswitz gearbeitet?«, antwortete Otto.

Sie lachten beide kurz auf. Dann wurden sie wieder ernst. Kollege Brandt berichtete, was passiert war. Der Nachbar hatte am Morgen gegen kurz vor acht Uhr seinen Hund Gassi geführt, und da war ihm aufgefallen, dass Licht im Flur der Familie Hofmann brannte und die Haustür sperrangelweit offen stand. Und als er von der Runde mit dem Hund zurückkam, stand sie noch immer offen, und da ging er rein. Brandt wurde in dem Moment blass um die Nase, Otto ahnte Schlimmes und betrat das zum Garten hinauszeigende Wohnzimmer der Familie Hofmann. Und sah die Bescherung.

Otto zeigt Kunz die ersten vier Fotos der Familie. Er beobachtet, wie Kunz die Fotos ansieht, als seien es lediglich Urlaubsbilder von der verschneiten Akropolis.

Erstaunt. Aufmerksam. Fast belustigt.

Auf den Fotos sieht es so aus, als sei die Zeit stehen geblieben und hätte den Moment eingefroren.

Sie sitzen alle brav am hübsch gedeckten, festlichen Tisch.

Edith Hofmann, 44 Jahre und Ärztin. Die beiden Zwillinge, Leo und Max, 12 Jahre, und Johannes Hofmann, 46, Professor für Biologie an der Universität Köln. Die Eltern sitzen an der Stirnseite, die Kinder jeweils links und rechts von ihnen. Wobei sie nicht wirklich sitzen, sondern mit einem Seil an ihren Stühlen mit den hohen Rückenlehnen festgebunden sind. Ihre Blicke sind stumpf und leer. Die Köpfe nach vorne oder zur Seite geneigt, als seien sie nur für einen Moment eingenickt.

Otto reiht jetzt die Nahaufnahmen der Gesichter der Toten nebeneinander. Eine verstörende Ahnengalerie.

Die beiden Söhne wurden erschlagen, mit einem schweren, stumpfen Gegenstand. Der Vater wurde frontal erschossen. Mitten in die Stirn. Bei der Mutter verhält es sich anders. Das war Otto direkt aufgefallen. Und wurde sein Ermittlungsansatz. Ihr wurde die Kehle aufgeschlitzt. Ein sauberer Schnitt von links nach rechts. Sie musste leiden. War verblutet. Otto hatte zuallererst an eine Schächtung gedacht. Womöglich ein religiöses Motiv, so direkt an Weihnachten?

Otto schiebt das Foto des gedeckten Tisches der Familie Hofmann in die Mitte.

»Weit sind die Hofmanns an dem Abend ja nicht gekommen«,

sagt Otto. Es klingt zynisch und entlockt Kunz ein kleines Lächeln, für das er ihm gerne eine runterhauen würde.

Der festlich gedeckte Tisch. Teure unbenutzte Porzellanteller mit schillerndem Goldrand, die Weingläser aus funkelndem Bleikristall, die steif gebügelten Servietten, die aufrecht auf den Tellern stehen, und das glänzend polierte Silberbesteck. Ein Kandelaber.

Schicke Sache. Otto hat noch immer das alte Hutschenreuther der Großmutter im Schrank.

Das nächste Foto.

Neben dem Tisch, in einer Ecke am Fenster, steht der prächtige, gute zwei Meter hohe Weihnachtsbaum. Ausladend. Mit unbenutzten Bienenwachskerzen und überbordend mit goldenen Glaskugeln und Baststernen geschmückt. Ohne Lametta. Nicht wie bei Otto zu Hause. Da steht eine kleine Nordmanntanne, die mit roten Kugeln geschmückt ist. Mit elektrischen Kerzen. Und mit Streifen von Lametta, die wie schillernder Schnittlauch in den Zweigen hängen.

Unter dem Baum der Familie Hofmann liegen zwei Dutzend nicht ausgepackter Geschenke, arrangiert und aufeinandergestapelt wie auf der Verkaufsfläche eines Kaufhauses. Spendabel. Großbürgerlich.

Eines der Geschenke, das kleinste, liegt jetzt hier. Und Otto fragt sich, warum Kunz es nicht längst aufgemacht hat.

»Hat Ihnen das Essen geschmeckt?«, fragt Otto, und Kunz sieht hoch, in seinem Blick ist Irritation. Woher weiß er das?

Bei Otto gab es an Weihnachten Würstchen und Kartoffelsalat. Rheinische Art. Er mag das. Hübsch fettig. Bei Familie Hofmann fand Otto das fertig zubereitete Essen in der Küche vor. Im Ofen eine Gans, der ein Bein fehlte. Klöße schwammen im kalten Wasser. Rotkohl mit Apfelstücken im Topf. Das angebissene Gänsebein fand er im Mülleimer.

Otto zeigt eine Nahaufnahme der Bissspuren.

»Was war denn mit der Gans?«, will Otto wissen.

»Die war zäh«, sagt Kunz abfällig.

»Das wäre Ihnen mit Kartoffelsalat nicht passiert.«

»Ich war ja schon satt«, erklärt Kunz.

»Was gab's denn?«

»Fertig-Lasagne zum Aufbacken und ein paar Kölsch. Vom Büdchen.«

»Wie viele?«

Kunz schiebt die Lippe vor. Rechnet im Kopf. »Sieben. Oder acht.«

»Sonst noch was?«

»Korn, 'ne halbe Flasche.«

»War ja auch Weihnachten«, brummt Otto.

Kunz' Blick verdunkelt sich.

»Haben Sie mit der Familie gegessen, als sie noch lebte oder als sie bereits tot war?«

Kunz reibt sich die Hände. Reckt den Hals, ringt nach Worten. Otto lässt ihm Zeit. Druck aufbauen bringt nichts. Sie reden darüber, als würden sie sich über ein Spiel des FC Köln austauschen. Locker. Ohne Hast.

»Ich habe nur mit Frau Hofmann gegessen. Die anderen waren schon tot«, nuschelt er. Er streitet die Tat nicht ab, ist sich seiner Schuld bewusst.

»Warum gerade diese Familie?«, fragt Otto. Er will auf der Metaebene bleiben. Verstehen, was hier passiert ist.

»Ich hab ja keine«, antwortet Kunz schnell, als sei das eine Entschuldigung für seine Tat.

»Erzählen Sie mal, wie war das denn früher in Ihrer Familie mit dem Weihnachtsfest«, bittet Otto ihn und faltet die Hände ineinander. Und er hört die Biografie. Eine von vielen. Sie ähneln sich. Von Lieblosigkeit und Gewalt. Diesem Mangel an Urvertrauen und Geborgenheit. Die Mutter, drogensüchtig und mit der Aufzucht überfordert. Das Kinderheim. Die Pflegeeltern, die ihn drangsalieren und die leiblichen Kinder bevorzugen. Die schlechten Zensuren. Das Abhauen mit 18. Die Lehre als Klempner.

»Haben Sie momentan eine Freundin?«, fragt Otto.

»Nein«, sagt Kunz verständnislos, als sei die Frage ein Affront. »Freunde?«

Er schüttelt den Kopf. »Das sind eher nur so Saufkumpane«, sagt er leise.

»Haben Sie Kontakt zu Ihrer leiblichen Mutter?«

»Die habe ich zuletzt vor vier Jahren gesehen. Hat mir Wodka eingeschenkt und anschließend versucht, mich zu verführen. Die will ich nie wieder sehen, diese Schlampe.« Er spuckt die Worte verächtlich aus.

»Verstehe«, sagt Otto und schiebt das Foto der toten Frau Hofmann vor ihn.

Kunz' Augen weiten sich. Wie vermutet. Sie ist der Dreh- und Angelpunkt der Geschichte.

»Woher kennen Sie denn Frau Dr. Hofmann?«, fragt Otto. Er kennt die Antwort längst. Aber er will seine Version hören.

»Aus ihrer Praxis.«

»Sie waren ihr Patient?«

»Quatsch. Ich war dort wegen eines Wasserrohrbruchs, kurz nach Nikolaus. Als ich Frau Doktor sah, war mir klar, das ist die Frau, die ich will. Sie war anmutig und schön wie ein Filmstar«, sagt Thomas. »Mit Lippenstift und Seidenbluse. Und sie roch gut. Ich habe auch die Heizung überprüft und repariert. Die war falsch eingestellt. Sie hat sich richtig gefreut. Sie hat gesagt, Sie schickt der Himmel.« Er klingt fast stolz. »Ich habe dann alle Wasserleitungen untersucht. Der Hahn in der Küche war verkalkt, kein Wunder bei dem Kölner Wasser. Meinen Chef hat's gefreut.«

Er reibt symbolisch Daumen und Zeigfinger aneinander. Pinkepinke.

»Sie wollten in ihrer Nähe sein. Wie lange gingen diese Reparaturen?«

»So fast 14 Tage«, sagt Kunz und blickt zu Boden. Auf seine ausgelatschten Halbschuhe. In Größe 44. Genau die Abdrücke, die sie im Garten fanden.

»Was ist dann passiert?«

Kunz holt laut Luft durch die Nase. Er lehnt sich zurück und verschränkt die Arme vor der Brust. »An einem Mittwochnachmittag bin ich zu ihr ins Sprechzimmer, und habe mich auf den Patientenstuhl gesetzt. Ich habe sie ganz direkt gefragt. Hab all meinen Mut zusammengenommen«, sagt Kunz und sieht Otto aufmerksam an.

»Wie lautete die Frage?«

Sein Gesicht erhellt sich. »Was es an Weihnachten bei ihr zu essen gibt. Und welche Farbe die Weihnachtskugeln haben. Und was ihr liebstes Weihnachtslied ist.«

»Und?«

»*Oh du Fröhliche*«, antwortet er leise. »Und dann hat sie mich gefragt, was ich machen würde, an Weihnachten. Ob ich bei meiner Familie wäre.«

Er schnieft und wischt sich mit dem Ärmel seines Pullovers über die Nase. »Ich habe ihr gesagt, dass da keine Familie ist. Dann habe ich sie gefragt, ob ich mit ihr Weihnachten feiern könnte. Bitte, habe ich gesagt. Bitte nur ein Mal. Aber sie hat nur ein erschrockenes Gesicht gemacht. Das geht leider nicht, hat sie gesagt. Und dann hat sie diesen Satz gesagt, den ich hasse.«

»Wie lautet der?«, fragt Otto.

»Es tut mir leid, hat sie gesagt. Immer sagen alle, es tut mir leid. Ich kann diesen Satz nicht mehr hören. Er kotzt mich an.«

Jetzt war da Wut in seinem Körper, er ballt die Hand zur Faust.

Brandt strafft die Schultern, aber Otto gibt ihm ein Zeichen, sich zurückzulehnen.

»Und dann dachten Sie, dass Sie an Weihnachten mal bei ihr vorbeischauen?«, fragt Otto und sieht Kunz ungerührt an.

Er nickt. »Ich hatte sie schon seit Tagen beobachtet. Sie und die Kinder beim Abendessen. Ihr Mann. Auf dem Sofa. Ich saß hinten im Garten, im Dunkeln, unter einer Tanne mit einem alten Feldstecher und habe sie beobachtet. Wie sie einfach so zusammensaßen. Miteinander sprachen. Sich in den Arm nahmen. Das ging tagelang so, bis schließlich Heiligabend war.«

»Sie haben Ihre Lasagne gegessen und sind dann los?«

Kunz presst die Lippen aufeinander.

»Erzählen Sie mir einfach, wie es war. Es wird leichter danach. Glauben Sie mir. Und lassen Sie sich Zeit. Wir haben keine Eile.«

Kunz kratzt sich die Wange. Wischt sich mit der flachen Hand über den Mund. Öffnet den Mund und schließt ihn wieder. Otto sortiert die Fotos vor ihm, als sei es ein Beratungsgespräch für eine Einbauküche.

»Sie hat die Tür geöffnet«, beginnt Kunz und wippt mit einem Bein nervös auf und ab. »Nicht ihr Mann. Ich habe die Pistole auf sie gerichtet, sie hat sofort geschrien, und ihr Mann kam angelaufen.« Er streckt den Arm mit einer imaginären Waffe aus. »Und da habe ich ihn, paff, direkt erschossen. Noch im Flur. ›Wirst du jetzt mit mir Weihnachten feiern?‹, habe ich sie gefragt, und sie hat wieder geschrien. Da habe ich zugeschlagen. Sie flog zur Seite und knallte mit dem Kopf gegen die Wand. War bewusstlos. Die beiden Jungs standen oben am Treppenabsatz, und ich bin ihnen hinterher, die liefen unter lautem Geschrei weg.«

Otto sieht ihn mit regungsloser Miene an.

»Da war diese kleine Statue, auf so 'nem Sockel, die habe ich mir geschnappt. Die Jungs stolperten übereinander, fielen hin. Ich wollte ihre Gesichter nicht sehen und schlug auf ihre Hinterköpfe.

Einmal. Zweimal. Dreimal. Dann waren sie still. Ich meine, es waren Kinder.«

»Natürlich«, sagt Otto. »Was ist mit Frau Hofmann weiter passiert?«

»Habe sie auf den Stuhl gefesselt. Am Esstisch. Sie wachte erst wieder auf, als auch alle anderen am Tisch saßen. Ihr Mann, die Kinder. Ich saß neben ihr und aß das Weihnachtsessen, das sie gekocht hat. Unser Essen. Aber eine gute Köchin ist sie nicht.«

»Hat sie was gesagt?«, fragt Otto.

Kunz schüttelt den Kopf. Deutet auf seinen Mund.

»Geknebelt«, schlussfolgert Otto, und Kunz deutet ein Nicken an.

»Die hat nur noch rumgeheult. ›Welches der Geschenke ist für mich?‹, habe ich gefragt. ›Jetzt hör doch endlich mit dieser dämlichen Heulerei auf.‹ So was!« Er wird laut. Hat sich in Rage geredet und will aufstehen, aber Brandt deutet ihm an, sitzen zu bleiben. Kunz rutscht auf der Sitzfläche hin und her. Starrt auf das kleine Päckchen, das immer noch zwischen Otto und ihm auf dem Tisch liegt. »Ich habe meinen Teller in die Küche geräumt. Und bin zu ihr gegangen. Stand hinter ihr. Ich streichelte ihren Kopf, ihre weichen Haare. Hab ihr den Knebel abgenommen und sie gefragt, ob sie jetzt mit mir Weihnachten feiern würde. Und wissen Sie, was sie gesagt hat?«

Kunz malmt seine Backenzähne aufeinander.

Otto sieht ihm fest in die Augen.

»Sie sagte: ›Es tut mir leid.‹ Da habe ich ihr die Kehle aufgeschnitten.« Er ahmt den Schnitt nach, mit einer weiten Handbewegung in der Luft, sodass Brandt kurz zuckt.

»Das genügt für heute«, stellt Otto fest, schiebt die Fotos zu einem Stapel zusammen und zurück in die Akte. »Ich denke, Sie können das Päckchen jetzt aufmachen.«

Kunz sieht ihn irritiert an. Ein paar Sekunden verstreichen. Er streckt langsam die Hand danach aus, als befürchte er, dass ihm jemand gleich auf die Finger haut.

»Nur zu«, ermuntert Otto ihn.

Kunz' Blutdruck steigt. Seine Wangen färben sich rot. Seine Finger zittern, als er den Tesafilm ablöst und das Geschenk vorsichtig auspackt. Ein dunkelblaues Kistchen kommt zum Vorschein. Darauf liegt mittig eine kleine Karte. Mit seinem Namen darauf: THOMAS.

Kunz' Finger zucken. Seine Augen werden feucht. Er sieht Otto durch einen Tränenschleier an. Dann fasst er die Kiste mit spitzen Fingern links und rechts und löst den Deckel ab. Blickt hinein.

Sein Gesicht verzerrt sich zu einer schiefen Grimasse. Aus seinem Inneren kommt ein atemloser Ton. Gefolgt von tiefem Luftholen.

Otto reckt den Kopf und sieht, was in dem Kistchen liegt.

Und es ist genau das, was er vermutet hat.

»Wir sehen uns morgen wieder, Herr Kunz. Und dann können Sie mir ja die Wahrheit erzählen«, sagt Otto, steht auf und gibt dem Kollegen an der Tür ein Zeichen.

Gott sei Dank ist Weihnachten vorbei, denkt er und genießt den Moment der Stille, nachdem sie alle den Raum verlassen haben. *In wenigen Tagen ist Silvester.*

20

Alexander Oetker

Kein Raum in der Herberge

Frankfurt (Oder)

 *Über den Autor:*

Alexander Oetker, geboren 1982, ist der Frankreich-Experte von RTL und n-tv und profunder Kenner von Politik und Gesellschaft der Grande Nation. Seine Luc-Verlain-Krimis sind allesamt Bestseller, seine Romane und Reiseführer Erfolgsgaranten im Buchhandel. Alexander Oetker pendelt mit seiner Frau und seinen beiden Söhnen zwischen Brandenburg und der französischen Atlantikküste.

Was hätte er nur für Schnee gegeben? Aber das mit dem Klimawandel schien echt zu stimmen. Früher, na ja, früher klang immer so ewig her, vielleicht vor gerade mal zehn Jahren, hatte Berlin stets unter einer so dicken Eis- und Schneeschicht begraben gelegen, dass die Stadtreinigung nach zwei Wochen immer kapituliert hatte und den alten Leuten riet, doch lieber nicht das Haus zu verlassen. Zu glatt. Wenigstens hatte man damals die Hundehaufen nicht mehr gesehen.

Heute sah man die Hundehaufen. Die Kippen. Und die kaputt gekloppten Bierpullen der Städtetouristen aus Edinburgh und Valencia, die sich so langsam wieder hertrauten, auch wenn niemand wusste, ob die Pandemie nun wirklich vorbei war oder nur tief Atem holte für den nächsten beschissenen Winter.

Oh Gott, Gustav Kant war ja wirklich miesester Laune. Aber er war nun mal der Grinch, und auch wenn ihn das letztjährige Weihnachtswunder in Zermatt ein wenig inspiriert hatte, dieses Jahr war doch wirklich zum Abgewöhnen gewesen. Und jetzt war es auch noch 13 Grad warm, und Schnee schien in so weiter Ferne wie seine eigene Jugend.

Zumindest war Berlin wieder so leer, dass es zum Aushalten war, und gleich würde er an seinem hölzernen Tresen sitzen, ein frisch gezapftes Bierchen vor sich, und würde der hinreißenden Cecilia dabei zusehen, wie sie die Bar putzte und imaginäre Gläser spülte – schließlich war er an Heiligabend immer der einzige Gast.

Doch als er an der Tür zog, die ins Café Liebling führte, ließ die sich nicht bewegen. Er versuchte es wieder: Nichts. Er hielt das Gesicht an die Scheibe: Dunkel. Merkwürdig.

Die Besitzerin war wie jedes Jahr zu ihren Eltern gefahren, irgendwo in den Süden, die anderen Mitarbeiter waren über ganz Deutschland verstreut. Aber Cecilia. Auf Cecilia war doch Verlass.

»Denkste, Puppe«, murmelte Kant und wusste selbst nicht, was er sich damit sagen wollte.

Er wandte sich um und trat auf die verlassene Raumerstraße, in den auf Hochglanz sanierten Altbauten ringsum leuchteten die Schwibbögen, und er sah sogar die ein oder andere Baumspitze auf den Nordmanntannen, die mittlerweile achtzig Euro kosteten, wie er kürzlich lachend am S-Bahnhof Schönhauser mitbekommen hatte.

»Kant«, die Stimme war hinter ihm, noch weit entfernt, so schien es, deshalb war er sich gar nicht sicher, ob er richtig hörte, »Kant«, da war sie wieder, atemlos, endlich drehte er sich um, und da stand sie, vor ihm, den Kopf rot vor Anstrengung: Cecilia, in ihrer klassischen Heiligabend-Barkluft: Schwarzes Kleid mit weißem Pelz, falschem natürlich, Cecilia war Tierschützerin. Eine rote Weihnachtsfrauenmütze schmückte ihren formschönen Kopf.

»Was ist denn mit dir los?«, fragte Kant. »Wieso ist die Bar zu?«

»Ich hab dich gesucht«, sagte sie, und die Wörter kamen nur stoßweise, »aber du warst nicht in deiner Wohnung, und dann hab ich dich hier gesehen. Komm, wir müssen gleich los.«

»Was? Wohin denn?«, fragte Kant, der kein Wort verstand, aber mit Cecilia im Zweifel auch nach Wladiwostok, in den Trump Tower oder ans Ende der Welt gefahren wäre.

»Zu mir nach Hause. Also«, sie schüttelte den Kopf, »nicht falsch verstehen. Richtig zu mir nach Hause. Nach Frankfurt. Mein Bruder«, sie sah zu Boden, »ich fürchte, er hat Mist gebaut.«

»Los«, sagte Kant, »du erzählst mir alles im Wagen. Wir fahren.«

Zehn Minuten später schnurrten sie im alten Käfer dem Adler-gestell entgegen, die Karre brauchte ewig, um warm zu werden, noch immer lief das Schwitzwasser die Scheibe runter – und zwar innen und außen. Erst als Kant den Berliner Ring erreicht hatte, störte er das angestrengte Schweigen und sagte leise: »Wir meinen beide das gleiche Frankfurt, oder?«

Sie sah ihn mürrisch von der Seite an. »Du weißt doch, dass ick Ossi bin.«

»Is' ja gut«, gab er zurück und bog am Kreuz Schönefeld nach rechts ab, *Frankfurt (Oder)* stand da auf dem blauen Schild und *Warschau.*

»Nun, dann erzähl mal, was ist los?«

»Oh Mann, Kant, ich weiß doch auch nicht, ich bin total durch den Wind. Weißt du, ich bin ja nicht grundlos jedes Jahr zu Weih-nachten in der Bar. Ich … ich vermeide es eben, nach Hause zu fahren.«

»Weil du deinen Bruder nicht magst?«

Sie sah ihn erschrocken an, offenbar hatte sie gar nicht gedacht, dass er darauf kommen könnte.

»Nein, das ist es nicht, überhaupt nicht. Ich liebe Kai. Aber seit-dem Papa abgehauen und Mama gestorben ist … wir haben uns beim Würstchen essen an Heiligabend gegenübergesessen, und man konnte die Uhr ticken hören – so still war es, schlicht uner-träglich. Ich habe die Traurigkeit in seinen Augen gesehen … Und dann hat er irgendwann n bisschen zu viel gesoffen und angefan-gen zu kiffen, und im Job kriegt er auch nix auf die Reihe – na ja, und nun das.«

»Herrgott, was ist denn passiert?«

»Kai hat vorhin angerufen. Also, eben gerade meine ich. Dass die Polizei auf dem Weg sei. Da is' einer… Ach, ich habe es nicht ganz verstanden.« Cecilia brach neben ihm in Tränen aus, er hatte sie noch nie weinen sehen.

Gustav Kant trat das Gaspedal so weit durch, dass der Käfer einen Satz nach vorne machte und seinen Allzeitgeschwindigkeitsrekord auf der Autobahn 12 in Richtung Osten brach. Einer der unzähligen Brummifahrer mit Fahrtrichtung Weihnachtsurlaub hob anerkennend den Daumen.

»Wo wohnt er denn?«

»Genau am Fluss, nördlich der Europabrücke.«

Also raste Kant am Schild *Letzte Abfahrt vor der Grenze* vorbei und nahm die Ausfahrt Frankfurt/Oder-Mitte. Er kannte sich hier aus, weil er lange genug diese Strecke gefahren war, um drüben günstig Kippen zu kaufen und zu tanken, aber jetzt war das Benzin da genauso teuer wie hier, da lohnte es nicht mehr.

Sie schlugen sich durch das Konglomerat aus Hochhäusern, die den Oderturm umgaben, in dessen Schatten das altehrwürdige Gebäude der Viadrina-Universität aussah, als habe es sich in der Stadt verirrt. Kant musste einmal bremsen, weil er um ein Haar mit einer alten Straßenbahn kollidiert wäre, dann aber bog er um die letzte Ecke, die Cecilia ihm wies. »Dort vorne ist es.«

Mühlengasse stand da, und davor war nur noch die Ziegelgasse, dann kam der Fluss. Doch Kants Blick fiel genau wie der seiner Beifahrerin auf den blau-weißen Opel Corsa der Brandenburger Polizei.

»Oh Gott«, seufzte sie, »dahinten sitzt er.«

Richtig, dachte Kant, dort auf dem Rücksitz, eingepfercht in dem winzigen Wagen, saß ein junger Mann, der den Zügen nach genauso aussah wie die Barfrau seines zweiten Wohnzimmers. Er sah durch die Scheibe nach draußen und blickte so verstört drein, als habe er den schlimmsten Albtraum seines Lebens. Neben dem Wagen stand ein kleiner dicker Mann in Uniform, dessen Polizeimütze schief auf der Glatze saß. Er begann nervös hin und her zu stapfen.

Die beiden stiegen aus, und Gustav Kant trat zu dem Mann.

»Tach, frohe Weihnachten.«

»Wat? Na, dit is' aber erst froh, wenn ick bei de heimische Möbel sitze bei Kartoffelsalat und Würstchen. Wat wollense?«

»Dort, auf Ihrem Rücksitz, das ist der Bruder einer Freundin von mir. Und ich bin Gustav Kant, ein alter Kollege von Ihnen, aus Berlin.«

»Und jetzt machense Import/Export?«

»Private Ermittlungen.«

»Na, so sehnse ooch aus«, dröhnte der Mann. »Hier is' nüscht zu ermitteln. Dit Ding is' klar. Gehense mal umt Haus rum, da liegt der noch rum.«

»Wer?«

»Na, dit Opfer.«

»Es gab einen Toten? Und Sie sind alleine hier?«

»Kollege is' beim Opfer. Aber dit is' Brandenburg. Gibt am Feiertach nur eene Gerichtsmedizin, die kommt aus Potsdam. Dauert 'n Weilchen.«

Und dann drehte er sich demonstrativ um und zündete sich ein Zigarettchen aus einer Schachtel an, die mit dem polnischen Schriftzug *Palenie tytoniu powoduje raka* verziert war. Kant mochte die Warnhinweise viel lieber, wenn er sie nicht verstand. Er betrachtete die Szenerie und schüttelte den grau melierten Kopf. Das war ja schlimmer als in einem Andreas-Dresen-Film.

Er machte Cecilia ein Zeichen, sie solle noch warten, weil er nicht wusste, was ihn erwartete. Dann ging er um eines dieser modernen zweistöckigen Townhouses herum und stand schließlich genau an dem weiten Fluss, der in seinem Bett dahinzog und irgendwie majestätisch aussah, in der Sonne und der Kälte. Ein Stück weiter südlich sah er die rote Friedenskirche mit ihren zwei Türmen, die Oder spiegelte sich im Winterlicht, und auf der anderen Flussseite war schon ein anderes Land. Dort vorne stand die Stadtbrücke, die Deutschland und Polen verband, sogar der

Grenzstein in Schwarz-Rot-Gold war zu erkennen. Die Brücke war überspannt mit Weihnachtssternen, die zu dieser Tageszeit aber ausgeschaltet waren, so war es nur eine trostlose Lichterkette.

Auf dem Gehweg waren zwei Männer: einer stehend, einer liegend. Der Stehende trug die gleiche Uniform wie der Raucher eben, nur ein paar Größen kleiner. Der Liegende war in feinen Zwirn gekleidet. Kant erkannte sofort: Das war kein Anzug von der Stange. Da war selbst nach dem Ableben nichts verrutscht, die Beinlänge war ideal, kein haariger Männerschenkel lugte heraus, und auch der Hemdsärmel schaute genau die erlaubten anderthalb Zentimeter aus dem Sakko hervor.

»Keine Fotos, ja? Sonst ruf ich gleich bei der MOZ an und erlasse eine Verfügung gegen Sie.«

»Ich bin nicht von der Märkischen Oderzeitung«, antwortete Kant freundlich, »und ich bin auch ganz entschieden gegen die Störung der Totenruhe. Kant, Private Ermittlungen.«

Irgendwie schien es, als nehme der junge Mann Haltung an. Vielleicht war er Marlowe-Fan – oder er hatte die verruchte Vorstellung von einem verrauchten Detektivbüro mit einer Glastür, was sich sexyer ausnahm als der Großraum der Polizei Frankfurt/Oder. Andererseits: Wer schnüffelte schon gerne tagelang hinter untreuen Ehegatten her?

»Aha«, sagte der Polizist, »jetzt sind die Privaten schon schneller als die Kripo.«

»Ihr Verdächtiger ist mein Mandant. Seine Schwester und ich ... wir ...«

»Ah, verstehe.«

»Nein, nicht, was Sie meinen. Herrgott«, Kant winkte ab, »ich könnte ihr Vater sein.« Doch der junge Mann schien sich nicht für Kants Liebesleben zu interessieren. »Was werfen Sie meinem Mandanten denn vor?«

»Na, sieht man doch. Der Typ ist so böse auf den Kopf gefallen, da war es aus. Und der Bruder Ihrer … Freundin ist ja nun auch wirklich kein unbeschriebenes Blatt.«

»Wissen Sie, wer der Tote ist?«

Der Polizist nickte. »Frank Marow. Er wohnte in dem Haus.«

»Der Mann wohnte hier?«

Kant versuchte, den Maßanzug des Mannes mit Frankfurt/Oder zusammenzubringen.

»Ja, die Stadt verändert sich«, meinte der Polizist. »Aber was man so hört, ist der Marow ein Immobilienhai. Na ja, *war*.«

»Darf ich ihn mir mal ansehen?«

»Nein. Aber ich geh mal an den Fluss und schaue mich nach Verdächtigen um. Verstanden?«

Kant nickte. Verrückt. In Neukölln hätte der Polizist Geld verlangt. Es war nicht alles schlecht in Brandenburg.

Er trat nahe an den Toten heran. Der Anzug war anthrazitfarben, dazu trug er handgenähte Schuhe. Der Mann war Anfang, Mitte sechzig, schätzte Kant. Er hatte weiße Haare, schlohweiß sogar, und er war braun gebrannt, als käme er gerade aus dem Urlaub zurück. Mallorca-Bräune.

Ja, das Gesicht war wirklich übel zugerichtet. Andererseits sah das aus wie eine Kneipenschlägerei, Veilchen inklusive.

»Aber von einem rechten Haken stirbt ja keiner«, murmelte Kant und wusste, dass das nicht stimmte. Es gab auch schon Fälle, in denen ein Schlag reichte, den anderen ins Nirwana zu schicken.

Er zündete sich einen Zigarillo an, ging zurück zu dem jungen Polizisten und bot ihm die Packung an.

»Nein, ich rauche nicht. Marathonläufer, wissen Sie?«

»Auch das noch, ihr jungen Leute, ich versteh euch einfach nicht.«

»Weil wir nicht saufen wie ihr Alten?«

»Nein, weil ihr so verdammt ernst seid.«

»Also, was gefunden, was wir übersehen haben?«

»Was sagt denn mein Mandant?«

Der junge Polizist rümpfte die Nase.

»Der erzählt allen Ernstes, das Opfer sei nur noch durch die Gegend getorkelt und dann mit dem Kopf auf dem Gehsteig aufgeschlagen. Aber am Heiligabend ist ja um zwölf noch niemand volltrunken, oder?«

»Ich bin da ein schlechtes Beispiel«, murmelte Kant. »Aber ihr habt ihn trotzdem verhaftet ...«

»Bei dem Vorstrafenregister hätten Sie das auch gemacht.«

»Kann ich mit ihm reden?«

Der Polizist sah auf seine Uhr. »Die Jungs aus Potsdam dürften erst in anderthalb Stunden hier sein, nicht früher. Und ehrlich gesagt: Ich wär' an Weihnachten lieber bei meinem Freund als hier am Tatort.« Er sah ihn ernst an. »Also, Sie haben eine Stunde. Wenn Sie das Ding lösen, dann ziehe ich meinen Hut.«

Kant reichte ihm die Hand, der junge Mann schlug ein. Er griff zu seinem Funkgerät, und es rauschte, als er darauf klickte und sagte: »Du, der Schnüffler will mal mit der 212 reden.«

212, der Paragraf, der im Strafgesetzbuch für Totschlag stand. Kant schüttelte den Kopf, verdammt. Na, da war Cecilias Bruder aber in was reingeraten. Das bedeutete: fünf Jahre Gefängnis.

Als er zu dem Polizeiwagen trat, sagte der dicke Uniformierte: »Aber er bleibt drin sitzen, Sie steigen ein – und keine Mätzchen, ja?«

Zu viel Tatort gesehen, dachte Kant, aber was er sagte, war: »Natürlich, wo denken Sie denn hin, Herr Wachtmeister?«

Er öffnete die hintere Tür, im Auto roch es nach Wunderbaum und Angst. Der junge Mann sah ihn flehend an.

»Sind Sie der Staatsanwalt?«

»Das würdest du nicht wollen. Ich bin Kant, ein Freund deiner Schwester.«

Die Augen des Jungen weiteten sich. Er war ein Hüne, der den Rücksitz des kleinen Polizeiwagens fast vollständig einnahm, sogar unter dem weiten Kapuzenpulli konnte man seine muskulöse Gestalt bestens sehen.

»Cecilia … aber wieso?«

»Na, weil sie sich Sorgen macht und dich nicht im Stich lässt. Also, erzähl mir genau, was passiert ist. Dann, aber auch nur dann, kann ich dir vielleicht helfen.«

Kai hatte eine schöne Stimme, tief und sanft, aber Kant hörte die Panik in seinen Worten. »Es ist doch eh schon zu spät. Kein Richter der Welt würde mir glauben, dass ich das nicht war. Ich hab so viel Scheiße gebaut … früher, das vergessen die nicht. Niemals. Aber … der ist einfach umgefallen, ich hab ihn nicht mal angestupst.«

»Der Tote ist vor deinen Augen umgefallen?«

»Sehen Sie? Das glaubt mir keiner.«

»Erzähl mir alles. Du wohnst hier? Und Frank Marow auch?«

»Ja, Cecilia und ich, wir sind hier aufgewachsen. Mit unseren Eltern. Die Wohnung kostete 'n Appel und 'n Ei. Als Papa weg war und Mama … na ja, ich konnte die nicht aufgeben. Ich wohne da im dritten Stock. Und ich dachte, ich würde dort für lange Zeit wohnen. Aber dann zog Marow ein, na ja, nicht wirklich, er mietete die Wohnung, vor zwei Jahren. Aber er wohnte nicht hier, sondern in Berlin am Ku'damm. Er wollte nur das Wohnrecht, damit er …« Der junge Mann stockte. »Ich verstehe das ja alles nicht. Es ist zu hoch für mich, all diese Gesetze. Aber die Stadt hat das Haus verkaufen wollen, und Marow hatte mit seinem Wohnsitz hier das Vorkaufsrecht für das ganze Haus. Es waren Peanuts für ihn – und nun … schmeißt er uns alle raus.«

»Er will euch vor die Tür setzen?«

Der junge Mann schüttelte den Kopf und betrachtete wütend das alte Haus mit den sichtbaren Holzbalken. »Nicht nur das.

Er setzt uns vor die Tür, und dann reißt er das ganze Ding ab. Damit noch mehr gesichtslose Wohnblöcke mit Flussblick entstehen können. Ich dachte ja, das ganze Ding mit der Gentrifizierung, das gibt's nur in Berlin, aber nein, das ist jetzt überall so.«

»Und heute war er im Haus?«

Der junge Mann fummelte in der Bauchtasche seines Kapuzenpullis und holte ein glänzend weißes Blatt Papier hervor, das aber ganz zerknüllt war.

»Hier, das hat er mir heute unter der Tür durchgeschoben. Weil er Schiss hatte vor mir. Lesen Sie das. Und dann stellen Sie es sich vor – an Heiligabend, welcher Mensch macht so was?«

Kant nahm das Papier und faltete es säuberlich auseinander. Dann las er, und seine Miene verdüsterte sich.

Räumung stand da in großen schwarzen Lettern. Und: *Sie haben auf meine dreimalig ausgesprochene Kündigung nicht reagiert. Ich gebe Ihnen hiermit noch eine Woche Frist zum Auszug aus der von mir gekauften Wohnung. Die Räumung wird am 1. Januar stattfinden. Herzliche Grüße, Frank Marow.*

»Unglaublich«, sagte Kant. »Und dann hast du das gelesen, bist hinter ihm her und hast ihm eine verpasst, und dann ist die Situation entglitten – du kannst es mir sagen – das würden viele Richter verstehen, nach so einem Schreiben.«

»Nein«, rief Kai, »ich sage es Ihnen doch, ich war es nicht. Ja, früher hätte ich den kaltgemacht, aber … nein, ich hab schon lange gewusst, dass das kein geiler Weg ist, und seitdem ich … ach, lassen wir das.«

»Was? Lassen wir was?«

»Will ich nicht drüber reden.«

»Ich glaube, dass alles, was dich aus dieser Lage befreit, hilfreich wäre.«

Der junge Mann wirkte unglaublich müde, als er das Haus betrachtete, in dem er so lange gewohnt hatte. Dann sah er Kant mit glasklarem Blick an.

»Ich will das nicht erzählen, auch wegen Cecilia. Aber ich schwöre: Ich bin ihm hinterher, und gerade, als ich draußen vor der Tür ankam, da geriet er ins Straucheln und fiel einfach auf den Gehsteig. Bumm, so hat es geknallt. Der war sofort ausgeknipst.«

»Was hast du denn früher so angestellt?«

Kai machte eine wegwerfende Geste.

»Jugend in Frankfurt. Falsche Freunde, zu kurze Haare, keine Liebe. Nichts, worauf ich stolz bin.«

»Aber auch Gewaltdelikte?«

»Gott sei Dank kam mir irgendwann der Gedanke, dass das Leben doch auch schön sein könnte.«

»Und jetzt sitzen wir trotzdem hier.« Kant nickte. »Gut, wer wohnt noch in dem Haus? Ich sehe vier Stockwerke.«

»Unter mir wohnt eine polnische Frau, sie ist Yogalehrerin, und ganz unten eine alte Dame, die 92 und sehbehindert ist.«

»Und die wären auch beide geräumt worden?«

Kai nickte. »Aber ich bitte Sie, lassen Sie die Frau in Ruhe, die unter mir wohnt. Das meine ich, wenn ich sage, ich will nicht darüber reden.«

Kant verstand. »Sprechen muss ich aber trotzdem mit ihr, okay? Ich gehe jetzt rein. Du bleibst hier und sagst nichts. Zu niemandem, klar?«

Kais ängstliche Augen folgten Kant, als er ausstieg und dem dicken Polizisten ein Zeichen machte. »Danke. Ich geh mal ins Haus. Wann kommt die Kripo?«

»Ist auf dem Weg. Halbe Stunde vielleicht noch.«

»Das muss reichen.«

»Dit will ick ooch hoffen. Ick muss noch de Geschenke für de Enkel einpacken, die kommen morgen.«

»Was kriegen sie denn, Ihre Enkel?«

»Meine alte H0-Eisenbahn. Die Reichsbahn-Lok fährt noch astrein, in der DDR, ja, dat war noch Qualität.«

Kant betrat das Haus durch die Tür, die geöffnet eingerastet war. Drinnen roch es wirklich wie in vergangenen Zeiten, nach Fensterglasur und Bohnerwachs. Der Steinfußboden sah aus wie im Berlin der Siebzigerjahre. Er nahm vier halbe Treppen und klopfte an der Wohnungstür im zweiten Stock. Als die Tür aufging, schlug Kant eine Wolke von Räucherduft entgegen. Die junge Frau im Türrahmen erkannte er erst auf den zweiten Blick. Aus der Ferne erklang leise atmosphärische Musik.

»Hallo, mein Name ist Gustav Kant, ich bin Detektiv. Sprechen Sie Deutsch?«

Die junge Frau zog eine Augenbraue hoch. »Was meinen Sie denn? Dass wir Polen das nicht können?« Ihre Worte kamen schnell und sicher, aber sie hatte trotzdem diesen wunderbaren und singenden Akzent, der den Menschen zwischen Lublin und Danzig zu eigen war.

»Wie geht es Kai?«, fragte sie, und ihre Miene verdüsterte sich. »Ich mag die deutsche Polizei nicht so gern, deswegen kann ich ihm nicht helfen.«

»Wie heißen Sie denn?«

»Justyna. Justyna Mikolaja. Ich unterrichte Yoga für Kinder und Senioren, hier in meiner Wohnung.«

»Aber Sie hätten diese Wohnung auch verloren?«

»Ich hatte die gleichen drei Kündigungen im Briefkasten wie Kai und die arme Frau Brettschneider. Aber mir hat der schreckliche Mann meine Räumung heute persönlich gebracht. Und er hat mich dabei so … ich weiß nicht, wie sagen Sie? … so angestarrt, als wolle er mich ausziehen, es war ekelhaft.«

»Frank Marow war also persönlich bei Ihnen?«

»Das war er immer. Einmal hat er gesäuselt, wenn ich lieb zu ihm wäre, dann könne er mir auch in dem neuen Haus eine Wohnung besorgen.«

»Also ein durch und durch angenehmer Zeitgenosse.«

»Wissen Sie, Herr Kant, uns in Polen ist Weihnachten wirklich heilig. Wir lassen einen leeren Stuhl am Tisch stehen, mit einem Gedeck. Wissen Sie, für wen das ist?«

»Nee …?«

»Für Jesus Christus. Weil wir ihn am Tisch haben wollen. So ein Fest ist das. Und dann bringt mir dieser Mann heute diesen Brief. Wenn ich könnte, dann hätte ich ihn getötet. Aber ich kann es nicht. Ich unterrichte Yoga. Ich liebe den Frieden.«

»Aber Kai … er ist nicht ganz so friedfertig wie Sie …«

»Kai«, sie lächelte sanft, »er kann keiner Fliege mehr was zuleide tun. Wissen Sie, es gibt die Vergangenheit und es gibt das Jetzt. Und Kai ist im Jetzt angekommen. Auch wenn er das mit mir noch geheim hält, weil seine Freunde nicht wissen dürfen, dass er mit einer waschechten Eso-Tante zusammen ist, die Yoga macht und einen Buddha auf dem Schrank hat. Aber … er war bei mir, den ganzen Vormittag. Auch, als die Räumung kam. Da ist er hoch zu sich und hat nachgesehen, und da lag auch eine unter der Tür. Und dann wollte er Marow zur Rede stellen, aber der … der lag da schon auf dem Boden, und fünf Minuten später kam die Sirene und dann …«

Sie sah betreten zu Boden. »Ich schwöre, er war es nicht. Holen Sie ihn da raus.«

»Das werde ich versuchen, Frau Miko…«

»Mikolaja. Das heißt übrigens Nikolaus auf Polnisch.«

»Na, das passt ja.«

»Viel Glück, Herr Kant.«

»Ihnen auch.«

Die Tür schloss sich, und sofort wurde der Geruch von Sandelholz wieder vom Bohnerwachs überdeckt. Eine weitere Treppe hinab, fand Kant sich vor der gleichen Holztür wieder. Da hing ein Gesteck mit Tannengrün, der Name an der Klingel in Gold graviert. *Brettschneider.* Die Klingel war ein dreistufiger Gong, ding – dang – dong.

Sekundenlang war Stille, dann schlurfende Schritte, bis sich die Tür endlich einen Spaltbreit öffnete. Eine kleine Frau, lockig goldene Haare, in der Art, wie sie nur bei ostdeutschen Friseuren unter einer Trockenhaube entstehen können. Sie trug eine Brille und die Armbinde, die sie als sehbehindert auswies, und hielt ihm zu Kants großer Überraschung die Hände hin.

»Na, dann kommen Sie mal, Herr Kommissar. Oder müssen wir gleich los?«

»Woher wissen Sie, dass ich ein Mann bin?«

»So laut, wie Sie laufen … was sollen Sie denn sonst sein? Ein Elefant?«

Kant musste grinsen, dann trat er ein und folgte ihr in das Wohnzimmer, das so ordentlich und stilvoll eingerichtet war, wie er schon lange keines mehr gesehen hatte.

»Es ist schön hier«, sagte er leise.

»Ja, oder? Und wenn Sie glauben, ich wüsste das nicht, weil ich es nicht sehe, dann irren Sie. Ich spüre die Ordnung und das Heimelige, ich spüre es ganz genau. Und deshalb war es für mich unvorstellbar, jemals woanders hinzugehen, bevor ich diese Erde verlasse. Ich hätte mich ohnehin gleich gestellt, ich will ja nicht, dass der arme Kai meinen Ärger abkriegt. Er ist so ein guter Junge.«

»Was ist denn passiert, Frau Brettschneider?«

»Ich wusste ja, dass wir diesen Kampf nicht gewinnen können. Ich wusste es gleich, als dieser komische Mann hier eingezogen ist. Mit dem ist nicht zu spaßen, dachte ich. Dann kam die erste Kündigung, dann die zweite, und die dritte. Ich weiß, wie so was läuft, zeigen die ja immer, bei *explosiv* und so. Aber nicht mit mir, dachte ich. Ich will nicht ins Altersheim. Hier«, sie ging zum Fenster und klappte es an. »Hören Sie das? Die Oder. Mein Fluss. Ich höre ihn seit siebzig Jahren, jede Nacht, wenn ich schlafe. Es ist nur ein ganz leises Rauschen, aber manchmal ist es so laut wie Donner. Wunderschön.« Die alte Frau strahlte.

»Na ja, ich war drüben, auf dem Markt in Slubice. Da kriegen Sie alles. Auch … nun ja, sehr spezielle Medikamente. Ich wohne hier schon so lange, ich kenne den Weg hinüber blind. Und dort sind alle so freundlich, wenn ich meine Armbinde trage, sie helfen mir, sie führen mich. Ich habe mir bei einem netten Mann aus Vietnam etwas gekauft und dann hier in der Wohnung gebacken. Dominosteine. Ich wollte ein letztes Mal Weihnachten in meiner Wohnung feiern – und dann sollte es vorbei sein. Das Marzipan in den Dominosteinen war mit dem … na ja, dem Zeug versetzt, was sie da drüben anbieten. So wäre es nicht so bitter gewesen. Aber dann hatte dieser Mann die Dreistigkeit, hier zu klingeln, am Heiligen Abend. *Hier ist Ihre Räumung, Frau Brettschneider, es gibt drüben in Polen ein günstiges Heim, das sollte auch mit Ihrer Rente machbar sein.* Das hat er allen Ernstes gesagt. Und da habe ich es mir anders überlegt. *Kommen Sie,* habe ich gesagt, *erzählen Sie mir doch was über dieses Heim, hier, nehmen Sie. Hmm, Dominosteine,* hat er gerufen, dieser fette Mann, und dann hat er vier Stück gefressen, von der Frau, die er gleich räumen lassen wollte. Na ja, er hat es gerade noch so rausgeschafft, aber sein Gang war schon so unrund, ich dachte, der klappt mir aufm Flur zusammen.«

Sie schluckte und war sichtlich bedrückt, als sie die Gedanken einholten. »Wissen Sie, Herr Kommissar, ich war sicher, nicht mehr leben zu wollen, aber dann kam er, dieser Mann, und war so gemein, dass ich dachte: Nein, ich bin immer gut gewesen, ich mache das jetzt einfach. Aber seinen röchelnden Atem zu hören, herrje, das war schon schlimm. Es tut mir leid … Was geschieht denn nun mit mir?«

Kant sah aus dem Fenster und musste ein zweites Mal hinsehen. Er war so versunken gewesen, dass er es nicht bemerkt hatte. Draußen hatte das Wetter umgeschlagen – und mit einem Mal fielen dicke weiße Schneeflocken, so langsam, als schwebten sie zur Erde. »Es schneit«, murmelte Kant.

»Haben Sie das etwa noch nicht gemerkt? Ich habe es gehört, es ist draußen viel ruhiger als vorher – die Welt wird still, wenn es schneit.«

Bewundernd sah er die alte, kleine Frau an. »Nun ja, ich bin kein Kommissar, sondern nur privater Ermittler. Und was mich angeht: Sie hatten Ihre Gründe – und Sie haben trotzdem Reue gezeigt. Kein Polizist der Welt wird glauben, dass eine 92-jährige halb blinde Frau es schafft, einen gestandenen Mann zu töten. Also, spülen Sie die Dominosteine im Klo runter. Und dann wünsche ich Ihnen gesegnete Weihnachten, Frau Brettschneider.«

Sie sah ihm verdutzt nach, als er die Wohnung verließ und die Treppen hinunternahm, ein warmes Gefühl im Bauch. Draußen trat er in die weiße Pracht. Auf dem Gehsteig neben dem Polizeiwagen hielt gerade eine schwarze Limousine, und eine Frau stieg aus, deren Anblick Kant elektrisierte.

»Kommissarin Radek?« Der dicke Polizist salutierte.

»Barbara«, sagte Gustav.

»Gustav«, sagte Barbara, ohne den Uniformierten überhaupt wahrzunehmen. Sie ging auf den Detektiv zu und schloss ihn in die Arme.

»Wie lange ist es her?«, fragte er und roch ihr Parfum, der gleiche betörende Duft wie damals.

»Na, fast zwanzig Jahre, seitdem du Schuft mich bei der Kripo allein gelassen hast.«

»Und jetzt bist du Hauptkommissarin bei der Mord.«

»Aber viel wichtiger«, flüsterte sie, als sie sich von ihm löste, »ich bin geschieden. Und du?«

»So frei und frech wie damals.«

»Das ist mein Weihnachtswunder«, sagte sie leise und richtete ihr Haar. »Was machst du eigentlich hier?«

»Ich habe schon mal vorermittelt. Euer Verdächtiger da im Wagen, der hat ein Alibi, er war mit der Frau aus Etage 2 zusammen. Die Rentnerin in Etage 1 ist 92, da braucht ihr nicht mal zu klingeln. Also, ich denke, der Mann hatte einen Herzanfall. Das rote Gesicht, da war Bluthochdruck im Spiel.«

»Ein Glück, der Rechtsmediziner kommt erst in zwei Stunden«, murmelte Barbara, »aber dann ist das hier ja gegessen. Lassen Sie den Mann aus dem Auto raus.«

»Aber …«, murmelte der Uniformierte, »Sie müssen doch ermitt…«

»Papperlapapp, Kant war so lange mein Partner bei der Berliner Kripo, wenn er was rausfindet, dann ist das felsenfest. So, ich schreibe meinen Bericht und dann … was hast du eigentlich heute Abend vor, Gustav?«

»Ich …«

»Komm, ich nehm dich gleich mit, ich hab Karten für die Potsdamer Nikolaikirche, Weihnachtskonzert, Loge. Danach gehen wir schön was trinken …«

»Gerne«, stammelte Kant, der es genauso meinte. Nur zu gern. »Moment noch, ja?«

Als die Tür des Polizeiwagens aufging, flog Cecilia sofort in Kais Arme. Sie umarmten sich fest. Gustav Kant trat zu ihnen. »So, alles gut gegangen. Ihr solltet Weihnachten zusammen feiern. Und wenn es geht, ladet doch Frau Brettschneider aus der ersten Etage ein. Sie ist eine sehr bemerkenswerte Frau.«

»Das machen wir«, sagte Kai, »vielen Dank Ihnen, Herr Kant.«

»Danke, Gustav, das nächste Bier geht auf mich.«

»Na, zwei sollten es schon sein«, sagte Kant lachend.

»Kommst du endlich? Weihnachten und ich, wir warten beide nicht«, rief Barbara, und er ging auf sie zu, während der Schnee unter seinen Schuhen knirschte.

Carine Bernard

Die letzte Zustellung

Ratingen (Nordrhein-Westfalen)

 *Über die Autorin:*

Carine Bernard wurde 1964 in Niederösterreich geboren. Nach dem Studium der Veterinärmedizin in Wien verschlug sie die Liebe nach Deutschland; heute lebt sie mit Mann und Hund in Ratingen in Nordrhein-Westfalen. Ihre neue Heimat spielt auch die Hauptrolle in den Krimis um Tierärztin Katja Maus, Polizeioberkommissar Blum und seinen Schäferhund Pitter.

Es war kalt, die Luft roch nach Zimt und Orangen. Weihnacht-liche Stimmung wollte dennoch nicht aufkommen, fand Katja und nippte an ihrem Glühwein. Hunde tobten in der Dämme-rung zwischen den alten Bäumen, Kinder rannten kreischend über die Lichtung, an den Stehtischen klirrten Schnapsgläser ge-gen dickwandige Tassen. »Prost, und frohe Weihnachten!«

Katja wohnte schon ihr halbes Leben in Ratingen, aber der Brauch der Hundebesitzer, sich am Tag vor Weihnachten mit den Hunden im Wald zum Glühweintrinken zu treffen, war ihr neu. Den kannte sie erst, seit sie mit Cornelius Blum und seinem Schä-ferhund Pitter zusammen war.

»Frau Doktor Maus, noch einen Glühwein?« Uwe Klawitter hob einladend eine Suppenkelle. Auf einem Klapptisch vor ihm standen zwei große, dampfende Töpfe, aus denen er Wein und Punsch ausschenkte. Katja nickte und hielt ihm ihre Tasse hin, dann schlenderte sie zurück zu Cornelius.

Eine ältere Frau kam zögernd näher, kugelrund in ihrem wat-tierten Mantel. Katja winkte ihr zu. »Hallo, Frau Werner, das ist ja schön, dass Sie auch hier sind.«

»Ach ja, Frau Doktor.« Sie blinzelte. »Wissen Sie, es hätte sich falsch angefühlt, ausgerechnet diesmal nicht zu kommen.«

»Das kann ich gut verstehen.« Katja sah sie mitfühlend an. »Wie geht es Ihnen denn?«

Frau Werner schüttelte den Kopf und wischte sich mit einer unwirschen Bewegung über die Augen. »Es geht schon. Ich hätte nur nicht gedacht, dass mich das hier so packt.«

»Soll ich Ihnen einen Glühwein holen?«, fragte Cornelius.

»Das wäre nett.« Frau Werner putzte sich die Nase. »An Tagen wie heute, da vermisse ich meinen Bonzo so sehr, dass es fast nicht auszuhalten ist. Aber dann sage ich mir, dass es unverantwortlich wäre, wenn ich mir wieder einen Hund hole. Schließlich werde ich nächstes Jahr siebzig. Da schafft man sich keinen Hund mehr an, das tut man einfach nicht.«

Emil, der kleine Schnauzer von Klawitter, schoss zwischen den Beinen der Anwesenden durch und sprang schwanzwedelnd auf sie zu. Frau Werner beugte sich zu ihm hinab und streichelte ihn. »Na, Emil? Bist du ein Feiner?«

Einen Moment lang wunderte sich Katja, woher der Hund die Frau kannte, dann erinnerte sie sich, dass sie im Obergeschoss von Klawitters Haus zur Miete wohnte.

Cornelius kam zurück und drückte Frau Werner den dampfenden Becher in die Hand. Emil wandte sich ab, erkannte Katja, klemmte den Schwanz ein und suchte eilig das Weite.

»Der hat wohl schlechte Erfahrungen mit dir gemacht.« Cornelius lachte.

»Eigentlich gar nicht.« Katja sah Emil ratlos hinterher. »Er kommt immer nur zum Impfen, das ist doch nicht so schlimm.«

»Wer weiß, wie er das sieht.« Cornelius legte ihr den Arm um die Schultern und drückte sie an sich.

Im Unterholz ein Stück abseits der Lichtung kam Unruhe auf. Lautes Hundegebell ertönte, und Katja glaubte, Pitters tiefes Organ herauszuhören. Das war ungewöhnlich, denn der ehemalige Polizeihund hielt sich sonst aus Streitigkeiten mit anderen Hunden heraus.

Cornelius rief nach ihm, doch das Bellen hörte nicht auf. Er nahm den Arm von Katjas Schulter. »Ich schaue besser mal nach, was er hat.«

Sie nickte. Pitter hörte üblicherweise aufs Wort, und wenn er auf Blums Ruf nicht kam, hatte das ziemlich sicher einen Grund.

Plötzlich verspürte sie Angst, und sie lief Blum hinterher, der mit langen Schritten die Lichtung überquerte. Die anderen Leute wurden aufmerksam, Köpfe wandten sich ihnen zu. »Was ist denn los?«, fragte eine Frau mit einer scheckigen Mischlingshündin an der Leine.

»Ich weiß es nicht«, antwortete Katja. »Pitter hat offenbar etwas gefunden.«

Cornelius erhob sich aus einem Gestrüpp von jungen Buchen. Er kam ihr ein paar Schritte entgegen und hielt Pitter am Halsband fest. »Dahinten liegt ein Mann«, sagte er. »Ich fürchte, er ist tot.«

Sie spähte ins Unterholz und erblickte eine rot gewandete Gestalt. Im ersten Augenblick war sie verwirrt, dann erkannte sie das Weihnachtsmannkostüm, das er trug. Der Mann lag auf dem Rücken im Laub, die pelzverbrämte Kapuze bedeckte Stirn und Augen. Sie zögerte nur kurz, dann zwängte sie sich durch die Zweige und ging neben dem Mann in die Hocke. Sie schob die Hand unter den Kragen und tastete nach der Schlagader an seinem Hals. Da war nichts, sie fühlte nur feuchte Kälte. Sie schaute Blum an und schüttelte den Kopf. Als sie die Hand wieder hervorzog, sah sie das Blut an ihren Fingern. Nun erst blickte sie dem Toten ins Gesicht, und sie erschrak.

Blum hatte das Telefon schon am Ohr. »Ein Toter im Wald«, sagte er laut, um das Hundegebell zu übertönen. »Vermutlich Gewalt. Gib bitte gleich Friedemann Bescheid, er soll mit der SpuSi kommen.« Er lauschte einen Moment. »Ja, klar, ich bleibe so lange hier.«

Katja nahm eine Handvoll Laub vom Boden auf und rieb damit über ihre Finger. Ihr war speiübel. Nicht dass sie den Anblick von Blut nicht gewohnt wäre, der Tierarztberuf brachte das mit sich, aber das Blut eines Toten, noch dazu dieses Toten, war etwas anderes. Pitter kam zu ihr, und dankbar vergrub sie die klammen Finger in seinem dichten Pelz. Blum steckte das Handy weg.

»Ich kenne den Mann«, sagte sie.

»Tatsächlich?« Blum wandte sich zu ihr. »Wie heißt er?«

»Ich habe keine Ahnung.« Sie hob die Schultern. »Das ist der Paketbote, der immer meine Praxis beliefert.«

»Ah, verstehe.«

»Er war heute Nachmittag noch bei mir.« Katja schluckte schwer. »Aber da trug er noch kein Kostüm.«

Blum nickte. »Die Kollegen werden gleich hier sein«, sagte er. »Bleiben Sie bitte auf der Lichtung«, rief er an die anderen gewandt, die näher gekommen waren, »und leinen Sie Ihre Hunde an!«

Rufen und Pfeifen setzten ein, die Hunde schienen sich zu beruhigen, nur noch die Menschen redeten durcheinander. Einige standen auf Zehenspitzen und versuchten, durch die Büsche zu erkennen, was vor sich ging.

»Was ist denn passiert?« Klawitter stand am Rand des Gestrüpps und machte Anstalten, zu ihnen zu kommen.

»Es hat einen Unfall gegeben.« Cornelius trat hinaus auf die Lichtung und versperrte ihm den Weg. »Bitte bleiben Sie bei den anderen. Die Polizei ist gleich hier.«

»Du bist doch die Polizei.« Klawitter schien nicht mehr ganz nüchtern, seine Aussprache war undeutlich.

»Das stimmt. Die Kollegen kommen trotzdem.«

»Na dann …« Klawitter wandte sich ab.

Zwischen den Bäumen tauchte flackerndes Blaulicht auf, ein Streifenwagen näherte sich und hielt am Rand der Lichtung. Beamte in Uniform stiegen aus, ein zweiter Wagen holperte heran, dahinter erkannte Katja das Rot-Weiß eines Rettungswagens. Blum drückte Katja Pitters Leine in die Hand und ging seinen Kollegen entgegen. Er sprach mit einem groß gewachsenen Mann, der daraufhin mit langen Schritten auf sie zueilte. »Frau Doktor Maus?«

Sie brauchte einen Moment, bis ihr sein Name einfiel: Kommissar Friedemann von der Mordkommission, den sie schon bei ihren letzten »Fällen« kennengelernt hatte.

»Ja, bitte?«

»Kollege Blum sagte, Sie haben den Mann heute Nachmittag noch gesehen?«

»Ja, er hat mir meine Pakete geliefert.«

»Wissen Sie noch, wie spät es da war?«

Katja dachte nach. »Das muss kurz nach vier gewesen sein. Die Praxis war heute Nachmittag geschlossen, aber ich wartete noch auf eine Lieferung Hundefutter.«

»Das wäre die erste postmortale Zustellung der Geschichte!« Die Notärztin war herangekommen. »Der Mann ist definitiv schon länger als zwei Stunden tot.«

»Das ist ja seltsam.« Friedemann wandte sich wieder zu Katja. »Ist Ihnen etwas Ungewöhnliches aufgefallen?«

Katja schüttelte den Kopf. »Nein. Es war eine ganz normale Zustellung.« Sie runzelte die Stirn. »Doch, warten Sie. Normalerweise trägt er mir die Pakete bis in den Keller. Heute hat er das nicht getan. Er war so schnell wieder weg, dass ich ihm nicht einmal sein Trinkgeld geben konnte.« Sie hob die Schultern. »Ich dachte, er wäre zu sehr in Eile wegen Weihnachten.«

Der Kommissar nickte und steckte den Block weg. »Danke, Frau Maus.« Er wandte sich an den uniformierten Polizisten, der hinter ihm stand. »Kollege Brandmeier, nimmst du bitte die Personalien der Leute auf, bevor sie alle weg sind?«

Katja ging mit Pitter langsam zurück zur Lichtung. Die Übelkeit war zurückgekehrt. Wenn das stimmte, was die Ärztin sagte, wer war dann heute Nachmittag bei ihr gewesen?

Spät in der Nacht erwachte Katja von einem lauten Knall. Erschrocken fuhr sie hoch. Sie erkannte Cornelius' Silhouette, er schwang sich gerade aus dem Bett.

»Was war das denn?«

Cornelius ging zum Fenster. »Ich weiß es nicht, aber ich kann es mir schon denken.« Er deutete hinaus.

Katja stand ebenfalls auf und stellte sich neben ihn. Über den Dächern der Häuser rechts von ihr war eine kleine Rauchwolke zu sehen, die im Licht der Straßenlaterne waberte, bevor der Wind sie verwehte.

Cornelius öffnete das Fenster und beugte sich hinaus. »Ich fürchte, das war einer der Müllcontainer vorne an der Tannenstraße«, sagte er.

»Ein Müllcontainer?« Katja rieb sich die Augen.

»Ja.« Cornelius griff nach seinem Handy und tippte eine Nummer. »Das sind Jugendliche, die sich einen Spaß daraus machen, Chinaböller in Mülleimer zu werfen. Macht einen höllischen Krach und hinterlässt eine Riesensauerei.«

»Sauerei kann man das wohl nennen.« Sie gähnte. »Meine Patienten erschrecken sich bei so was jedes Mal fast zu Tode.«

Cornelius hielt sich das Telefon ans Ohr, sein Tonfall wurde dienstlich. »Kollege? Polizeioberkommissar Blum hier. Kannst du eine Streife zur Tannenstraße 14 schicken? Da gab es gerade eine Detonation.« Er schaute aus dem Fenster. »Und schick die Feuerwehr vorbei. Das brennt noch immer.«

Katja folgte seinem Blick und sah eine neue Rauchwolke aufsteigen, dichter und dunkler als die erste. Ein kalter Luftzug wehte herein. Fröstelnd wandte sie sich ab, da bemerkte sie einen dunkel gekleideten Mann unten auf dem Bürgersteig. Er führte einen kleinen, struppigen Hund an der Leine, unverkennbar Emil auf einer nächtlichen Gassirunde. Klawitter hatte sie ebenfalls gesehen, er hob grüßend die Hand und verschwand um die Ecke. Nachdrücklich schloss sie das Fenster.

Blum beendete das Gespräch.

»Musst du jetzt los?«, fragte Katja.

»Aber nein.« Er zog sie an sich. »Ich habe erst morgen wieder Dienst. Lass uns wieder zu Bett gehen.«

Heiligabend verbrachte Katja allein. Cornelius musste arbeiten, und ihre Freundin Angela, bei der sie sonst immer willkommen war, wenn sie den Wunsch nach Gesellschaft hatte, weilte mit ihrem Mann in Dubai.

Am Spätnachmittag schmückte sie den Ficus im Wohnzimmer mit Christbaumkugeln und einer Lichterkette, stellte eine Flasche Weißwein kalt und ließ sich ihr Abendessen von ihrem Lieblings-chinesen liefern: Ente mit weihnachtlichen Gewürzen und einen Bratapfel zum Dessert.

Sie hatte sich gerade zum Essen hingesetzt, als es unten an der Tür läutete. Einen Moment lang war sie versucht, einfach nicht zu öffnen, doch das brachte sie nicht übers Herz. Sie legte das Besteck zur Seite, lief die Treppe hinunter und öffnete. Vor ihr stand Uwe Klawitter mit Emil auf dem Arm.

»Frau Doktor, es geht ihm ganz schlecht!« Der große Mann war sichtlich in Sorge. »Er kotzt schon den ganzen Tag, aber es kommt nichts mehr raus!«

Katja dachte mit Bedauern an ihre Ente, aber sie trat einen Schritt zurück und ließ ihn ein. »Kommen Sie herein.« Sie schloss die Tür zum Behandlungszimmer auf und schaltete das Licht ein. »Legen Sie ihn hier auf den Tisch.«

Klawitter setzte den Hund ab, Emil schwankte. Ein Krampf durch-lief seinen Körper, er würgte. »So geht das schon die ganze Zeit.«

Katja verkniff sich die Frage, warum er nicht schon früher ge-kommen war. »Wann hat er das letzte Mal gefressen? Und hat er Kot abgesetzt?«

»Das letzte Mal gekackt hat er gestern. Deshalb war ich ja nachts mit ihm noch draußen, da war er schon komisch. Und fressen wollte er heute gar nicht.«

Katja untersuchte den Hund und kam schnell zu einem Schluss. »Ich muss noch ein Röntgen machen, um sicherzugehen, aber ich vermute, er hat etwas verschluckt, das nun in seinem Darm feststeckt.«

»Wüsste nicht, was das sein kann«, entgegnete Klawitter. »Ich war doch die ganze Zeit bei ihm.«

»Das passiert schneller, als man glaubt.«

Katja rollte das Röntgengerät herein, zog die Bleischürze an und bat Klawitter, draußen zu warten.

Die Röntgenaufnahme bestätigte Katjas Verdacht. »Sehen Sie das?« Sie wies auf eine helle Stelle auf dem Röntgenbild. »Das spricht für einen Fremdkörper. Emil muss sofort operiert werden, sonst besteht die Gefahr eines Durchbruchs.«

Bianca, ihre Helferin, war zwar nicht erfreut, als Katja sie anrief, aber ihre Kinder waren bereits im Bett und ihr Mann den Kummer gewohnt. Sie wohnte nur zwei Straßen weiter, sie würde nicht lange brauchen.

In der Zwischenzeit schickte Katja Klawitter mit dem Versprechen, ihn nach dem Eingriff sogleich anzurufen, nach Hause und bereitete alles für die Operation vor. Als Bianca ins Behandlungszimmer trat, lag Emil schon in Narkose, und Katja schrubbte sich die Hände mit desinfizierender Seife. Mit ruhiger Umsicht kontrollierte Bianca das Narkosegerät, prüfte, ob alles bereitlag, und richtete die OP-Lampe aus, bevor sie sich ebenfalls die Hände wusch.

Katja setzte den ersten Schnitt, Bianca tupfte das Blut weg und hielt die Wundränder auf, während sich Katja in die Tiefe von Emils Magen vorarbeitete. »Da haben wir ja den Bösewicht.« Ihre Finger ertasteten etwas Hartes, ein kleiner bunter Knopf wurde sichtbar. Eine schwarze Kordel hing daran, die in Richtung Darm verschwand.

»Was ist es?« Bianca beugte sich über den offenen Bauch.

»Es sieht aus wie ein Gummizug von einer Jacke. Die Darm-schlingen haben sich daran aufgefädelt.« Mit unendlicher Vor-sicht zog Katja an der Schnur, und langsam, zentimeterweise, gab der Darm sie frei. Endlich war es geschafft. Sie seufzte erleichtert und warf die etwa dreißig Zentimeter lange Kordel mit dem gel-ben Kunststoffknebel in eine Nierenschale.

Erleichtert ließ Bianca den Atem ausströmen, den sie während-dessen angehalten hatte.

Katja spülte den Bauchraum mit isotoner Kochsalzlösung und überprüfte die Darmschlingen auf Verletzungen, aber es schien alles in Ordnung. Emil hatte noch einmal Glück gehabt. Sie nickte Bianca zu und setzte die erste Naht.

»Kannst abdrehen.«

Direkt nach der Operation rief sie Klawitter an und sagte ihm, dass alles gut gegangen war, aber Emil noch bis morgen hierblei-ben müsse. Dann saß sie bei dem Hund im Behandlungsraum, beobachtete das Tropfen der Infusion und aß die kalt gewordene Ente. Emil hatte einmal kurz den Kopf gehoben, war allerdings sofort wieder eingeschlafen. Bis er wirklich bei Bewusstsein war, würden noch einige Stunden vergehen, aber mit etwas Glück war er über den Berg.

Schließlich stellte sie den leeren Teller weg, stand auf, streckte sich stöhnend und ging hinüber in den kleinen Operationsraum. Sie hatte Bianca gleich nach Hause geschickt, und nun stand alles noch so da, wie sie es zuvor hinterlassen hatte: gebrauchte Tupfer, benutztes Operationsbesteck und schmutzige Tücher, steif von eingetrocknetem Blut. Sie atmete tief durch und machte sich ans Aufräumen.

Der Schlüssel drehte sich im Schloss, die Haustür ging, das musste Cornelius sein. »Ich bin hier«, rief sie.

Sie hörte Pitters Pfoten im Wartezimmer, dann steckte Cornelius den Kopf durch die Tür. Er sah müde aus.

»Was machst du da?«, fragte er.

Sie deutete auf Emil im Nebenzimmer, der sich auf dem Wärmekissen zusammengerollt hatte. Die Infusion war inzwischen fast durch. »Wir hatten einen Notfall.« Sie stellte die Nierenschale mit den blutigen Tupfern neben der Spüle ab und erwiderte seinen Kuss. »Weihnachten für Tierärzte, sozusagen.«

Cornelius grinste schief. »Wir hatten auch gut zu tun.« Er deutete zum Operationsraum. »Brauchst du Hilfe?«

»Ich muss nur noch das Besteck abspülen.« Sie drehte den Hahn auf und ließ Wasser einlaufen. »Habt ihr schon herausgefunden, wer den Paketboten auf dem Gewissen hat?«

»Nein, so weit sind wir noch nicht.« Blum lehnte sich an den Untersuchungstisch. »Aber wir haben dank dem GPS-Sender seinen Wagen gefunden.« Er machte eine kurze Pause. »Erinnerst du dich an die Explosion letzte Nacht?«

Katja wandte sich zu ihm. »Ja, natürlich.«

»Das war kein Mülleimer, sondern der Altkleidercontainer, und der Wagen stand gleich um die Ecke in der Tannenstraße. Deshalb haben wir den Container nochmals untersucht und tatsächlich die Reste der Uniformjacke des toten Boten gefunden.«

»Das heißt, der Täter hat den Container in die Luft gesprengt?«

»So sieht's aus.« Cornelius nickte. »Leider sind nach dem Feuer keine verwertbaren Spuren mehr vorhanden. Das Einzige, was dem Kriminaltechniker auffiel, war ein fehlender Knopf. Aber das hilft uns auch nicht weiter.«

»Was sagst du da? Ein Knopf?«

Cornelius hob den Kopf. »Ja, wieso?«

Katja war auf einmal alarmiert. »Der Fremdkörper, den ich aus Emil operiert habe, das war auch ein Knopf!« Sie kippte den Inhalt der Nierenschale auf den Tisch. Vorhin hatte sie nicht darauf geachtet, nun erkannte sie das Logo des Paketdienstes.

Cornelius schob mit spitzen Fingern die Tupfer zur Seite. »Ich glaube, da muss uns Herr Klawitter einiges erklären.«

Tags darauf bekam Katja gegen Mittag einen Anruf von Blum.

»Du hattest mal wieder den richtigen Riecher«, sagte er. »Wir haben Klawitter vernommen, und er hat sich so in Widersprüche verstrickt, dass er am Ende alles gestanden hat. Er ist mit dem Paketboten in Streit geraten und hat ihm im Hausflur eine gescheuert. Der Mann ist so unglücklich gegen die Wand gestürzt, dass er sich das Genick gebrochen hat. Daraufhin hat er den Toten auf seinen Anhänger geladen, ihn mitsamt seinen Stehtischen in den Wald gekarrt und auf dem Weg zur Lichtung im Unterholz versteckt.« Blum schnaubte. »Auf die Idee, dass ihn die Hunde da finden würden, ist er in der Eile offenbar nicht gekommen.«

Katja schnappte nach Luft. »Aber wieso hat er denn nicht die Polizei gerufen?«

»Klawitter ist wegen einiger Kneipenschlägereien vorbestraft. Nach so einer Aktion wäre er garantiert in den Bau gegangen.«

»Und wer hat mir dann am Nachmittag meine Pakete geliefert?«

»Das war Klawitter«, antwortete Cornelius. »Offenbar wusste er, dass der Wagen GPS hat. Man hätte sofort gesehen, dass die letzte Zustellung bei seinem Haus war. Deshalb hat er sich die Uniformjacke des Paketboten übergezogen und ist eiskalt dessen Tour weitergefahren.«

»Dann verstehe ich auch, warum er so schnell verschwunden ist. Ich hätte ihn ja sofort erkannt.«

»Genau.« Blum lachte freudlos. »Zuletzt hat er den Wagen an dem Hochhaus in der Tannenstraße abgestellt, die Jacke im Altkleidercontainer entsorgt und, um alle Spuren zu verwischen, ihn später in der Nacht mit ein paar Böllern in die Luft gejagt.«

»Aber warum um alles in der Welt hat er dem Mann ein Weihnachtsmannkostüm angezogen?«

»Er befürchtete, dass die Leiche in seinem Anhänger Spuren hinterlassen würde. Und da er auf die Schnelle nichts anderes bei der Hand hatte, steckte er ihn in das Kostüm.«

»Das war ja eigentlich sehr schlau.«

»Richtig. Und hätte Emil nicht den Knopf gefressen, wäre ihm wahrscheinlich nie jemand auf die Spur gekommen.«

»Was passiert jetzt mit Emil?«

»Das ist eine gute Frage.« Blum seufzte. »Vermutlich kommt Klawitter in U-Haft, dann muss der Hund wohl ins Tierheim.«

»Das kommt gar nicht infrage.« Katja schüttelte den Kopf. »Ich glaube, ich habe schon eine Idee.«

Als Katja Frau Werner anrief und sie fragte, ob sie sich vorstellen könnte, Emil zu sich zu nehmen, war ihre Freude unverkennbar. »Natürlich mache ich das. Der arme Hund kann doch nichts dafür«, sagte sie. »Wann darf er nach Hause?«

Emil sollte noch nicht so weit laufen, und Frau Werner hatte kein Auto, deshalb spielte Katja Taxi. Sie fuhr ihn zu Klawitters Haus und trug den kleinen Schnauzer die Treppe hoch zu Frau Werners Wohnung. »Frohe Weihnachten, Frau Werner«, sagte sie zur Begrüßung.

»Frohe Weihnachten, Frau Doktor.« Frau Werners Augen strahlten. »Danke, dass Sie an mich gedacht haben.«

»Das war doch naheliegend«, sagte Katja und setzte Emil ab. Er schüttelte sich und begann zielstrebig, das Zimmer zu erkunden.

»Er riecht bestimmt noch meinen Bonzo«, sagte Frau Werner. Sie beugte sich hinunter und streichelte Emil. »Hier bei mir wirst du es besser haben als bei dem alten Raufbold, das verspreche ich dir.«

Emil lief zum Sofa. Es stand auf recht hohen Beinen, die in geschwungenen Füßen endeten, und der kleine Hund verschwand darunter in der dunklen Höhlung.

Frau Werner lachte. »Da hat sich mein Bonzo auch immer am liebsten versteckt«, kommentierte sie.

Im nächsten Moment kam Emil wieder zum Vorschein, eine bunte Schirmkappe im Maul. Aufgeregt wedelte er mit dem Schwanz und schüttelte sie wie eine tote Ratte.

»Aber das ist ja …« Katja riss die Augen auf. Sie ging in die Hocke und nahm Emil die Kappe ab. »Wie kommt die denn unter Ihr Sofa?«

Frau Werner war knallrot geworden. »Ach, die gehört dem Paketfahrer«, stammelte sie. »Der war letztens mal hier oben bei mir und muss sie vergessen haben.«

Katja drehte die Kappe in den Händen und sah das Blut auf der Innenseite. »Frau Werner, das sollten Sie besser der Polizei erklären.«

Die Frau brach in Tränen aus. »Aber ich habe doch gar nichts getan«, schluchzte sie. Weinend ließ sie sich auf einen Stuhl fallen. »Ich wollte nur das Beste für Emil!«

»Sagen Sie mir bitte, was passiert ist!« Katja deutete auf die Mütze.

Frau Werner wischte sich die Tränen ab. »Er war vorgestern hier«, flüsterte sie heiser. »Klawitter hatte ihn unten im Flur verprügelt, und er hat ziemlich schlimm geblutet. Ich habe ihm gesagt, dass er ihn anzeigen soll, den Uwe, aber das wollte er nicht. Obwohl der es dreimal verdient hätte, dafür endlich mal bestraft zu werden.«

»Und dann haben Sie ein wenig nachgeholfen?«

»Natürlich nicht.« Frau Werner sah sie empört an. »Dem armen Mann wurde plötzlich schwindelig, gerade als er hier raus ist, und dann ist er die Treppe runtergestürzt bis vor Uwes Wohnung. Einfach so. Ich konnte gar nichts dagegen tun.«

»Aber warum haben Sie denn keinen Arzt gerufen?«

»Er war doch schon tot.« Frau Werner schniefte. »Ich dachte, wenn man ihn vor Uwes Tür findet, denken alle, der Uwe hat ihn erschlagen, und dann bekommt er endlich seine gerechte Strafe.« Trotzig schob sie das Kinn vor. »Für Emil wäre es jedenfalls besser gewesen.«

Fanny König

Das Beinhaus

Hallstatt (Oberösterreich)

 *Über die Autorin:*

Fanny König kennt sich als niederbayerisches Madl bestens mit dem Zwist zwischen Dörflern und Städtern aus, denn auch sie hat es nach dem Abitur in die große weite Welt gezogen: Nach dem Studium in München lebte sie einige Zeit im Ausland. Inzwischen ist sie zurück in der bayerischen Hauptstadt, wo sie als Redakteurin viele Buchprojekte betreute, bis die Liebe zum Schreiben sie die Seiten wechseln ließ.

Der Dezember war furchtbar kalt gewesen. Vielleicht war sie auf ihre alten Tage empfindlicher geworden, aber in siebenundachtzig Jahren hatte es nur wenige Winter gegeben, in denen Theres Fischleitner so sehr gefroren hatte wie in diesem.

»Koid is'«, bestätigte der Fährmann wortkarg, nachdem er ihr in die Zille geholfen hatte. Dann drehte er sich um und stach das Boot mit dem langen Ruder vom Steg ab. Theres antwortete nicht. Was hätte sie sagen sollen. Er hatte recht.

Oft würde sie ihren Ausflug nicht mehr machen können. Vielleicht war es schon diesmal das letzte Mal. Aber das hatte sie sich auch letztes Weihnachten gedacht und das Jahr zuvor. Und dann war es doch wieder besser geworden, mit dem offenen Fuß. Heut waren die Schmerzen eigentlich ganz erträglich, das war der Vorteil von der Kälte. Aber gegen die feuchte Luft hier rund um den See half am Ende nix. Die würde sie irgendwann umbringen, das war so sicher wie das Amen in der Kirch.

»Ziehn S' halt weg«, riet der Hausarzt immer wieder. »Irgendwohin, wo es wärmer ist. Wo Sie eine Pflege haben. Hält Sie doch nix mehr hier.«

Doch, dachte die Theres dann immer still, wenn sie stur den Kopf schüttelte. *Doch, alles, was ich lieb, ist hier.* Und drum war sie immer noch hier und würde auch so lange hier bleiben, bis ihr letztes Stündlein geschlagen hätt.

Ihr Blick wanderte nach vorn, über den Bug des Holzbootes, in die Ferne. Ihre Augen waren nicht mehr ganz so gut wie früher, aber der Verfall hatte sie gnädiger behandelt als die Knochen in ihrem mageren Körper. Sie konnte das Ziel ihrer Fahrt gut erkennen: Die kleinen Bauernhäuser, die so viele Jahre älter waren als sie selbst, wie ein kompliziertes Puzzle hatte man sie in den Berg hineingebaut. Und obwohl sie nur noch ein einziges Mal im Jahr von Obertraun nach Hallstatt überfuhr, hätte sie jeden Stein, jede Tür und jedes Fenster blind nachmalen können.

Eine Dreiviertelstunde würde es dauern, bis der Mann am Ruderstecken sie auf die andere Seite des Sees gebracht hätte. Fünfundvierzig Minuten, in denen sich die Theres einmal im Jahr die Erinnerungen an das erste Weihnachten mit ihrem Franz erlaubte. Kalt war es damals auch gewesen, vor neunundsechzig Jahren, aber so verliebt, wie die Theres gewesen war, hatte sie das nicht weiter gestört. In ihrem Herzen hatte ein Feuer gebrannt, gegen das selbst der grausamste Winter nichts hatte ausrichten können. Und auch nicht der Verstand. Sie war so jung gewesen. So jung, dass sie tatsächlich geglaubt hatte, der Franz hätte die Anna vergessen, nur wegen ihres warmen Körpers, der leichter zu haben war als der ihrer Schwester. In der Heiligen Nacht hatten sie sich zum ersten Mal geliebt. Wenn das kein Zeichen war? Im alten Bootshaus unten am See, weil der Franz als Salinenarbeiter kein eigenes Zimmer hatte. Sie erinnerte sich noch gut daran, wie ihr ganzer Körper gezittert hatte. Ob vor Aufregung oder vor Kälte oder vor Freude, das konnte sie bis heute nicht sagen. Ab dann hatten sie sich fast jede Nacht getroffen. Sobald die große Schwester eingeschlafen war, hatte sich die Theres aus dem gemeinsamen Zimmer geschlichen und war runtergelaufen, die vielen Stufen. Vorbei an der Kirch mit dem Haus der Toten, durch die engen Gassen zum Wasser, wo der Franz immer schon gewartet hatte. Auf sie und nur sie.

»Theres, so eine wie dich gibt es nur einmal«, das hatte er immer gesagt, während er ihr aus Rock und Jacke geholfen hatte. Und danach hatten sie meist nicht mehr viel geredet.

Ihre Haut war mittlerweile alt und faltig geworden, aber selbst die konnte sich noch gut an die heißen Küsse erinnern, und die

Hände vom Franz, die sie so fest gepackt hielten, als wolle er sie nie mehr loslassen. Ein Schauer rann ihr über den Rücken, und die Hitze stieg ihr in die Wangen, als wär sie wieder sechzehn.

Es war dann Februar im neuen Jahr geworden, als sie ihm gesagt hatte, dass sie sein Kind unterm Herzen trug, als sie lernen musste, dass die Liebe kompliziert war, und grausam zu jedem, der sich mit ihr einließ. Geheiratet hatte er sie trotzdem, noch im selben Monat, dafür hatte der Vater gesorgt. Und auch wenn ganz Hallstatt sich das Maul über eine Winterhochzeit zerrissen hatte, die Theres war glücklich gewesen. Ein Sohn würde es schon richten.

Im Frühling heiratete dann auch die Schwester. Der älteste Hofer-Sohn hatte um ihre Hand angehalten, ganz so, wie es sich gehörte. Und die Anna hatte freilich Ja gesagt, zu dem schneidigen Schützenkönig und einer ordentlichen Erbschaft, ganz so, wie es sich Eltern für ihr Kind wünschten. Eine Hochzeit für das ganze Dorf hatte der Vater gezahlt. Vielleicht, damit keiner mehr drüber redete, dass es bei der ersten nicht einen Gast gegeben hatte. Zum Tanzen war die Theres schon viel zu rund gewesen und der Franz zu besoffen. Den ganzen Abend hatte er die beiden Schwestern so finster angestarrt, als wüsste er selbst nicht, welche von beiden ihm das Schlimmere angetan hatte.

Ob die Anna glücklich war an ihrem Hochzeitstag, das konnte die Theres damals so wenig sagen wie heute. Nachdem ihre Liebelei mit dem Franz rausgekommen war, hatten die Schwestern kaum noch miteinander geredet. Der Einzige, der an diesem Tag gestrahlt hatte wie ein neues Fuchzger, war der Hochzeiter. Aber der hatte ja auch noch keine Ahnung, welches Unheil die Liebe für ihn bereithielt.

»Mia wärn da«, holte der Fährmann sie zurück in die Gegenwart. Sie hatten Hallstatt erreicht. Sanft griff er ihr unter die Arme und half ihr auf den Steg. »Vorsicht, glatt is'«, warnte er. Sie nickte stumm. »Zruck wie immer?«, fragte er. »Selbe Zeit?«

Sie nickte ein weiteres Mal und drückte ihm einen Fuchzger in die Hand. An Weihnachten war die Überfahrt teuer. Dann drehte sie sich um und machte sich auf den Weg. Die ersten Schritte taten furchtbar weh, die feuchte Seeluft war ihr in die Knochen gefahren und ihr Körper steif vor Kälte. Sie würde lang brauchen durch die engen Gassen bis zur Kirch. Länger als im letzten Jahr. Jedes Mal ein paar Minuten mehr, bis sie es irgendwann nicht mehr schaffen würde, den halben Berg rauf, zum Beinhaus.

Es war kurz nach elf, als die Theres endlich oben ankam. Sie schnaufte, schwitzte und fror. Zweimal hatte sie Pause machen müssen. Einmal gleich am kleinen Holzbankerl vorm Leidinger Haus und dann noch mal, weiter oben, da wo die Steinmauer schon vor Jahren gebrochen war. Aber jetzt hatte sie es fast geschafft. Die Sehnsucht gab ihr Kraft für die letzten Meter. Eine Sache, die mit den Jahren nicht nachgelassen hatte. Eine Wunde, die nicht einmal die Zeit hatte heilen können.

Um diese Uhrzeit hatte der Wimmer Ferdl meist schon die zweite Fuhre Besucher heraufgebracht, sie würde also nicht allein sein. Aber warten, bis das Haus der Toten wieder frei war, das wollte sie auch nicht. So schnell es die alten Beine zuließen, marschierte sie zwischen den Grabsteinen durch, an der Kirch vorbei zum Beinhaus. Keinen Blick verschwendete sie auf den See, der märchenhaft zu Füßen des Ortes glitzerte. Sie hatte nur Augen für das unauffällige Gebäude am Rande des Friedhofs. Vor dem Eingang ratschte, wie erwartet, der Ferdl, die Zigarette im Mundwinkel, mit dem jungen Mann, der in diesem Jahr die Eintrittskarten verkaufte. Die jungen Leut im Ort kannte die Theres kaum, Gesichter und Namen konnte sie sich schon lang nicht mehr merken. Die Lebenden waren ihr egal. Trotzdem nickte sie den beiden freundlich zu, bevor sie in das dunkle Gemäuer verschwand.

Drinnen, in der Finsternis, begann ihr Herz sofort schneller zu schlagen, und ihre Hände zitterten. Wie immer kam es ihr vor, als wäre keine Zeit vergangen seit dem Tag, an dem sie zum ersten Mal hier drinnen zwischen den Toten gestanden hatte. Damals war sie ein kleines Kind gewesen, und ihre Familie hatte die Uroma besucht, die irgendwo unter den Haufen von Knochen und Schädeln verräumt war. Heute leistete ihr nicht die Familie, sondern eine Handvoll Touristen Gesellschaft. Die Menschen in ihren bunten Sportjacken verstummten, als sie den Raum betrat. *Wenigstens so viel Anstand war noch übrig,* dachte sie. *Für die Toten schwieg man nicht, für die Einheimischen immerhin.*

Langsam marschierte die Theres an den Gebeinen entlang. Das machte sie immer, den ersehnten Moment, auf den sie ein Jahr gewartet hatte, am Ende so lang hinauszögern, wie sie es nur aushielt. Eine kleine Strafe für ihre Sünden.

Die Knochen waren geordnet, nach Schenkeln, Armen, Köpfen. Ein jeder Körper auseinandergepflückt, damit mehr Platz hatten in dem kleinen Haus. Wer und was genau zu wem gehörte, das wusste heute keiner mehr. Studierte Menschen hätten es sicher rausfinden und die Toten wieder zusammenbasteln können, aber das Beinhaus war ein heiliger Ort, die Ruhe durfte nicht gestört werden. Ein paar Köpfe waren bunt verziert, mit Blumen, Kreuzen, Zahlen oder Buchstaben. Damit die Angehörigen sie erkennen und noch die letzten Wünsche mitgeben konnten. Die Theres kannte hier drinnen jeden Knochen, jeden Schädel, sie wusste genau, wer wo lag, vor allem aber, wo die ihren versteckt waren. Geduldig wartete sie, bis die Fremden fertig waren mit Schauen und ihr Platz machten.

Ihr Blick fand die Gebeine sofort. Arme und Beine, das war alles, was ihr an diesem Ort geblieben war. Weiß-gelb vergilbt starrten die Knochenköpfe sie an, als könnten sie ihre Anwesenheit spüren. Es dauerte nicht lange, und die ersten Tränen liefen ihr über die Wangen. Noch immer, nach all dieser Zeit war da eine Macht am Werk, derer sie nicht Herr wurde. Ihre Schultern zitterten, und ein tiefer Schluchzer zerriss die Stille. Die Theres zwickte die Augen zusammen. Eine warme, feste Hand legte sich plötzlich auf ihre Schulter.

»Do you have loved ones in here?«, fragte ein älterer Herr aus der Besuchergruppe freundlich. Verständnislos runzelte sie die Stirn.

»Äh, I mean, haben Sie Familie dort begraben?« Sein Deutsch klang fremd und ungelenk.

Theres nickte, wollte sich schon umdrehen und gehen, die Menschen waren ihr mit einem Mal zu viel. Doch dann, vielleicht, weil sie wirklich glaubte, dies könnt ihr letzter Besuch bei seinen Knochen sein, antwortete sie.

»Ja, mein Ehemann, Gott hab ihn selig, liegt hier drin. Ihn besuche ich jedes Jahr. Hier drin, da gehört er nur mir.«

Der Fremde nickte mitfühlend und drückte sanft ihre Schulter. Dann drehte er sich um und folgte seiner Gruppe nach draußen. Die Theres fühlte sich plötzlich frei und erleichtert, als hätte jemand eine schwere Last von ihren Schultern genommen. Noch nie im Leben hatte sie jemandem die Wahrheit erzählt. Es war ein wunderbares Gefühl, lächelnd blickte sie auf die Knochen.

»Siehst du, Franzl, man braucht nur die Wahrheit zu sagen, und alles wird gut.«

∗ ∗ ∗

Der Reiseführer hatte nicht zu viel versprochen, Hallstatt war wirklich ein magischer Ort. Die Häuser, der See und die Menschen. Die alte Frau im Beinhaus, Henry Miller war, als wäre sie einer Legende entsprungen. Mittlerweile war er sich nicht mal mehr sicher, ob er sie wirklich gesehen hatte.

»Da war eine Frau im Knochenhaus«, teilte er seinem Guide mit. Der Ortsansässige würde sicher wissen, ob sie real oder geträumt war.

»Beinhaus«, antwortete der Österreicher knapp. »Das heißt Beinhaus, nicht Knochenhaus.«

»Im Beinhaus«, korrigierte Miller. »Da war eine alte Frau im Beinhaus, sie hat ihren Mann besucht. Dann ist sie von hier?«

Der Guide hob überrascht den Kopf.

»Die Theres?«

Miller zuckte mit den Schultern.

»Die Frau, die mit euch im Beinhaus war, das war die Theres Fischleitner. Aber ihr habts da was falsch verstanden. Ihr Mann, der liegt da nicht drin. Ihre Urgroßeltern und Großeltern, die sind drin, aber sonst niemand.«

Miller überlegte, was genau die Frau gesagt hatte. Sein Deutsch war eigentlich gut genug, um sie zu verstehen.

»Nein, sie hat gesagt, der Mann. Sie hat geweint.«

Der Österreicher schüttelte den Kopf, dann tippte er sich mit dem Zeigefinger gegen die Stirn.

»Die Theres ist nicht mehr ganz bei Verstand. Des dürfen 'S nicht so ernst nehmen, was die erzählt. Die hat so viel Unglück erlebt in ihrem Leben, die weiß schon lang nicht mehr, was stimmt und was sie sich zusammenspinnt.«

»What happened?«, fragte der Amerikaner von einer plötzlichen Neugier gepackt. »Was ist geschehen?«

»Ach …«, erzählte der andere und bemühte sich um einfache Sätze, die sein Besucher verstehen konnte und ihm vielleicht ein gutes Trinkgeld einbringen würden. »The life, gell, das Leben. Jung verliebt, jung schwanger und gleich geheiratet, das Kind bei der Geburt verloren, und dann ist nie wieder eins gekommen.

Später dann, ich glaub, das ist jetzt schon fast fünfzig Jahre her, hat sie im selben Jahr die gesamte Familie verloren. Im Sommer ist des Haus von den Eltern abgebrannt, Vater und Mutter tot. Im Herbst ist die Schwester mit den Kindern und dem Mann an einer Pilzvergiftung draufgegangen, und dann an Weihnachten, als wärs nicht genug für eine arme Seele, ist der Franz, der Mann, in den Berg eingefahren und nie mehr rausgekommen. Bis heut weiß kein Mensch, was er da drin wollt, am Heiligen Abend, aber wie gsagt, the life. Alle tot, in einem Jahr, dead, all dead. Und nur die Theres übrig. Das kann einem schon den Verstand rauben.«

Der Amerikaner hatte gebannt zugehört und runzelte nun die Stirn. »Aber nicht im Knochenhaus, sorry, Beinhaus?«

»Na. Da liegt ja schon lang niemand Frisches mehr. Die Familie, die ist aufm Friedhof begraben, ganz normal. Und der Franz, den hat man eh nie gefunden, den hat sich der Berg geholt. Keine Ahnung, warum die Theres jedes Jahr Weihnachten da reinrennt. No idea. Ich sags ja, die ist nicht mehr ganz sauber. Crazy, you know.«

Und mehr war von dem Fremdenführer nicht zu erfahren, die Tour bald zu Ende, genau wie der Tag in Hallstatt. Doch die Geschichte von der verrückten Theres Fischleitner, die verfolgte den amerikanischen Touristen noch bis nach Wien und Budapest, und sogar in seiner Heimat dachte er jedes Jahr an Weihnachten an die arme alte Österreicherin, der das Schicksal so schrecklich mitgespielt hatte. Und immer fragte er sich, ob die Knochen in dem alten Gemäuer ihr genug Trost spenden konnten, den Schmerz zu ertragen.

Bis zum Abend war die Theres wieder zu Hause in ihrer kleinen Wohnung in Obertraun. Einen zweiten Fuchzger hatte sie die Heimfahrt gekostet, aber ums Geld tat es ihr nicht leid. In diesem

Jahr schon gar nicht. Sie hatte nicht nur den Franz gesehen, sie hatte sogar jemandem von ihm erzählen können. So viele Jahre war es her, dass sie zum letzten Mal über ihn gesprochen hatte, und die Wahrheit, die hatte sie noch gar nie erzählt. Mit zitternden Händen hing sie den dicken Mantel an die Garderobe, schlüpfte aus den schweren Stiefeln und in ihre Filzschlappen. Normalerweise würd sie sich jetzt eine heiße Brotsuppe machen, ein paar Platzerl naschen, immerhin war Weihnachten, und dann früh ins Bett und träumen, was hätte sein können. Doch heut war sie so aufgeregt, dass sie das Essen ganz vergaß. Schnurstracks marschierte sie zum alten Bauernschrank. Aus dem obersten Regal holte sie den Nussschnaps herunter und goss sich ein doppeltes Stamperl ein. Die Hitze vom Schnaps im Bauch und in den Wangen, räumte sie unvermittelt das Regal leer. Von ganz hinten, versteckt zwischen den Flaschen, zog sie eine Schachtel heraus. Vorsichtig stellte sie den Karton auf den Tisch und öffnete den Deckel. Mit glänzenden Augen und einem liebevollen Lächeln im Gesicht schlug sie die weißen Tücher zur Seite und hob den Inhalt vorsichtig heraus.

»Franz«, seufzte sie leise und ließ sich mit dem Totenschädel in den Händen auf den Schaukelstuhl in der Ecke sinken. »Franz, du glaubst gar nicht, was ich heute gemacht hab.«

Müde schloss die Theres die Augen und streichelte mit den faltigen Fingern sanft über den glatten Knochen auf ihrem Schoß.

»Ich war heut bei dir. Beim Rest von dir.« Sie lachte kurz, als hätte sie einen guten Witz gemacht. »Es hat dich immer noch keiner gefunden, da drin. Ich hab dich gut versteckt. Ich glaub, langsam brauchen wir uns keine Sorgen mehr zu machen, dass die Geschichte am Ende doch noch auffliegt, hm?«

Sie hob den Schädel und zwinkerte den leeren Augenhöhlen zu, dann legte sie ihn zurück in ihren Schoß.

»Ich mein, nicht, dass es einen Unterschied machen würd. Aber auf meine alten Tag will ich auch nicht mehr ins Gefängnis gehen.

Lieber hier zu Haus sterben, bei dir. Aber heut hab ich endlich die Wahrheit erzählt. Wo du bist. Und, ich habs dir ja immer wieder gsagt, die Wahrheit befreit. Hättst du mir doch nur damals auch die Wahrheit gsagt, von dir und der Anna, dass des nie vorbei war mit euch, dass die Kinder von dir sand und du mich deswegen nicht mehr angrührt hast. Es hätt alles anders kommen können. Aber des Lügen, Franz, des Lügen über all die Jahre, des war einfach zu viel. Das Unglück, das ihr mir alle angetan habt, du, der Vater, die Mutter, die Anna ... das konnt ich doch nicht einfach ungestraft lassen. Das müsst ihr schon verstehen. Das hätt euch der liebe Gott spätestens nach dem Tod eh noch in Rechnung gestellt. Vielleicht habe ich euch sogar einen Gefallen getan und er war dann gnädig mit euch, weil ihr eure Strafe ja schon bekommen habts? Vielleicht können wir ja noch einmal neu anfangen, wenn wir uns alle wiedersehen, Franz, was meinst? Ich hab so ein Gefühl, lang wirds nicht mehr dauern und wir sehn uns wieder. Oben oder unten, des würd mich schon langsam interessieren. Ich freu mich auf dich, Franz. Aber ich werd dich auch vermissen. Es war so schön mit uns, all die Jahre. Überhaupt nicht mehr gestritten haben wir, seitdem du so brav und so still bist. Ein Herz und eine Seele. Ich war dir immer treu, die ganzen Jahre, keinen anderen Mann hat es jemals gegeben in meinem Leben. Du warst der Einzige für mich, du wirst immer der Einzige sein für mich. Hättst mich halt nur auch so gerng'habt wie ich dich, dann hättet ihr alle am Leben bleiben können, dann hätten wir all die vielen Weihnachten miteinander feiern können. Eine Familie und das kleine Jesulein, Franz. Mehr wollt ich nie vom Leben. Nur dich und unser Kind. Franz, deswegen kannst mir doch nicht immer noch bös sein, oder?«

Müde schloss die Theres die Augen, nur ein paar Sekunden, und sie war fest eingeschlafen. Der weiße Totenkopf purzelte aus ihren Händen und rollte über den Holzboden davon.

Kirsten Nähle

Stille Nacht –
Ein Fall für Victoria Stahl

Würzburg

Über die Autorin:

Kirsten Nähle unterhielt schon als Kind ihre Familie mit eigenen Geschichten. Am Schreiben fasziniert sie, dass sie und ihre Leser gefahrlos Abenteuer erleben können. Nach ihrem Studium in Köln hat der Tectum Wissenschaftsverlag ihre Magisterarbeit im Fach Geschichte publiziert. Ob als Journalistin oder PR-Redakteurin, ob in Köln, Basel oder Würzburg, die Autorin hat stets auch beruflich geschrieben. Seit 2011 wohnt Kirsten Nähle in ihrer Wahlheimat Würzburg, die sie zu einer Krimitrilogie inspiriert hat. Der erste Teil *Zwölf Sünden* ist im Mai 2021 bei Droemer Knaur erschienen. Außerdem schreibt sie Kurzgeschichten. *Der Rosenkavalier* hat es auf die Shortlist (Top 5) des lit.Love Schreibwettbewerbs 2018 geschafft und ist somit Teil des eBooks *LiebesGeschichten 2018*.

Leah

»Rot oder weiß?« Sven stellte sich in die Schlange vor dem Stand mit dem Winzerglühwein und grinste. Sie hatte ihm gerade mitgeteilt, dass sie nach der Feuerzangenbowle nichts mehr trinken wollte.

Leah vertrug nicht so viel, weil sie vor ihrer Beziehung mit Sven nie Alkohol getrunken hatte. Ihre Eltern waren da sehr strikt, solange sie keine achtzehn war.

»Bring mir einen Punsch.« Sie stapfte auf der Stelle, da ihre Füße eiskalt waren. »Ich brauche nur was zum Aufwärmen.«

»Also roten.« Sven zwinkerte ihr über die Köpfe der anderen Wartenden hinweg zu. Dank seiner 1 Meter 90 war es kein Problem für ihn, den Blickkontakt mit Leah zu halten. »Alkohol wärmt am besten.«

»Du bist echt unmöglich.« Doch sie schmunzelte. Da sie heute bei Sven übernachtete, würden ihre Eltern ja nicht mitbekommen, dass sie Glühwein trank.

Drei Minuten später drückte er ihr eine rote Tasse, auf der die Würzburger Festung abgebildet war, in die Hand. »Prost!« Sven stieß mit ihr an. Der Himmel über ihnen war sternenklar, was aber bei der üppigen Weihnachtsbeleuchtung um sie herum kaum auffiel. Besonders der riesige Weihnachtsbaum, der Obelisk und die Marienkirche glänzten am Unteren Marktplatz um die Wette.

Leah pustete in die heiße Flüssigkeit und sog den Geruch nach Wein, Zimt und Nelken ein. Allein davon wurde ihr schon ein wenig schwindelig. Aber wie gut tat es, die warme Tasse in den kalten Händen zu halten! Vorsichtig nahm sie einen Schluck. Dann noch einen. Das Zeug wärmte tatsächlich auch von innen.

»Ist gut, oder?« Sven hatte beinahe die Hälfte seines Glühweins getrunken.

»Bist du schnell! Genießt du den überhaupt?«

»Na klar.« Sven lachte und küsste sie auf die Wange. »Aber der wird so schnell kalt.« Seine Nase und Ohren waren dunkelrot. Er trug aus Prinzip keine Mütze, da er fand, dass er damit mega uncool aussah. So viel wusste Leah schon von ihm, obwohl sie erst seit drei Wochen miteinander gingen.

»Lass uns zur Festung hochlaufen«, schlug er vor.

»Was, heute noch? Im Dunkeln?« Leah verspürte keine Lust, den Marienberg hinaufzulaufen. »Ich erfriere jetzt schon, und da oben ist der Wind noch mal viel eisiger.«

»Ich wärme dich.« Sven legte einen Arm um sie und zog sie an sich. »Komm schon, da ist bestimmt keiner um die Uhrzeit.« Er sah ihr tief in die Augen, vermutlich weil er wusste, dass sie dann schnell schwach wurde. »Sei mal ein bisschen romantisch.«

»Haha.«

»Wenn du magst, trinken wir vorher noch einen Glühwein, damit dir warm genug ist.« Sven leerte seine Tasse und küsste sie. Mit Zunge, was bei Leah sofort für ein Kribbeln im Bauch sorgte.

»Willst du mich betrunken machen, oder was?« Sie reichte ihm ihre halb volle Tasse. »Trink ruhig aus. Ich möchte nicht mehr.« Leah spürte auf einmal eine Unruhe. Plante Sven vielleicht wirklich, sie abzufüllen, um sie heute Nacht rumzukriegen? Sie hatten bislang keinen Sex gehabt. Leah hatte überhaupt noch nie mit einem Jungen geschlafen, obwohl sie mit siebzehn spät dran war. Sven hingegen war zwei Jahre älter und hatte eine Menge Erfahrung. Dachte sie jedenfalls, denn immerhin war er vor ihr mit drei anderen Mädchen zusammen gewesen. Sie hatte schon Lust, mit ihm zu schlafen, aber war sie wirklich bereit dazu? Und was, wenn er nach dem ersten Mal mit ihr Schluss machte, weil sie im Bett nicht so gut war wie die anderen Mädchen vor ihr?

»Wir gehen jetzt zur Burg.« Sven trank ihren Glühwein aus und brachte die Tassen zurück. Mittlerweile war es um den Stand herum leerer geworden. Der Weihnachtsmarkt würde gleich schließen, damit die Anwohner wieder ihre Ruhe hatten. Wobei das wohl eher Wunschdenken war, da viele angeheiterte Studenten anschließend auf der Suche nach einem Schlummertrunk weiter durchs Zentrum pilgerten. Besonders die zahlreichen Bars in der Sanderstraße waren beliebt.

Leah gab klein bei. Der Blick von der Festung auf die bunten Lichter der Stadt war schließlich immer einen Spaziergang wert. Hoffentlich wurden ihre Füße und Beine beim Anstieg warm.

Hand in Hand schlenderten sie über die Alte Mainbrücke. Die Laternen zu beiden Seiten erhellten die Heiligen am Rande der Brücke, die sie zu beobachten schienen.

»Ist dir kalt, Süße?« Sven drückte fest ihre Hand, als wollte er feststellen, ob sie noch reagierte oder bereits steif gefroren war.

Leah nickte. »Ein bisschen. Es ist gut, dass wir uns bewegen, und es ist ja nicht mehr weit bis zur Festung.«

»Sag ich doch.«

Zu Fuße eines Heiligen saß ein Obdachloser. Leahs Magen krümmte sich zusammen, als sie sah, dass der Mann nur mit einem löchrigen Pullover und einer dünnen Stoffhose bekleidet war. Er zitterte erbärmlich.

Der arme Kerl wird doch erfrieren! Wir müssen ihm helfen.

Als hätte Sven ihre Gedanken erraten, beschleunigte er seinen Schritt und zog sie mit.

Leah drehte sich noch einmal nach dem Mann um, der ihnen hinterherstarrte, doch seine Gesichtszüge verschwammen im schummrigen Licht der Laternen.

Je weiter sie die Innenstadt hinter sich ließen, umso ruhiger und einsamer wurde es.

»Super Sternenhimmel«, rief Sven, als sie unter dem Licht des Vollmonds die Stufen zur Festung erklommen. Sie waren stellenweise vereist, sodass Leah ein wenig Angst hatte, auszurutschen. Glücklicherweise waren die Festung und der Weg dorthin heute Abend beleuchtet.

»Es ist tatsächlich weit und breit niemand zu sehen.« Sven jubelte. »Der Marienberg gehört uns ganz allein.« Er lief zu einem Teil der Festungsmauer, von dem aus man ungestört auf Würzburg blicken konnte.

Leah atmete tief ein. Durch den Aufstieg war ihr tatsächlich warm geworden. Ihre Augen glitten über die Lichter in den Weinbergen, den Fluss, die Alte Mainbrücke und den Dom.

»Wunderschön, oder?« Sven nahm sie in den Arm und küsste sie. Diesmal sehr lange. Seine Hände wanderten über ihren Rücken bis zu ihrem Po und verweilten dort. »Du bist so verdammt sexy«, flüsterte er. Eine gefühlte Ewigkeit knutschten sie eng umschlungen. Es gab nur sie beide. Um sie herum ungewohnte Stille.

Trotz Mantel konnte Leah seine Erregung spüren und fürchtete einen Moment lang, dass er sie hier im Freien verführen wollte.

Doch plötzlich löste sich Sven von ihr. »Komm, wir setzen uns auf die Festungsmauer.«

Leah zögerte. »Ist das nicht zu gefährlich?« Immerhin waren sie beide angetrunken, und es hatte schon ein paar Unfälle gegeben, bei denen Würzburger von der Mauer gefallen waren. Darunter auch tödliche.

»Ach Quatsch. Hast du etwa Schiss?« Sven setzte sich auf die Mauer und ließ die Füße baumeln.

Leah ließ nur das linke Bein über die Steinmauer baumeln, sodass sie in einem Neunzig-Grad-Winkel zu ihrem Freund saß. So fühlte sie sich bedeutend sicherer. Es dauerte kaum zwei Minuten, da waren ihre Pobacken taub, und ihre Beine zitterten vor Kälte. »Lass uns wieder gehen.«

»Erst brauche ich noch ein Foto von der geilen Aussicht.« Sven stellte sich auf die Mauer.

»Was machst du da?« Leahs Stimme klang schrill. »Bist du wahnsinnig?«

»Nur 'n Selfie für Insta.« Sven hatte sein Smartphone gezückt. Er schwankte.

»Spinnst du?! Setz dich hin.« Leah schrie jetzt. Ihr war schlecht vor Angst.

»Passiert schon nix, Süße.« Ihr Freund drückte ein paar Mal auf den Auslöser. Die Absätze seiner Schuhe berührten schon nicht mehr die Mauer, und er hatte sichtlich Mühe, die Balance zu halten.

Leah kamen die Tränen. »Bitte, setz dich hin«, sagte sie mit erstickter Stimme. »Du machst mir Angst.«

»Schon gut.« Sven steckte das Handy in die Jackentasche, wodurch er etwas ins Straucheln geriet. Vorsichtig ging er in die Hocke und stützte sich mit beiden Händen ab. Seine Haut war aschfahl.

Plötzlich spürte Leah einen Luftzug. Sie sah Handschuhe. Schwarzes Leder. Dann etwas Rotes. Es flatterte im Wind.

Wie in Zeitlupe registrierte sie Svens aufgerissene Augen. Sein Schrei zerfetzte die Stille, als er in die Tiefe stürzte.

Leah öffnete den Mund, doch es drang kein Laut daraus hervor. Ihr Gehirn war viel zu sehr damit beschäftigt, den Schock zu verarbeiten – und den Mann zu registrieren, der bei ihr an der Mauer stand.

Leah erstarrte. Sie war sicher, der Fremde würde auch sie von der Mauer stoßen. Trotzdem schaffte sie es nicht, sich zu rühren. Stattdessen sah sie in das grimmige, bärtige Gesicht über sich. In das Antlitz des Weihnachtsmannes.

Victoria

»Du arbeitest zu viel.« Wie oft hatte sie diesen Satz von Tom schon gehört? Heute Abend hörte er sich besonders anklagend an. Kein Wunder – hatte sie ihm doch soeben eröffnet, dass sie zwischen den Jahren und an Silvester Bereitschaftsdienst hatte.

»Wir haben doch Heiligabend und die Feiertage«, verteidigte sich Victoria und hängte eine silberne Kugel an die kleine Tanne. Das Schmücken des Weihnachtsbaumes lief sonst harmonischer ab. Normalerweise waren sie auch zu dritt, doch ihre Tochter Marie hatte dieses Jahr keine Lust auf die familiäre Gemeinschaftsaktion.

»Wann hatten wir zuletzt zwei Wochen am Stück gemeinsam als Familie?« Tom verschränkte die Arme vor der Brust. »Ich kann mich nicht erinnern.«

»Du hast schließlich auch immer viel zu tun mit deiner Agentur.« Freudlos versetzte Victoria die Kugel an eine andere Stelle des Baumes. Ohne Marie machte das Schmücken irgendwie keinen Spaß.

»Der Sinn einer eigenen Firma ist, dass ich selbst entscheide, wann und wie viel ich arbeite.« Tom trat an sie heran und schlang von hinten die Arme um sie. »Ich meine, Klaus sieht dich viel öfter als ich.«

Er sprach von Victorias langjährigem Partner Klaus Mücke. Einen Grund für Eifersucht gab es allerdings nicht, denn ihr Kollege war über sechzig und eher wie ein Vater für sie.

Victoria seufzte. »Ich verspreche, weniger zu arbeiten. Zufrieden?«

Toms Kichern kitzelte am Ohr. »Wenn ich es doch nur glauben könnte.«

Victorias Handy klingelte. Am speziellen Klingelton erkannte sie, dass es Klaus war.

Tom stöhnte und ließ sie los. »Da hast du es wieder. Und das so spät am Samstagabend.«

Victoria nahm den Anruf an. »Was ist es, Klaus?«

»Versuchter Mord. Jedenfalls sieht es danach aus.«

»Wo?«

»Auf der Festung. Ein junger Mann ist von der Mauer gestoßen worden. Er ist gut zehn Meter tief gefallen. Zwar lebt er noch, und der Rettungsdienst ist vor Ort, aber es sieht nicht gut aus.«

Victoria blies die Luft aus. *Gestoßen.* Stürze von der Mauer unterhalb der Festung waren schon vorgekommen, jedoch wegen Unvernunft und Unvorsichtigkeit. »Was ist passiert? Gab es einen Streit da oben?«

»Äh. Nein, nicht direkt. Also …« Klaus hielt inne. Für einen erfahrenen Kripobeamten, der schon einiges an Grausamkeiten gesehen hatte, wirkte er seltsam ratlos. »Es ist besser, du sprichst selbst mit der Zeugin.«

Die junge Frau saß im Krankenwagen. Sie war in mehrere Decken gehüllt, in denen sie verloren wirkte. Ihre Augen waren gerötet, die Wimperntusche verschmiert. Den Schwerverletzten hatte man nach der Bergung sofort in die Uniklinik gefahren.

Klaus Mücke war mitten in der Befragung der Zeugin. Als Victoria den Wagen betrat, nahm er sie kurz beiseite. »Ihr Name ist Leah Sander. Siebzehn Jahre alt. Ihr Freund ist neunzehn und heißt Sven Oppel.« Er senkte die Stimme. »Sie steht unter Schock. Behauptet, der Weihnachtsmann habe ihren Freund von der Mauer geschubst. Ich nehme an, sie meint einen Mann in entsprechendem Kostüm. Jedenfalls hoffe ich das.«

Victoria nickte. »Hat sie den Notruf abgesetzt?«

»Nein. Anwohner haben einen lauten Schrei gehört und die Polizei gerufen. Die Kollegen haben sie auf der Mauer sitzend vorgefunden. Völlig unterkühlt.«

»In Ordnung. Lass mich mit ihr reden.«

»Wir würden die junge Dame jetzt lieber ins Krankenhaus fahren.« Ein Rettungssanitäter stellte sich schützend vor Leah. »Sie sehen doch, dass sie behandelt werden muss.«

»Fünf Minuten. Bitte.« Victoria berührte den Sanitäter sanft an der Schulter.

»Zwei!« Er warf einen sorgenvollen Blick auf die Jugendliche.

»In Ordnung.« Victoria näherte sich der jungen Frau. »Es tut mir sehr leid, was Ihrem Freund passiert ist. Ist es okay, wenn ich Sie duze?«

Leah nickte.

»Kannst du mir den Mann beschreiben, der Sven das angetan hat?«

Die junge Frau flüsterte etwas Unverständliches.

»Wie bitte? Kannst du vielleicht ein wenig lauter sprechen?«

Die Siebzehnjährige räusperte sich. »Der Weihnachtsmann war es. Er hatte einen roten Mantel und schwarze Handschuhe an.«

»Kannst du dich an sein Gesicht erinnern, Leah?«

»Dunkle Augen. Weißer Bart.« Die Jugendliche schluchzte auf. »Ich dachte, er schubst mich auch.«

»Hat er etwas gesagt? Warum er das getan hat?«

Leah schüttelte den Kopf. »Er hat mich nur angesehen. Es war furchtbar. Als ob –« Sie wurde von einem Weinkrampf gepackt. Victoria nahm sie in den Arm.

»Ist gut. Du bist in Sicherheit. Dir wird nichts geschehen.«

»Als ob«, ihre Stimme zitterte, »als ob er überlegt, ob er mich auch umbringt. Warum? Wieso hat er Sven gestoßen?«

»Wir finden es heraus, Leah.« Victoria bedeutete dem immer nervöser werdenden Sanitäter, dass sie verstanden hatte, und verließ den Krankenwagen.

»Und?«, fragte Klaus, der im Freien gewartet hatte.

Victoria schüttelte den Kopf. »Nichts, was uns weiterbringt.

Wieso versucht er, den Mann zu töten, und lässt eine Zeugin am Leben?«

»Weil er sich aufgrund seines Weihnachtsmannkostüms sicher fühlt?«

»Hm. Sag mal, tritt auf dem Würzburger Weihnachtsmarkt ein Weihnachtsmann auf?«

»Nicht dass ich wüsste. Ich kenne nur den Weihnachtsexpress.«

»Das ist diese historische Nikolausstraßenbahn, richtig?«

»Ja. Da fährt der Nikolaus mit, und Knecht Ruprecht sitzt hinterm Steuer.« Klaus lachte kurz auf, dann wurde er wieder ernst. »Ich habe soeben erfahren, dass der junge Mann auf dem Weg in die Klinik gestorben ist.«

»Verdammt!«

»Kannst du laut sagen. Ich bin froh, dass ich bald in den Ruhestand gehe.«

»Ich nicht.« Victoria grauste es jetzt schon davor, ihren Mentor zu verlieren. Auf einen neuen Partner hatte sie keine Lust.

»Das packst du schon.« Klaus klopfte ihr aufmunternd auf die Schulter. »Wir sollten morgen unbedingt mit den Verkehrsbetrieben sprechen, um herauszufinden, wer heute Abend als Nikolaus im Weihnachtsexpress unterwegs war. Der trägt ja auch einen roten Mantel.«

Victoria stimmte ihm zu. »Wobei ich jedem zweiten Würzburger zutraue, zur Adventszeit in so einem Kostüm herumzurennen.«

»Mag sein. Aber irgendwo müssen wir ja anfangen.«

Erst am Sonntagnachmittag machten sie den Mann ausfindig, der am Abend zuvor den Nikolaus für den Weihnachtsexpress gespielt hatte.

Victoria war enttäuscht, denn er hatte weder Bart noch dunkle Augen. Der Medizinstudent war nur vier Jahre älter als das Opfer des Weihnachtsmannes. Zwar konnte der weiße Bart falsch gewesen sein, doch hätte er sich auch farbige Kontaktlinsen zulegen müssen.

»Wie lange waren Sie gestern Abend im Einsatz?«, fragte Klaus.

»Eigentlich nur bis neunzehn Uhr. Aber da es mein letzter Einsatz war, habe ich mit Knecht Ruprecht – also mit Ralf – noch ein wenig was getrunken und gefeiert.«

»Wo?«

»Im Express selbst, der nach der letzten Fahrt am Hauptbahnhof abgestellt wird. Das ist auch nichts Ungewöhnliches, also das Feiern nach dem letzten Einsatz, meint jedenfalls Ralf, der schon Jahre dabei ist.« Der Student wurde so rot, als hätten sie ihn beim Abschreiben einer Klausur erwischt. »Kriege ich denn Ärger, oder wieso befragen Sie mich?«

Victoria ignorierte die Frage. »Wie lange haben Sie denn gefeiert?«

»Puh, so bis halb neun, vielleicht ein bisschen länger, dann bin ich nach Hause gelaufen. Hat eine Weile gedauert, da ich nicht mehr so die Orientierung hatte.«

»Wo wohnen Sie denn?« Victoria hatte das Gefühl, dass sie dieses Gespräch nicht weiterbrachte.

»Im Mainviertel. In der Nähe der Festung.«

Victoria wurde hellhörig. Dennoch konnte es ein Zufall sein.

Der junge Mann sah unruhig zwischen ihr und Klaus hin und her. Langsam dämmerte es ihm wohl, dass es hier um mehr als eine ungenehmigte Feier ging.

»Haben Sie noch einen Abstecher zur Festung gemacht?« Klaus sah den Studenten prüfend an.

»Nee, wieso? Ich war vollkommen im Eimer und wollte nur noch pennen.«

»Ihr Kostüm hatten Sie aber noch an? Oder haben Sie sich vor Ihrem Heimweg im Express umgezogen?«

»Nee.« Ihr Verdächtiger grinste. »Das ist mein Kostüm, und es hält gut warm. Aber –« Er runzelte die Stirn. »Moment mal, war ich tatsächlich so besoffen?« Seine Miene spiegelte eine Erkenntnis wider.

»Was meinen Sie?« Victoria spürte ein Kribbeln in den Fingerspitzen.

Der Student stöhnte und massierte sich die Stirn, als hätte er Schmerzen. Möglicherweise war er auch noch verkatert. »Auf dem Heimweg bin ich über die Alte Mainbrücke gelaufen. Da war ein Obdachloser, der furchtbar fror. Ich habe ihm den Mantel und meine Handschuhe geschenkt.«

»Können Sie den Mann beschreiben?« Klaus war Feuer und Flamme.

»Älter, so Ende vierzig oder Anfang fünfzig, schätze ich. Weißer Bart, dunkle Haare und Augen, glaube ich.«

Victoria und Klaus sahen sich an. Konnte es sein, dass ein Obdachloser für die grausame Tat verantwortlich war?

»Danke, Sie haben uns sehr geholfen.« Wobei sie die Stadt nun nach einem Obdachlosen im Weihnachtsmannkostüm absuchen mussten. Falls er den Mantel überhaupt noch besaß.

»Glauben Sie, ich kann das Kostüm wiederhaben?« Der Student kratzte sich am Hinterkopf. »Das war nämlich ziemlich teuer, und der Job als Nikolaus bringt gut Kohle.«

Klaus zuckte mit den Schultern. »Dafür haben Sie dem Mann vielleicht das Leben gerettet. Die Nacht war eisig.«

Victoria stimmte ihrem Partner zu, auch wenn der Obdachlose nun ihr Hauptverdächtiger in einem Mordfall war und das Motiv vollkommen schleierhaft.

Sie suchten zunächst die Alte Mainbrücke ab, doch dort waren nur ein paar Touristen, die sich von den niedrigen Temperaturen nicht abschrecken ließen. Victoria und Klaus erkundigten sich am Brückenausschank, der im Winter Glühwein statt Schoppen anbot, nach dem Obdachlosen.

»Meinen Sie den Franz? Der schläft oft auf der Brücke«, berichtete ihnen die Bedienung. »Zumindest wenn es nicht allzu kalt ist. Fühlt sich von den Heiligen beschützt, meint er immer. Gestern Abend war er auch hier, was mich bei den Temperaturen arg gewundert hat. Ich hoffe für ihn, dass er zum Übernachten was Warmes gefunden hat.«

»Haben Sie eine Idee, wo er jetzt sein könnte?« Victoria ärgerte sich, keine Mütze aufzuhaben. Ihre Ohren brannten vor Kälte.

»Versuchen Sie es mal in der Notunterkunft in der Sedanstraße.«

Sie bedankten sich und fuhren in Victorias Mini zum angegebenen Ort.

»Die Zahl der Obdachlosen in Würzburg steigt immer mehr an.« Klaus wirkte nachdenklich. »Das bringt auch Konflikte mit sich.«

»Aber wohl kaum mit Studenten.«

»Nein, eher in den Unterkünften selbst. Vandalismus, Verschmutzung, körperliche Auseinandersetzungen, auch gegen die Mitarbeiter der Einrichtungen.«

Victoria schwieg betroffen. Wie konnte es sein, dass es in einem Land wie Deutschland immer mehr Menschen gab, denen es so dreckig ging?

Kaum stiegen sie aus dem Wagen, da sahen sie ihn: Der Weihnachtsmann stand vor der Unterkunft und rauchte.

»Na, schau mal einer an.« Schnellen Schrittes lief Klaus auf den Verdächtigen zu. Auch Victoria beschleunigte das Tempo, aus Angst, der Mann könnte ihnen entwischen.

Doch er beobachtete ganz ungerührt, wie sich die beiden näherten. Auch wenn er nicht wissen konnte, dass sie von der Kripo waren, war es oft genug so, dass Verdächtige Lunte rochen und davonliefen.

»Kripo Würzburg. Wir haben ein paar Fragen an Sie«, eröffnete

Klaus das Gespräch. Er postierte sich so vor dem Obdachlosen, dass er ihn bei einer möglichen Flucht zu packen bekam.

»Schön, Sie wiederzusehen.« Der Mann lächelte. Leahs Beschreibung passte. Dunkle Augen. Ein weißer Bart – der echt war.

»Kennen wir uns?« Klaus musterte den Mann, dann sah er Victoria fragend an.

Der Mann vor ihnen lächelte immer noch. Er wirkte so sympathisch, wie man sich einen Weihnachtsmann vorstellte. Doch da war noch etwas. Sein Gesicht kam Victoria seltsam vertraut vor. Diese fast schwarzen Augen. Die Traurigkeit in ihnen. Sie hatte ihn schon einmal gesehen. Nur ohne Bart.

»Wir kennen ihn.« *Nur woher?*

»Für Sie bin ich wohl nur ein Fall von vielen.« Der Mann wirkte enttäuscht. »Für mich hingegen war der Abend vor zwei Jahren unvergesslich.«

»Wovon redet er, Victoria?«

Sie schluckte. Erinnerte sich jetzt. »Der Obdachlose, den drei Jugendliche damals am Bahnhof angezündet haben.«

»Nicht nur mich. Auch meine Frau. Sie hat es nicht überlebt. Klingelt es jetzt bei Ihnen?« Der Mann war laut geworden. »Sie haben die Täter nicht geschnappt. Ich dachte, ihr Tod bleibt ungesühnt.« Er schnippte seine Zigarette auf den Gehweg. »Doch dann sah ich einen von ihnen. Gestern Abend auf der Brücke. Er hat mich auch erkannt, das habe ich gespürt. Ich bin ihm und dem Mädchen zur Festung gefolgt. Sie hatte mit der Tat nichts zu tun. Daher habe ich sie verschont.« Er streckte ihnen die Hände entgegen. »Sie können mich nun festnehmen. Frohe Weihnachten.«

24

Eva Siegmund

Morgen kommt der Sensenmann

Berlin

 *Über die Autorin:*

Eva Siegmund wurde 1983 in Bad Soden geboren. Sie arbeitete als Kirchenmalerin, Juristin und Verlagsmitarbeiterin, bevor sie sich voll und ganz dem Schreiben widmete. Seit 2014 ist sie freie Autorin. Für ihre Romane hat sie bereits zahlreiche Preise gewonnen. Sie lebt in Berlin. Weitere Infos zur Autorin unter www.eva-siegmund.de.

23. Dezember

Er hatte ein gutes Gefühl. Wie kurz nach dem Aufwachen, wenn man noch eine Weile unter der Decke liegen bleiben konnte, weil einem gerade zu Bewusstsein gekommen war, dass es Samstagmorgen war.

Er war ganz zuversichtlich. Seiner Sache sicher. Dieses Jahr würde es endlich klappen. Sechs Mal war er schon gescheitert, doch er hatte nie aufgegeben. Seine Beharrlichkeit würde sich jetzt auszahlen – er wusste es. Das war das Weihnachten, an dem Bodo Scheuer ins Gras beißen würde. Oder: in den Schnee. Bei dem Gedanken kicherte er leise.

Martin schaute aus dem Fenster seiner kleinen Dachgeschosswohnung in Berlin-Schönhausen auf den verschneiten Schlosspark. Das Blubbern des Wasserkochers übertönte das obligatorische »Last Christmas« aus dem Radio, und Martin dachte zufrieden, dass es für den alten Scheuer tatsächlich das letzte Weihnachten werden würde.

Er goss den Instantkaffee auf und stellte sich mit der dampfenden Tasse ans Fenster. Im Schnee sah selbst sein grauer Wohnblock festlich aus. Unten, im Hof des Schlosses Schönhausen, liefen die Vorbereitungen auf Hochtouren. Martin fragte sich, welcher Idiot die Planung der Weihnachtsfeier in diesem Jahr wohl übernommen hatte, denn es war ganz offensichtlich ein einziges Chaos. Vor dem Schloss fand, wie jedes Jahr am letzten Adventswochenende, ein kleiner Kunstweihnachtsmarkt statt, und viele Menschen schoben sich und ihre Kinder über den Platz, während die Veranstalter versuchten, Stühle, Tische, Deko und allen möglichen Weihnachtsfirlefanz ins Schloss zu bringen.

In deren Haut wollte er jedenfalls nicht stecken. Es war sicher kein Vergnügen, unzählige Kisten im Slalom durch das Chaos weihnachtlich gestimmter Kleinfamilien zu schleppen. Ihm selbst hatte das Durcheinander allerdings in die Hände gespielt.

Martin hatte am Nachmittag die letzten Vorbereitungen getroffen. Vor den Augen sämtlicher Weihnachtsmarktbesucher und doch vollkommen unbemerkt hatte er seine Waffe versteckt.

Diesmal hatte er alles ganz genau durchdacht.

Seinen Job hatte er schon im Juni gekündigt und bei der Zeitarbeitsfirma angefangen, die jedes Jahr zwanzig Weihnachtsmänner für die Betriebsfeier der Scheuer AG stellte. Damit er bei den Ermittlungen nicht herausstach. Und in den vergangenen vier Wochen hatte er in unzähligen Einkaufszentren mindestens eine Million Berliner Kinder auf dem Schoß gehabt und ihren Wünschen gelauscht. Meist war es irgendwas von Papatroll gewesen. Zwar hatte er keine Ahnung, wer dieser Papatroll war, aber die Kinder schienen ihn zu lieben.

Martin hatte nie geplant, zum Mörder zu werden. Aber es war zu seinem Schicksal geworden. Das hatte er mittlerweile kapiert. Seit sein Vater von Bodo Scheuer aus der Firma geworfen worden war und sich umgebracht hatte, war sein Leben auf diesen einen Punkt zugetaumelt wie ein Betrunkener auf das rettende Bett. Vielleicht nicht immer schnurgerade, vielleicht mit einigen Rückschlägen und auf Umwegen, aber immer in diese eine Richtung. Das war wohl, so vermutete er, das Wesen des Schicksals. Dass man ihm nicht entkommen konnte.

Sein Blick wanderte in Richtung Kleiderschrank. Da die winzige Wohnung eigentlich nur aus einem Zimmer bestand, musste er gar nicht mal weit wandern. Dort hing ordentlich auf zwei Bügeln sein Kostüm. Rot und glänzend. Mit schwarzem Gürtel aus echtem Leder und einem weißen Rauschebart, der sich ziemlich hochwertig anfühlte und überhaupt nicht nach Plastik roch.

Jaja. Die Scheuer AG stand wirklich für Qualität.

Er grinste. Das Geniale an seinem Plan war diese Uniform. Wenn man weinende, völlig am Boden zerstörte Zeugen morgen Abend fragen würde, wer um Himmels willen Bodo Scheuer ums Leben gebracht hatte, dann würden alle nur antworten: »Der Weihnachtsmann!«

Und von denen würde es morgen zwanzig geben. Identisch ausgestattet.

Er schaltete das Radio ab und setzte sich mit einer Ausgabe der BZ aufs Fensterbrett. Auf der Titelseite prangte das fette Gesicht des Firmenchefs; eine reißerische Schlagzeile erzählte vom kommenden Fest im Schloss und von den Wohltaten, die der Geschäftsmann wieder einmal auf die Menschen Berlins niederregnen lassen würde.

Die meisten Leute hielten Scheuer für einen Menschenfreund, doch Martin wusste es besser. Wenn man ganz genau hinsah, dann konnte man das Böse in den Augen dieses Mannes erkennen.

Martin konzentrierte sich auf das Gesicht und fing leise an zu singen: »Morgen kommt der Sensenmann, kommt, um dich zu holen.«

24. Dezember

Es war Tradition, dass die Scheuer AG ihre Weihnachtsfeier immer am Nachmittag des 24. Dezember ausrichtete. Nach dem Frühstück, aber vor dem Gottesdienst, so hieß es immer. Weil die Scheuer AG sich selbst als »Große Familie« begreifen wollte. Und eine Familie feierte nun mal gemeinsam Weihnachten.

Martin konnte sich noch gut an diese Feste erinnern. Während seiner gesamten Kindheit waren sie ein unverrückbarer Bestandteil von Heiligabend gewesen – dem besten Tag des Jahres.

Seine Mutter hatte morgens den Kartoffelsalat zubereitet – auf Berliner Art mit Mayonnaise und Eiern –, hatte ihn zum Fleischer geschickt, die Bestellung abholen, und danach waren alle drei in ihrem feinsten Zwirn aufgebrochen.

Er wusste, dass seine Eltern die Weihnachtsfeier immer genauso genossen hatten wie er, auch wenn sie darüber geschimpft hatten, in welchen Stress sie das alles an Heiligabend brachte. Doch in Wahrheit war es für alle ein schöner Zeitvertreib bis zum Abend gewesen. Jedes Jahr.

Bis zu dem Heiligabend, an dem sich Martin nicht angestiefelt hatte, um zur Firmenfeier zu gehen, sondern zitternd vor der Haustür auf einen Krankenwagen gewartet hatte, der seinem Vater sowieso nicht mehr helfen würde.

Drei Tage vor Weihnachten hatte Bodo Scheuer seinen Vater an die Luft gesetzt. Mit einem Witz von Abfindung und dem Wissen, dass man mit Ende fünfzig nirgendwo mehr unterkam. An all das dachte Martin, während er in der Schlange vor der Sicherheitskontrolle stand.

Sie war nötig geworden, weil vor drei Jahren schon einmal ein Unbekannter eine Bombe auf dem Fest platziert hatte, die entdeckt worden war, bevor sie detonieren konnte. Die Enttäuschung von damals konnte Martin heute noch fühlen.

Als er an der Reihe war, zeigte Martin dem Security-Mitarbeiter seinen Ausweis von der Zeitarbeitsfirma, ließ sich abtasten und mit einem Metalldetektor absuchen.

Dann winkten sie ihn durch, und er war auf dem Gelände.

Das hatte doch geklappt wie am Schnürchen.

Er war extra etwas früher gekommen als von der Firma vorgegeben. So konnte er das Schloss umrunden und sich am Hintereingang aufhalten, ohne groß behelligt zu werden. Wer für eine Zeitarbeitsfirma arbeitete, der war im Allgemeinen zwar pünktlich, aber nicht übereifrig.

Martin nahm sich einen Moment, um vor dem Schloss stehen zu bleiben und den Anblick in sich aufzunehmen. Die Scheuer AG hatte sich mal wieder nicht lumpen lassen. Wahrscheinlich hatten absurd viele Menschen die Nacht durchgearbeitet, um dieses Lichtermeer zu erschaffen.

Abertausende winziger Birnchen in den Firmenfarben Gelb und Rot zierten die Fassade, die Sträucher im Garten und die lange Einfahrt. Das Logo der AG prangte über dem Eingangsportal, vor dem sich schon ein paar Familien mit Glühwein und Punsch versammelt hatten. Stehtische mit Kerzen luden dazu ein, die ersten Nüsse und Lebkuchen von bereitstehenden Tellern zu naschen. Die Kinder kamen dieser Einladung nur zu gerne nach.

Die Stimmung, die über dem Ganzen lag, war friedlich und gelöst.

Sie hatten ja alle keine Ahnung. Dieser Tag würde für sie ganz anders enden, als sie momentan dachten.

So unauffällig es ihm in seinem Aufzug möglich war, umrundete er das Schloss. Er fand den kleinen Kugelbuchs mühelos und grub das Messer aus, das er zuvor in unauffälliges, braunes Packpapier und dann noch einmal in ein Küchentuch gewickelt hatte. Es war ein sehr langes und scharfes Messer. Für Bodo Scheuers Rücken bestimmt. Martin schob sich das Ganze in einen seiner weiten, mit Pelz besetzten Ärmel und beschloss, noch eine zu rauchen. Wahrscheinlich war jetzt die letzte Gelegenheit für ein Flüppchen.

Er lehnte sich an das geschwungene Geländer der Kellertreppe und beobachtete den verschneiten Schlosspark, der brechend voll war mit Familien. Kinder mit Schlitten, Hunde mit weißen Nasen. Alle auf diese spezielle, sehr weihnachtliche Art aufgekratzt, die wohl jeder kannte, aber niemand erklären konnte. Martin sog den kräftigen Rauch in die Lungen und dachte bitter, dass er sich seit über zwanzig Jahren nicht mehr auf diese Art aufgekratzt gefühlt hatte. Und doch erinnerte er sich gerade daran, wie es früher gewesen war.

»Tachchen!!«, hörte er eine fröhliche Stimme hinter sich sagen und zuckte zusammen. Ein kleiner, rundlicher Mann von der Sicherheitsfirma stiefelte durch den Schnee auf ihn zu und grinste ihn an.

»Na, haste für mich och wat mitjebracht?« Er zeigte gut gelaunt auf den schlaffen Jutesack, den Martin sich der Einfachheit halber in den Gürtel geklemmt hatte. Nachher würde er mit Spielzeug und Süßigkeiten für die Kinder gefüllt werden, damit er sie auf dem Fest verteilen konnte.

Er erwiderte das Lächeln und antwortete: »Nüscht weiter als heiße Luft.«

»Na, dann passte ja zu der janzen Parade hier«, stellte der andere grinsend fest, und Martin beobachtete mit Unbehagen, wie sich der Mann mit seinem Metalldetektor in Richtung des Mitarbeitereingangs bewegte und an die Tür klopfte.

Nach einer Weile öffnete jemand, und der Security-Mann sagte: »Ick bin dann jetzt hier. Könnse hochjehen!«

Scheiße, dachte Martin. Der andere schien da im Hintereingang Wurzeln schlagen zu wollen.

»Wat musste denn hier rumstehen?«, fragte er im Plauderton. »Vorne wird doch schon kontrolliert!«

»Besser een Mal zu viel als een Mal zu wenich«, gab der andere zurück und zuckte die Schultern. »Außerdem kommen hier och die Leute vom Catering durch. Die fahren über die andere Zufahrt rin.«

»Bei mir musste dir keene Mühe machen«, sagte Martin und hoffte, dass nur er das Zittern seiner Stimme hörte. »Mich hamse schon durchleuchtet.«

Nun grinste der Türsteher nicht mehr, sondern warf ihm einen prüfenden Blick zu. Dann schüttelte er den Kopf.

»Nee, nee. Ich mach meinen Job schon ordentlich. Besser een Mal zu viel als een Mal zu wenich.«

Martin nickte unsicher. Er wusste nicht, was er jetzt tun sollte. Hätte er doch bloß keine geraucht.

»Na dann. Ich dreh noch mal 'ne Runde. Bin ja ziemlich früh dran. Bis gleich!«

»See you later, alligator«, sagte der andere nickend, und Martin verzog sich. Mit einem Mal war ihm in seinem dünnen Nikolauskostüm viel zu heiß.

Was sollte er denn jetzt machen? Vorne kam er sicherlich nicht rein, dort wurden die Leute nur mit Einladungskarten durchgelassen. Und hinten stand jetzt dieser Hilfssheriff mit seinem Metalldetektor und tat so, als würde er Fort Knox bewachen. Verflixt noch mal.

Auf der Zufahrt zum Schloss hielt Martin inne. Er könnte jetzt einfach nach Hause gehen. Es wäre ganz einfach, die Biege zu machen, sich zu betrinken und den Tag irgendwie anders zu überstehen. Sein Glück nächstes Jahr zu versuchen.

Doch die Chancen standen nicht schlecht, dass der Alte bald seinen Hut nahm und dem Filius den Posten als Firmenchef überließ. Oder ein irgendwie geartetes Leiden entwickelte und den Löffel abgab, bevor Martin wieder an ihn rankam. Nein. Jetzt oder nie.

Ein Zupfen riss ihn aus seinen Gedanken, und Martin blickte an sich herab.

Vor ihm stand ein absurd entzückendes kleines Mädchen und schaute ihn mit großen Augen an. Unter ihrer knallroten Pudelmütze ragten schwarze Locken hervor, der ebenfalls rote Wollmantel leuchtete im Schnee wie ein Ausrufezeichen.

»Oh, hallo!«, sagte Martin mit seiner Weihnachtsmannstimme, und die Kleine lächelte schüchtern.

»Hast du ein Geschenk für mich?«, fragte sie leise, beinahe ehrfürchtig. Und genau in diesem Moment kam Martin die rettende Idee.

Er kniete sich zu dem Mädchen hinunter und schaute sie an. »Noch nicht. Die Geschenke werden erst auf dem Fest verteilt. Das weißt du doch, oder?«

Die Kleine nickte mit einem leichten Lächeln.

»Aber wenn du magst, kannst du mir helfen. Würdest du das tun?«

»Na klar!«

Martin zog das Päckchen mit dem Messer hervor und wickelte das schmutzige Küchentuch ab. Mit etwas Fantasie könnte man glauben, es handele sich tatsächlich um ein Weihnachtspäckchen.

»Ich habe hier ein ganz besonderes Geschenk für Herrn Scheuer. Und ich habe Angst, dass ich es zwischen all den bunten Päckchen für euch Kinder auf der Feier verliere, weißt du?«

Die Kleine nickte erneut mit heiligem Ernst. Ihre Augen schienen mit jedem Wort größer zu werden.

»Mein Sack wird ganz voll sein, und vielleicht finde ich es dann nicht wieder. Und das wäre jammerschade. Verstehst du?«

Das Mädchen überlegte eine Weile, dann sah es zu ihm hoch. »Natürlich. Papas Chef soll auch ein Geschenk bekommen.« Martin hielt ihr das Päckchen mit dem Messer hin und grinste breit. »Ganz genau so ist es. Immerhin schenkt er uns so ein schönes Fest. Hast du einen Ort, an dem du es gut verstecken kannst?«

Das Mädchen öffnete ihren Mantel und lächelte breit, wobei es ein Gebiss entblößte, das mehr Lücken als Zähne zu haben schien.

»Mama hat große Taschen in mein Kleid genäht«, verkündete sie stolz, und Martin dachte zum ersten Mal, dass dies vielleicht tatsächlich sein Glückstag sein könnte.

»Hervorragend«, lobte er. »Versteck es gut und verliere es nicht. Ich finde dich da drin wieder, und dann habe ich auch etwas Besonderes für dich!«

Ihre Augen wurden nun noch größer, was Martin vorher gar nicht für möglich gehalten hätte.

»Was von Papatroll?«, flüsterte sie, und Martin legte den Kopf schief.

»Vielleicht. Und jetzt geh wieder zurück zu deinen Eltern.«

Das kleine Mädchen nickte und hüpfte in Richtung Eingangsbereich davon.

Beschwingt ging er zum Hintereingang zurück, passierte den Wachmann, der ihn skeptisch musterte, und genehmigte sich einen – gut, vielleicht auch zwei – Glühwein am Buffet für die Mitarbeiter. Hier aß er auch eine Kleinigkeit. Wie immer hatte der Alte sich nicht lumpen lassen. Es gab für das Personal dieselben Köstlichkeiten wie für die Gäste. Alles nur Heuchelei, das wusste Martin, doch die wenigsten sahen es so wie er.

An der »Versorgungsstation für Weihnachtsmänner« gab er seinen Sack ab und sah dabei zu, wie eine leicht beschwipste und viel zu gut gelaunte Frau Berge von kleinen, bunten Geschenken hineinschaufelte.

»Versuchense, sich im Raum zu verteilen. Und nich' unbedingt ein Kind zwei Mal zu beschenken. Die können richtig clever sein, dit sach ich Ihnen. Bei den größeren ist es schon zum Sport geworden, möglichst viele Geschenke abzugreifen.«

Martin lachte. Er konnte sich noch gut erinnern, dass sein Kumpel Ronny und er es genauso gemacht hatten. Früher.

»Aber weil zwanzig von Ihnen unterwegs sind, werden viele doppelt beschenkt, das ist ganz normal. Seien Sie nicht zu streng mit den Piefkes. Is' ja schließlich Weihnachten, wa?«

Mit diesen Worten schob sie den erstaunlich schweren Sack über die Theke.

»Viel Spaß!«, rief sie ihm noch hinterher, doch da war er schon auf halbem Weg die Treppe rauf. Warum nur mussten an Weihnachten immer alle gleich doppelt so gut gelaunt und freundlich tun? Wenn man kein Kind mehr war, bedeutete Heiligabend doch sowieso nichts als Stress!

Martin schob sich die Treppe hoch, und alleine die Geräusche, die ihm entgegenschwappten, katapultierten ihn in die Vergangenheit.

Es war eine Mischung aus Gelächter, Gesprächen und Musik, eine Spur aufgeregter und lauter als zum Beispiel im Freibad oder auf einem Rummel.

Die Luft roch nach Glühwein und Bratwurst, Plätzchen, Orangen und sehr vielen schneenassen Mänteln.

So hatte Heiligabend für ihn immer gerochen. Sein Herz zog sich zusammen, Martin hatte kurz Angst, in Tränen auszubrechen.

Weihnachten war auch für ihn gut gewesen. Bis dieser Mann es ihm weggenommen und für immer zerstört hatte.

Eine Sache hatte sich verändert: Das Fest war größer geworden. Nach der Entlassungswelle, die auch seinen Vater aus dem Unternehmen gespült hatte, war die Scheuer AG nur noch gewachsen. Sie hatte sich am Elend anderer gesundgestoßen, und die Mitarbeiterzahl hatte sich deutlich erhöht.

Von seinem Standpunkt aus wirkte es wie ein festlich schillernder Ameisenhaufen. Mit einem Mal überfiel ihn die unbändige Angst, das kleine Mädchen nicht mehr wiederzufinden.

Doch er hatte Zeit, versuchte er sich zu beruhigen. Das Fest fing gerade erst an. Bis zum Abschlusssingen um siebzehn Uhr waren es drei Stunden.

Diesen Zeitpunkt hatte er sich für seine Tat auserkoren. Der Zenit des Festes. Bodo Scheuer sang dann immer gemeinsam mit allen Weihnachtsmännern »Stille Nacht« auf der Bühne. Die Gäste sangen mit, die Erwachsenen waren maximal angetrunken, die Kinder überzuckert und aufgeregt und alle zwanzig Weihnachtsmänner gemeinsam mit dem Firmenchef an einem Ort.

Martin würde dem Mann das Messer in den Rücken rammen und direkt danach versuchen, »dem Verletzten zu helfen«. So konnte er leicht das Blut auf seinem Kostüm und den weißen Handschuhen erklären.

Besser ging es nicht.

Nur brauchte er hierfür das Messer.

»Ick fass et nich', dit wir hier verwöhnte Gören anderer Leute mit Jeschenken überschütten, und ick kann meener Kleenen nich' ma 'ne Babyborn kofen«, hörte er plötzlich eine Stimme hinter sich sagen.

Er drehte den Kopf und entdeckte einen Mann, der genauso kostümiert war wie er, aber deutlich kleiner und schmaler. Er musste in Martin wohl so was wie einen Kollegen sehen.

»Oder findste dit richtig?«, setzte der andere noch nach und zog seine buschig weißen, aufgeklebten Brauen nach oben.

»Nee. Mir ist die janze Veranstaltung hier zuwider«, gab er wahrheitsgemäß zurück. »Aber ick brauch Jeld.«

»Wie wir alle, Kumpel.« Der andere Weihnachtsmann klopfte ihm auf die Schulter.

»Aber hülft ja nüscht, wa? Na, jeteiltet Leid is' halbet Leid.« Der andere sah Martin herausfordernd an, und dieser begriff, dass er sich gerade Gesellschaft eingehandelt hatte. Na bravo. Missmutig stapfte er los, und wie er befürchtet hatte, folgte ihm der andere.

Allerdings wurden sie schon nach kurzer Zeit getrennt, weil sie nie weit kamen, ohne von einem Kind aufgehalten zu werden. Und dem nächsten. Und dem nächsten.

Martin war nicht richtig bei der Sache. Unterschwellig wusste er, dass er gerade einen miesen Weihnachtsmann für die Kleinen abgab. Er hörte sich ihre Gedichte gar nicht richtig an und fragte sie auch nicht nach ihren Wünschen, sondern drückte ihnen einfach nur irgendwas aus dem Sack in die Hand, als wären sie Trolle, die Wegzoll verlangten.

Und genauso fühlte es sich auch an.

Es war nervtötend und viel anstrengender, als er es sich vorgestellt hatte. Ihm war entsetzlich heiß in diesem Kostüm, und der Sack schien gar nicht leichter zu werden. Ständig hing ein Kind an ihm, aber es war nie das richtige.

Die Festrede verdüsterte seine Stimmung zusätzlich, da Bodo Scheuer tatsächlich rührselig verkündete, dass dies sein letztes Jahr bei der Scheuer AG gewesen war und er das Zepter nun an seinen Sohn Bruno weitergeben werde. Symbolisch und unter allgemeinem Gelächter überreichte Bodo Scheuer seinem Sohn dann auch noch eine riesige, rot-weiß gestreifte Zuckerstange. Na sauber.

Martin verteilte weiter Geschenke, hörte mit halbem Ohr immer dieselben Gedichte (»All überall auf den Blablaspitzen blabla«) und hielt immer verzweifelter Ausschau nach dem kleinen Mädchen.

Dann, endlich, kurz vor fünf Uhr erblickte er sie. Sie stand mit gesenktem Kopf neben einer Frau, die ihre Mutter sein musste und hektisch auf sie einredete. Gemeinsam mit einem Mitarbeiter der Security. Ihm rutschte das Herz in die Hose. Martin schob sich vorsichtig immer näher an die Gruppe heran, und schließlich sah er, was er bereits befürchtet hatte: Ihre Mutter hielt sein Päckchen mit dem Messer in der Hand!

»Verdammte Drecksscheiße«, schimpfte er lauter, als er beabsichtigt hatte, und eine weißhaarige Frau drehte sich mit tadelndem Blick zu ihm um.

»Reißen Sie sich gefälligst zusammen«, zischte sie, und Martin hätte ihr am liebsten die goldene Brille von der Nase geschlagen.

Doch dann sah er auch noch, wie seine Kollegen alle in Richtung Bühne gingen. Es war Punkt siebzehn Uhr. Zwei oder drei winkten ihm hektisch zu, wahrscheinlich, weil er derjenige war, der am weitesten von der Bühne weg stand.

Martin biss die Zähne zusammen. Sein Plan hatte sich gerade in Luft aufgelöst, verdammt. Was sollte er jetzt tun?

»Jetzt komm schon, Keule!« Wie aus dem Nichts hatte sich der Typ von vorhin neben ihm materialisiert. Schien seine Spezialität zu sein. Er zog Martin am Ärmel.

»Noch een Mal singen, und dann hamwers überstanden, wa?«

Martin folgte wie ein Hündchen an der Leine, zu perplex und geschockt, um sich zu sträuben.

Bodo Scheuer stand schon am Mikrofon, als die beiden die Bühne erreichten. Eine Dame mit Headset und Klemmbrett warf ihnen einen sehr, sehr strengen Blick zu, und Martin quetschte sich in die erste Reihe, direkt hinter den Firmenchef, der etwas von Abschied, Neubeginn und der wahren Bedeutung von Weihnachten faselte.

Martin fühlte, wie Verzweiflung sich seiner bemächtigte. Er war so dicht dran. So. Dicht. Und jetzt? Sollte seine letzte Chance auf Rache einfach so verstreichen?

Ein wogender Applaus brandete auf, die Menschen standen von ihren Stühlen auf und klatschten oder prosteten dem scheidenden Firmenchef zum Abschied zu. Dieser tupfte sich ein Rührungstränchen aus den Augen.

»Aber bitte!«, rief Bodo Scheuer, so laut er konnte, in das Mikrofon.

»Bitte machen Sie mir den Abschied doch nicht so schwer. Die Scheuer AG ist *nichts* ohne ihre Mitarbeiter, ich habe immer versucht, Sie alle wie einen Teil meiner Familie zu behandeln.«

Martin biss die Zähne zusammen. Die Worte des alten Heuchlers gaben ihm den Rest, und unbändige Wut kochte in ihm hoch. Er würde ihn umbringen, und wenn er ihm eigenhändig das Herz aus dem Leib reißen musste. Doch wie sollte er das anstellen? Er musste schnell sein, so viel stand fest. Und er brauchte eine Waffe. Hektisch blickte er sich auf der Bühne um, während alle anderen das Weihnachtslied »Stille Nacht« anstimmten.

Und dann fiel sein Blick auf ein graues Kabel. Es verlief quer über die Bühne, direkt zu seinen Füßen.

Martin war es egal, wofür es gut war. Wichtig war nur, dass er damit gewaltigen Schaden anrichten konnte. Er würde es dem Alten von hinten um den Hals legen und so festziehen, wie er nur konnte. Und solange es ihm möglich war. Martin hatte nicht mehr die Hoffnung, davonzukommen. Es war ihm auch egal. Ging er eben ins Gefängnis. Viel größer als so eine Zelle war seine Wohnung ja auch nicht.

Als die zweite Strophe anbrach, angelte er, um nicht weiter aufzufallen, mit der Fußspitze nach dem Kabel und bekam es auch zu greifen.

Er umschloss es mit beiden Händen und atmete noch einmal tief durch. Nur nicht zu lange nachdenken, mahnte er sich. Tu es für Papa.

Dann machte er einen großen Schritt vorwärts, riss kräftig an dem Kabel und wollte es dem Alten gerade um den Hals legen, als es passierte. Auf einer Seite der Bühne knackte es bedrohlich, und die Leute im Raum fingen an zu raunen. Vereinzelte Schreie ertönten. Wie in Zeitlupe sah Martin den mächtigen Weihnachtsbaum, der die Bühne zierte, kippen. Eine gewaltige Menge Glaskugeln, Lampen und sogar brennende Kerzen raste direkt auf ihn zu, angeführt von einem riesigen, gelben Glasstern mit langem Schweif. Natürlich. Das Kabel führte direkt zu diesem Stern, den Bodo Scheuer immer zur letzten Strophe des Liedes angeknipst hatte. Und Martin hatte mit seiner Aktion den Baum zu Fall gebracht.

Im letzten Moment und ohne nachzudenken, machte er einen Satz nach vorne und riss Bodo Scheuer mit sich zu Boden. Der Weihnachtsbaum krachte nur wenige Zentimeter hinter ihnen auf die Bühnenbretter. Glas splitterte, und alle schrien durcheinander.

Martin presste die Augen, so fest er konnte, zusammen und fühlte, wie kleine Scherben sein Gesicht zerschnitten. Das durfte doch alles nicht wahr sein.

Neben sich hörte er ein ersticktes Keuchen, und eine nur allzu vertraute Stimme japste: »Vielen Dank. Sie haben mich gerettet!«

Später, als sich alles beruhigt hatte, nach den zwei Glühwein mit Bodo, Bruno und Margret Scheuer, den Dankesbekundungen der gesamten Familie und vielen, zu vielen warmen Worten, saß Martin vor dem Schloss und rauchte. Das Fest war zu Ende und alle auf dem Weg nach Hause. Zu ihren Weihnachtsbäumen und Geschenken, eine Abenteuergeschichte auf den Lippen und die Erleichterung im Herzen, dass alles gerade noch einmal gut gegangen war.

Und er? Martin? Er versuchte zu verarbeiten, was gerade geschehen war. Dass er durch reine Dummheit die Chance seines Lebens vermasselt hatte. Er war ein Vollversager. Nicht mal jemanden umbringen konnte er. Mit hängendem Kopf betrachtete er seine schwarzen Schuhe und die Beine, die immer noch in der ziemlich ramponierten Nikolaushose steckten.

Leichte, schnelle Schritte auf dem verschneiten Kies ließen ihn aufblicken. Ein kleiner Junge kam auf ihn zugerannt und machte direkt vor ihm eine Vollbremsung, dass es zu den Seiten wegspritzte.

Völlig außer Atem hielt er ihm eine kleine Schachtel hin.

»Hier. Weil Sie meinen Opa gerettet haben!«, sagte der Junge und drückte ihm die Schachtel in die Hand. Es war ein Spielzeug. Ein Hund in einer Polizeiuniform.

»Das ist Chase. Er ist mein Lieblingshund, weil er so mutig und klug ist und weil er Polizist ist und weil ich finde, du bist genauso mutig wie Chase«, sagte der Junge sehr schnell und ohne einmal Luft zu holen.

»Danke«, brachte Martin verblüfft hervor. Dann legte er den Kopf schief. »Du bist also ein Scheuer?«

»Ja. Bela heiß ich. Ich …«

»Bela! Komm jetzt, wir fahren!«, rief jemand aus dem Inneren des Schlosses, und der Junge lächelte.

»Ich muss jetzt los. Frohe Weihnachten!«

Und schon war er wieder verschwunden.

Martin drehte die kleine Spielzeugverpackung verblüfft zwischen den Fingern hin und her und betrachtete die lächerliche kleine Figur. Ein Schäferhund in Polizeiuniform. Wer dachte sich denn so was aus?

Dann stutzte er, als er unter dem fett gedruckten Namen Chase die Worte »Paw Patrol« las. Paw Patrol – die Pfotenpatrouille. Hunde, die Heldentaten vollbrachten.

Martin begriff. Paw Patrol war Papatroll.

Er starrte noch eine Weile auf den Schriftzug. Dann legte er den Kopf in den Nacken, ließ sich von den Schneeflocken das Gesicht kitzeln und lachte, bis ihm die Tränen kamen.